EL TURISTA

Olen Steinhauer

EL TURISTA

Traducción de Esther Roig

RBA

Título original: *The Tourist*
© Olen Steinhauer, 2009
© traducción: Esther Roig, 2010
© de esta edición: RBA Libros, S.A., 2010
Pérez Galdós, 36 - 08012 Barcelona
rba-libros@rba.es / www.rbalibros.com

Primera edición: abril de 2010

Ref.: OAFI 407
ISBN: 978-84-9867-774-4
Composición: Víctor Igual, S.L.
DEPÓSITO LEGAL: B.16.714-2010
Impreso por Liberdúplex

Para Margo

EL FIN DE TURISMO

Lunes, 10 de septiembre,
a martes, 11 de septiembre de 2001

Cuatro horas después de su intento de suicidio fallido, estaba descendiendo hacia el Aerodrom Ljubljana. Sonó un tono y por encima de su cabeza se encendió la señal de abrocharse el cinturón. A su lado, un ejecutivo suizo se abrochó el cinturón y miró a través de la ventana el despejado cielo esloveno; un desaire inicial le había convencido de que el nervioso norteamericano del asiento contiguo no tenía ningún interés en entablar conversación con él.

El norteamericano cerró los ojos, pensando en el fracaso de la mañana en Amsterdam: disparos, cristales rotos y madera astillada, sirenas.

Si el suicidio es pecado, pensó, ¿qué es para una persona que no cree en el pecado? ¿Qué es, entonces? ¿Una abominación de la naturaleza? Probablemente, porque la única ley básica e inmutable de la naturaleza es seguir existiendo. Son prueba de ello: malas hierbas, cucarachas, hormigas y palomas. Todos los seres de la naturaleza se afanan con un único propósito común: seguir con vida. Es la única teoría indiscutible.

Había pensado mucho en el suicidio en los últimos meses, y había estudiado la posibilidad desde tantos ángulos que había perdido impacto. El verbo «suicidarse» no era más trágico que «desayunar» o «sentarse». Y el deseo de acabar de una vez era a menudo tan fuerte como su deseo de «dormir».

A veces era una necesidad pasiva: conducir sin abrocharse el cinturón; caminar con los ojos cerrados por una calle con mucha circulación, pero últimamente había sentido con más fuerza la necesidad de asumir la responsabilidad de su propia muerte. «La Gran Voz» como la habría llamado su madre: «Ahí está el cuchillo; ya sabes lo que debes hacer. Abre la ventana e intenta volar». Y a las cuatro y media de la madrugada, protegiendo con su cuerpo a una mujer en Amsterdam, apretándola contra el suelo, mientras la ventana de su dormitorio explotaba con los disparos de un arma automática, aquella necesidad le impulsó a ponerse de pie y recibir la lluvia de balas como un hombre.

Había pasado toda la semana en Holanda, protegiendo a una política de sesenta años, que gozaba del apoyo norteamericano, y cuyos comentarios sobre la inmigración habían sido la causa de que le hubieran puesto precio a su cabeza. El asesino a sueldo, que en ciertos círculos era conocido como «el Tigre», había realizado aquella mañana el tercer intento fallido de eliminarla. De haberlo logrado, habría desbaratado la votación sobre su propuesta de ley conservadora respecto a la inmigración que se celebraba ese mismo día en la Cámara de Representantes holandesa.

Por qué razón la existencia de un político —en este caso, una mujer que había hecho carrera satisfaciendo los caprichos de los asustados agricultores y de los racistas más implacables— estaba en manos de su propio país era algo que él desconocía. «Mantener un imperio —solía decirle Grainger— es diez veces más difícil que crear uno.»

En su ramo la lógica no importaba. La acción era su propia lógica. Pero, cubierto de cristales, con la mujer debajo gritando, el ruido de la ventana astillándose como una freidora, pensó: «¿Qué hago aquí?». Incluso, llegó apoyar una mano sobre la alfombra cubierta de astillas y empezó a ponerse de pie, quería enfrentarse al asesino cara a cara. Entonces, en medio de aquel alboroto, oyó la alegre música de su móvil. Apartó la mano del suelo, vio que era Grainger quien llamaba, y gritó:

—¿Qué?

—Riocorrido, más allá de la Eva —dijo Tom Grainger.

—¿Y el Adán?

Grainger, siempre tan ingenioso, había creado códigos de luz verde con las primeras frases de novelas. Su propio código joyceano le decía que se le necesitaba en un sitio nuevo. Pero ya nada era nuevo. La lista inacabable de ciudades, habitaciones de hotel y caras sospechosas que habían conformado su vida durante tantos años le resultaba enormemente tediosa. ¿Es que nunca acabaría?

Así que colgó a su jefe, dijo a la mujer gritona que se quedara donde estaba, y se puso de pie... pero no murió. Las balas habían cesado, y sólo se oía el aullido de las sirenas de la policía de Amsterdam.

—Eslovenia —dijo Grainger más tarde, mientras él acompañaba a la política a un lugar seguro en la Tweede Kamer—. Portorož, en la costa. Hemos perdido un maletín con dinero de los contribuyentes y también a un agente de la CIA en la embajada. Frank Dawdle.

—Necesito un descanso, Tom.

—Será como unas vacaciones. Angela Yates es tu contacto, trabaja en la oficina de Dawdle. Ya la conoces. Cuando acabes, te quedas y disfrutas de la playa.

Mientras Grainger seguía hablando, describiendo el trabajo con el mínimo de detalles, a él empezó a dolerle el estómago, como ahora, con un dolor punzante.

Si la única ley inmutable de la existencia es existir, ¿esto hace que lo contrario sea una especie de delito?

No. Para que el suicidio sea un delito sería necesario que la naturaleza reconociera el bien y el mal. La naturaleza sólo exige equilibrio y desequilibrio.

Tal vez éste era el punto crucial: el equilibrio. Él se había deslizado a algún rincón apartado de los extremos, a un punto lejano de absoluto desequilibrio. Era un ser ridículamente desequilibrado. ¿Cómo podía sonreírle la naturaleza? Sin duda la naturaleza también le quería muerto.

13

—Señor —dijo una azafata sonriente y teñida—. El cinturón.
Él parpadeó, mirándola desconcertado.

—¿Qué pasa?

—Debe abrochárselo. Estamos descendiendo. Es por su seguridad.

Aunque le dieron ganas de reírse, se lo abrochó para complacerla. Después buscó en el bolsillo de la americana, sacó un sobrecito blanco lleno de píldoras compradas en Düsseldorf y se tomó dos Dexedrinas. Vivir o morir era una cuestión, pero ahora mismo sólo quería estar despejado.

El ejecutivo observó con desconfianza cómo él se guardaba las pastillas.

La guapa morena de cara redonda, tras el cristal rayado a prueba de balas, le observó acercarse. Él se imaginó en qué se estaría fijando, quizás en lo grandes que eran sus manos. Manos de pianista. La Dexedrina las había vuelto temblorosas, pero sólo ligeramente, y si ella se daba cuenta podría pensar que estaba tocando una sonata inconscientemente.

Le entregó un pasaporte de Estados Unidos manoseado que había cruzado más fronteras que muchos diplomáticos. Un pianista de gira, pensaría ella. Un poco pálido, sudado por el largo viaje que había realizado. Los ojos rojos. Aviatofobia —miedo a volar— seguramente sospechaba.

Hizo un esfuerzo por sonreír y esto ayudó a disipar la expresión de tedio burocrático de la cara de ella. Era realmente guapa, y él deseaba transmitirle que su cara era un gran recibimiento esloveno. El pasaporte detallaba sus características: metro ochenta. Nacido en junio de 1970, treinta y un años. ¿Pianista? No, en los pasaportes estadounidenses no figura la ocupación. La chica le miró y habló con su acento inseguro:

—¿Señor Charles Alexander?

Sin querer, él miró a su alrededor, paranoico, y sonrió otra vez:

—Yo mismo.

—¿Ha venido por negocios o por turismo?

—Soy turista.

Ella sujetó el pasaporte abierto bajo una luz negra, después levantó un sello sobre una de las páginas en blanco.

—¿Cuánto tiempo se quedará en Eslovenia?

Los ojos verdes del señor Charles Alexander se posaron amablemente en la cara de ella.

—Cuatro días.

—¿Para unas vacaciones? Debería quedarse al menos una semana. Hay mucho que ver.

Él sonrió otra vez brevemente y meneó la cabeza.

—Bueno, tal vez tenga razón. Ya veremos.

Satisfecha, la funcionaria apretó el sello sobre la página y le devolvió el pasaporte.

—Que disfrute en Eslovenia.

Él cruzó la zona de recogida de equipaje, donde otros pasajeros del vuelo Amsterdam-Ljubljana se apoyaban en carritos vacíos alrededor de las cintas todavía paradas. Nadie pareció fijarse en él, así que se detuvo a echar un vistazo, como una mula paranoica repleta de drogas. Era su estómago, lo sabía, y el subidón inicial de la Dexedrina. Había dos mesas de aduanas sin aduaneros, así que cruzó una puerta de cristal que se abrió automáticamente. Una multitud de rostros expectantes se desanimaron al ver que él no les pertenecía. Se aflojó la corbata.

La última vez que Charles Alexander había estado en Eslovenia, hacía años, se llamaba de otra manera, un nombre tan falso como el que utilizaba ahora. En aquel entonces, el país todavía vivía en medio del jolgorio que supuso la liberación de la Federación Yugoslava, tras la guerra de los diez días de 1991. Enclavada contra Austria, Eslovenia siempre había sido un bicho raro en aquella nación mosaico, más alemana que balcánica. El resto de Yugoslavia acusaba a los eslovenos, no sin razón, de esnobismo.

Todavía dentro del aeropuerto, distinguió a Angela Yates en

la acera, al otro lado de la puerta de llegadas. Sobre unos pantalones de ejecutiva, llevaba un blazer azul vienés, tenía los brazos cruzados y fumaba mirando la extensión de coches aparcados frente al aeropuerto. Estaba iluminada por una grisácea luz matinal. No se acercó a ella. Fue a buscar los servicios y se miró al espejo. La palidez y el sudor no tenían nada que ver con la aviatofobia. Se quitó la corbata, se mojó la cara, se enjuagó los ojos rojos, y pestañeó, pero el efecto siguió siendo el mismo.

—Siento haberte hecho madrugar —dijo, una vez fuera.

Angela se sobresaltó, y una mirada de terror cruzó sus ojos color lavanda. Después sonrió. Parecía cansada, pero era normal. Había conducido cuatro horas para ir a recogerle, lo que significaba que había salido de Viena a las cinco de la mañana. Tiró el cigarrillo sin terminar, un Davidoff, después le pegó un puñetazo cariñoso en el hombro y le abrazó. El olor a tabaco era reconfortante. Angela se separó un poco de él y dijo:

—No has comido mucho.

—Está sobrevalorado.

—Y estás horroroso.

Se encogió de hombros y ella bostezó, tapándose la boca con el dorso de la mano.

—¿Vas a poder? —preguntó él.

—Anoche no dormí nada.

—¿Necesitas algo?

Angela dejó de sonreír.

—¿Sigues tomando anfetaminas?

—Sólo en caso de urgencia —mintió él, porque se había tomado aquella última dosis sólo porque le apetecía, y ahora, sintiendo los temblores por el torrente sanguíneo, le entraban ganas de tragarse el resto—. ¿Quieres una?

—¡Por favor!

Cruzaron una calle llena de taxis y autobuses que se dirigían a la ciudad, y bajaron unos escalones de cemento hacia el aparcamiento.

—¿Usas el nombre de Charles desde hace mucho? —susurró ella.

—Ya hace casi dos años.

—Pues es un nombre estúpido. Demasiado aristocrático. Me niego a utilizarlo.

—Hace tiempo que pido uno nuevo. Hace un mes estuve en Niza, y un ruso ya había oído hablar de Charles Alexander.

—¿Ah, sí?

—Casi me mata.

Ella sonrió como si fuera una broma, pero no lo era. Entonces a él le preocupó que sus conexiones neuronales alteradas le hicieran hablar demasiado. Angela no sabía nada de su trabajo; no debía saberlo.

—Háblame de Dawdle. ¿Desde cuándo trabajas con él?

—Hace tres años. —Angela sacó las llaves y apretó un pequeño botón negro hasta que distinguió, tres filas más allá, un Peugeot gris con las luces parpadeantes—. Frank es mi jefe, pero de un modo informal. Sólo una discreta presencia de la Agencia en la embajada. —Calló—. Estuvo enamorado de mí una temporada. ¿Te lo puedes creer? No veía más allá de sus narices.

Hablaba con un toque de histeria que a él le hizo temer que se echara a llorar. Pero insistió de todos modos.

—¿Tú qué crees? ¿Puede haberlo hecho?

Angela abrió el maletero del Peugeot.

—De ninguna manera. Frank Dawdle no era corrupto. Puede que fuera un poco cobarde. Vestía mal. Pero no era corrupto. No se llevó el dinero.

Charles metió su bolsa en el maletero.

—Estás utilizando el tiempo pasado, Angela.

—Es que tengo miedo.

—¿De qué?

Angela frunció la frente, irritada.

—De que esté muerto. ¿De qué crees si no?

Ahora Angela era una conductora prudente, resultado inevitable de los dos años pasados en Austria. De haber estado destinada a Italia, o incluso a Eslovenia, habría ignorado los intermitentes y los latosos indicadores de límite de velocidad.

Para aligerar el ambiente, él habló de amigos comunes en Londres, de cuando ambos trabajaban en aquella embajada con el vago título de «agregados». Él se había marchado precipitadamente, y lo único que Angela sabía era que su nuevo trabajo, en algún departamento secreto de la Agencia, exigía un continuo cambio de nombre, y que volvía a trabajar con su antiguo jefe, Tom Grainger. El resto de la delegación londinense creía lo que les habían dicho, que lo habían despedido.

—De vez en cuando voy a Londres para asistir a alguna fiesta —dijo ella—. Siempre me invitan. Pero son tristes, ¿sabes? Con todos esos diplomáticos. Hay algo francamente lamentable en ese ambiente.

—¿Tú crees? —preguntó él, aunque sabía perfectamente a qué se refería.

—Es como si vivieran en su pequeño recinto, rodeados de alambrada. Fingen que mantienen a raya a los de fuera, cuando en realidad están encerrados dentro.

Era una buena forma de describirlo, y le hizo pensar en las ilusiones imperialistas de Tom Grainger: puestos romanos avanzados en tierras hostiles.

En cuanto tomaron la A1 en dirección suroeste, Angela se puso a hablar de trabajo.

—¿Te ha puesto Tom al día?

—No mucho. ¿Me das un cigarrillo?

—En el coche, no.

—Ah.

—Cuéntame lo que sabes, y añadiré el resto.

Pasaron junto a espesos bosques de pinos que centelleaban con el sol, mientras él le describía su breve conversación con Grainger.

—Dice que mandaron aquí a Frank Dawdle con un maletín lleno de dinero. No me dijo cuánto.

—Tres millones.

—¿De dólares?

Ella asintió mirando la carretera.

—Los servicios secretos eslovenos lo vieron por última vez en el Hotel Metropol de Portorož —continuó Charles—. En su habitación. Después desapareció. —Esperó a que ella llenara los numerosos huecos de la historia. Pero ella se limitó a conducir, a su manera segura y constante—. ¿Quieres contarme más? ¿Como para qué era el dinero?

Angela ladeó la cabeza de un lado al otro, pero en lugar de contestar encendió la radio. Estaba presintonizada en una emisora que había encontrado durante el largo viaje desde Viena. Charles vio que era de música pop eslovena. Espantosa.

—Y tal vez puedas contarme por qué hemos sabido de su último paradero por la SOVA, y no por los nuestros.

Como si no hubiera dicho nada, ella subió el volumen y aquellas melodías juveniles llenaron el coche. Por fin, empezó a hablar, y Charles tuvo que inclinarse hacia ella para poder oírla a pesar de la música.

—No estoy segura de quién dio las órdenes, pero a nosotros nos llegaron de Nueva York. De la oficina de Tom. Eligió a Frank por razones obvias. Un veterano, con un historial impecable. Sin señales de ambición. Sin problemas de alcohol, nada que pudiera comprometerlo. Era alguien a quien podían confiar tres millones. Más importante aún, aquí le conocen. Si los eslovenos lo detectaban, no desconfiarían. Todos los años pasa las vacaciones de verano en Portorož. Habla perfectamente el esloveno. —Se rió un poco—. Incluso se paró a hablar con ellos. ¿Te lo dijo Tom? El día que llegó, vio a un agente de la SOVA en una tienda de regalos y le compró un barquito de juguete. Frank es así.

—Me gusta su estilo.

La expresión de Angela insinuaba que había sido inapropiadamente irónico.

—Se suponía que sería coser y cantar. Frank lleva el dinero al puerto el sábado, hace dos días, y realiza una entrega sencilla con una contraseña. Simplemente entrega el maletín. A cambio, le dan una dirección. Va a un teléfono público, me llama a Viena, y me da la dirección. Después vuelve a casa en coche.

Se acabó la canción y un joven DJ gritó algo en esloveno sobre lo buenísima que era la banda que acababa de poner. Sus palabras se mezclaron con la siguiente melodía, una balada edulcorada.

—¿Por qué no llevaba refuerzos?

—Sí llevaba —dijo Angela, mirando por el retrovisor—. A Leo Bernard. Le conociste en Múnich, ¿te acuerdas? Hace un par de años.

Charles recordó a un hombretón de Pensilvania. En Múnich, Leo había sido su refuerzo durante una operación con la BND alemana contra una red de distribución de heroína egipcia. Nunca habían tenido que poner a prueba las habilidades combativas de Leo, pero a Charles le había dado cierta tranquilidad saber que el hombretón estaba cerca.

—Sí. Leo era divertido.

—Pues está muerto —dijo Angela, mirando otra vez por el retrovisor—. En la habitación de su hotel, un piso por encima del de Frank. Una nueve milímetros. —Tragó saliva—. Con su propia arma, creemos, aunque no la hemos encontrado.

—¿Lo oyó alguien?

Ella negó con la cabeza.

—Leo llevaba silenciador.

Charles se recostó en su asiento, y miró involuntariamente por el retrovisor lateral. Bajó el volumen de la radio mientras una mujer intentaba, con éxito limitado, alcanzar un sol sostenido. Después la apagó. Angela se estaba mostrando cautelosa con los hechos principales de este caso: la razón de tanto dinero. Pero esto podía esperar. Por ahora quería visualizar los sucesos.

—¿Cuándo llegaron a la costa?

—El viernes por la tarde. El siete.

—¿Alias?

—Frank, no. Era demasiado conocido. Leo utilizó uno antiguo, Benjamin Schneider, suizo.

—Al día siguiente, el sábado, era el intercambio. ¿En qué parte del muelle?

—Lo tengo apuntado.

—¿A qué hora?

—Al atardecer. A las siete.

—¿Y Frank desapareció...?

—Se le vio por última vez la madrugada del sábado, sobre las cuatro. Estuvo bebiendo hasta tarde con Bogdan Krizan, el jefe de la SOVA local. Son viejos amigos. Hacia las dos de la tarde, el personal de limpieza del hotel encontró el cadáver de Leo.

—¿Y en el puerto? ¿Alguien vio qué sucedía a las siete?

Ella volvió a comprobar el retrovisor.

—Llegamos tarde. Los eslovenos no iban a preguntarnos por qué Frank les regalaba juguetes. Y no nos enteramos de lo del cadáver de Leo hasta después de las siete. Sus documentos eran tan buenos que confundieron a la embajada suiza durante ocho horas.

—Por tres millones de dólares ¿no podríais haber mandado más vigilantes?

Angela apretó la mandíbula.

—Es posible, pero pensar en lo que podríamos haber hecho ya no sirve de nada.

Tanta incompetencia sorprendía a Charles, y al mismo tiempo no le sorprendía.

—¿De quién fue la idea?

Cuando ella volvió a mirar por el retrovisor, tenía la mandíbula más apretada y las mejillas encendidas. Así que era culpa suya, pensó, pero ella dijo:

—Frank quería que me quedara en Viena.

—¿Fue idea de Frank Dawdle irse con los tres millones de dólares y sólo un vigilante?

—Yo le conozco. Tú no.

Angela dijo estas palabras sin mover los labios. Charles sintió la necesidad de decirle que sí conocía a su jefe. Había trabajado con él en una ocasión, en 1996, para deshacerse de un espía comunista retirado en un país anodino de Europa del Este. Pero ella no debía saberlo. Le tocó el hombro para demostrarle simpatía.

—No hablaré con Tom hasta que no tengamos alguna cosa clara. ¿De acuerdo?

Ella le miró por fin con una sonrisa fatigada.

—Gracias, Milo.

—Me llamo Charles.

La sonrisa se volvió sardónica.

—A veces me pregunto si tienes un nombre auténtico.

Durante la hora de trayecto bordearon la frontera italiana, y al acercarse a la costa la autovía se despejó y el follaje disminuyó. El sol cálido de la mañana centelleaba en la carretera al pasar junto a Koper e Izola, y Charles contempló los matorrales, la arquitectura mediterránea y las señales *Zimmer-frei* que poblaban todos los desvíos. Recordó lo hermosa que era aquella franja de costa. Menos de cincuenta kilómetros que se habían disputado italianos, yugoslavos y eslovenos en guerras regionales a lo largo de la historia.

A su derecha, atisbaban ocasionalmente el Adriático, y a través de la ventana abierta Charles olía a sal. Se preguntó si su propia salvación radicaría en algo así. Desaparecer, y pasar el resto de su vida bajo el sol junto al mar. La clase de clima que seca y quema el desequilibrio interior. Pero alejó este pensamiento, porque ya conocía la verdad: la geografía no resuelve nada.

—No podemos hacer nada si no me cuentas el resto —dijo.

—¿Qué resto? —preguntó ella, como si no tuviera ni idea.

—El motivo. Por qué mandaron a Frank Dawdle aquí con tres millones de dólares.

Mirando el retrovisor, ella contestó:

—Criminal de guerra. Serbobosniano. Un pez gordo.

Pasaron junto a un hotel pequeño y rosa y llegaron a la bahía de Portorož, llena de sol y agua centelleante.

—¿Quién?

—¿Realmente importa?

Suponía que no. Karadzic, Mladic o cualquier *ic* buscado, la historia era siempre la misma. Ellos, así como los fanáticos croatas del otro lado de las líneas de combate, todos habían tenido algo que ver en los genocidios bosnianos que habían contribuido a convertir un país, antes adorado por su multietnicidad, en un paria internacional. Desde 1996, esos hombres habían sido fugitivos, ocultos por simpatizantes y funcionarios corruptos, con acusaciones pendientes en el Tribunal Internacional de Naciones Unidas para la Antigua Yugoslavia. Crímenes contra la humanidad, crímenes contra la vida y la salud, genocidio, incumplimiento de las convenciones de Ginebra, asesinato, saqueo y violaciones de las leyes y costumbres de la guerra. Charles miró hacia el Adriático, olisqueando el viento.

—Naciones Unidas ofrece cinco millones por esas personas.

—Ah, ese tipo quería cinco —dijo Angela, reduciendo la marcha tras una fila de coches con matrículas eslovenas, alemanas e italianas—. Pero sólo tenía una dirección, y pedía el dinero por anticipado, de modo que podía desaparecer. Naciones Unidas no se fiaba, le rechazó de plano, así que un joven listo de Langley decidió que podíamos comprarlo nosotros por tres. Un golpe de relaciones públicas. Nos llevamos la gloria de un arresto y una vez más ponemos en evidencia la incompetencia de Naciones Unidas. —Se encogió de hombros—. Cinco o tres, de todos modos eres millonario.

—¿Qué sabemos del informador?

—No quiso decirnos nada, pero Langley lo descubrió. Dušan Maskovic, un serbio de Sarajevo que se había unido a las milicias al principio de la guerra. Forma parte del entorno que ha ocultado a los peces gordos en las montañas de la República Srpska. Hace dos semanas, abandonó a su jefe y contactó con la oficina de Derechos Humanos de Naciones Unidas en Sarajevo. Por lo visto, reciben a personas como él cada día. Así que Dušan llamó a nuestra embajada y encontró a alguien dispuesto a escucharle.

—¿Y por qué no se ocuparon de ello allí mismo? ¿En Sarajevo?

Avanzando uniformemente entre el tráfico pasaron junto a tiendas con flores y periódicos internacionales.

—No quería cobrar en Bosnia. Ni siquiera quería que se organizara el pago a través de la embajada en Sarajevo. Y no quería a nadie destinado en alguna de las ex repúblicas yugoslavas implicadas.

—No es tonto.

—Por lo que descubrimos, consiguió un barco en Croacia y pensaba esperar en el Adriático hasta las siete de la tarde del sábado. Así podía entrar en el puerto, realizar el intercambio y volver a marcharse sin tener que registrarse con el práctico.

—Ya —dijo Charles, porque, a pesar de que le habían vuelto los calambres en el estómago, por fin tenía suficiente información para imaginarse a los distintos actores y la forma como estaban relacionados.

—¿Quieres que me ocupe yo de la habitación?

—Primero pasemos por el puerto.

El puerto principal de Portorož estaba en medio de la bahía. Tras él se imponía el Hotel Slovenia con su estilo arquitectónico propio de los sesenta, con el nombre escrito en letras azules sobre cemento blanco, un motivo surfero. Aparcaron en una calle lateral y pasaron junto a tiendas que vendían maquetas de barcos y camisetas con *Portorož, I Love Eslovenia* y *Mis padres fueron a Eslovenia y sólo me regalaron...* estampado delante. Familias con sandalias, lamiendo helados y fumando cigarrillos, paseaban sin rumbo. Detrás de las tiendas había una hilera de pequeños amarraderos repletos de barcos recreativos.

—¿Cuál? —preguntó Charles.

—Cuarenta y siete.

Caminó delante, con las manos en los bolsillos, como si él y su amiga disfrutaran de las vistas y del calor del sol. Las tripulaciones y los capitanes de los barcos de motor y de vela no les prestaban atención. Era casi mediodía, la hora de los aperitivos y las siestas. Alemanes y eslovenos dormitaban en sus cubiertas, y las únicas voces que se oían eran las de los niños que no lograban dormirse.

El cuarenta y siete estaba vacío, pero en el cuarenta y nueve estaba amarrado un humilde yate con bandera italiana. En la cubierta, una mujer gruesa intentaba pelar una salchicha.

—*Buon giorno!* —dijo Charles.

La mujer inclinó la cabeza educadamente.

El italiano de Charles era sólo pasable, así que pidió a Angela que descubriera cuándo había llegado la mujer a Portorož. Angela se lanzó a hablar en italiano romano, como una ametralladora, de un modo que sonaba como una ráfaga de insultos. Pero la mujer salchicha sonrió y gesticuló insultando a su vez. Angela acabó despidiéndose con un «*Grazie mille*».

Charles se despidió también; se inclinó hacia Angela mientras se alejaban y preguntó:

—¿Qué?

—Llegó el sábado por la noche. Había un barco a motor a su lado, sucio, dice, pero se marchó en cuanto ellos llegaron. Se imagina que sobre las siete y media o las ocho.

Tras un par de pasos más, Angela se dio cuenta de que Charles se había parado detrás de ella. Tenía las manos en las caderas y miraba la plaza vacía con una pequeña placa que decía «47».

—¿Crees que está muy sucia?

—Las he visto peores.

Charles le entregó su americana, se desabrochó la camisa y se descalzó.

—No vas a hacerlo —dijo Angela.

—Si el intercambio llegó a realizarse, probablemente no fue bien. Si acabó en pelea, podría haber caído algo por aquí.

—O —dijo Angela—, si Dušan es listo, se llevaría el cadáver de Frank mar adentro y lo tiraría por la borda.

Charles quería decirle que ya había descartado a Dušan

Maskovic como asesino. Dušan no tenía nada que ganar matando a un hombre que iba a darle dinero por una simple dirección sin hacer preguntas, pero cambió de idea. No tenía tiempo para discutir.

Se quedó en calzoncillos, disimulando los calambres en el estómago al doblarse para quitarse los pantalones. No llevaba camiseta, y tenía el torso pálido tras una semana bajo el cielo gris de Amsterdam.

—Si no salgo...

—A mí no me mires —dijo Angela—. No sé nadar.

—Pues manda a la *signora* Salchicha a por mí.

Antes de que Angela pudiera pensar en una respuesta, Charles había saltado a la bahía. Era poco profunda. Fue un impacto para sus nervios alterados por las drogas, y por un instante casi respiró debajo del agua. Tuvo que hacer un esfuerzo para no hacerlo. Salió a la superficie y se enjuagó la cara. Angela, en el borde del muelle, le sonrió.

—¿Ya estás?

—No me arrugues la camisa.

Se sumergió de nuevo y abrió los ojos.

Con el sol casi directamente encima, las sombras bajo el agua eran brutales. Vio los cascos sucios y blancos de los barcos, después la negrura donde los flancos inferiores se hundían en la oscuridad. Pasó las manos por el barco italiano del número 49, siguiéndolo hacia proa, donde una gruesa cuerda lo amarraba a las pilonas, asegurando el barco. Soltó la mano de la cuerda y se sumergió en la oscuridad bajo el muelle, utilizando las manos para orientarse. Tocó cosas vivas —una concha áspera, limo, las escamas de un pez en movimiento—, pero cuando se disponía a salir a la superficie, encontró algo más. Una pesada bota de trabajo, con la suela dura. Estaba unida a un pie, unos vaqueros y un cuerpo. De nuevo, se esforzó por no inhalar. Dio un tirón, pero el frío y rígido cadáver era difícil de mover.

Salió para respirar, ignoró las pullas de Angela, y se sumergió de nuevo. Utilizó las pilonas para equilibrarse. En cuanto arrastró el cadáver hasta la luz parcial que rodeaba el barco italiano, a través de la nube de arena removida vio por qué le había costado tanto. El cuerpo hinchado —un hombre de barba oscura— estaba atado por la cintura a un tubo de metal pesado, una pieza de motor, probablemente.

Salió a la superficie jadeando. El agua, que parecía tan limpia hacía un minuto, ahora estaba asquerosa. Escupió líquido, limpiándose los labios con el dorso de la mano. Por encima de él, con las manos en las rodillas, Angela dijo:

—Yo aguanto más la respiración. Observa.

—Ayúdame a subir.

Angela dejó la ropa amontonada en el suelo, se arrodilló en el muelle, y le alargó la mano. Charles subió rápidamente al borde, y se sentó con las rodillas levantadas, goteando. La brisa le hizo temblar.

—¿Y bien? —dijo Angela.

—¿Cómo es Frank?

Angela sacó del bolsillo una pequeña fotografía que había llevado para mostrar a los desconocidos. Un retrato de frente, con expresión taciturna, pero bien iluminado, de modo que los rasgos de Frank Dawdle eran visibles. Un hombre bien afeitado, calvo en la coronilla, cabellos blancos detrás de la orejas, de unos sesenta años.

—No se había dejado barba, ¿verdad?

Angela meneó la cabeza y puso cara de preocupación.

—Pero la última foto conocida de Maskovic...

Él se puso de pie.

—A menos que la tasa de asesinatos en Portorož haya aumentado espectacularmente, ahí abajo tienes a tu serbio.

—No...

Charles la interrumpió antes de que ella pudiera discutir.

—Hablaremos con la SOVA, pero debes llamar a Viena. Ya. Que registren el despacho de Frank. A ver qué ha desaparecido. Entérate de qué había en su ordenador antes de que se marchara.

Se puso la camisa, y su cuerpo mojado tiñó de gris el algodón blanco. Angela empezó a manosear el teléfono, pero tenía problemas para teclear. Charles le cogió las manos y la miró a los ojos.

—Esto es grave. ¿Vale? Pero no pierdas la calma hasta que lo sepamos todo. Y ni una palabra del cadáver a los eslovenos. No podemos permitirnos que nos retengan para interrogarnos.

Ella volvió a asentir.

Charles la soltó y cogió la americana, los pantalones y los zapatos, después desandó el camino por el muelle, hacia la playa. Desde su barco, con las rodillas gordinflonas en la barbilla, la italiana soltó un silbido.

—*Bello* —dijo.

4

Una hora y media más tarde, se estaban preparando para marcharse. Charles quería conducir, pero Angela se opuso firmemente. Estaba conmocionada. Sin que él hubiera dicho una sola palabra, ella sola lo había deducido. Frank Dawdle, su amado jefe, había matado a Leo Bernard, había matado a Dušan Maskovic, y se había largado con tres millones de dólares del gobierno de Estados Unidos.

La prueba más condenatoria llegó con la llamada de Angela a Viena. El disco duro del ordenador de Dawdle había desaparecido. Conforme al uso de energía, el experto en informática de la casa creía que se había extraído durante la mañana del viernes, justo antes de que Frank y Leo se fueran a Eslovenia.

A pesar de esto, ella se aferró a una teoría nueva y esperanzadora. Los responsables eran los eslovenos. Quizá Frank se había llevado el disco duro, pero sólo lo había hecho bajo coacción. Sus viejos amigos de la SOVA le estaban amenazando. Cuando se reunieron con Bogdan Krizan, el jefe local de la SOVA, ella le miró furiosa a través de la mesa del Hotel Slovenia mientras el hombre engullía un plato de calamares fritos y explicaba que había pasado la noche del viernes con Frank Dawdle, bebiendo en su habitación.

—¿A qué se refiere? ¿Le visitó usted? —preguntó—. ¿No tenía trabajo que hacer?

Krizan dejó de comer, sin soltar del todo el tenedor. Tenía

una cara angulosa que pareció expandirse cuando se encogió de hombros a su exagerada manera balcánica.

—Somos viejos amigos, señorita Yates. Antiguos espías. Beber juntos hasta la madrugada es lo que hacemos. Además, me había enterado de lo de Charlotte. Le ofrecí solidaridad en una botella.

—¿Charlotte? —preguntó Charles.

—Su esposa —dijo Krizan, pero después se corrigió—: Ex esposa.

Angela asintió.

—Ella le dejó hace unos seis meses. Él se lo tomó muy mal.

—Una tragedia —dijo Krizan.

Para Charles, la imagen estaba casi completa.

—¿Qué le contó sobre su estancia aquí?

—Nada. Por supuesto se lo pregunté varias veces. Pero sólo me guiñaba el ojo. Ahora desearía que hubiera confiado en mí.

—Yo también.

—¿Está en un lío? —dijo Krizan, sin mostrar ninguna preocupación.

Charles meneó la cabeza, negando. Sonó el móvil de Angela y ella se levantó de la mesa.

—Esta mujer está amargada —dijo Krizan, meneando la cabeza—. ¿Sabe cómo la llamaba Frank?

Charles no lo sabía.

—Mi portento de ojos azules. —Sonrió—. Un hombre encantador, pero no distinguiría a una lesbiana aunque se diera de narices con ella.

Charles se acercó más mientras Krizan engullía sus calamares.

—¿Se le ocurre algo más?

—Es difícil cuando usted no me dice de qué va esto —dijo, y masticó—. Pero no. A mí me pareció muy normal.

Cerca de la puerta, Angela se apretaba la palma de una mano contra la oreja para poder oír mejor lo que le decían por teléfono. Charles se levantó y estrechó la mano de Krizan.

—Gracias por su ayuda.

—Si Frank tiene problemas —dijo Krizan, reteniéndole la mano un momento más de lo necesario—, espero que sean justos con él. Ha trabajado muchos años por su país. Si ha metido la pata en el otoño de su vida, ¿quién podría culparle? —Otra vez el encogimiento exagerado de hombros antes de soltar la mano de Charles—. No se puede ser perfecto siempre. Ninguno de nosotros es Dios.

Charles dejó a Krizan con su filosofía y se acercó a Angela, que colgó, con la cara encendida.

—¿Qué pasa?

—Era Max.

—¿Quién es?

—Es el portero de noche de la embajada. El jueves por la noche, uno de los informadores de Frank mandó un mensaje sobre un ejecutivo ruso al que estaban vigilando. Un gran oligarca. Roman Ugrimov.

Charles conocía a Ugrimov, un famoso ejecutivo que se había marchado de Rusia para salvar el pellejo, pero seguía manteniendo contactos influyentes en el país mientras ampliaba sus negocios diversificándolos por todo el mundo.

—¿Qué clase de información?

—De la clase del chantaje. —Calló—. Es un pedófilo.

—Podría ser una coincidencia —dijo Charles, saliendo del restaurante y entrando en el largo y socialista vestíbulo color malva, donde tres agentes de la SOVA esperaban a su jefe.

—Tal vez. Pero ayer Ugrimov se trasladó a su nueva casa. En Venecia.

Charles se paró de nuevo y Angela tuvo que retroceder. Mirando las brillantes ventanas del vestíbulo, por fin encajaron las últimas piezas.

—Eso está al otro lado del mar —dijo—. Con un barco, es ideal.

—Supongo, pero...

—¿Qué más necesita alguien que tiene tres millones de dólares en dinero robado? —interrumpió Charles—. Necesita un nombre nuevo. Un hombre con las relaciones de Roman Ugrimov podría proporcionarle documentos sin problemas. Si se le convence de que lo haga.

Ella no contestó, sólo le miró fijamente.

—Una llamada más —dijo—. Que alguien hable con los prácticos de Venecia. Averigua si en los últimos dos días han abandonado algún barco.

Esperaron que les devolvieran la llamada en un café céntrico que todavía tenía que adaptarse a los extranjeros poscomunistas que ahora ocupaban sus cincuenta kilómetros de litoral. Detrás de la barra de zinc una matrona con el delantal manchado de café y cerveza servía Laško Pivo de barril a los mal pagados trabajadores del puerto. A la mujer pareció molestarle que Angela pidiera un capucino, y cuando se lo sirvió resultó ser una mezcla instantánea demasiado dulce. Charles la convenció de que se lo tomara, después le preguntó por qué no le había dicho que la esposa de Frank le había abandonado.

Ella tomó un sorbo e hizo una mueca.

—Mucha gente se divorcia.

—Es una de las cosas más estresantes que pueden ocurrirte —dijo—. El divorcio cambia a las personas. Es habitual tener una gran necesidad de empezar de cero y reconstruir tu vida, pero para mejor. —Se frotó la nariz—. Tal vez Frank decidió que se había equivocado de bando desde el principio.

—Ya no existe otro bando.

—Por supuesto que sí. Él mismo.

Pero ella todavía no parecía convencida. Sonó su teléfono y escuchó mientras sacudía la cabeza furiosamente, a Frank, a Charles, a sí misma. En la estación de Roma le dijeron que el domingo por la mañana había sido hallado un barco con matrícula registrada en Dubrovnik flotando cerca de los muelles del Lido.

—Dicen que hay sangre dentro —explicó el jefe de estación.

Después de que Angela colgara, Charles se ofreció a conducir; no quería que los hábitos austríacos de ella les retrasaran. Angela reaccionó mostrándole el dedo corazón rígido.

Pero al final ganó él, porque cuando llegaron a la maraña de colinas de la alta península, Angela se echó a llorar. Le hizo parar y cambiaron de asiento. Cerca de la frontera italiana, Angela intentó explicar su comportamiento histérico.

—Es difícil. Trabajas años convenciéndote a ti misma de que debes confiar en pocas personas. Pocas, las suficientes para ir tirando. Y en cuanto confías en ellas, no hay vuelta atrás. No es posible. Porque si no, ¿cómo podrías hacer tu trabajo?

Charles la dejó hablar sin decir nada, pero se preguntó si éste no sería su problema. La idea de confiar en alguien, aparte del hombre que le llamaba para asignarle las misiones, le resultaba insostenible. Tal vez el cuerpo humano no podía asumir ese nivel de desconfianza.

Cuando entraron en Italia, sacó el móvil y marcó. Habló un momento con Grainger y repitió la información que recibió de él.

—Scuola Vecchia della Misericordia. Tercera puerta.

—¿Qué pasa? —preguntó Angela cuando él colgó.

Charles marcó otro número. Tras unos tonos, Bogdan Krizan dijo cautelosamente:

—*Da?*

—Vaya al muelle frente al Hotel Slovenia. El número cuarenta y siete. En el agua encontrará a un serbobosniano llamado Dušan Maskovic. ¿Lo tiene?

Krizan respiró pesadamente.

—¿Se trata de Frank?

Charles colgó.

5

Tardaron tres horas en llegar a Venecia y alquilar un barcotaxi: una lancha a motor. A las cinco y media estaban en el muelle del Lido. Un joven y malhumorado *carabiniere* con un quimérico bigote esperaba junto al barco a motor abandonado. A los venecianos se les había avisado de que llegarían visitantes, nadie había dicho que montaran un comité de recepción. El guardia levantó la cinta roja policial para que pasaran, pero no les siguió a bordo. Todo estaba allí: los documentos de registro de Dubrovnik, la cabina sucia repleta de piezas de motor de recambio, y en un rincón, una salpicadura marrón de sangre secada por el sol.

No pasaron mucho rato allí. Lo único que Frank Dawdle había dejado en el barco eran sus huellas y la cronología del asesinato. De pie en el centro de la cabina, Charles alargó dos dedos imitando una pistola.

—Le dispara aquí y lo arrastra fuera. —Se agachó para indicar donde se había manchado el suelo de gasolina, con ligeros rastros de sangre—. Quizá le ató aquel pedazo de tubo en el barco, o quizás en el agua. No tiene importancia.

—No —dijo Angela, mirándolo—. No la tiene.

No hallaron casquillos. Podría ser que los casquillos hubieran caído a la bahía de Portorož, pero también era posible que Frank siguiera el procedimiento de la Agencia y los recogiera, a pesar de haber dejado sus huellas. Tal vez fue el pánico, pero esto tampoco importaba.

Dieron las gracias al *carabiniere*, que murmuró «*Prego*» sin dejar de mirar los pechos de Angela, y después buscaron al conductor del taxi que esperaba en el muelle con un cigarrillo apagado en los labios. Detrás de él, el sol estaba bajo. Les informó de que el contador corría, y que ya había sobrepasado las 150.000 liras. Pareció muy complacido cuando ninguno de los pasajeros se inmutó.

Tardaron veinte minutos más en volver al Gran Canal, y dando saltos sobre el agua se dirigieron al distrito de Cannaregio, donde se acababa de mudar el ejecutivo ruso Roman Ugrimov.

—Está metido en todo —explicó Angela—. Servicios básicos rusos, constructoras en Austria, incluso minas de oro en Suráfrica.

Acalorado, Charles entornó los ojos para ver pasar un *vaporetto* lleno de turistas.

—Se mudó a Viena hace dos años, ¿no?

—Fue cuando empezamos a investigar. Mucha porquería, pero nada que se sostuviera.

—¿Ugrimov tiene mucha seguridad?

—Increíble. Frank quería pruebas de su pedofilia. Viaja con una sobrina de trece años. Pero no es su sobrina. Estamos seguros.

—¿Cómo conseguisteis la información perjudicial sobre él?

Angela se agarró al borde del barco para no perder el equilibrio.

—Frank encontró un informador. Es muy bueno en su trabajo.

—Esto es lo que me preocupa.

Charles pagó al taxista en cuanto llegaron a la parada del *vaporetto* en Ca' D'Oro, le dio una generosa propina, y él y Angela se mezclaron con la multitud de turistas hasta llegar al laberinto de callejuelas vacías. Finalmente, poniéndole imaginación, llegaron al espacio abierto, no exactamente una plaza, de Rio Terrá Barba Fruttariol.

El *palazzo* de Roman Ugrimov era un edificio esquinero de

aspecto ruinoso pero ornamentado, y bastante alto. Daba a Barba Fruttariol, pero la larga terraza cubierta que Angela contemplaba haciendo visera con la mano, daba la vuelta hacia una calle lateral.

—Es impresionante —dijo.

—Hay mucho ex KGB que vive en casas impresionantes.

—¿KGB? —Se lo quedó mirando—. Ya le conocías. ¿Cómo?

Charles se sintió incómodo un momento. Tocó el sobre de Dexedrina del bolsillo para serenarse.

—Oigo cosas.

—Ah —dijo ella, comprendiendo—. No estoy autorizada.

Charles no se molestó en contestar.

—¿Llevas tú esto, entonces?

—Preferiría que lo hicieras tú. No llevo encima identificación de la Agencia.

—Esto es cada vez más curioso —comentó Angela, llamando a la puerta.

Angela mostró su identificación del Departamento de Estado a un guardaespaldas calvo y estereotipado, con un auricular en la oreja, y solicitó hablar con Roman Ugrimov. El gorila habló en ruso con su solapa, escuchó una respuesta, y después les acompañó por una escalera de piedra con poca luz, angosta y gastada. Una vez arriba, abrió una puerta gruesa de madera.

El piso de Ugrimov parecía recién importado de Manhattan. Suelos de madera relucientes, mobiliario moderno de diseño, televisión de plasma, puertas correderas dobles que daban a una larga terraza desde la que se divisaban los tejados de Venecia hasta el Gran Canal. El propio Charles tuvo que reconocer que era espectacular.

Ugrimov en persona estaba sentado frente a una mesa de acero en una silla de respaldo alto, leyendo algo de un pequeño ordenador. Les sonrió, fingió sorpresa y se levantó ofreciendo la mano.

—Los primeros visitantes en mi nuevo hogar —dijo en un inglés fluido—. Bienvenidos.

Era alto, de cincuenta y pocos años, con los cabellos grises ondulados y una sonrisa deslumbrante. A pesar de unos ojos hundidos que rivalizaban con los de Charles, todo él desprendía vitalidad.

Tras las presentaciones, les acompaño a los sofás de super-diseño.

—Por favor, díganme qué puedo hacer por mis amigos americanos.

Angela le alargó la fotografía de Frank Dawdle. Ugrimov se puso unas bifocales Ralph Lauren y ladeó la foto a la luz del crepúsculo.

—¿Quién se supone que es?

—Trabaja para el gobierno norteamericano —dijo Angela.

—¿También de la CIA?

—Sólo pertenecemos a la embajada. Lleva tres días desaparecido.

—Oh. —Ugrimov le devolvió la foto—. Esto parece preocupante.

—Lo es —dijo Angela—. ¿Está seguro de que no ha venido a verle?

—Nikolai —dijo Ugrimov, y preguntó en ruso—: ¿Hemos tenido alguna visita?

Nikolai sacó el labio inferior y negó con la cabeza.

Ugrimov se encogió de hombros.

—Nada, lo siento. Tal vez puedan decirme por qué creen que podría haber venido. No le conozco, ¿verdad?

—Antes de desaparecer estaba investigando su vida —dijo Charles.

—Oh —repitió Ugrimov. Levantó un dedo—. ¿Me está diciendo que alguien de la embajada norteamericana en Viena estaba investigando mi vida y mi trabajo?

—Se ofendería si no lo hicieran —dijo Charles.

Ugrimov sonrió.

—De acuerdo. Permitan que les invite a tomar algo. ¿O están de servicio?

Angela irritó a Charles levantándose y diciendo:

—Estamos de servicio.

Le entregó una tarjeta.

—Si el señor Dawdle se pone en contacto con usted, llámeme por favor.

—Por supuesto. —Se volvió hacia Charles—. *Do svidanya.*

Charles repitió la despedida en ruso.

En cuanto bajaron la escalera y salieron a la calle oscura, donde el aire era húmedo y todavía cálido, Angela bostezó otra vez y dijo:

—¿Qué ha sido eso?

—¿Qué?

—¿Cómo sabía él que hablabas ruso?

—Ya te he dicho que necesito un nombre nuevo. —Charles miró calle abajo—. La comunidad rusa no es tan grande.

—Tampoco es tan pequeña —dijo Angela—. ¿Qué estás buscando?

—Allí. —No señaló, sólo apuntó con la cabeza un pequeño rótulo en la esquina que anunciaba una *osteria*—. Vamos a dar un rodeo hasta allí. A comer y observar.

—¿No te fías de él?

—Un hombre como Ugrimov no reconocería nunca que Dawdle había acudido a él.

—Vigila tú si quieres. Necesito dormir.

—¿Quieres una pastilla?

—¿La primera es gratis? —dijo ella, después le guiñó el ojo y sofocó otro bostezo—. Tengo que pasar el test de drogas en la embajada.

—Pues dame uno de tus cigarrillos al menos.

—¿Desde cuándo fumas?

—Lo estoy dejando.

Angela sacó un cigarrillo para él, pero antes de dárselo, preguntó:

—¿Son las drogas las que te lo hacen? ¿O es el trabajo?

—¿Hacerme qué?

—Puede que sean tantos nombres. —Le pasó el cigarrillo—. Puede que sea esto lo que te ha vuelto tan frío. Cuando eras Milo, eras una persona distinta.

Él pestañeó, pero no le salió ninguna respuesta.

6

Pasó la primera parte de su vigilancia nocturna en la pequeña *osteria*, observando Barba Fruttariol, cenando *cichetti* —pequeñas porciones de marisco y verduras a la parrilla— y regándolo con un delicioso Chianti. El camarero intentó trabar conversación con él, pero Charles prefería el silencio, así que cuando el hombre se puso a comentar que George Michael «era sin duda el mejor cantante del mundo», no se molestó en contradecirlo o corroborarlo. La charla del hombre se convirtió en un monótono ruido de fondo.

Alguien había dejado un ejemplar del *Herald Tribune* del día, y Charles se entretuvo con los artículos un rato, sobre todo con una declaración del secretario de Defensa de Estados Unidos, Donald Rumsfeld, que «según algunos cálculos no podemos localizar 2,3 billones de dólares en transacciones», cantidad que correspondía a una cuarta parte del presupuesto del Pentágono. Un cierto senador llamado Nathan Irwin, de Minnesota, rompiendo los vínculos de partido, lo calificaba de «horrible deshonra». Pero ni siquiera esto retuvo su atención, así que dobló el periódico y lo apartó.

No estaba pensando en el suicidio, sino en la Gran Voz, en aquello que su madre solía hablar con él durante las ocasionales visitas nocturnas que le hacía durante los años setenta, cuando era un niño y vivía en Carolina del Norte.

—Observa a los demás —le decía— y descubre qué les guía. Voces pequeñas: la televisión, los políticos, los curas, el dinero.

Ésas son las voces pequeñas, y tapan la voz grande que todos tenemos. Pero tú hazme caso: las voces pequeñas no significan nada. Lo único que hacen es engañar. ¿Me entiendes?

Era demasiado pequeño para entender, pero demasiado mayor para reconocerlo. Las visitas nunca duraban el tiempo suficiente para que su madre se lo explicara bien. Él siempre estaba cansado cuando ella llegaba en plena noche, golpeaba su ventana y se lo llevaba a un parque cercano.

—Soy tu madre, pero no me llamarás mamá. No permitiré que esta palabra te oprima, ni que tú me oprimas con ella. Tampoco me llamarás Ellen, que es mi nombre de esclava. El nombre de mi liberación es Elsa. ¿Puedes decirlo?

—Elsa.

—Excelente.

Su primera infancia estuvo salpicada con estos sueños, porque esto era lo que le parecían: sueños de visitas de una madre fantasma con sus breves lecciones. En un año podía aparecer tres o cuatro veces; cuando él tenía ocho años, apareció todas las noches durante una semana y centró sus lecciones en su liberación. Le explicó que cuando fuera un poco mayor —doce o trece años— lo llevaría con ella, porque para entonces él ya sería capaz de entender la doctrina de la guerra total. ¿Contra quién? Contra las pequeñas voces. Aunque apenas entendía nada, le emocionaba la idea de desaparecer con ella una noche. Pero nunca lo hizo. Después de aquella intensa semana, los sueños no volvieron, y sólo mucho más tarde se enteró de que su madre había muerto antes de poder llevárselo. En una cárcel alemana. Suicidándose.

¿Era ésta la Gran Voz? ¿La voz que habló desde las paredes de piedra de la Prisión Stammheim de Stuttgart, convenciéndola de que se quitara los pantalones del uniforme, los atara a los barrotes de la puerta, el otro extremo a su garganta, y después se sentara con el entusiasmo de una fanática?

Charles se preguntó si podría haberlo hecho de haber conservado su nombre auténtico. ¿Podría haberlo hecho si hubiera seguido llamándose madre? Se preguntó si él mismo podría haber vivido aquellos últimos siete años, o elegido tan despreocupadamente acabar con su vida, de haber mantenido su propio nombre.

Ya estaba otra vez pensando en el suicidio.

A las diez, cuando el restaurante cerró, volvió a echar un vistazo a la puerta de Ugrimov, después corrió en dirección oeste, frustrado a veces por las calles sin salida, hasta que llegó a los porches junto al agua de la Scuola Vecchia della Misericordia. La tercera puerta había dicho Grainger, así que contó tres, y después, a pesar de que su estómago estaba otra vez revuelto, se echó boca abajo sobre el suelo de adoquines y estiró la mano por encima del borde de la acera, hacia el canal.

No podía ver y tuvo que hacerlo guiándose por el tacto, palpando las piedras hasta que encontró una que era diferente a las demás. Para entonces, aquellos trasteros selectos tenían más de cincuenta años, porque habían sido añadidos a la arquitectura europea de posguerra por la CIA. Una insólita visión de futuro. Muchos habían sido descubiertos, otros se habían abierto por sí solos porque estaban mal hechos, pero algunos habían sobrevivido y habían demostrado tener un valor incalculable. Cerró los ojos para mejorar su sentido del tacto. En la parte de debajo de la piedra había un pestillo; tiró de él, y la piedra se le quedó en la mano. Dejó la tapa a su lado y metió la mano en el hueco, donde encontró un objeto pesado envuelto en plástico y sellado al vacío. Lo sacó y lo desenvolvió a la luz de la luna. Dentro había una Walther P99 cargada y con un cargador adicional, todo nuevo.

Volvió a colocar la tapa de piedra, regresó a Barba Fruttariol y echó un vistazo a la zona, dando vueltas al *palazzo* por callejuelas oscuras, y volviendo siempre a ángulos diferentes para observar la puerta principal o mirar hacia las luces de la terraza de Roman Ugrimov. De vez en cuando distinguía figuras arriba: Ugrimov, sus guardias, y una chica muy joven con los cabellos largos, lisos y castaños. La «sobrina». Pero sólo los guardias salieron de la casa, para volver con comestibles, botellas de vino y licores, y una vez un humidificador de madera. Después de medianoche oyó música en la casa y le sorprendió que se tratara de ópera.

Mientras los gatos maullaban a su aire sin hacerle caso, un total de tres borrachos intentaron trabar amistad con él aquella noche. El silencio funcionó con todos salvo con el tercero, que rodeó el hombro de Charles con su brazo y le habló en cuatro idiomas, intentando descubrir cuál le haría responder. En un súbito e inesperado arrebato, Charles clavó el codo en las costillas del hombre, le tapó la boca con la mano, y le golpeó con fuerza dos veces en la parte trasera de la cabeza. Con el primer golpe, el hombre balbuceó; con el segundo, se desmayó. Charles sostuvo al hombre inerme unos segundos, odiándose a sí mismo, y después lo arrastró por la calle, cruzó un puente arqueado que unía las dos orillas del Rio dei Santi Apostoli, y escondió al borracho en un callejón.

Equilibrio, esta palabra le vino a la cabeza al cruzar otra vez el puente, temblando. Sin equilibrio, la vida no valía la pena.

Hacía aquel trabajo desde hacía seis... no, siete años, flotando sin amarras de ciudad en ciudad, comprometido por las llamadas transatlánticas de un hombre al que no había visto físicamente en dos años. El teléfono en sí era su dueño. A veces pasaba semanas sin trabajar, y en esos períodos dormía y bebía mucho, pero cuando estaba inmerso en un trabajo no había forma de detener el brutal movimiento hacia delante. Tenía que tragarse los estimulantes que hiciera falta para mantenerse en marcha, porque el trabajo nunca había tenido nada que ver con mantener la salud de Charles Alexander. El trabajo trataba sólo del mantenimiento silencioso y anónimo de la delicadamente denominada «esfera de influencia», y a Charles Alexander y a otros como él les podían dar por el saco.

Angela había dicho que ya no existía otro bando, pero sí existía. El otro bando tenía múltiples facetas: mafias rusas, industrialización china, armas nucleares extraviadas e incluso los ruidosos musulmanes acampados en Afganistán que intentaban arrancar el Oriente Medio empapado de petróleo de las garras de Washington. Como diría Grainger, todo el que no podía ser adoptado o absorbido por el imperio era anatema y debía ser frenado, como los bárbaros a las puertas de la ciudad. Era entonces cuando sonaba el teléfono de Charles Alexander.

Se preguntó cuántos cadáveres alfombrarían el turbio suelo de aquellos canales, y la idea de unirse a ellos le proporcionó cierto consuelo. Es debido a la muerte que la muerte no significa nada; es debido a la muerte que la vida no significa nada.

Termina primero el trabajo, pensó. No termines con un fracaso. Y después...

No más planes, ni guardias de fronteras, ni aduaneros; no tener que volver a mirar por encima del hombro.

A las cinco, estaba decidido. El brillo profético anterior al amanecer iluminó el cielo, y Charles se tragó dos Dexedrinas más a palo seco. Volvieron los temblores. Recordó a su madre y sus sueños de una utopía con sólo grandes voces. ¿Qué habría pensado de él? Lo sabía: le habría querido dar una paliza. Él se había pasado la vida adulta trabajando para los proxenetas y los fabricantes de aquellas insidiosas pequeñas voces.

Cuando a las nueve y media el fan de George Michael abrió de nuevo la *osteria*, a Charles le sorprendió darse cuenta de que seguía respirando. Pidió dos cafés y esperó pacientemente junto a la ventana mientras el hombre cocinaba tocino, huevos, ajo, aceite y *linguini* para su huraño e indispuesto cliente. Era delicioso, pero a medio comer, paró y miró por la ventana.

Tres personas se acercaban al *palazzo*. El guardaespaldas que había visto la noche anterior —Nikolai— y, detrás, una mujer en avanzado estado de gestación con un hombre mayor. El hombre mayor era Frank Dawdle.

Marcó un número de teléfono en el móvil.

—¿Sí? —contestó Angela.

—Está aquí.

Charles se guardó el móvil y pagó. El camarero, que estaba sirviendo a una pareja anciana, le miró disgustado.

—¿No le gusta el desayuno?

—Guárdemelo —dijo Charles—. Lo terminaré dentro de un minuto.

En cuanto llegó Angela, con el cabello húmedo por una ducha interrumpida, los visitantes llevaban doce minutos dentro del *palazzo*. Había cuatro turistas en la calle. Esperaba que desaparecieran pronto.

—¿Tienes pistola? —preguntó Charles, sacando su Walther.

Angela se abrió la chaqueta para enseñar una Sig Sauer en una funda de la axila.

—Déjala ahí. Si hay que disparar a alguien, es mejor que lo haga yo. Yo puedo desaparecer, tú no.

—Así que velas por mí.

—Sí, Angela. Velo por ti.

Ella apretó los labios.

—También temes que no sea capaz de dispararle. —Miró la mano temblorosa de él con la pistola—. Pero tampoco estoy segura de que tú puedas hacerlo.

Charles apretó la Walther hasta que el temblor disminuyó.

—Estaré bien. Tú ve hacia allí —dijo, señalando un portal frente a la entrada del *palazzo*—. No tiene escapatoria. Si sale, le arrestamos. Es simple.

—Simple —contestó ella tajantemente, y se marchó al portal asignado mientras, afortunadamente, los turistas se alejaban.

En cuanto la perdió de vista, Charles se estudió la mano. Ella tenía razón, por supuesto. Angela Yates normalmente tenía razón. No podía seguir así, y no pensaba hacerlo. Era un trabajo miserable; era una vida miserable.

Se abrió la puerta del *palazzo*.

La abrió el calvo Nikolai con su traje bien cortado, pero permaneció dentro, sosteniendo la puerta para que la mujer embarazada —que ahora Charles podía ver que era muy guapa, con los ojos verdes y brillantes centelleando a través de la plaza— pudiera cruzar el umbral y salir a la calle. Después salió Dawdle, sosteniéndola por el codo. Aparentaba todos y cada uno de sus sesenta y dos años, y más.

El guardaespaldas cerró la puerta detrás de ellos, y la mujer se volvió para decir algo a Dawdle, pero éste no respondió. Miraba a Angela, que había salido del portal y corría en su dirección.

—¡Frank! —gritó Angela.

Charles se había despistado. Entonces también echó a correr, con la Walther en la mano.

A continuación, una voz de hombre gritó desde arriba en un inglés correcto:

—¡Y yo la amo, hijo de puta!

Y un aullido cada vez más fuerte, como el silbido de un motor de vapor, lo envolvió todo.

Los otros tres levantaron la cabeza, pero Charles no. Sabía que las distracciones suelen ser sólo esto. Corrió a toda velocidad. La embarazada, con la cabeza levantada, gritó y retrocedió. Frank Dawdle se había quedado paralizado. La chaqueta de Angela levantada por la carrera cayó cuando ella se paró de golpe y abrió la boca, pero no emitió ningún sonido. Junto a la mujer embarazada, algo rosa cayó al suelo. Eran las diez y veintisiete de la mañana.

Charles se paró dando un traspié. Podía ser una bomba. Pero las bombas no eran rosas, y no caían así. Explotaban o se destrozaban al golpear en el suelo con sonidos secos. Aquella cosa rosa cayó con un ruido suave y horripilante. Entonces supo que era un cuerpo. En un lado, disperso entre las salpicaduras de sangre en los adoquines, vio unos cabellos largos desparramados: era la joven que había visto en la terraza la noche anterior.

Miró hacia arriba, pero la terraza volvía a estar vacía. La mujer embarazada gritó, tropezó y cayó de espaldas.

Frank Dawdle sacó una pistola y disparó tres veces sin más, y el ruido resonó sobre las piedras. Después se volvió y corrió. Angela corrió detrás de él, gritando.

—¡Para! ¡Frank!

Charles Alexander estaba entrenado para seguir actuando incluso cuando se enfrentaba a lo imprevisible, pero lo que vio —la chica cayendo, los disparos, el hombre huyendo— le estaba confundiendo cada vez más.

¿Qué tenía que ver la mujer embarazada?

De repente le costaba respirar, pero se acercó a ella. No dejaba de gritar. Tenía la cara roja, los ojos extraviados. Sus palabras eran un galimatías.

Sentía algo realmente raro en el pecho, de modo que se dejó caer en el suelo al lado de ella. Y entonces notó la sangre. No la de la chica —ella estaba al otro lado de la mujer histérica— sino la suya. Ahora la veía. Le estaba manchando la camisa de rojo.

¿Y ahora qué?, pensó, exhausto. Riachuelos de sangre llenaban los huecos entre los adoquines. Estoy muerto. A la izquierda, vio a Angela corriendo tras la silueta menguante de Frank Dawdle.

Entre los ruidos indescifrables que procedían de la mujer embarazada, oyó una frase clara:

—¡Estoy de parto!

Charles pestañeó, deseando decir: «Pero es que yo me muero. No puedo ayudarte». Después vio la desesperación en la cara sudada de la mujer. Ella sí quería seguir con vida. ¿Por qué?

—¡Necesito un médico! —gritó la mujer.

—Yo... —empezó, y miró alrededor.

Angela y Dawdle habían desaparecido. Sólo eran un ruido de pisadas tras una esquina lejana.

—¡Avise a un médico, joder! —gritó la mujer, cerca del oído de Charles.

Desde aquella lejana esquina oyó los tres disparos secos de la Sig Sauer de Angela.

Sacó el teléfono. La mujer estaba aterrorizada, de modo que susurró:

—No se preocupe.

Marcó el 118, el número de urgencias médicas de Italia. Con un solo pulmón dolorido, en un italiano forzado y demasiado bajo, explicó que una mujer en el Rio Terrá Barba Fruttariol estaba dando a luz. Prometieron mandar una ambulancia. Colgó. Su sangre ya no era una red de riachuelos en el suelo: ahora formaba un charco alargado.

La mujer estaba más calmada, pero seguía jadeando. Parecía desesperada. Cuando le cogió la mano, se la apretó con una fuerza inesperada. Sobre la protuberancia de su vientre, miró a la chica muerta vestida de rosa. A lo lejos, reapareció Angela como una pequeña silueta, encogida, caminando como una borracha.

—¿Quién diablos es usted? —dijo finalmente la mujer embarazada.

—¿Qué?

La mujer se tomó un momento para regular su respiración, y apretó los dientes.

—Tiene un arma.

Todavía tenía la Walther en la otra mano. La soltó y el arma golpeó contra el suelo. Una niebla rojiza le enturbió la visión.

—Qué —dijo, y soltó aire entre los labios apretados, soplando tres veces—. ¿Quién diablos es usted?

Charles se atragantaba con las palabras, así que calló y le apretó la mano más fuerte. Lo intentó de nuevo.

—Soy un turista —dijo, aunque antes de perder el conocimiento sobre los adoquines supo que ya no lo era.

PRIMERA PARTE

PROBLEMAS DEL SECTOR
TURÍSTICO INTERNACIONAL

Miércoles, 4 de julio,
a jueves, 19 de julio de 2007

El Tigre. Era la clase de apodo que se utilizaba en el sureste asiático, o en India, y por eso la Agencia creyó durante mucho tiempo que el asesino era asiático. Sólo después de 2003, cuando llegaron aquellas pocas fotos y se verificaron, comprobaron que era de ascendencia europea. Lo que planteó la pregunta: ¿Por qué «el Tigre»?

Los psicólogos de la Agencia, como era de esperar, no se pusieron de acuerdo. El freudiano que quedaba aseguró que el asesino intentaba ocultar una disfunción sexual. Otro consideraba que se refería al mito chino de los «niños tigre», unos niños que se transformaban en tigres cuando se adentraban en la selva. Una analista de Nuevo México formuló su propia teoría de que procedía del símbolo del tigre de los nativos norteamericanos, representando «seguridad, espontaneidad y fortaleza».

A Milo Weaver no le importaba. El Tigre, que ahora viajaba con el nombre de Samuel Roth (pasaporte israelí n.º 6173882, b. 6/19/66), había llegado a Estados Unidos procedente de Ciudad de México, aterrizando en Dallas, y Milo había dedicado las últimas tres noches a seguirle, en un Chevy de alquiler recogido en el aeropuerto Dallas International. Pequeñas pistas, meros matices, le habían hecho avanzar hacia el este y hacia el sur hasta los márgenes de la destartalada Nueva Orleans, después serpenteando hacia el norte a través de Misisipi hasta última hora de la noche pasada, cerca de Fayette, donde Tom Grainger le llamó desde Nueva York.

—Acaba de llegar un aviso, Milo. Tienen a un tal Samuel Roth en Blackdale, Tennessee, arrestado por violencia doméstica.

—¿Violencia doméstica? No puede ser él.

—La descripción encaja.

—De acuerdo. —Milo buscó en el mapa manchado de Coca-Cola que se agitaba con el viento cálido de la noche. Localizó Blackdale, un punto diminuto—. Diles que voy para allá. Diles que lo tengan incomunicado. Si es que pueden.

Cuando entró en Blackdale aquella mañana del Día de la Independencia, sus compañeros de viaje eran tazas y bolsas arrugadas de McDonald's de tres días, recibos de peaje de autopista, envoltorios de caramelo y dos botellas vacías de Smirnoff, pero colillas no. Al menos había mantenido esa promesa hecha a su esposa. En su cartera hiperrepleta había acumulado más recibos que cartografiaban su recorrido: cena en un Fuddruckers de la zona de Dallas, barbacoa en Louisiana, moteles en Sulphur, Los Ángeles, y Brookhaven, Misisipi, y un montón de recibos de gasolina cargados a la tarjeta de la Agencia.

A Milo no le entusiasmaba Blackdale. Estaba fuera de su zona de confort de metrópolis de principios del siglo XXI. Perdida en la tierra yerma y rural, plagada de banderas del condado de Hardeman, entre la Elvisología de Memphis y la intersección trifronteriza del río Tennessee con Misisipi y Alabama, Blackdale no parecía una ciudad prometedora. Peor aún, mientras entraba en la ciudad se dio cuenta de que le sería imposible llegar a tiempo al concurso de talentos del Cuatro de Julio donde aquella tarde, en Brooklyn, actuaba su hija.

Pero, a pesar de todo, le gustó Blackdale y le gustó su sheriff, Manny Wilcox. El gordo y sudoroso agente de la ley mostró una asombrosa hospitalidad con alguien de la profesión más despreciada, y no preguntó nada sobre jurisdicciones ni por qué se interesaban por su preso. Esto mejoró el estado de ánimo de Milo. La limonada excesivamente dulce que le sirvió un ayudante bigotudo llamado Leslie también ayudó. La comisaría tenía una enorme cantidad de esa limonada, en neveras de color naranja de treinta litros con grifo, preparada por la esposa de Wilcox, Eileen. Era justo lo que necesitaba Milo para su resaca.

Manny Wilcox se seco el sudor de la sien.

—Comprenderá que necesito su firma.

—Faltaría más —dijo Milo—. Me gustaría que me explicara cómo le arrestaron.

Wilcox levantó su vaso para contemplar la condensación, y arrugó la nariz. Milo no se había duchado desde hacía dos días y la prueba de ello era la cara del sheriff.

—No fuimos nosotros. Su chica, Kathy Hendrickson. Una puta de Nueva Orleans. Por lo visto no le gustó la forma que tenía él de hacer el amor. Llamó al 911. Dijo que el hombre era un asesino. Le estaba pegando.

—¿Así, sin más?

—Así, sin más. Lo arrestamos anoche, tarde. Supongo que así se enteraron ustedes, por el parte del 911. La fulana tenía algunas laceraciones, un labio partido. Eran recientes. Verificamos su nombre con el pasaporte. Israelí. Después hallamos otro pasaporte en el coche. Italiano.

—Fabio Lanzetti —dijo Milo.

Wilcox separó las manos callosas.

—Ahí lo tiene. Acabábamos de encerrarlo en la celda cuando ustedes nos llamaron.

Era prácticamente increíble. Hacía seis años, desequilibrado y viviendo con otro nombre, Milo había tropezado por primera vez con el Tigre en Amsterdam. En los seis años siguientes, habían localizado y perdido al hombre en Italia, Alemania, los Emiratos Árabes, Afganistán e Israel. Ahora le habían atrapado en un motel de mala muerte cerca de la frontera de Misisipi, gracias a una prostituta de Louisiana.

—¿Nada más? —preguntó al sheriff—. ¿Nadie más le dio el soplo? ¿Sólo la mujer?

La carne bajo la barbilla de Wilcox tembló.

—Nadie más. Pero este tipo, Sam Roth... ¿es su nombre auténtico?

Milo decidió que el sheriff merecía recibir algo a cambio de su hospitalidad.

—Manny, no estamos seguros de su nombre auténtico. Cada vez que aparece en nuestro radar, es con un nombre diferente. Pero su chica podría saber algo. ¿Dónde está?

El sheriff jugó con su vaso húmedo, incómodo.

—Está en el motel. No tenía motivos para retenerla.

—También la quiero.

—Leslie puede ir a buscarla —aseguró Wilcox—. Pero dígame... su jefe comentó algo sobre este... ¿es verdad que le llaman el Tigre?

—Si es quien creemos que es, sí. Así le llaman.

Wilcox gruñó divertido.

—No se parece mucho a un tigre. Más bien a un gatito. Además camina de una forma rara, como si estuviera débil.

Milo terminó su limonada y Wilcox le ofreció más. Parecía evidente que aquellos policías dependían de la bebida casera de la señora Wilcox.

—No se deje engañar, sheriff. ¿Recuerda el año pasado en Francia?

—¿Su presidente?

—El ministro de Asuntos Exteriores. Y, en Alemania, el jefe de un grupo islamista.

—¿Un terrorista?

—Un líder religioso. Su coche explotó con él dentro. Y en Londres, aquel ejecutivo...

—¡El que compró las líneas aéreas! —gritó Wilcox, encantado de conocer al menos un caso—. No me diga que ese tipejo también le mató. ¿Tres personas?

—Éstos son los tres del año pasado que podemos atribuirle a ciencia cierta. Lleva en este trabajo al menos una década.

—Cuando el sheriff arqueó las cejas, Milo supo que ya había hablado bastante. No había ninguna necesidad de aterrorizarlo—. Pero como le he dicho, sheriff, necesito hablar con él para asegurarme.

Wilcox golpeó la mesa con los nudillos, con tanta fuerza que hizo temblar la pantalla del ordenador.

—Bien, pues. Hable con él.

2

El sheriff había trasladado a tres borrachos y dos maltratadores a la celda común, y había dejado solo a Samuel Roth en una habitación pequeña de ladrillos grandes de cemento, con una puerta de acero y sin ventana. Milo echó un vistazo a través de la ventanilla con barrotes de la puerta. Un tubo fluorescente iluminaba desde el techo el estrecho catre y un retrete de aluminio.

Según Grainger, calificar de obsesiva su búsqueda del Tigre habría sido un eufemismo. En 2001, poco después de recuperarse de las heridas de bala en Venecia y retirarse de Turismo, Milo decidió que, mientras sus colaboradores se dedicaban a localizar al Musulmán Más Famoso del Mundo en algún lugar de Afganistán, él dedicaría su tiempo a los brazos más quirúrgicos del terrorismo. Los actos terroristas, por definición, eran brutales y sangrientos. Pero cuando alguien como Bin Laden o al-Zarqawi necesitaba eliminar a una persona concreta, ellos, como el resto del mundo, acudían a un profesional. En el mundo del asesinato por encargo, había pocos mejores que el Tigre.

Así que, los últimos seis años, desde su cubículo del piso veintidós de las oficinas de la Agencia en la avenida de las Américas, había seguido a aquel hombre por ciudades de todo el mundo, pero nunca se había acercado bastante para poder arrestarlo.

Ahora, aquí estaba, el hombre del expediente penosamente delgado que Milo conocía tan bien, cómodamente sentado en un catre, con la espalda apoyada en la pared y las piernas estiradas y cruzadas por los tobillos. Iba vestido con unos pantalones naranjas. Samuel Roth, o Hamad al-Abari, o Fabio Lanzetti, u otros cinco nombres que conocían de él. El asesino no se molestó en mirar quien le observaba; mientras Milo entraba siguió con los brazos cruzados.

—Samuel —dijo Milo, mientras un ayudante cerraba la puerta tras él.

No se acercó, sólo esperó a que el hombre lo mirara.

Incluso con aquella luz, con las duras sombras que proyectaba y la manera como le amarilleaba la piel, la cara de Roth recordaba las otras tres fotografías que tenía en el despacho. Una en Abu Dhabi, con el nombre de al-Abari, y los rasgos medio tapados por un turbante blanco. Otra en Milán, con el nombre de Lanzetti, en un café del Corso Sempione, hablando con un hombre de barba rojiza a quien nunca habían podido identificar. La última era una filmación de una cámara de videovigilancia frente a una mezquita de Frankfurt, donde había puesto una bomba bajo un Mercedes-Benz negro. Todas las imágenes que recordaba concordaban con aquellas cejas pobladas y mejillas chupadas, ojos oscuros y frente alta y estrecha. A veces, un bigote o una barba ocultaban aspectos de la cara, pero ahora su única máscara era una barba de tres días que crecía en la parte superior de los pómulos. Con aquella luz, su piel parecía manchada y pelada por las quemaduras del sol.

Milo permaneció junto a la puerta.

—Samuel Roth, por ahora utilizaremos este nombre. Es fácil de pronunciar.

Roth sólo reaccionó con un pestañeo.

—Ya sabes por qué estoy aquí. No tiene nada que ver con tus problemas con las mujeres. Quiero saber por qué estás en Estados Unidos.

—Будут вами? —dijo Roth, que sonó como: *Budut vami?*

Milo hizo una mueca. Tendría que jugar. Al menos el cambio de idioma serviría para que los chicos de Tennessee no se enteraran de la conversación. En ruso, contestó:

—Me llamo Milo Weaver, de la Agencia Central de Inteligencia.

Samuel Roth le miró como si fuera el nombre más gracioso que hubiera oído en su vida.

—¿Qué?

—Lo siento —dijo Roth en buen inglés. Levantó una mano—. Incluso después de todo esto, no esperaba que funcionara.

Tenía el acento anodino e irregular de las personas que han absorbido demasiados idiomas.

—¿Qué no esperabas que funcionara?

—Soy afortunado de recordarte. Últimamente olvido muchas cosas.

—Si no respondes a mis preguntas, te torturaré. Estoy autorizado.

Los ojos del prisionero se abrieron más; estaban enrojecidos y cansados.

—Sólo hay una razón para que te arriesgues a entrar en el país. ¿A quién se supone que debes matar?

Roth se mordió el interior de la mejilla, y después dijo lacónicamente:

—Quizás a ti, chico de la CIA.

—Te estábamos siguiendo desde Barcelona, ¿lo sabías? A México, después a Dallas, y aquel coche de alquiler a Nueva Orleans donde recogiste a la chica. Quizá sólo querías saber si había sobrevivido al *Katrina*. Cambiaste al pasaporte italiano, Fabio Lanzetti, antes de volver a cambiar en Misisipi. Cambiar de nombre es un buen truco, pero no es infalible.

Roth ladeó la cabeza.

—Ya lo sabía, claro.

—¿Lo sabías?

Samuel Roth se pasó los dedos por los labios secos, sofocando una tos. Cuando habló, parecía congestionado.

—He oído hablar mucho de ti. Milo Weaver, alias muchos otros nombres. Alexander. —Señaló a Milo—. Éste es el nombre que conozco mejor. Charles Alexander.

—No sé de qué me hablas —dijo Milo con toda la despreocupación de que fue capaz, porque fuera de la Agencia teóricamente nadie debería saberlo.

—Tienes una larga historia —continuó Roth—. Una historia interesante. Eras un Turista.

Un encogimiento de hombros.

—¿A quién no le gusta tomarse vacaciones?

—¿Te acuerdas en 2001? Antes de que los musulmanes arruinaran el negocio. En Amsterdam. En aquella época, yo sólo me preocupaba de las personas como tú, personas que trabajaban para gobiernos, de que arruinaran mi negocio. Hoy día...

Meneó la cabeza.

Milo recordaba 2001 mejor que muchos otros años, porque había sido un año de cambios.

—Nunca he estado en Amsterdam —mintió.

—Eres una persona curiosa, Milo Weaver. He visto expedientes de montones de personas, pero el tuyo... en tu historia no hay centro.

—¿Centro?

Milo se adelantó dos pasos más, a un brazo de distancia del prisionero.

Los párpados de Roth cayeron sobre los ojos enrojecidos.

—No existe motivación que relacione los sucesos de tu pasado.

—Por supuesto que existe. Coches rápidos y chicas. ¿No es ésta tu motivación?

A Samuel Roth le hizo gracia. Volvió a taparse la boca para disimular una sonrisa; sobre las mejillas quemadas por el sol sus ojos estaban húmedos y enfermizos.

—Bueno, está claro que no te motiva tu bienestar o estarías

en otra parte. En Moscú, tal vez, donde cuidan a sus agentes. O al menos donde los agentes saben cómo cuidar de sí mismos.

—¿Es lo que eres tú? ¿Ruso?

Roth no le hizo caso.

—Puede que sólo quieras estar en el bando de los ganadores. A algunas personas les gusta forzar la historia. Pero la historia es engañosa. El monolito de hoy, mañana puede ser un montón de escombros. No. —Meneó la cabeza—. No es eso. Creo que ahora eres leal a tu familia. Eso sí tendría sentido. Tu esposa y tu hija. Tina y... Stephanie, ¿no?

Involuntariamente, Milo estiró una mano y agarró a Roth por los botones de la camisa, levantándolo del catre. De tan cerca, vio que la cara seca y pelada estaba cubierta de llagas rosadas. No eran quemaduras del sol. Con la otra mano, apretó la mandíbula de Roth para inmovilizarle la cara. El aliento del hombre olía a podrido.

—No es necesario que las metamos en esto —dijo Milo, y lo soltó.

Cuando Roth cayó sobre el catre, se golpeó la cabeza con la pared.

¿Cómo había conseguido aquel hombre manipular el interrogatorio?

—Sólo me apetecía conversar —dijo Roth, frotándose la parte trasera de la cabeza—. Para eso estoy aquí. Para verte.

En lugar de interrogarlo, Milo fue a la puerta. Al menos podía fastidiar el deseo manifestado por Roth saliendo de la habitación.

—¿Adónde vas?

Bien, parecía inquieto. Milo golpeó la puerta, y uno de los ayudantes empezó a girar la llave en el cerrojo.

—¡Espera! —gritó Roth—. ¡Tengo información!

Milo abrió la puerta de golpe mientras Roth gritaba otra vez: «¡Espera!». Salió de la habitación y no dejó de caminar mientras el ayudante cerraba la puerta de acero.

3

El bochornoso calor de mediodía lo apabulló mientras manoseaba el nuevo Nokia que le había proporcionado la Agencia. Todavía estaba aprendiendo a usarlo. Finalmente, encontró el número y marcó. Entre un coche de policía aparcado y los matorrales secos que rodeaban la comisaría, escuchó el tono. Unas nubes empezaban a tapar el cielo. Grainger contestó bruscamente:

—¿Qué pasa?

Tom Grainger habló con el tono airado de las personas que son despertadas de forma abrupta. Pero era casi mediodía.

—Lo estoy verificando, Tom. Es él.

—Bien. Imagino que no quiere hablar.

—La verdad es que no. Pero intenta ponerme nervioso. Ha visto un expediente mío. Conoce a Tina y a Stef.

—Por Dios. ¿De dónde lo habrá sacado?

—Tiene una novia. Puede que ella sepa algo. Ahora la traerán. —Calló—. Pero está enfermo, Tom. Enfermo de verdad. No sé si aguantará el viaje.

—¿Qué tiene?

—Todavía no lo sé.

Cuando Grainger suspiró, Milo se lo imaginó echándose atrás en su silla ergonómica y contemplando la silueta de Manhattan a través de la ventana. Ante la visión de los polvorientos y pálidos edificios de ladrillo de la calle mayor de Blackdale, la mitad de ellos cerrados, pero llenos de banderas del Día de la Independencia, Milo sintió un repentino ataque de celos.

—Para que lo sepas. Tienes una hora para hacerle hablar —dijo Grainger.

—No me digas.

—Te digo. Algún imbécil de Langley mandó un correo electrónico por el servidor abierto. Llevo la última hora inventándome historias para mantener a raya a Interior. Si vuelvo a oír la palabra «jurisdicción», me va a dar algo.

Milo se apartó mientras un ayudante subía a un coche de policía y lo arrancaba. Volvió a la puerta de cristal de la comisaría.

—Tengo puestas mis esperanzas en la chica. No sé a qué juega, pero no jugará a mi manera si no tengo algo para negociar. O si no está bajo coacción.

—¿Puedes hacerlo ahí?

Milo se lo pensó mientras el coche de policía se marchaba y otro aparcaba en su lugar. El sheriff podría hacer la vista gorda con un tratamiento brutal, pero no estaba tan seguro de los ayudantes. Parecían un poco inocentones.

—Ya veremos cuando llegue la chica.

—Si Seguridad no llevara toda la mañana gritándome, te diría que le hicieras hablar y lo trajeras aquí. Pero no tenemos alternativa.

—¿No crees que lo compartan con nosotros?

Su jefe gruñó.

—Soy yo el que no quiere compartir. Seremos buenos y se lo entregaremos, pero lo que te haya dicho a ti es sólo para nosotros. ¿Entendido?

—Por supuesto. —Milo vio que el ayudante bigotudo que bajaba del coche era Leslie, el que habían mandado a buscar a Kathy Hendrickson. Venía solo—. Te llamo luego —dijo, y colgó—. ¿Dónde está la chica?

Leslie tenía el sombrero de ala ancha en la mano, y le daba vueltas nerviosamente.

—Se marchó, señor. Anoche, un par de horas después de que la soltáramos.

—Entendido, ayudante. Gracias.

Milo volvió a entrar y llamó a su casa, sabiendo que a aquella hora no habría nadie para contestar el teléfono. Tina oiría los mensajes desde el trabajo cuando se diera cuenta de que él llegaría tarde. Fue breve y conciso. Sentía perderse la función de Stephanie, pero no exageró con la culpa. Además, la semana siguiente irían juntos a Disney World, y tendría mucho tiempo para compensar a su hija. Le propuso que invitara a Patrick, el padre biológico de Stephanie.

—Y grábalo todo, ¿vale? Quiero verlo.

Encontró a Wilcox en la sala de descanso, peleándose con una máquina de refrescos.

—Creía que lo suyo era la limonada, Manny.

Wilcox se aclaró la garganta.

—Estoy hasta aquí de limones. —Meneó un dedo regordete—. Si se lo cuenta a mi mujer, le mato.

—Hagamos un trato. —Milo se acercó un poco más—. Yo mantendré a su mujer en la ignorancia si me deja una hora solo con su preso.

Wilcox se incorporó, volvió la cabeza y le miró fijamente.

—¿Se refiere a solo-solo?

—Sí, señor.

—¿Y le parece una buena idea?

—¿Por qué no?

El sheriff Wilcox se rascó la parte de atrás de su cuello flojo; el cuello beige de la camisa estaba marrón de sudor.

—Bueno, los periódicos están encima de ustedes. Cada día sale algún paleto denunciando la corrupción de la CIA. Mire, yo sé mantener la boca cerrada, pero en una ciudad tan pequeña como ésta...

—No se preocupe. Sé lo que me hago.

El sheriff apretó los labios, deformando su narizota.

—Una cuestión de seguridad nacional, ¿no?

—De lo más nacional, Manny. Y de seguridad, sin duda.

4

Cuando Milo volvió a la celda, Samuel Roth estaba sentado como si estuviera esperando aquella charla, con un súbito chorro de energía a su disposición.

—Hola otra vez —dijo en cuanto se cerró la puerta.

—¿Quién te enseñó mi expediente?

—Un amigo. Un ex amigo. —Roth calló—. De acuerdo, mi peor enemigo. Es un pájaro de cuidado.

—¿Alguien que yo conozca?

—No le conozco ni yo. Nunca le he visto. Sólo a su intermediario.

—Por lo tanto es un cliente.

Roth asintió, con los labios secos y cortados.

—Exactamente. Me dio cierta documentación sobre ti. Un regalito, dijo, por unos problemas que había tenido con él. Me dijo que tú habías sido quien había echado a perder el trabajo de Amsterdam. También me dijo que te encargabas de mi caso. Evidentemente por eso estoy aquí.

—Estás aquí —dijo Milo, llegando al centro de la celda— porque le pegaste a una mujer y creías que no tendrías que pagar por ello.

—¿Lo crees realmente?

Milo no contestó. Los dos sabían que eso era algo inverosímil.

—Estoy aquí —dijo Roth, gesticulando hacia las paredes de cemento— porque quería hablar con Milo Weaver, antes conocido como Charles Alexander. Sólo contigo. Eres el único hombre

66

de la Agencia que ha conseguido detenerme. Te has ganado mi respeto.

—En Amsterdam.

—Sí.

—Tiene gracia.

—¿Ah, sí?

—Hace seis años, en Amsterdam, me ponía ciego de anfetaminas. Estaba completamente fuera de mí. No me enteraba de la mitad de lo que hacía.

Roth le miró pestañeando.

—¿En serio?

—Quería suicidarme. Intenté ponerme en tu línea de fuego, para acabar de una vez.

—Vaya —dijo Roth, sopesando la noticia—. O yo no era tan bueno como creía, o tú eres tan bueno que puedes vencerme con los ojos cerrados y borracho. Bueno... da lo mismo. Ahora te respeto más, si cabe. Y esto es algo raro y maravilloso.

—Querías hablar conmigo. ¿Por qué no llamar por teléfono?

El asesino balanceó la cabeza de lado a lado.

—Eso, como sabes, es imposible. Me habrían tenido hablando con un administrativo una hora, respondiendo preguntas. Si éste no me hubiera colgado, habría llamado a Tom... a Tom Grainger, ¿no? Y después se habría enterado todo el departamento. No. Yo te quería a ti.

—Aun así, existen formas más fáciles. Formas más baratas.

—El dinero ya no significa nada —dijo Roth cargándose de paciencia—. Además, ha sido divertido. Te concedí una última persecución. No tan difícil para que me perdieras, pero tampoco demasiado fácil, para que el FBI o Seguridad Interior no diera conmigo al llegar a Dallas. No, tenía que dibujar un rastro fuera del país que tú... ya que has sido el responsable de mi caso en los últimos años, pudieras observar. Después debía guiarte por este enorme país. Me apetecía llegar a Washington, o incluso hasta tu casa, en Brooklyn, pero no ha podido ser. Muchas cosas no han podido ser. Quería llegar más lejos. Quería hacerte trabajar de verdad.

—¿Por qué?

—De haber tenido tiempo —explicó Roth—, me mostraría esquivo contigo, porque es un hecho reconocido que ningún agente decente de inteligencia cree nada de lo que le dicen. Un agente necesita sacarle la información a su sujeto o, mejor aún, descubrirla por sí mismo, sin que el sujeto se dé cuenta de que se ha delatado. Pero, por desgracia, no tenemos tiempo. Tiene que ser en la pequeña Blackdale, y tiene que ser directo, porque mañana ya no estaré aquí.

—¿Vas a alguna parte?

Otra vez la sonrisa.

Milo no estaba en condiciones de creerle. Era orgullo, por supuesto, lo que le impedía asumir que alguien se hubiera pasado los últimos tres años haciéndole bailar al son que quería.

—¿Y Kathy Hendrickson?

—Ella sólo sabe que le he pagado bien por su interpretación. Sí, y por los golpes. No sabe por qué. En serio, no sabe nada —dijo, y jadeó intentando contener la tos. Cuando se le pasó, se miró la mano—. Oh. —Mostró la palma de la mano manchada de sangre a Milo—. Va más rápido de lo que creía.

—¿El qué?

—Mi muerte.

Milo miró al Tigre a la cara, y a los síntomas que habría deseado atribuir a una difícil huida por los estados sureños. Ojos enrojecidos, fatiga y la propia piel. Aquella palidez amarillenta no se debía a los fluorescentes.

—¿Diagnóstico?

—Sida.

—Vaya.

La falta de simpatía no desanimó a Roth.

—Vi a unos médicos en Suiza, en la Hirslanden Clinic de

Zúrich. Puedes comprobarlo si quieres. Busca por Hamad al-Abari. Esos alemanes de las montañas son listos. Tienen un procedimiento nuevo para examinar el ritmo de crecimiento del recuento de células-T, o algo así. Pueden precisar cuándo me infecté con el virus del VIH. Hace cinco meses, parece. En febrero. Esto me sitúa en Milán.

—¿Qué estabas haciendo en Milán?

—Reunirme con mi contacto. El intermediario que he mencionado antes. Se hace llamar Jan Klauser, pero no habla bien ni alemán ni checo. Por su acento, podría ser holandés. Cuarenta y tantos. Lo único real en él es la barba rojiza.

Milo recordaba aquella foto de archivo de Fabio Lanzetti, en Milán, en el Corso Sempione, con un hombre barbudo.

—Tenemos una foto de los dos juntos.

—Buen comienzo.

—¿Te encargó una misión?

—Me ha encargado trabajos durante años. De hecho, el primero fue hace seis años, poco después de lo de Amsterdam. Una sorpresa. Temía que se corriera la voz de mi fracaso y los trabajos escasearan. Pero entonces apareció Jan. Me daba trabajo de forma irregular, uno o dos al año, pero pagaba bien. El último encargo fue en enero. Un trabajo en Khartoum. El mullah Salih Ahmad.

Milo intentó recordar rápidamente. En Sudán. En enero. Entonces se acordó. En enero, el mullah Salih Ahmad, un clérigo radical muy popular, famoso por sus discursos incendiarios pro Al-Qaeda, había desaparecido. Dos días después, hallaron su cadáver, estrangulado, en su propio patio. Había durado unos cinco minutos en las noticias internacionales, tapada rápidamente por la continua guerra civil en la región occidental de Darfur, pero en Sudán se mantuvo de rabiosa actualidad, y se responsabilizó de la muerte a su presidente, Omar al-Bashir, quien rara vez permitía que los críticos permanecieran en primer plano, o fuera de la cárcel. Siguieron manifestaciones, sofocadas con policías de asalto armados. En los últimos meses, habían muerto más de cuarenta personas en las revueltas.

—¿Quién te contrató?

A Roth parecía habérsele agotado la energía, y miró por detrás de su interrogador, confuso. Milo no se molestó en sacarlo de su trance, a pesar de que se imaginaba un coche lleno de hombres de Seguridad Interior avanzando a toda velocidad por las polvorientas carreteras de Tennessee.

Por fin, Roth meneó la cabeza.

—Lo siento. Los médicos lo llaman demencia asociada al sida. Pierdo el hilo, olvido cosas. Casi no puedo caminar. —Hizo un esfuerzo para tragar saliva—. ¿Por dónde íbamos?

—El mullah Salih Ahmad. ¿Quién te contrató para matarlo?

—¡Ah, sí! —En pleno estremecimiento de dolor, Roth pareció complacido de poder recordarlo—. Bueno, no lo sabía. Tengo este contacto, Jan Klausner, que podría ser holandés, con la barba rojiza —dijo, inconsciente de estarse repitiendo—. No me dice nada de quién le contrata a él. Sólo paga, y para mí es suficiente. Pero después hubo el trabajo de Ahmad y el amo de Jan me estafó dinero. Sólo me pagó dos terceras partes. Klausner dice que es porque no seguí sus instrucciones, que eran marcar el cadáver con unos pictogramas chinos.

—¿Chinos? —interrumpió Milo—. ¿Por qué chinos?

—Buena pregunta, pero nadie me dice nada. Klausner sólo me pregunta por qué no lo hice. Al fin y al cabo, había hecho fabricar las marcas a un metalúrgico. Pero por desgracia en Sudán no sobran precisamente los operarios expertos y lo que me entregaron resultó que estaba hecho de aluminio. ¿Te lo puedes imaginar? Cuando lo calenté, los pictogramas se fundieron. —Tosió otra vez, como si su cuerpo no fuera capaz de pronunciar tantas palabras seguidas—. Nada de chino... y ésa fue la excusa de Klausner para que su amo no me pagara todo. —Otra tos.

Milo buscó en un bolsillo de la chaqueta y sacó una petaca.

—Vodka.

—Gracias. —El asesino tomó un largo trago, que sólo le hizo toser más sangre sobre el uniforme carcelario naranja, pero no soltó la petaca. Levantó un dedo hasta que el ataque de tos remitió, y después dijo—: Será mejor que lo suelte rápidamente, ¿no?

—¿Qué decían los criptogramas?

—Algo como: «Lo prometido, el fin». Es raro, eh?

Milo asintió.

—Podría haberlo olvidado, y pensé en esta posibilidad. Pero es mal asunto. Si la gente se entera de que he permitido que un cliente me estafe, entonces... —Se secó los labios manchados de sangre—. Tú ya me comprendes.

—Por supuesto.

Roth tosió de nuevo, menos sofocado esta vez.

—En fin, por razones obvias, pensé que eran los chinos. Habían invertido miles de millones en aquel país por el petróleo; suministran armas al gobierno. Querrían proteger su inversión. Pero entonces... sí. Vi los periódicos. Todos creían que había sido el presidente. Llevaba años acosando a Ahmad. Y lo entendí. Ahí estaba el amo de Jan Klausner, al menos para aquel trabajo. —Pestañeó varias veces, y Milo temió que fuera a desorientarse otra vez, pero volvió enseguida—. Soy un trabajador impulsivo. En otras personas esto es un defecto, pero de algún modo yo he hecho que juegue a mi favor. Las decisiones tomadas en medio segundo forman parte del empleo, ¿no te parece?

Milo no se lo discutió.

—Resultó que el presidente al-Bashir estaba en viaje diplomático en El Cairo. Así que, impulsivamente, tomé un avión. Estaba en una preciosa mansión con mucha seguridad. Pero soy el Tigre, ¿no? Encontré la forma de colarme. Ya lo creo. Le encontré en el dormitorio, solo, por suerte. Y le pregunté: «Omar, ¿por qué me la estás jugando?». Pero, mira, Milo Weaver. Después de veinte minutos dándole vueltas, me doy cuenta de que no sabe nada de nada. ¿Quería ver muerto a Ahmad? Sin duda.

El hombre era un coñazo. Pero ¿ordenó que le mataran? —Roth negó con la cabeza—. Por desgracia, no. Así que me marché, como el viento.

Tomó un sorbo del vodka de Milo, paladeándolo en la lengua antes de tragarlo. Miró la petaca.

—¿Rusa?

—Sueca.

—Es bonita.

Milo esperó.

Tras otro trago medicinal, Roth dijo:

—Lo pensé un poco más y decidí buscar a Klausner. Investigué un poco; conozco a gente, ¿sabe? Personas que pueden ayudar. Descubro que Jan Klausner vive en París, bajo el nombre de Herbert Williams, norteamericano. Fui a su dirección, que por supuesto era falsa, pero creo que éste fue mi error. Debieron de detectarme. Una semana después, Jan, o Herbert, contactó conmigo. Ya era febrero. Me pidió que fuera otra vez a Milán a recoger el resto del dinero. Su amo había reconocido su error.

—Y fue a Milán —dijo Milo, interesado a pesar de todo.

—Dinero es dinero. O lo era. —La sonrisa, ahora cansada—. Todo fue bien. Nos encontramos en un café, el catorce de febrero, y me entregó una bolsa de plástico llena de euros. También me dio, a modo de disculpa, un expediente sobre Milo Weaver, antes conocido como Charles Alexander. Mi némesis, me dijo. «Este hombre lleva cinco años detrás de ti». —Roth frunció el ceño—. ¿Por qué crees que lo hizo, Milo? ¿Por qué me daría tu expediente? ¿Alguna idea?

—Ninguna.

Roth arqueó las cejas ante este misterio.

—Más tarde, en Suiza, cuando me dijeron aproximadamente cuándo me había infectado, recordé lo que había pasado. En aquel café tenían sillas de metal. De una especie de alambre de aluminio. Muy bonitas, pero en un cierto punto mientras tomábamos café, noté un pinchacito de la silla. Aquí. —Se tocó la parte interna del muslo derecho—. Atravesó los pantalones, hasta la pierna. Pensé que la silla estaba defectuosa, que tenía una astilla de metal. Me salió sangre. Klausner —dijo, sacudiendo la cabeza al recordar, casi divertido—, llamó a la camarera y le pegó una bronca. Dijo que su amigo, refiriéndose a mí, les demandaría. Por supuesto, la camarera era bonita, todas las camareras de Milán lo son, y tuvo que calmarle.

—¿Así es como crees que te infectó?

Roth se encogió de hombros haciendo un esfuerzo.

—¿Cómo si no? Seguro que sabes por mi expediente que soy célibe y que no me drogo.

Milo estuvo a punto de no contestar, pero finalmente reconoció:

—Tu expediente es bastante pobre.

—¡Ah!

Eso pareció complacer al asesino.

Todo el tiempo, Milo había permanecido de pie en el centro de la celda. Para entonces la posición se le hacía incómoda y decidió sentarse en un extremo del catre, a los pies de Roth. El labio superior del asesino brillaba con una capa fina de moco.

—¿Quién crees que es el amo de Klausner?

Roth le miró, pensativo.

—Es difícil de saber. Los encargos que recibí de él eran inconsistentes, como tu historia personal. Siempre me he preguntado si el señor Klausner-Williams representaría a un grupo o a muchos grupos. No acababa de decidirme, hasta que hace un par de años decidí que representaba a un grupo. —Calló, quizá para el golpe de efecto—. La jihad islámica mundial.

Milo abrió la boca y después la cerró.

—¿Esto te molestaba?

—Soy un artesano, Milo. Lo único que me preocupa es la viabilidad del encargo.

—O sea que los terroristas te pagaron para eliminar al mullah Salih Ahmad, uno de los suyos. ¿Es lo que estás diciendo?

Roth asintió.

—Los asesinatos públicos y los asesinatos privados sirven a propósitos distintos, Milo. Tú lo sabes mejor que nadie. No creerás que la única técnica de Al-Qaeda es envolver a niños con bombas y mandarlos al paraíso de las vírgenes, ¿no? No. Y en Sudán... al principio tampoco lo entendía. Entonces me dediqué a observar. ¿Quién está ganando ahora? Olvídate de Darfur un momento. Estoy hablando de la capital. Khartoum. La insurgencia extremista musulmana es la que está ganando. Tienen más apoyo público que nunca. El asesinato de Ahmad fue el mejor regalo que aquellos hijos de puta podían recibir, y con una marca china en el cuerpo habría sido aún mejor, que se lo cargaran los inversores chinos que apoyaban al presidente. —Sacudió la cabeza—. Gracias a mí, pronto tendrán un paraíso islámico.

A juzgar por su expresión, nadie habría podido decir si aquellas noticias impresionaban a Milo. Había formulado todas las preguntas a la manera seria del interrogador, como si ninguna respuesta fuera más importante que otra. De la misma manera, dijo:

—Hay algo que no entiendo, Roth. Has sabido que hace cinco meses te infectaste con el VIH. Te enteraste en una clínica suiza. Ahora estás casi muerto. ¿Por qué no estás tomando antirretrovirales? Sin duda te los puedes permitir, y podrías vivir bastante bien muchos años.

Ahora le tocó a Roth expresar pasividad mientras estudiaba la cara de Milo.

—Milo, tu expediente de mí debe de ser realmente pobre. —Finalmente, explicó—: «La Ciencia del Cristianismo vuelve pura la fuente para purificar el río».

—¿Quién lo dijo?

—¿Eres un hombre de fe, Milo? Más allá de los límites de tu familia, me refiero.

—No.

Roth pareció tomárselo en serio, como si dudara de qué camino tomar.

—Es difícil. La fe te hace hacer cosas que no querrías hacer.

—¿A quién has citado?

—A Mary Baker Eddy. Soy de la Iglesia de la Ciencia Cristiana.

Tragó otra vez, con dificultad.

—Me sorprende —reconoció Milo.

—Me lo imagino, pero no sé por qué. ¿No hay gánsteres católicos? ¿No existen asesinos musulmanes? ¿No existen ángeles de la muerte amantes de la Tora? Por favor. Puede que no haya vivido conforme a los preceptos de la Iglesia, pero sin duda moriré ajustándome a ellos. Dios ha decidido mandarme esta prueba, y ¿por qué no? Si yo fuera Dios lo habría hecho hace años. —Calló—. Evidentemente a los médicos suizos les pareció una estupidez. Casi me obligaron a tomar el tratamiento. Me encontraban fuera, bajo un árbol, de rodillas, rezando. El poder de la plegaria no ha salvado mi cuerpo, pero podría salvar mi alma.

—¿Qué dice Mary Baker Eddy sobre la venganza? —dijo Milo, irritado por aquel repentino furor de poeta moralista. Se imaginaba que eso era lo que les sucedía a los asesinos como el Tigre, personas aisladas que no se permitían ni la intimidad del sexo. No había nadie a quien comunicar tus pensamientos, nadie que pudiera decirte que lo que salía de tu boca no era necesariamente acertado. Insistió—: Por esto estás aquí, ¿no? Quieres que yo me vengue de la persona que te está matando.

Roth pensó un momento, levantó un dedo —Milo se fijó que tenía sangre en el nudillo— y recitó:

—«Suponer que el pecado, la lujuria, el odio, la envidia, la hipocresía, la venganza, tienen una vida perdurable es un gran error. La Vida y la idea de la Vida. La Verdad y la idea de la Verdad nunca hacen a los hombres enfermos, pecadores o mortales.» —Bajó la mano—. La venganza no tiene vida propia, pero quizá la justicia sí. ¿Comprendes? Te he dado todo lo que sabía de él. No es mucho, pero tú eres un hombre inteligente. Tienes recursos. Creo que puedes localizarle.

—¿Y el dinero? —preguntó Milo—. ¿Cómo te lo entregaba Klausner? ¿Siempre en bolsas de plástico?

—Oh, no —dijo Roth, encantado de que Milo hiciera preguntas—. Normalmente me dirigían a un banco. Entraba y vaciaba una cuenta. Los bancos cambiaban y cada cuenta se abría con un nombre diferente, pero yo siempre figuraba como cotitular. Con el nombre de Roth.

Milo le miró fijamente. Teniendo en cuenta todos los cadáveres que Samuel Roth había acumulado con los años, había algo de inapropiado en aquel último deseo.

—Tal vez me haya hecho un favor. Ha cerrado varios de mis casos matándote. Tal vez Klausner sea mi amigo.

—No. —Roth se mostró insistente—. He hecho esto por ti. Podría haberme muerto discretamente en Zúrich. Sin duda era más pintoresco. Así, te estoy ayudando. Y quizá tú me ayudarás a mí. Eres un Turista. Puedes atraparle.

—Ya no soy un Turista.

—Esto es como decir «ya no soy un asesino». Puedes cambiarte el apellido, cambiar el nombre de tu trabajo, si quieres puedes convertirte en un padre de familia burgués, Milo. Pero la verdad es que no cambia nada.

Sin darse cuenta, el Tigre había verbalizado uno de los mayores miedos de Milo Weaver. Antes de que se le notara la aprensión, cambió de tema.

—¿Te duele?

—Mucho. Aquí. —Roth se tocó el pecho—. Y aquí. —Se tocó la ingle—. Es como si tuviera metal en la sangre. ¿Te acuerdas de todo lo que te he dicho?

—Respóndeme una pregunta, por favor.

—Si puedo.

Era algo en lo que Milo había pensado en los últimos seis años, desde que había decidido concentrar sus esfuerzos en el asesino cuyas balas una vez había intentado recibir. Había averiguado muchas cosas del Tigre, incluso remontándose a su primer asesinato verificado en noviembre de 1997, en Albania. Adrian Murrani, de treinta años, presidente de la comuna de Sineballak. Todos sabían que el asesinato de Murrani había sido ordenado por los neocomunistas en el gobierno —fue un año de muchas muertes repentinas en Albania— pero, en este caso, el pistolero había sido contratado en el extranjero. A pesar de los montones de pruebas físicas y testimonios oculares recogidos de los asesinatos siguientes, Milo nunca había podido resolver el misterio más básico de aquel hombre.

—¿Quién eres, en realidad? Nunca descubrimos tu nombre auténtico. Ni siquiera llegamos a averiguar tu nacionalidad.

El Tigre volvió a sonreír, ruborizándose.

—Supongo que es una pequeña victoria, ¿no?

Milo reconoció que era impresionante.

—La respuesta está en tus expedientes. En algún lugar de esa torre que da a la avenida de las Américas. Mira, la única diferencia entre tú y yo es que elegimos formas diferentes de presentar la dimisión.

Los pensamientos de Milo vacilaron un momento antes de que comprendiera:

—Eras un Turista.

—Hermanos de armas —dijo el hombre, con una gran sonrisa—. Y después querrás haberme hecho otra pregunta. ¿Sabes cuál?

Milo, todavía desorientado por el descubrimiento del pasado de Roth en la Agencia, no tenía ni idea de qué pregunta era. Pero después se le ocurrió, porque era simple, y el estado de ánimo del asesino era muy simple.

—¿Por qué «el Tigre»?

—Sí, señor. Sin embargo, la verdad es una decepción: no tengo ni idea. Alguien lo utilizó una vez no sé dónde. Quizás un periodista, no lo sé. Supongo que, después de Chacal, necesitaban otro nombre de animal. —Se encogió de hombros; parecía estar sufriendo otra vez—. Imagino que debo estar agradecido de que no eligieran un buitre o un erizo. Y no, antes de que me lo preguntes, te aseguro que no me lo pusieron por la canción de Survivor.

Milo sonrió a pesar suyo.

—Deja que te haga una pregunta —dijo Roth—. ¿Qué opinas del Libro Negro?

—¿El Libro qué?

—Déjate de disimulos, por favor.

Dentro de la subcultura de Turismo, el Libro Negro era lo más parecido al Santo Grial. Era la guía secreta de supervivencia, de la que se rumoreaba que un Turista retirado había ocultado veinte ejemplares en escondites repartidos por todo el mundo. Las historias sobre el Libro Negro eran tan antiguas como el propio Turismo.

—Es una estupidez —dijo Milo.

—Estamos de acuerdo —siguió Roth—. Cuando me lo monté por mi cuenta, pensé que me podría ser útil, y me pasé un par de años buscándolo. Es el producto de una imaginación hiperactiva. Quizá fue Langley quien difundió la leyenda, quizás un Turista aburrido. Pero es una buena idea.

—¿Sí?

—Claro. Una cosa estable y clara en nuestro mundo de confusión. Una biblia por la que vivir.

—Por suerte para usted, ya tiene la Biblia.

Roth asintió, y cuando volvió a hablar, su tono era inquieto.

—Por favor. Tú y yo somos enemigos. Lo comprendo. Pero créeme: el hombre que me hizo esto es mucho peor que yo. ¿Al menos lo investigará?

—De acuerdo —dijo Milo, no muy seguro de cuánto duraría su promesa.

—Bien.

Samuel Roth se dobló hacia delante y dio unas palmaditas a la rodilla de Milo. Después se apoyó otra vez en la pared. Sin ceremonia, apretó los dientes. Algo se partió dentro de su boca, como una nuez, y Milo olió el aroma de almendras amargas en el aliento de Roth. Era un olor que había percibido algunas veces en su vida, de personas terriblemente devotas o terriblemente asustadas. Una forma difícil de marcharse, o la más fácil, dependiendo de la filosofía de cada uno.

Los ojos llenos de venas del asesino se abrieron mucho, tan cerca de Milo que pudo verse reflejado en ellos. Roth se estremeció tres veces seguidas, rápidamente, y Milo lo sostuvo para que no se cayera del catre. La cabeza amarillenta cayó hacia atrás, los labios se llenaron de espuma blanca. Milo sostenía un cadáver.

Dejó caer el cuerpo sobre la cama, se limpió las manos en los pantalones, y retrocedió hacia la puerta. Hacía años que no veía una cosa así, pero incluso antes, cuando veía más a menudo la muerte, nunca llegó a acostumbrarse. La repentina pesadez. El rápido enfriamiento. Los líquidos que escapaban del cuerpo (ahí estaba, el mono naranja de Roth oscureciéndose en la ingle). La rápida desaparición de la conciencia, de todo lo que la persona —por despreciable o virtuosa que fuera— había experimentado. No importaba que sólo hacía unos minutos hubiera querido ridiculizar la falsa devoción de aquel hombre. Ésta no era la cuestión. La cuestión era que, dentro de aquella celda de cemento, un mundo entero había cesado repentinamente de existir. En un abrir y cerrar de ojos, delante de él. Esto era la muerte.

Milo salió de su aturdimiento cuando la puerta que tenía detrás tembló. Se apartó para que pasara el sheriff Wilcox.

—Oiga, han llegado unos caballeros... —empezó.

Se interrumpió.

—Cielo santo —murmuró el sheriff. Con expresión asustada exclamó—: ¿Qué diablos le ha hecho?

—Se lo ha hecho él mismo. Cianuro.

—Pero... pero ¿por qué?

Milo meneó la cabeza y fue hacia la puerta, preguntándose qué diría Mary Baker Eddy sobre el suicidio.

5

La agente especial Janet Simmons miró a Milo a través de la arañada mesa blanca de la sala de interrogatorios de Blackdale. A pesar de su tamaño, estaba claro que su compañero, el agente especial George Orbach, era el subalterno. No paraba de levantarse y salir de la habitación, para volver disimuladamente con vasos de papel con agua, café y limonada.

Simmons tenía una forma de interrogar fluida y agradable, que Milo supuso que formaba parte de la nueva formación de Interior. Se inclinaba mucho hacia delante, con las manos abiertas, salvo cuando se colocaba un mechón de cabello oscuro detrás de la oreja. Treinta y pocos años, imaginó Milo. Rasgos marcados y atractivos estropeados sólo por un ojo derecho que bizqueaba. La forma como utilizaba su belleza teóricamente debía salvar la distancia psicológica entre interrogador e interrogado, y suavizarla. Incluso fingió que no se daba cuenta de que Milo apestaba.

Tras mandar a George Orbach fuera otra vez a buscarle leche para el café, le miró.

—Venga, Milo. Estamos en el mismo bando, ¿no?

—Por supuesto que sí, Janet.

—Entonces dime por qué la Agencia trabaja en este caso sin jurisdicción. Dime por qué te guardas secretos.

La deliciosa limonada de la señora Wilcox empezaba a producirle a Milo una subida de azúcar.

—Ya te lo he explicado —dijo—. Llevamos años detrás de

Roth. Supimos que había cruzado la frontera en Dallas y me fui a Dallas.

—¿Y no se te ocurrió llamarnos? —Arqueó una ceja—. Tenemos una oficina en Dallas, por si no lo sabías.

Milo reflexionó sobre cómo explicarse.

—Decidí...

—¿Tú? ¿Ya no es Tom Grainger el que toma las decisiones en Nueva York?

—Comenté —se corrigió— que si Seguridad Interior participaba, mandarais a la caballería. El Tigre os detectaría en un segundo, y se escondería. La única forma de localizarlo era con una sola persona.

—Tú.

—He seguido su caso desde hace mucho tiempo. Conozco su modus operandi.

—Y ya ves lo bien que ha salido todo. —Simmons le guiñó el ojo... le guiñó el ojo—. ¡Otro gran día para la Agencia de Inteligencia!

Él no quiso morder el anzuelo.

—Creo que estoy colaborando mucho, Janet. Te he dicho que Roth tenía una cápsula de cianuro en la boca. No le apetecía vivir en Gitmo,* así que la mordió. Puedes culpar al sheriff Wilcox por no realizarle un registro de las cavidades, pero no creo que sea justo.

—Habló contigo. —Su tono de voz se suavizó; el ojo bizco se alineó—. Mantuvisteis una conversación. El ayudante con nombre de mujer...

—Leslie.

—Ése. Me ha dicho que estuviste veinte minutos a solas con él.

—Más bien quince.

—¿Y?

—¿Sí?

* Guantánamo por la abreviatura GTMO. *(N. de la T.)*

81

Admirablemente, Simmons no levantó la voz.

—¿Y de qué hablasteis?

—Un hombre como él, un asesino superestrella... necesita más de quince minutos para empezar a hablar.

—¿Estuvisteis calladitos? ¿Mirándoos?

—Le hice preguntas.

—¿Le tocaste?

Milo ladeó la cabeza.

—¿Intentaste sacarle información por la fuerza, Milo?

—Por supuesto que no —dijo—. Va contra la ley.

Ella parecía a punto de sonreír, pero cambió de opinión.

—¿Sabes qué pienso? Creo que tú y toda la Agencia... estáis desesperados. Habéis perdido la poca credibilidad que os quedaba, y haríais lo que fuera para conservar vuestras pensiones, incluso matar.

—Parece que has reflexionado sobre el tema.

Esta vez ella dejó que la sonrisa apareciera; quizá creía que bromeaba.

—Dime qué sabía de ti el Tigre que fuera tan perjudicial. No sería Tom quien le daba las órdenes, ¿no? ¿Para vuestros trabajitos sucios? No sé qué hacéis en vuestra torre, pero sospecho que es bastante desagradable.

Milo estaba sorprendido por su vehemencia, pero lo estaba más aún por su superioridad.

—Supongo que Interior no tiene ningún secreto.

—Claro, pero a nosotros no nos juzga el público. Todavía no nos ha llegado la hora.

George Orbach entró en la habitación con un puñado de sobres de papel.

—No hay leche. Sólo en polvo.

Janet Simmons parecía disgustada por la noticia.

—No importa —dijo, cruzando los brazos—. El señor Weaver ya se va. Necesita una ducha urgentemente. Creo que tendremos que conformarnos con hablar con el señor Grainger.

Milo golpeó la mesa con los nudillos y se levantó.

—No dudes en llamarme, por favor.

—Para lo que me serviría.

La tormenta matinal se había marchado con la misma rapidez que había llegado, dejando las calles mojadas y el aire húmedo y limpio.

Milo encendió un Davidoff del paquete que había comprado y abierto cuando llenó el depósito de gasolina. El cigarro le sentó bien, pero después ya no tanto, y se puso a toser con fuerza. A pesar de todo, siguió fumando. Lo que fuera para suavizar la aspereza del olor a muerte.

Tenía el móvil desde hacía poco tiempo y aún no sabía cambiar el tono, así que cuando sonó en la Ruta 18 a Jackson, oyó una estúpida melodía corporativa. Comprobó si era su mujer, pero era Grainger.

—¿Sí?

—¿Es cierto lo que dice esa bruja de Interior? ¿Está muerto?

—Sí.

Un silencio.

—¿Te veré hoy en la oficina?

—No.

—Pues iré a buscarte al aeropuerto. Tenemos que hablar.

Milo colgó y puso la radio, pasando emisoras de música country hasta que, inevitablemente, se rindió y sacó su iPod, que en este viaje había escuchado hasta la mitad.

Se puso los auriculares, apretó la lista de francés, y saltó a la pista cinco.

Su cabeza se llenó con la rápida y vertiginosa melodía de *Poupée de cire, Poupée de son*, de France Gall, ganadora del Festival de Eurovisión de 1965 en Luxemburgo, obra de Serge Gainsbourg. La canción que había enseñado a Stephanie para su concurso de talentos, la función que se estaba perdiendo.

Abrió el teléfono y marcó el número de Tina. Salió el buzón

de voz, y Milo la escuchó diciendo que no estaba, pero prometía llamar si le dejaba un mensaje. Sabía que ya estaría en la función, junto a una silla vacía, contemplando a su hija cantando el fenomenal éxito de Gainsbourg. No dejó un mensaje. Sólo deseaba oír su voz.

6

Tina era incapaz de entender qué padres tan idiotas podían vestir a su hija de siete años con mallas y camiseta rosa, atarle un par de alas rosas de ángel a su frágil espalda, y después cubrirla toda con lentejuelas. Apenas podía verse a la niña con el reflejo del foco mientras saltaba de izquierda a derecha sobre el escenario siguiendo el ritmo de unas guitarras eléctricas, cantando una versión gorgorito de *I Decide*, de (según había informado el director al público) «el éxito de la Disney *Los diarios de la princesa 2*». Podría haber sido una buena canción, pero desde su asiento cerca del centro del auditorio de la Berkeley-Carroll School, Tina sólo oía el estruendo del bombo y veía una pequeña silueta brillante dando vueltas por aquel lastimoso escenario vacío.

Pero por supuesto aplaudió. Como todos. Dos personas se pusieron de pie y aullaron: los padres idiotas, supuso Tina. A su lado, en el que debería haber sido el asiento de Milo, Patrick aplaudía y susurraba:

—¡Qué alucine! Recomendaré a la Agencia de Artistas Creativos que la contraten, ¡ya!

A Tina no le apetecía invitar a Patrick, pero si Milo tampoco aparecía esta vez, Stef se merecía el máximo público posible.

—Pórtate bien —dijo.

Milo había dejado otro de sus mensajes escuetos y sin disculpas en el teléfono de casa, diciendo que llegaría con retraso. Como siempre, no puso ningún nombre al retraso, sólo «retraso».

«Vale —pensó—. Tú piérdete la función de tu hija y yo llevaré a su padre de verdad.»

Además, el propio Milo había propuesto que llamara a Patrick.

—Por Stef. Y grábalo todo, ¿eh?

Eso había disminuido un poco el enfado de Tina; eso y el hecho de que, los últimos tres días, Patrick había intentado convencerla de que volvieran con él. Milo, en uno de sus vagos y repentinos viajes de trabajo, no tenía ni idea.

Su primera reacción al intento inicial de Patrick fue llevarse el teléfono a la cocina para que su hija no oyera lo que decía.

—¿Estás colocado, Patrick?

—Por supuesto que no —dijo su ex... novio, sonaba mal, pero nunca habían llegado a casarse—. ¿Cómo se te ha ocurrido? Ya sabes lo que pienso de las drogas.

—Seguro que te has tomados unos escoceses.

—Oye —dijo él, intentando mostrarse razonable—. Miro atrás ahora... miro hacia atrás. A décadas atrás. ¿Qué veo? Dos años fantásticos. Los únicos dos años que fui feliz. Contigo. Esto es lo que quiero decirte. Nunca ha sido mejor que entonces.

—Me gusta Paula —dijo ella mientras pasaba distraídamente la esponja por el fregadero de aluminio manchado—. Es muy lista. Lo que no entenderé nunca es por qué se casó contigo...

—Ja ja —dijo él, y entonces fue cuando Tina se dio cuenta de que estaba borracho. Oyó que chupaba uno de sus apestosos cigarrillos—. Soy la broma del siglo. Pero piénsalo. Piensa en mí. Recuerda lo enamorados que estábamos.

—Espera un momento. ¿Dónde está Paula?

Otra larga chupada del cigarrillo.

—Lo sabes tanto tú como yo.

Eso lo aclaraba todo.

—Te ha dejado. Y después de seis años, ¿vuelves a buscarme? Tienes que estar muy borracho, Pat. O idiota perdido.

En el escenario, un chico con traje de Superman hacía un monólogo, con un ceceo tan fuerte que hacía casi indescifrables las palabras. Patrick se inclinó hacia ella:

—Va a salir volando. Veo la cuerda que tiene atada al cinturón.

—No va a salir volando.

—Si lo hace, le invitaré a su primer martini.

La cara larga y la barba gris de tres días de Patrick contribuían a que fuera uno de los abogados con más clientes de Berg & DeBurgh. Los clientes creían que él, a diferencia de sus socios más carrozas, estaba lleno de vitalidad. Pero últimamente, con aquellas ojeras bajo los ojos fatigados, parecía más desesperado que vital. Paula Chabon, la explosiva franco-libanesa que comercializaba su propia línea de joyería en pequeñas tiendas ubicadas en muchas capitales del mundo, se había mudado a Berlín. Un ex amante la había hecho volver. Más que nada en el mundo, Patrick quería creer que podía hacer lo mismo, hacer volver a Tina. Era penoso.

Superniño acabó su monólogo corriendo por el escenario imitando el vuelo, pero la capa se mantenía tristemente pegada a su espalda, y a Patrick le molestó que no levantara nunca los pies del suelo.

—Enciende el vídeo —dijo Tina tras el aplauso obligatorio.

Patrick sacó una pequeña cámara de vídeo Sony del bolsillo. Cuando la encendió, la pantallita de cinco centímetros se iluminó.

Sin pensar, Tina le apretó la rodilla.

—¡Ya sale Little Miss!

Pero primero salió la directora de Berkeley-Carroll, entornando los ojos para leer la tarjeta que tenía en la mano.

—Damos la bienvenida a la alumna de primero, Stephanie Weaver, que cantará... —La mujer frunció el ceño, intentando descifrar las palabras—. Poopé de sir, poopé de son.

Risas disimuladas entre el público. Tina se ruborizó. ¿Cómo

podía ser que aquella mala pécora no hubiera aprendido a pronunciarlo con antelación?

La directora también rió.

—Mi francés ya no es lo que era. Pero en inglés significa «Muñeca de cera, Muñeca de serrín», compuesta por Serge Gainsbourg.

El público aplaudió obedientemente, y al mismo tiempo que la directora salía del escenario, entró Stephanie, caminando sin gracia, pero orgullosa, hacia el centro. Sin duda era la mejor vestida de todos. Milo había pasado todo el fin de semana con Stephanie en el Village buscando tiendas retro hasta encontrar un vestido y unas medias perfectos. Después había buscado en internet hasta encontrar peinados de mediados de los sesenta. A Tina le había parecido un poco exagerado, y la idea de vestir a su niña con un estilo de hacía cuarenta años un poco pomposo, pero ahora, viendo cómo los marrones descoloridos del vestido y las medias de rayas brillaban, sólo lo justo, bajo los focos, y cómo los cabellos crepados se mantenían perfectamente rectos a los lados...

A su lado, mirando a su hija, Patrick estaba sin habla.

Se oyó un clic en los altavoces, un cedé que giraba, y después una melodía orquestal que fue aumentando hasta llenar la sala de sonido con un ritmo rápido. Stephanie empezó a cantar, aquellas palabras francesas perfectamente formadas.

Je suis une poupée de cire
Une poupée de son

Cuando no pudo enfocar a su hija, Tina se dio cuenta de que estaba llorando. Milo tenía razón. Era precioso. Miró a Patrick que observaba la pantallita con la boca abierta, murmurando:

—Vaya.

Tal vez esto también le convencería de que Milo era un buen

hombre, a pesar de lo que decía ayer cuando la llamó a la biblioteca.

—No me cae bien.

—¿Qué? —Había contestado Tina de mala manera, ya irritada—. ¿Qué dices?

—Milo. —Se notaba que se estaba deslizando en una modorra de tarde, tal vez tras uno de sus famosos almuerzos de cinco martinis—. Hablo de Milo Weaver. Nunca me he fiado de él, para que esté contigo, y mucho menos con mi hija.

—Nunca has intentado que te cayera bien.

—Pero ¿qué sabes tú de él? Sólo es un tío que conociste en Italia, ¿no? ¿De dónde es?

—Ya lo sabes. Sus padres murieron. Es de...

—Carolina del Norte —interrumpió Patrick—. Sí, sí. ¿Y cómo es que no tiene acento sureño?

—Ha viajado más de lo que te puedas imaginar.

—Exacto. Un viajero. Y su orfanato... me dijo que era el Hogar para Chicos Saint Christopher. Ese sitio se quemó hasta los cimientos en 1989. Muy conveniente, ¿no te parece?

—Lo que me parece conveniente es que sepas tantas cosas, Pat. ¿Has estado husmeando?

—Tengo derecho a husmear cuando el bienestar de mi hija está en juego.

Tina intentó apartar esta conversación de su cabeza, pero no dejaba de fastidiarla mientras Stephanie cantaba, con una voz que se transmitía claramente por todo el auditorio. Tina no entendía qué decía la canción, pero le parecía preciosa.

—Mira, Pat. Podría echarte la bronca por cómo me dejaste cuando estaba embarazada y te necesitaba más que nunca, pero ya no estoy enfadada por eso. Tal como fueron las cosas... soy feliz. Milo nos trata bien, y quiere a Stephanie como si fuera suya. ¿Entiendes lo que te digo?

Stephanie subió el tono de voz, y la música giraba a su alrededor. Prácticamente aullaba:

Mais un jour je vivrai mes chansons
Poupée de cire poupée de son
Sans craindre a la chaleur des garçons
Poupée de cire, poupée de son

Unos compases finales, mientras Stephanie se balanceaba en el mismo baile despreocupado que había visto hacer a France Galle en aquella gala de Eurovisión que Milo había localizado en YouTube. Parecía muy segura, muy a la última.

—Vaya —repitió Patrick.

Tina silbó, se puso de pie y gritó, balanceando el puño en el aire, entusiasmada. Otros padres se pusieron de pie y aplaudieron, y a Tina no le importó que lo hicieran sólo por cortesía. Se sentía aturdida. A Milo le habría encantado.

7

Para la Agencia había sido un año y medio asqueroso. Nadie podía decir con certeza dónde había empezado el rastro de mala suerte, lo que significaba que la culpa saltaba arriba y abajo por la jerarquía dependiendo del estado de ánimo de la nación, y se detenía para causar estragos en una u otra carrera. Las cámaras de las noticias llegaban para dejar testimonio de las jubilaciones anticipadas y los despidos deshonrosos.

Antes de seguir con su vida, aquellos desempleados humillados aparecían en las tertulias de la televisión matinal dominical para repartir más las culpas. Fue el ex ayudante del director, un espía profesional de modales suaves, ahora extraordinariamente amargado, quien resumió mejor el consenso general.

—Irak, por supuesto. Primero, el presidente nos echa la culpa por transmitir mala información. Nos culpa por no matar a Osama bin Laden antes de su gran actuación de relaciones públicas. Nos culpa por unificar estos dos fracasos en una guerra desastrosa e inacabable, como si nosotros le hubiéramos empujado a entrar en Irak. Nosotros nos defendemos con hechos, sí, hechos, y de repente los aliados del presidente en el Congreso empiezan a despedazarnos. ¡Qué coincidencia! Comisiones especiales de investigación. Si gastas suficiente dinero y miras con suficiente atención, todas las organizaciones tienen trapos sucios. Esto también es un hecho.

Harlan Pleasance, republicano de Georgia, fue el que realmente dejó caer la bomba, en abril de 2006. Dirigió la segunda comisión especial de investigación que, basándose en los resultados de la primera comisión del mes anterior, se centró en el rastro del dinero. Con acceso al presupuesto de la CIA (un secreto desde la Ley de 1949 de la Agencia Central de Inteligencia), el senador Pleasance se preguntó en voz alta cómo podía subvencionar la Agencia, por ejemplo, la donación recientemente descubierta de diez millones de dólares a un grupo democrático de militantes chinos con el improbable nombre de 青年團, Liga Juvenil o algo así, con sede en la montañosa provincia de Guizhou que, curiosamente, se había bautizado siguiendo el ejemplo de la organización Juvenil Comunista. El senador Pleasance tardó menos de tres meses en informar en el programa «La sala de situación» de la CNN que la donación a los militantes chinos procedía de parte de la venta, en Frankfurt, de dieciocho millones de euros en heroína afgana, que los presos talibanes custodiados por el ejército de Estados Unidos habían recogido clandestinamente.

—Y nadie nos dijo nada de nada, Wolf.

Era un secreto a voces dentro de Langley que, aunque eso podía ser cierto, no había forma humana de descubrirlo a partir de la documentación existente. Otra agencia estaba proporcionando información al senador Pleasance. La mayoría creía que era Seguridad Interior, mientras otros, y Milo formaba parte de este grupo, creían que era la Agencia de Seguridad Nacional, que tenía agravios mucho más antiguos e históricos contra la CIA. Pero tampoco importaba porque a la gente le daba igual de donde procedía la información. Los hechos eran demasiado llamativos.

Aun sin saber qué inició la sangría, fue el descubrimiento de Pleasance lo que la convirtió en una masacre pública e internacional. Primero los alemanes, avergonzados, retiraron su apoyo histórico y cancelaron muchas de las operaciones conjuntas. Después se convirtió en una carrera. Comisiones especiales recién estrenadas solicitaron los registros financieros, mientras políticos de poca monta intentaban obtener un reconocimiento a nivel nacional, y Langley empezaba a incinerar discos duros. Louise Walker, una mecanógrafa, fue arrestada por eso, y tras una larga reunión con su abogado se convenció de que la única forma de salir del atolladero era dando un nombre. Ese nombre era Harold Underwood, un burócrata de bajo nivel. A Harold también le asignaron un abogado convincente.

Y así sucesivamente. Dieciocho meses de principio a fin, que acabaron en treinta y dos arrestos: diecisiete absoluciones, doce condenas de prisión, dos suicidios y una desaparición. El nuevo director de la CIA, cuya aprobación se aceleró durante las vistas para la nominación, era un menudo pero vociferante tejano llamado Quentin Ascot. Frente al Senado, con alzas en los zapatos, dejó clara su posición. No más dinero negro. No más operaciones que no hubieran sido aprobadas por la Comisión del Senado sobre Seguridad Interior y Asuntos Gubernamentales. No más travesuras de vaqueros en Langley.

—No más departamentos infames. Es un nuevo mundo. Trabajaremos para el pueblo norteamericano que paga nuestras facturas. Deberíamos ser un libro abierto.

El gemido colectivo de la Agencia pudo oírse en todo el mundo.

Las cuatro plantas secretas de oficinas de la avenida de las Américas, repletas de Agentes de Viajes que trabajaban gestionando y asimilando la información recogida por los Turistas situados en todos los continentes poblados, eran consideradas (a puerta cerrada) objetivo principal de los inevitables recortes. Se rumoreaba que el director Ascot quería librar al mundo de Turismo. Afirmaba que los Turistas, con recursos ilimitados y sin necesidad de presentar recibos, llevarían a la Agencia a la bancarrota. Pero como no tenía suficiente apoyo interno para borrar el departamento clandestino, lo único que podía hacer era aplastarlo lentamente.

Milo se enteró de los primeros intentos de Ascot cuando

llegó a La Guardia procedente de Tennessee y se reunió con Tom Grainger. El viejo había despedido a los «polis de alquiler», como llamaba él al personal que no era de la Agencia. A través de un espejo falso observaron a la gente peleándose frente a la cinta de equipajes, el flujo irregular de viajeros por las líneas de tránsito masivo que en los últimos años se habían convertido en centros de amenaza nacional. Ambos hombres echaban de menos aquella época casi olvidada en que viajar era llegar a un lugar nuevo, no superar las torpes medidas de la ley antiterrorista.

—Está empezando el frenesí posmasacre —dijo Grainger mirando el cristal, con expresión agotada.

Incluso para la CIA, Tom Grainger era mayor, setenta y un años, casi todo el cabello blanco perdido en la ducha, y el botiquín lleno de píldoras recetadas por el médico. Jamás salía a la calle sin corbata.

—El Gran Inquisidor ha mandado un memorándum a sus subordinados, a través de Terence Fitzhugh, para ser exactos. Dice que debo prepararme para realizar ejecuciones. Ascot predice una guerra de desgaste, y quiere que yo me encargue de deshacerme de mi gente. Es un lento haraquiri.

Milo conocía a Grainger desde 1990, cuando había sido invitado a formar parte del mundo clandestino de la Agencia en Londres, y sabía que el viejo siempre era melodramático cuando se trataba de Langley. Su departamento secreto en Manhattan era su dominio privado, y le dolía que le recordaran que los que realmente tiraban de los hilos eran personas que estaban en otro estado. Tal vez, por eso había decidido presentarse en el aeropuerto, en lugar de esperar a hablar por la mañana en la oficina. Aquí nadie podía oírle despotricar.

—Has pasado cosas peores, Tom. Todos hemos pasado por cosas peores.

—No lo creo —dijo Grainger despreciativamente—. Una cuarta parte. Éste es el personal que perdemos. Me está haciendo una advertencia. El año que viene trabajaremos con una cuarta parte menos de fondos, lo que apenas cubre los costes operativos. Se supone que debo decidir qué Agentes de Viajes reciben la carta de despido y cuáles son trasladados a departamentos más públicos.

—¿Y los Turistas?

—¡Ajá! Demasiados. Esto es lo esencial. Doce puestos para toda Europa, trabajando las veinticuatro horas, y encima debo deshacerme de tres de ellos. Hijo de puta. ¿Quién se cree que es?

—Tu jefe.

—Mi jefe no estaba cuando llegaron los aviones, ¿no? —El anciano golpeó el cristal con los nudillos. Un niño de pie cerca de ellos se volvió y miró enfurruñado el ruidoso cristal—. Tú tampoco estabas, ¿verdad? Nunca estuviste en la antigua oficina... No. —Estaba totalmente absorto en sus recuerdos—. Todavía eras un Turista, por poco tiempo, y nosotros en nuestras mesas, bebiendo café de Starbucks, como si el mundo no estuviera a punto de explotar.

Milo ya había oído todo aquello antes, la interminable rememoración de Grainger del 11-S, cuando la antigua oficina secreta de la CIA en el 7 World Trade Center se derrumbó. No sucedió inmediatamente, porque los diecinueve jóvenes que secuestraron cuatro aviones aquella mañana no sabían que chocando contra una de las torres pequeñas podían eliminar un departamento entero de la Agencia. En cambio, se decidieron por la gloria de las enormes torres primera y segunda, lo que dio tiempo a Grainger y su personal de huir, presos del pánico, antes de que los objetivos principales se hundieran, llevándose con ellos la torre número siete.

—Fue como cincuenta veces Beirut —dijo Grainger—. Todo Dresden metido en diez minutos. Fue la primera oleada de bárbaros entrando en Roma para saquearla.

—No fue ni mucho menos como eso. ¿Era de esto de lo que querías hablarme?

Grainger se volvió y frunció el ceño.

—Estás quemado por el sol.

Milo se apoyó en la desordenada mesa del supervisor de seguridad de La Guardia y miró hacia abajo. La mano izquierda que había estado apoyando en la ventana del conductor era de un tono claramente diferente.

—¿Quieres esperar a mi informe?

—No han parado de llamar —dijo Grainger, ignorando la pregunta—. ¿Quién es esa Simmons?

—Es legal. Sólo está cabreada. Yo también lo estaría.

Al otro lado de la ventana, las maletas se deslizaban por una cinta mientras Milo resumía su conversación con el Tigre.

—Quería que localizara a los que le habían infectado con el VIH. Cree que son terroristas con conexiones sudanesas.

—Sudán. Qué bien. Pero sólo pudo decirte un nombre. Herbert Williams. O Jan Klausner. Es poca cosa.

—Y la Clínica Hirslanden. Estuvo allí con el alias de al-Abari.

—Lo comprobaremos.

Milo se mordió el interior de la mejilla.

—Manda a Tripplehorn. Sigue en Niza, ¿no?

—Tú eres mejor que Tripplehorn —dijo Grainger.

—No soy un Turista. Además, el lunes me voy a Florida.

—Claro.

—En serio —dijo Milo—. La familia, Micky Mouse y yo.

—Eso dices siempre.

Observaron a los pasajeros agolpándose más cerca de la cinta, golpeándose unos a otros con pánico, agotados. Para fastidio de Milo, su jefe suspiró ruidosamente. Sabía lo que significaba, y ese conocimiento le dijo por qué Grainger se había tomado la molestia de ir al JFK. Quería convencer a Milo para que hiciera otro viaje.

—No, Tom.

Grainger miró los viajeros, sin molestarse en contestar. Milo esperaría. Se quedaría callado, y ni siquiera revelaría que el Tigre procedía de las filas de sus propios Turistas. Si era cierto, Tom ya lo sabía, y se había guardado esa información por algún motivo.

Casi tristemente, Grainger dijo:

—¿Crees que podrías salir mañana por la tarde?

—Ni hablar.

—Pregúntame dónde.

—Me da igual. Tina ya está en pie de guerra. Me perdí la función de Stephanie.

—No te preocupes. La he llamado hace una hora para disculparme personalmente por mandarte fuera. Asumí toda la responsabilidad.

—Eres un auténtico santo.

—No hay duda. Le he dicho que estabas salvando el mundo libre.

—Ya hace tiempo que dejó de creérselo.

—Bibliotecarias. —Grainger puso mala cara a los viajeros—. Deberías haberme escuchado. Casarse con mujeres listas nunca ha sido una buena idea.

En realidad, Grainger le dio ese consejo una semana antes de casarse con Tina. Había hecho que Milo pensara en Terri, la esposa ya fallecida de Grainger.

—Si quieres me lo cuentas —dijo—. Pero no te prometo nada.

Grainger le dio una palmadita en la espalda con su manaza.

—¿Lo ves? No era para tanto.

8

Ya estaba anocheciendo cuando llegaron a Park Slope, el barrio de Brooklyn al que Milo había acabado aficionándose los últimos cinco años. Cuando buscaban apartamento, y Stephanie sólo era un bebé, Tina se enamoró de las casas de ladrillo y los cafés de diseño, del mundillo acogedor y agradable de los jóvenes informáticos y los novelistas de éxito; a Milo le costó un poco más.

La vida familiar era una bestia diferente a lo que Milo conocía. A diferencia de Turismo, era una vida de verdad. Tuvo que aprender. Primero a aceptar, y después de la aceptación vino el afecto. Porque para él el Slope no eran los desesperantes camareros de las cafeterías para nuevos ricos con elaboradas especificaciones para cafés sin grasa; Park Slope era la familia de Milo Weaver.

El Tigre lo había llamado padre de familia burgués. En eso, al menos, el asesino había acertado de lleno.

En Garfield Place, Milo bajó del Mercedes de Grainger con la promesa de hablar al día siguiente en la oficina. Pero sabía, subiendo la estrecha escalera interior de su casa de piedra, que ya había tomado una decisión. Padre de familia o no, iría a París.

En el tercer piso, oyó un televisor. Cuando llamó al timbre Stephanie gritó:

—¡Puerta! ¡Mamá, puerta!

Después los pasos rápidos de Tina, diciendo:

—¡Ya voy!

Tina abrió abrochándose la blusa. Cuando le reconoció, cruzó los brazos.

—Te has perdido la función.

—¿No ha hablado Tom contigo?

Intentó entrar, pero ella no se apartaba. Se echó hacia atrás un mechón de cabello oscuro, un gesto inconscientemente seductor.

—Ese hombre diría lo que fuera para disculparte. —Después le agarró de la camisa, tiró de él y le besó con fuerza en los labios. Susurró—: Sigues castigado, guapo.

—¿Puedo pasar?

Tina no estaba enfadada de verdad. Procedía de una familia en la que no se disimulaba el enfado, porque, desahogándolo, lo despojabas de su poder. Así era como lo habían hecho siempre los Crowe en Austin, y lo que era bueno en Texas era bueno en cualquier otra parte.

Milo encontró a Stephanie en el salón, tirada en el suelo con un montón de muñecas, mientras en la televisión unos animales de dibujos animados pasaban apuros.

—Eh, bicho —dijo—. Perdona que me perdiera tu función.

La niña no se levantó. No preguntó por qué Milo estaba bronceado. Sólo se encogió de hombros.

—Ya estoy acostumbrada.

Cada día se parecía más a su madre. Cuando Milo se inclinó y le dio un beso en la cabeza, ella arrugó la nariz.

—Papá, hueles mal.

—Lo sé, cariño. Lo siento.

Tina lanzó un tubo de crema hidratante a Milo.

—¿Quieres una cerveza?

—¿Tenemos vodka?

—Primero come algo.

Tina hirvió unos fideos chinos —uno de los cinco platos que ella misma reconocía que sabía cocinar— y le llevó el plato al sofá. Para entonces, Stephanie ya estaba contenta con la presencia de Milo y se sentó a su lado en el sofá. Le puso al día de los otros participantes en el concurso de talentos, sus puntos fuertes y débiles, y la injusticia pura y dura de la decisión del jurado: la interpretación de *I Decide* de Sarah Lawton.

—¿Y la tuya qué? La trabajamos durante semanas.

Stephanie ladeó la cabeza y le miró enfurruñada.

—Fue una idea estúpida.

—¿Por qué?

—Porque nadie entiende el francés, papá.

Milo se frotó la frente. Creía que era una buena idea que su hija cantara un éxito de Serge Gainsbourg. Era inesperado. Original.

—Creía que te gustaba la canción.

—Sí.

Tina se sentó en el otro extremo del sofá.

—Ha estado increíble, Milo. Asombrosa.

—Pero no he ganado.

—No te preocupes —dijo Milo—. Un día dirigirás la Filarmónica de Nueva York, y Sarah Lawton estará sirviendo patatas fritas en Fuddruckers.

—Milo —protestó Tina.

—Es un decir.

Una sonrisa astuta iluminó la cara de Stephanie mirando a lo lejos.

—Sí.

Milo se puso a comer sus fideos.

—Lo tenemos en vídeo, ¿no?

—Padre no podía enfocarme bien. Soy demasiado pequeña.

Así diferenciaba Stephanie a los hombres de su vida: Patrick era padre, Milo era papá.

—Ya se ha disculpado —dijo Tina.

Stephanie, que no estaba de humor para perdones, bajó al suelo con sus muñecas.

—¿Qué? —dijo Tina—. ¿Me lo vas a contar?

—Está bueno —dijo Milo con la boca llena.

—¿Dónde?

—¿Dónde qué?

—Tom te manda fuera otra vez. Por eso ha llamado, para ablandarme. Es el hombre de la CIA menos sutil que conozco.

—Oye, espera...

—Además —le interrumpió—, veo la culpabilidad en tu cara.

Milo miró la televisión por encima de su plato. El correcaminos desafiaba de nuevo la gravedad, mientras el Coyote sufría el destino del resto de los mortales, los que están encadenados a las leyes de la física. Bajito, Milo dijo:

—Necesito ir a París. Pero estaré de vuelta el sábado.

—Ya no haces esa clase de trabajo.

Él no contestó. Tina tenía razón, por supuesto, pero en el último año Milo había desaparecido cada vez en más «viajes de trabajo», y las preocupaciones de Tina se habían verbalizado. Sabía lo suficiente de la vida de Milo antes de que se conocieran para saber que no era la clase de marido que ella habría aceptado. Ella aceptaría a la persona que dejara todo aquello atrás.

—¿Por qué es tan importante para ti ir a París? La Agencia tiene a todo un ejército de pardillos para mandarlos allí.

Él bajó más la voz.

—Es Angela Yates. Se ha metido en un buen lío.

—¿Angela? ¿La Angela de nuestra boda?

—Creen que está vendiendo información.

—Por favor. —Hizo una mueca—. Angela es la chica del póster de Nosotros Contra Ellos. Es más patriota que John Wayne.

—Por eso necesito ir —dijo Milo, mirando como el Coyote emergía de un profundo hoyo tras una caída libre de un par de kilómetros—. Los tipos de investigación interna no tendrán eso en consideración.

—De acuerdo. Pero tienes que estar de vuelta el sábado. Nosotras nos vamos a Disney World sin ti. ¿Sí o no, Little Miss?

—Está clarísimo —dijo Stephanie mirando la televisión.

Milo levantó las manos.

—Prometido.

Tina le acarició la rodilla, y él la acercó, oliendo su cabello recién lavado mientras seguía mirando la televisión. Entonces se dio cuenta de que se equivocaba: el Coyote no estaba sometido a las mismas leyes de la física que el resto. Contra todo pronóstico, siempre sobrevivía.

Oyó que Tina olfateaba, y después susurraba:

—¿Has estado fumando?

9

Lo primero que debía saber el visitante de la torre en el cruce de la calle 31 Oeste y la avenida de las Américas era que toda la acera y la calle alrededor del edificio estaban vigilados por cámaras. Así que, cuando entrabas, ya te esperaban, y Gloria Martínez, la adusta recepcionista cuarentona de la Agencia tenía preparada tu identificación. Milo se divertía flirteando con Gloria y ella, a su vez, se divertía rechazándolo. Gloria sabía que la esposa de Milo era, como decía ella, medio latina, y por esa razón consideraba necesario recordarle que vigilara y mantuviera las cosas afiladas alejadas de la cama.

Milo aceptó este consejo junto con la identificación para colgar del bolsillo delantero de la americana, sonrió a la cámara conectada a la terminal de Gloria, y le prometió por sexta vez «unas vacaciones clandestinas en Palm Springs». Ella contestó pasándose un dedo por el cuello.

En el siguiente paso previo a la entrada, junto a los seis ascensores, estaban los tres enormes jugadores de fútbol que ellos llamaban porteros. Estos hombres tenían las llaves que daban acceso a las cuatro plantas secretas, que iban de la diecinueve a la veintidós, y constituían el dominio de Tom Grainger. Aquel día, lo acompañó arriba Lawrence, un negro alto y calvo. Cinco años después de la misma aburrida rutina, Lawrence seguía pasando el detector de metales por el cuerpo de Milo en el ascensor. Zumbó junto a su cadera y, como cada día, Milo sacó las llaves, el teléfono y las monedas para que Lawrence los examinara.

Pasaron el piso diecinueve, el nivel fantasmagóricamente estéril para interrogatorios, de pasillos estrechos y puertas numeradas donde, en caso necesario, la Convención de Ginebra no era más que una broma. El piso veinte estaba vacío, a la espera de una futura expansión, y el veintiuno contenía la extensa biblioteca de los archivos impresos de Turismo, una copia de seguridad de los originales informatizados. Finalmente, la puerta se abrió en el piso veintidós.

Si alguien llegara por equivocación al Departamento de Turismo, no encontraría nada fuera de lo corriente. Era una planta abierta y enorme, llena de cubículos de paredes bajas donde pálidos Agentes de Viajes se afanaban con sus ordenadores, buscando entre montañas de información lo que incluirían en sus informes quincenales —o, en la lengua autóctona, Guías de Turismo— para Tom Grainger. A Milo siempre le recordaba una oficina de contabilidad dickensiana.

Antes del 11-S y el derrumbamiento de las antiguas oficinas en el 7 World Trade Center, el Departamento de Turismo estaba dividido según demarcaciones geográficas. Seis secciones dedicadas a seis continentes. Después, al montar las nuevas oficinas y debido al escrutinio a que estaban sometidas todas las agencias de inteligencia, Turismo se organizó por temas. Actualmente, había siete secciones. La sección de Milo se centraba en el terrorismo y el crimen organizado, y los muchos puntos con que éstos se cruzaban.

Cada sección empleaba a nueve Agentes de Viajes y un supervisor. Por lo tanto, la avenida de las Américas (sin contar un número indeterminado de Turistas diseminados por el mundo) tenía setenta y un empleados, incluido el director, Tom Grainger.

Una cuarta parte, había dicho Grainger. Una cuarta parte de estas personas tendrían que marcharse.

El anciano estaba reunido con Terence Fitzhugh, el ayudante de Dirección de Operaciones Clandestinas de Langley, que a veces se presentaba inesperadamente para corregir aspectos de la incompetencia de Grainger. Mientras Milo esperaba frente a su despacho, Harry Lynch, un Agente de Viajes de veintipocos años de la sección de Milo, pasó cargado con unas hojas impresas, y al ver a Milo se detuvo.

—¿Cómo ha ido?

Milo pestañeó.

—¿Cómo ha ido qué?

—Tennessee. Oí algo en la radio de tráfico el martes y supe... supe que era nuestro hombre. Tardaron un poco en verificarlo, pero sentía en los huesos que era él.

Lynch sentía muchas cosas en los huesos, un don del que Milo desconfiaba.

—Tus huesos no se equivocaban, Harry. Acertaste.

Lynch sonrió encantado y volvió rápidamente a su cubículo.

Se abrió la puerta de Grainger y salió Fitzhugh. Señaló a Milo con un sobre apabullando a Grainger con su corpachón.

—Weaver, ¿no?

Milo reconoció que lo era, y le felicitó por su gran memoria. No hablaban desde hacía medio año, y sólo lo habían hecho brevemente. En una demostración de afectuosa camaradería, Fitzhugh le dio unas palmaditas a Milo en el hombro.

—Lástima lo del Tigre, pero estas cosas no se pueden prever.

Grainger, detrás de él, permaneció ostentosamente en silencio.

—Pero nos hemos deshecho de un terrorista más —continuó Fitzhugh, tocándose el grueso cabello gris sobre la oreja—. Un punto a favor de los buenos.

Obediente, Milo secundó la metáfora deportiva.

—¿Y ahora qué te espera?

—Sólo París.

—¿París? —repitió Fitzhugh, y Milo notó una pizca de aprensión en su cara. Miró a Grainger—. ¿Tienes presupuesto para mandarle a París, Tom?

—Se trata de Yates —informó Grainger.

—¿Yates? —repitió otra vez Fitzhugh.

Quizás era duro de oído.

—Es una de sus más antiguas amigas. Es la única forma segura de tratar este asunto.

—Entendido —dijo Fitzhugh, después tocó el brazo de Milo y se alejó, cantando—: ¡Oh-la-la!

—Entra —dijo Grainger.

El viejo regresó a su silla ergonómica, colocándose de espaldas al brillante telón de fondo de Manhattan, y apoyó un tobillo en la esquina de su enorme mesa. Lo hacía a menudo, como para recordar a las visitas de quién era realmente aquel despacho.

—¿Qué quería? —preguntó Milo tomando asiento.

—Como te dije, me están recortando el presupuesto, y tú vas y hablas de París.

—Lo siento.

Grainger cerró el tema con un gesto.

—Una cosa antes de que empieces con esto. Tu nueva amiga, Simmons, parece que ha realizado una autopsia de urgencia al Tigre. Quiere demostrar que le mataste. No le diste ninguna razón para pensarlo, ¿no?

—Creía que había cooperado en todo. ¿Cómo te has enterado de lo de la autopsia?

—Sal. Nuestro amigo en Interior.

Grainger no era el único que tenía un amigo en Seguridad Interior. Milo recordaba el barullo que se había armado con el anuncio del presidente, nueve días después del atentado contra las Torres, de que se crearía una nueva agencia de inteligencia. La Agencia, los Federales, y la Agencia de Seguridad Nacional se pusieron en fila para introducir en ella tantos de sus empleados como fuera posible. «Sal» era el infiltrado de Turismo, y periódicamente Grainger hablaba con él a través de un servicio de correo anónimo llamado Nexcel. Milo también lo había utilizado a veces.

—Como sospechabas —continuó Grainger—, fue cianuro.

Un diente vacío. Según el médico de Interior, sólo le quedaba una semana más o menos, de todos modos. Pero parece que tus huellas están por toda su cara. ¿Quieres explicarlo?

—Al principio de la entrevista, le agredí.

—¿Por qué?

—Ya te lo dije, sacó a colación a Tina y a Stef.

—Perdiste los nervios.

—No había dormido mucho.

—De acuerdo. —Grainger se inclinó para golpear la superficie de roble de la mesa, dirigiendo la atención de Milo hacia una carpeta gris sin etiquetas situada en el centro—. Esto es lo de Angela. Adelante.

Milo tuvo que levantarse de la silla para recoger la anodina carpeta que hacía gala de la ultimísima técnica de seguridad de la Agencia. Los expedientes *top secret* se dejaban sin etiquetar, para evitar despertar interés. La dejó cerrada sobre sus rodillas.

—¿Qué sabes de la clínica suiza?

Grainger apretó sus grandes labios.

—Tal como te dijo. Ingresado como Hamad al-Abari.

—¿Se lo encargaste a Tripplehorn, entonces?

—Ahora mismo tenemos once Turistas en Europa. Elliott murió la semana pasada cerca de Bern. El resto, incluido Tripplehorn, están todos ocupados.

—¿Elliott? ¿Cómo?

—Un accidente en la carretera. Llevaba una semana fuera de radar cuando finalmente le identificamos como el cadáver.

Por razones de seguridad, Milo no conocía el nombre real, ni la edad, ni el aspecto físico de ninguno de sus Turistas, sólo Grainger y un par de personas más, incluido Fitzhugh, tenían este nivel de autorización. Pero la noticia de la muerte de Elliott seguía fastidiándole. Se rascó la oreja, pensando en el hombre que sólo conocía por su nombre en código: ¿Cuántos años tenía? ¿Tenía hijos?

—¿Estás seguro de que fue un accidente?

—Si es que no lo fue, dudo que tuviéramos dinero para una investigación a fondo. Éste es el nivel de purgatorio en el que hemos entrado. —Cuando vio la duda en la cara de Milo, su tono se suavizó—. No, Milo. Fue un accidente. Un choque frontal. El otro conductor también falleció.

Finalmente, Milo abrió la carpeta. Un par de páginas impresas y una fotografía, una instantánea de un hombre chino, gordo y con el uniforme de coronel del Ejército Popular de Liberación.

—Lo descubrieron los ingleses —dijo Grainger—. Bueno, descubrir es una palabra fuerte. Los cabrones tuvieron suerte. Un trabajo de rutina, por lo visto, vigilando a la oposición.

Según la experiencia de Milo, el M16 no tenía personal suficiente para vigilar a todos los diplomáticos extranjeros en el país, ni siquiera al de la foto —el coronel Yi Lien—, pero no interrumpió.

—El viaje no fue extraño. El coronel cogía el ferry para ir a Francia cada fin de semana.

—¿El túnel no?

—Miedo a los espacios cerrados, está en el expediente. Por eso coge el ferry, y después va en coche a una casita que tiene en la Bretaña.

—¿Comprada a su nombre?

Grainger intentó coger el ratón del ordenador, pero estaba sentado demasiado lejos y tuvo que bajar el pie para alcanzarlo.

—Ni hablar. A nombre de... —Clicó un par de veces y miró la pantalla con los ojos entornados—. Sí. Renée Bernier. Parisina, de veintiséis años.

—¿Amante?

—Novelista en ciernes, dice aquí. —Otro clic—. Supongo que utiliza la casa para escribir.

—Y quedar con el coronel.

—Todo el mundo tiene un alquiler que pagar.

—Guíame un poco —dijo Milo—. El coronel Yi Lien coge el ferry para ir a su chalé francés. Pasa el fin de semana con su novia. Después sube a bordo del ferry. ¿Y se muere?

—No se muere. Un infarto.

—Y el MI6 está ahí para resucitarlo.

—Por supuesto.

—Y le registran la bolsa.

—¿Se puede saber qué te pasa, Milo?

—Perdona, Tom. Continúa.

—Bueno, el coronel es más bien paranoico. No confía en nadie de su embajada, y tiene motivos. Tiene sesenta y cuatro años, soltero, con una carrera en decadencia. Sabe que pronto alguien dirá que ya es hora de que vuelva a Pekín, y no le apetece nada. Le gusta Londres. Le gusta Francia.

—¿Y por qué no?

—Claro. Pero como no confía en nadie, lleva el portátil encima a todas partes. Un gran riesgo de seguridad. Así que nuestros amigos del MI6 aprovecharon la oportunidad, en el ferry, para copiarle el disco duro.

—Muy apañados.

—Eso digo yo.

Grainger apretó otra vez el ratón, y la impresora, metida en la estantería, junto a una hilera de libros de anticuario, se encendió y escupió una página.

—¿Y al coronel Lien? ¿Qué le sucedió?

—Ironía de ironías. Le convocaron de vuelta en Pekín poco después del infarto.

Como Grainger no se movía, Milo recogió la hoja impresa.

Era un memorando interno de la embajada norteamericana en París, *top secret*. Una transmisión del embajador a Frank Barnes, el jefe del Servicio de Seguridad Diplomático en Francia, referente a las nuevas directrices para tratar con el embajador chino en Francia, que sería vigilado por un equipo de tres hombres.

—¿Y el MI6 nos lo cuenta por las buenas?

—Son nuestros amigos especiales —dijo, sonriendo—. En realidad, uno de mis amigos especiales personales me lo facilitó.

—¿Tu amigo especial cree que Angela lo pasó a Lien? ¿Es lo que cree el M16?

—Cálmate, Milo. Lo único que han hecho es facilitar el memorándum. El resto lo hemos deducido solos.

Como Tina, Milo seguía sin poder creer que Angela Yates, «la chica del póster Nosotros Contra Ellos», pudiera entregar secretos de Estado.

—¿Esto se ha verificado? ¿El ferry? ¿El infarto?

—Como te dije ayer —dijo Grainger simulando que se armaba de paciencia—. El infarto de Yi Lien salió en los periódicos ingleses. Es un hecho.

Milo soltó el memorando sobre la mesa de Grainger.

—¿Cuáles son las pruebas?

—Este papel pasó por tres pares de manos. El embajador y Frank Barnes, por supuesto. Y el jefe de seguridad de la embajada. Que sería Angela Yates. Hemos descartado a Barnes, y espero que no le exijas explicaciones al embajador.

Ya había oído este punto de vista el día anterior en el coche de Grainger. Pero ahora, la realidad física del memorando le hacía sentir mareado.

—¿Cuándo fue la última vez que viste a Yates?

—Hace un año. Pero hemos estado en contacto.

—¿De modo que os seguís llevando bien?

Milo se encogió de hombros y después asintió.

—Bien. —Grainger miró el ratón, que era un aparato bulboso con una ruedecita iluminada en azul—. ¿Tú y ella... alguna vez...?

—No.

—Oh. —Pareció desilusionado—. No importa. Quiero que le des esto.

Abrió un cajón y sacó un lápiz de memoria negro de la medida de un pulgar, de quinientos megabits. Fue a parar justo al lado de la mesa donde estaba sentado Milo.

—¿Qué contiene?

—Un informe falso sobre los intereses petroleros chinos en Kazakstán. La clase de cosa que les gustaría ver.

—No lo sé, Tom. Puede que hayas descartado a Barnes, pero todavía no me has convencido de la culpabilidad de Angela.

—Tu trabajo no es estar convencido —dijo Grainger—. Descubrirás más cosas con tu contacto. Confía en mí, hay pruebas.

—Pero si Yi Lien se ha ido, entonces...

—Las redes siempre sobreviven a los cambios de titulares, Milo. Ya lo sabes. Lo que no sabemos es quién está ahora en lo alto de la cadena alimentaria.

Milo miró el cráneo pelado de Grainger, reflexionando. Era una cuestión bastante simple, y se alegraba de participar, al menos podría asegurarse de que trataban a Angela de una forma justa. Pero la Agencia no funcionaba así: no regalaba billetes de avión internacionales porque deseara ser justa. Le dejaban participar porque Angela confiaba en él.

—¿Cuánto tiempo me llevará?

—Oh, no mucho —dijo Grainger, contento de que hubieran cambiado de tema—. Llegas, te encuentras con ella y le entregas el lápiz de memoria. La historia es que debe guardarlo para un contacto llamado Jim Harrington que llegará a París el lunes para recogerlo. Esto le dejará a ella... —Levantó las manos—. ... si es ella, por supuesto, sólo dos días para copiarlo.

—¿El tal Harrington existe?

—Irá a París desde Beirut. Sabe lo que tiene que hacer, pero no sabe por qué.

—Ya.

—Lo harás en un abrir y cerrar de ojos. Coges un vuelo nocturno y estarás en casa el sábado por la mañana.

—Eso me anima.

—No seas sarcástico.

Tom sabía por qué Milo estaba molesto. No era que se hubiera saltado el café de la mañana, ni que sintiera un fuerte deseo de fumar un cigarrillo. Tampoco era el miserable hecho de que estuviera tendiéndole una trampa a una amiga para probar su traición, eso sólo le ponía enfermo.

—¿Cuándo pensabas contarme lo del Tigre? —preguntó.

Grainger, con expresión inocente, dijo:

—¿Qué quieres que te cuente?

—Que fue uno de los nuestros. Que fue un Turista.

La expresión del viejo perdió su inocencia.

—¿Eso es lo que crees?

—Me he pasado seis años persiguiéndole. ¿No crees que esta pequeña información podría haberme ayudado?

Grainger le miró unos diez segundos, y después golpeó la mesa con los nudillos.

—Hablaremos cuando vuelvas. ¿Entendido? Ahora no tienes tiempo para esto.

—¿Tan larga es la historia?

—Lo es. Tu vuelo sale a las cinco, y necesitas escribir alguna explicación sobre el desastre de Blackdale que no nos haga parecer unos completos idiotas. Y también quiero que incluyas los recibos, no quiero seguir pagando gastos no justificados.

Milo gruñó una afirmación.

—Le diré a James Einner que te espere. Es tu enlace en París.

—¿Einner? —dijo Milo, despejándose de golpe—. ¿De verdad crees que necesitamos a un Turista para esto?

—La precaución nunca ha matado a nadie —dijo Grainger—. Y ahora ve. Te lo he mandado todo a tu terminal.

—¿Y el Tigre?

—Ya te lo he dicho. Cuando vuelvas.

10

Milo siempre se había sentido cómodo en los aeropuertos grandes. No es que le gustara volar; especialmente después de las Torres, se había convertido en una experiencia cada vez más insoportable, con sus varios niveles de seguridad que te obligaban a desnudarte. Las únicas cosas que disfrutaba a 40.000 pies por encima del nivel del mar eran las comidas pulcramente empaquetadas y la música elegida para el día en su iPod.

Pero en cuanto volvía a estar en tierra, en un aeropuerto como es debido, siempre se sentía como si deambulara por una ciudad diminuta. Charles de Gaulle, por ejemplo, estaba bien diseñado. Su impresionante arquitectura de los sesenta —como imaginaban los diseñadores de los sesenta que sería un futuro hermoso— conformaba una utopía raramente nostálgica de una arquitectura de control de multitudes y placeres de consumo, reforzada por los suaves *ding* que salían de los altavoces seguidos de una hermosa voz femenina que enumeraba las ciudades del mundo.

Nostalgia era una buena palabra para este aeropuerto, una falsa nostalgia de una época que Milo era demasiado joven para haber conocido. Por eso le encantaban los ganadores de Eurovisión desde 1965, el irreal tecnicolor de aquellas películas de Bing Crosby a mediados de su carrera, y (a pesar de sus promesas) la perfecta pareja que formaban un cigarrillo Davidoff y un buen vodka, servido en un bar de aeropuerto.

Hacía años que no paseaba por el Charles de Gaulle, y pronto se dio cuenta de que las cosas habían cambiado. Pasó junto a un McDonald's y algunas pastelerías, y se decidió por la vagamente artificiosa La Terrasse de Paris. No tenía barra, sólo una zona de cafetería donde pidió en vano un vodka. Lo único que tenían eran copas de vino: tinto y blanco. Frustrado, se conformó con cuatro decilitros de un Cabernet frío de poca calidad que costaba nueve euros. La copa de plástico, dijo la cajera, era cortesía de la casa.

Milo encontró una mesa libre al fondo, y para llegar tuvo que golpear espaldas y maletas. Eran las seis de la mañana y el local ya estaba abarrotado. En su móvil sonó una irritante melodía, y Milo tardó un momento en encontrarlo en el bolsillo interior. NÚMERO OCULTO.

—¿Sí?

—¿Milo Weaver? —dijo una voz fina y áspera.

—Ajá.

—Einner. ¿Has aterrizado bien?

—Bueno, sí, yo...

—Nueva York me ha dicho que tienes el paquete. ¿Lo tienes?

—Espero que sí.

—Responde sí o no, por favor.

—Claro.

—El sujeto almuerza cada día a las 12.30 en punto. Sugiero que la esperes fuera de su lugar de trabajo.

Sintiéndose más desesperado después de su interludio nostálgico, Milo buscó un cenicero; no había ninguno. Cogió un Davidoff comprado en Tennessee y decidió tirar la ceniza en la copa y beber el vino a morro.

—Así tendré tiempo para echar una cabezadita. Ha sido un viaje largo.

—Ah, claro —dijo Einner—. Había olvidado la edad que tienes.

Milo se quedó demasiado pasmado para decir lo que su mente murmuraba: «Sólo tengo treinta y siete».

—No te preocupes, Weaver. Estarás fuera de aquí a tiempo para tus vacaciones. Ni siquiera sé por qué te han hecho venir.

—¿Hemos terminado?

—Tengo entendido que el sujeto es una vieja amiga tuya.

—Sí.

Milo tomó un trago, perdiendo el sentido del humor, mientras alguien tosía ruidosamente a su lado.

—No dejes que eso interfiera.

Milo reprimió los deseos de responder gritando. En cambio, colgó mientras, unas sillas más allá, un joven tenía un ataque de tos, se tapaba con la mano y le miraba furioso.

De repente, Milo se dio cuenta de por qué. Muchos ojos observaban cómo echaba la ceniza en la copa de plástico, y esperó que cayera el martillazo. Fue rápido: la cajera que había sido testigo del delito, llamó a un chico corpulento que estaba agachado junto a las mezclas de café, y él siguió el dedo que apuntaba al rincón de Milo. El chico, de unos dieciocho años, se secó las manos en el delantal naranja y sorteó las mesas hasta llegar junto a él.

—*Monsieur, ici vous ne pouvez pas fumer.*

Por un momento Milo pensó en negarse, pero después vio el rótulo prohibiendo fumar en la pared, a pocos metros de él. Levantó las manos, sonriendo, dio una última calada y echó el cigarrillo en la copa de plástico. Vertió encima un poco de vino malo para apagarlo. El chico corpulento le sonrió avergonzado, y se mostró aliviado de no tener que echarle.

Grainger le había hecho una reserva en el Hotel Bradford Élysées, una de las monstruosidades clásicas y demasiado caras de la rue Saint-Philippe du Roulé que, si alguien realizara una auditoría de los libros del Departamento de Turismo, sería el primer lugar donde se prohibiría ir. Pidió en recepción que le despertaran a las diez y media —unas cuatro horas después— y recogió el *Herald Tribune*. En el ascensor ornamentado del Bradford Élysées, leyó los titulares. No eran agradables.

Más coches bomba en Irak, que habían matado a ocho soldados norteamericanos y canadienses, y más revueltas en Khartoum, Sudán: una foto de toda una plaza llena de hombres rabiosos —miles de ellos— blandiendo fotografías a modo de pancartas del difunto mullah Salih Ahmad, un hombre sagrado con barba blanca con un blanco *taqiyah* que le cubría el cráneo calvo. Otros signos en árabe, decía el pie, pedían la cabeza del presidente Omar al-Bashir. En la página 8, encontró un artículo de un párrafo que decía que Seguridad Interior había arrestado a un sospechoso de ser un asesino político, de quien se negaban a dar el nombre.

Pero la noticia más importante no estaba escrita: Milo Weaver había llegado a París para tender una trampa a una vieja amiga.

En un arranque de sentimentalismo, recordó cuando ambos eran jóvenes agentes de campo en Londres. Muchos códigos y reuniones clandestinas en pubs alejados, y discusiones con la inteligencia británica sobre el embrollo que sus países estaban a punto de montar en el mundo poscomunista. Angela era inteligente y estable —casi una contradicción en su gremio— y tenía sentido del humor. En el mundo de los servicios secretos, estas tres cualidades juntas son tan raras que, cuando las encuentras, no las sueltas. Pasaban tanto tiempo juntos que todos daban por hecho que eran pareja. Eso les convenía a los dos. Alejaba la homosexualidad de Angela de los cotilleos, y salvaba a Milo de que las esposas de los diplomáticos le presentaran a sus sobrinas.

Durante los dos meses posteriores al desastre de Venecia, Angela no pudo hablar con él. Estaba demasiado trastornada por haber matado a su jefe, Frank Dawdle. Pero al año siguiente, cuando Milo se convirtió de golpe en marido y padre de una niña, Angela asistió a la boda en Texas y se alegró mucho de conocer a Tina. Se mantuvieron en contacto, y cuando Angela estaba en la ciudad Tina insistía para que la invitaran a cenar en un restaurante.

Milo se echó en la cama del hotel sin desnudarse y pensó en llamar a Tom. Pero ¿para decirle qué? Ya había insistido en la inocencia de Angela. ¿Debía informar de que Einner era un simplón y no estaba preparado para manejar aquella operación? A Tom no le importaba lo que pensara Milo de Einner.

La verdad era que —y esto le angustió un poco— hacía seis años, cuando era un Turista, nunca habría cuestionado algo así. El trabajo habría sido simple y limpio. Pero ya no era un Turista, y no se arrepentía en absoluto de no serlo.

11

La embajada americana estaba separada de los Champs Élysées por el largo y riguroso Jardin des Champs-Elysées. Milo aparcó en la avenue Franklin D. Roosevelt y caminó el resto del parque, pasando junto a ancianos parisinos sentados en bancos con bolsas de migas de pan en las rodillas, atrayendo a las palomas, bajo un sol de mediodía que quemaba con fuerza a pesar de la humedad.

París en julio es un lugar inhóspito. Los parisinos se marchan aprovechando sus vacaciones pagadas, y en su lugar japoneses, holandeses, norteamericanos, alemanes e ingleses hacen cola ante las taquillas, estirando el cuello, abanicándose las mejillas sudorosas con folletos y gritando a los niños que se alejan demasiado. Los turistas ancianos se mueven en grupo, agarrados a andadores o maniobrando con sillas de ruedas, mientras los jóvenes se paran de vez en cuando para despotricar sobre las duras aceras y, sorprendidos, comentan en susurros cuántos negros hay en París.

La mayoría, antes de salir de casa, vieron bailar a Gene Kelly y Leslie Caron por las calles elegantes, y se quedan asombrados con las calles y avenidas de ahora. En lugar de gordos con bigote ofreciendo pedazos de queso como aperitivos, se encuentran con chicos blancos con trenzas sucias tocando melodías de película con guitarras destrozadas, africanos sospechosamente agresivos vendiendo miniaturas de la Torre Eiffel y maquetas de la pirámide del Louvre, y hordas de turistas como ellos mismos, guiadas por francesas mayores y severas equipadas con banderas de colores para que no se les pierda ninguno.

Evidentemente, París rebosaba belleza, pero, teniendo en cuenta el motivo por el que estaba allí, Milo apenas podía verla.

Encontró un banco en el extremo del parque de la Place de la Concorde, mirando la avenue Gabriel bordeada de árboles y la embajada en el número 2. Sonrió a la anciana sentada en el banco, rodeada de palomas. Ella le devolvió la sonrisa y tiró migas a los pájaros. Sólo eran las 12.10, así que Milo sacó el paquete de tabaco, pero la culpa lo abrumó y volvió a dejarlo. Cruzó los brazos y miró el edificio blanco como un pastel de boda, con los marines uniformados en el patio cargados con rifles automáticos.

—*Bonjour monsieur* —dijo la anciana.

Milo le sonrió un poco, sólo por educación.

—*Bonjour.*

—*Êtes-vous un touriste?*

Al sonreír se veía que le faltaba un diente. Le guiñó un ojo.

—*Oui* —contestó Milo.

—*Monsieur Einner voudrait savoir si vous avez le paquet.* (El señor Einner querría saber si tiene el paquete.)

Milo miró alrededor. En la avenue Gabriel estaba aparcada una furgoneta blanca con un rótulo que decía FLEURS. Salía humo del tubo de escape, el único motor en marcha a la vista.

Una furgoneta de reparto de flores. Estaba claro que Einner había pasado su período de formación viendo demasiadas películas antiguas de espías.

Se volvió y continuó en inglés.

—Dígale que me lo pregunte él mismo.

La mujer siguió sonriendo, pero no dijo nada. El micrófono que llevaba ya había recogido sus palabras. Al otro lado del parque, se abrió la puerta trasera de la furgoneta de reparto de flores, y un hombre alto y rubio cruzó la hierba hacia ellos. La cara de James Einner estaba muy roja, y sus labios color cereza muy apretados. Cuando estuvo a la distancia de un puñetazo, Milo notó que tenía los labios rojos y pelados. Se preguntó si

Einner tendría herpes, y tomó nota mental de poner al día su expediente cuando volviera a Nueva York.

—Hola, James —dijo Milo.

—Contesta la puta pregunta, Weaver. Te estás cargando toda la seguridad.

Milo sonrió, no pudo evitarlo.

—Sí, James. Tengo el paquete.

Einner no le vio la gracia.

—No estás en una oficina, Weaver. Éste es el mundo real.

Milo le observó volver furioso a la furgoneta. La anciana contenía la risa mordiéndose los labios para que no se oyera por el micro.

Llegaron, eran las doce y media, y Milo empezó a preocuparse. Las cámaras negras de media luna a lo largo del borde de la embajada, y otras montadas en las farolas, sin duda habían detectado sus movimientos. Algún técnico pálido en el sótano de la embajada, todo el día sentado frente a los monitores, ya habría reparado en su vagabundeo y le habría pasado por un programa de reconocimiento de caras. Sin duda sabían quién era. Pero no sabía si le habrían pasado la información a Angela Yates o no. Si lo habían hecho, ¿habría decidido quedarse dentro y evitarle? Tal vez sospechaba que la embajada la vigilaba, e —inocente o culpable— había decidido mantenerse alejada de él. Milo prefería esta posibilidad.

Pero a las 12.57 Angela salió de la embajada, saludando al rígido marine que le abrió la puerta. Llevaba un pañuelo fino de colores que demostraba que se había dejado influir por la moda francesa. Una camiseta fina de color malva ajustada sobre los pechos, y una falda beige que terminaba donde empezaban las botas de piel, justo debajo de la rodilla. Cinco años en París habían obrado maravillas en Angela Yates, originaria de Madison, Wisconsin.

Cruzó la verja electrificada, y continuó hacia el oeste por la acera, después en la rue du Fabourg Saint-Honoré paró a sacar euros de un cajero de Rothschild Banque. Milo la siguió por la otra acera.

Caminaba deprisa, y quizás eso indicaba que sabía que la seguía. Pero no se volvió en ningún momento a comprobarlo. Angela nunca había sido una agente nerviosa. En Londres, era la mejor.

La última vez que se habían visto, hacía un año, había sido en la Peter Luger Steak House con Tina y Stephanie. En su memoria había muchas risas. Angela había ido a la ciudad para asistir a un seminario, y comiendo chuletones de cinco centímetros y patatas asadas había imitado las voces monótonas de varios oradores. Incluso Stef lo había encontrado divertido.

Angela dobló en la rue de Marguerite Duras y entró en un bistro pequeño de ventanas doradas y abarrotado de gente. Milo cruzó a la otra acera, rodeando rápidamente un veloz Renault, y se quedó junto a la carta enmarcada, mirando a través del cristal cómo Angela se acercaba a la barra. Un hombre gordo con delantal la saludó con una gran sonrisa. Era una clienta habitual. El gerente le puso una mano en el hombro y la acompañó entre las espaldas de los clientes y los camareros apresurados, hasta la pared del fondo, a una mesita para dos. Milo pensó que quizás esperaba a alguien.

El gerente, después de dejar a Angela, se acercó a él con una expresión de apenada simpatía.

—*Je suis désolé, monsieur. Comme vous pouvez voir, pas d'place.*

—No se preocupe —contestó Milo en inglés—. He quedado con la señora.

El gerente asintió con la cabeza antes de disponerse a expulsar a una joven pareja que había entrado detrás de él: un hombre alto y guapo con una mujer marimacho de ojos saltones.

Al acercarse a la mesa, Angela estaba mirando una hoja de papel opaco con las especialidades del día escritas a mano, con el cabello sobre la cara. Cuando Milo se situó junto a la silla vacía, ella levantó la cabeza, con una expresión de asombro en los ojos azul claro y dijo:

—¡Milo! ¡Por Dios! ¿Qué estás haciendo aquí?

Sí, le había visto en las cámaras de la embajada. Y sí, esperaba a alguien, a él. Milo se inclinó para besarle las mejillas encendidas.

—Pasaba por aquí y de repente he visto a una hermosa lesbiana entrando en el restaurante.

—Siéntate, cabronazo. Cuéntamelo absolutamente todo.

Pidieron una garrafa de vino tinto de la casa y rápidamente entablaron una conversación banal como habían aprendido a hacer con mucho provecho en la escuela de espías. Pero ninguno de los dos se esforzaba, y eso era agradable. Era agradable volver a verla. Milo quería saber qué había hecho últimamente.

No mucho, reconoció ella. Hacía un año, poco después de la noche que estuvo con ellos en Peter Luger, había roto con su novia —una aristócrata francesa— y desde entonces se había volcado en el trabajo. Angela nunca había sido muy sociable, y compensó su corazón roto con un ascenso. No sólo dirigía la central de la CIA en la embajada, sino también supervisaba toda la red diplomática en Francia, ocupándose de los consulados y puestos con presencia norteamericana en París, Burdeos, Lille, Lión, Rennes, Estrasburgo, Marsella, Niza y Toulouse.

Era evidente para Milo que Angela estaba orgullosa de sus logros. Había dirigido personalmente el destape de tres filtraciones en los últimos nueve meses. La emoción que reflejaba su cara cuando le describió —en resumen, claro— la captura del último era típica de Angela, la misma cara excitada que había puesto cuando Milo le contó hacía seis años que se casaba. Parecía más o menos la misma que entonces, y, curiosamente, seguía siendo más patriota de lo que había sido Milo jamás.

—Es desesperante —dijo ella—. Escuchas a los franceses despotricar de que somos un gigante militar torpe, que hacemos el mundo más inseguro para todos. Nadie ve nuestros errores como errores sinceros. ¿Me entiendes, no? Cada vez que hacemos algo que no les gusta, nos acusan de intentar controlar el petróleo del mundo, o de intentar apartar a Europa del escenario mundial. —Sacudió la cabeza—. ¿Es que no se dan cuenta de que vivimos una situación sin precedentes? Jamás en la historia un país ha tenido tanto poder y tanta responsabilidad como nosotros. Somos el primer imperio realmente global. ¡Por supuesto que cometemos errores!

Era una perspectiva interesante, aunque él no estuviera de acuerdo. A pesar del amor de Grainger por aquel mundo, Milo ya no utilizaba la fácil etiqueta de «imperio» para describir a su país. Él creía que era una vanidad cometida por los norteamericanos que querían ver a Roma en el espejo, que querían crearse un mito. Pero sólo dijo:

—¿Te dan problemas los franceses?

—Entre bastidores, fuera del ojo público, son muy colaboradores. De hecho, me han ayudado en un proyecto muy querido por mí.

—¿Ah, sí?

Ella sonrió, con los labios apretados y las mejillas encendidas.

—Podría ser un gran empujón para mi carrera. El golpe de gracia.

—Cuéntamelo, me pica la curiosidad.

Angela le guiñó un ojo coquetamente.

—Un nombre de animal.

—¿De animal?

—*Rgrgrg* —susurró ella, en plan hortera.

Milo también se ruborizó.

—El Tigre.

12

Era doloroso ver lo contenta que estaba al inclinarse para contar en susurros la historia de una investigación que realizaba desde hacía ocho meses.

—Desde noviembre. Desde que se cargó a Michel Bouchard, el ministro de Asuntos Exteriores. ¿Te acuerdas?

Milo se acordaba. Grainger había mandado a Tripplehorn a Marsella para investigar el asesinato, pero los franceses se habían cansado enseguida de sus preguntas.

—Mandamos a alguien, pero no colaboraron.

Angela hizo un gesto de *c'est la vie*.

—Tenía un amigo, Paul, trabajando en el caso. Le conocí a través del consulado en Marsella. A diferencia de sus compañeros, a él no le importaba aceptar mi ayuda. Sabía que había sido el Tigre. Lo sabía.

—Lo único que supe fue que, unos meses después, los franceses confirmaron que había sido él.

—Un cuerno, los franceses. Fui yo. Con la ayuda de Paul, claro. —Le guiñó el ojo, bebió más vino y dijo—: Bouchard estaba con su amante en el Sofitel. Unas pequeñas vacaciones lejos de su esposa. —Se aclaró la garganta—. Muy europeo.

Milo sonrió.

—En fin, habían ido a una fiesta. Te lo juro, esta gente ni siquiera intenta disimular sus indiscreciones. Y volvieron muy borrachos. Llegaron al hotel y los guardaespaldas les subieron a la habitación. La habían registrado antes, por supuesto, y les dejaron solos. Hicieron lo que habían ido a hacer y, a primera hora de la mañana, la chica se despertó gritando. —Angela cogió la copa otra vez, la miró, pero no bebió—. No se había enterado de nada. El forense dijo que al ministro le habían cortado la garganta sobre las tres de la madrugada. El asesino había entrado por el balcón, había hecho su trabajo y se había marchado por el mismo sitio. Encontraron marcas en el tejado, por donde había trepado. Cuerda.

—¿Y la chica?

—Un caso perdido. Ella y la cama estaban empapadas en sangre. Paul me dijo que la chica había soñado que se había meado encima. Es lo más cerca que llegó de enterarse de algo.

Milo rellenó las copas, vaciando la garrafa.

—No había razones para creer que había sido el Tigre. Un hombre como Michel Bouchard tiene muchos enemigos. Caramba, hasta nosotros habríamos estado encantados de verlo desaparecer. ¿Oíste su discurso del Día del Armisticio?

Milo negó con la cabeza.

—Nos acusó de intentar apoderarnos de África. Los franceses creen que son los guardianes de ese continente, y él estaba presionando para que facilitáramos fármacos contra el sida para todos.

—¿Qué mal hay en eso?

Angela le miró y él no supo interpretar su expresión.

—Nada quizá pero, como el resto de Europa, consideran nuestra negativa como una conspiración para... yo qué sé, despoblar el continente y así poder entrar y quedarnos con su petróleo. O algo por el estilo —dijo y bebió—. De todos modos, le mataron diez días después de aquel discurso.

—¿Crees que fuimos nosotros?

Angela soltó una risita.

—Por favor. ¿Un ministro francés de Asuntos Exteriores? Si hubiera sido alguien importante. No, parecía la razón más vieja del mundo: el dinero. Estaba hasta el cuello de especulación inmobiliaria y había pedido demasiados préstamos. Había ido a buscar capital a lugares turbios. El hombre invirtió millones en Uganda y el Congo mientras negociaba sus préstamos. De haber sobrevivido, habría acabado procesado. Por suerte para él, uno de sus prestamistas se encargó del problema. —Otro encogimiento de hombros—. El hombre murió como un héroe.

—¿Qué tiene que ver el Tigre con esto?

Angela respiró hondo, con los ojos centelleantes. Así que era ahora cuando empezaba la historia.

—Fue suerte, en realidad. Como te he dicho, estaba convencida de que había sido el Tigre. No era su modus operandi, pero ¿qué asesino aparte de él tendría la audacia de hacer algo así? Respuesta. Nadie. Empecé a hacer preguntas y resultó que Tom Grainger... es tu jefe, ¿no?

Milo asintió.

—Bueno, Tom tenía tres fotos de él. De Milán, Frankfurt y los Emiratos Árabes. Paul y yo visualizamos todo el metraje de seguridad del hotel. Tardamos siglos, te lo juro, y no sacamos nada en limpio. Pero insistí. Ya sabes lo persistente que puedo ser... eh, ¿por qué pones esa cara?

Milo no sabía que había puesto una cara, y lo dijo. De hecho, estaba preguntándose por qué Grainger no le había dicho nada de la solicitud de las fotos. Angela no insistió.

—Lo hicimos público. Estábamos en enero, y era lo único que podíamos hacer. Imprimí la foto italiana y la mandé a todas partes en Marsella. Tiendas, bancos, hoteles. Todo. Y nada. No obtuve ningún resultado. Pasaron semanas. Volví a París. Y entonces, en febrero, llamó Paul. Una cajera del Union Bank of Switzerland dijo que había reconocido la cara.

—¿Cómo fue que se le refrescó la memoria de golpe?

—Olvidas lo largas que son las vacaciones de los franceses. Estaba esquiando.

—Ah.

—Otra vez en Marsella, pues, y visualizamos las filmaciones

del banco. Y bingo, ahí estaba. Dieciocho de noviembre, tres días antes del asesinato, vaciando y cerrando una cuenta de trescientos mil dólares. Samuel Roth figuraba como cotitular de la cuenta; es uno de los alias del Tigre. Por supuesto tenía un pasaporte para identificarse y solicitamos la copia que había hecho el banco. Pero lo más importante es que teníamos la cuenta.

Las manos de Milo estaban sobre la mesa, a cada lado de su copa.

—¿Sí?

Para alargar el suspense, Angela tomó otro sorbo. Estaba disfrutando.

—Abierta el dieciséis de noviembre en Zúrich con el nombre de Rolf Vinterberg.

Milo se echó hacia atrás, atónito de que en unos meses ella hubiera seguido un rastro mucho más lejos que él en seis años.

—¿Y quién es Rolf Vinterberg?

—No se sabe. La dirección sólo es una puerta de una callejuela de Zúrich. Abrió la cuenta con efectivo. La cámara de la sucursal de Zúrich coge a un hombre con sombrero. Alto. Y el nombre no sirve.

—¿Por qué no sabía nada de eso? ¿No informaste a Langley?

Ella le miró incómoda y negó con la cabeza.

La admiración se mezcló con frustración. Si no hubiera sido tan paranoica, podrían haber unido sus recursos. Pero Angela no quería diluir el mérito: sin duda un arresto como éste podía disparar una carrera.

—Llevo años detrás de él. ¿Lo sabías? —dijo.

No tenía por qué saberlo. Angela miró la copa y se encogió de hombros.

—Lo siento.

Pero no lo sentía.

—Me encontré con él el miércoles. En Estados Unidos.

—¿Con el Tigre?

Él asintió.

Las mejillas rosadas de Angela perdieron el color.

—Bromeas.

—Está muerto, Angela. Tomó cianuro. Resulta que uno de sus contactos le infectó con el VIH. Nosotros no lo sabíamos, pero su contacto sí. Era de la Iglesia de la Ciencia Cristiana.

—Ciencia... ¿de qué? —No parecía entenderlo—. ¿Qué era qué?

—No pensaba tomar el tratamiento, y se estaba muriendo.

Ella no pudo hablar, sólo beber un poco de vino y mirarlo. Angela se había pasado los últimos ocho meses realizando una investigación —impresionante, Milo debía reconocerlo— que finalmente la llevaría al siguiente nivel de su carrera y, en cuatro palabras, Milo había barrido aquellos meses de esperanza.

Pero Angela también era muy práctica. Se había tragado demasiadas decepciones en la vida para regodearse en ellas. Levantó la copa hacia él.

—Enhorabuena, Milo.

—No me felicites —dijo—. Sólo seguía al Tigre a su voluntad. Me dejó un rastro para que lo siguiera, para que pudiera escuchar su último deseo.

—¿Qué era?

—Descubrir quién le había matado. —Angela no contestó, o sea que Milo añadió—: Lo que significa que todavía vas más adelantada. Me gustaría saber quién decidió eliminarlo.

Ella tomó un sorbo de vino.

—De acuerdo, Milo. Cuéntame.

Durante el siguiente cuarto de hora, Milo la puso al día de los detalles de la historia del Tigre, viendo cómo la cara de ella pasaba por una serie de emociones a medida que lentamente recuperaba la esperanza.

—¿Salih Ahmad? —exclamó—. ¿En Sudán? ¿Lo hizo él?

La noticia pareció animarla, aunque Milo no entendió por qué.

—Es lo que me dijo —insistió—. ¿Por qué? ¿Sabes algo?

—No —contestó ella, un poco demasiado rápidamente—. Pero es interesante. Continúa.

Cuando le habló de Jan Klausner, alias Herbert Williams, se acordó de algo.

—Tienes una foto de él. Es el que está con el Tigre en Milán.

Ella frunció el ceño.

—En tu oficina debieron recortarlo.

—Te conseguiré la foto.

—Gracias.

Cuando Milo terminó, ella estaba sentada muy erguida, mordiéndose el labio inferior de emoción. A Milo le complació haberla convencido con tanta facilidad, pero tenía la sensación —aunque no había nada que lo demostrara— de que Angela le ocultaba algo. Algo que no quería confiarle. Así que insistió en el punto original para hacerle sentir que dominaba la situación.

—No puedo seguir esto desde Estados Unidos, o sea que tendrás que encargarte tú. Yo seguiré tus instrucciones. ¿Te parece bien?

—Claro, claro, capitán —dijo ella, sonriendo, pero no siguió hablando. Lo que se guardaba para ella, seguiría guardándoselo, al menos por ahora. Levantó una mano elegante—. Ya está bien de trabajo, ¿vale? Qué tal la familia. ¿Cuántos años tiene Stephanie? ¿Siete?

—Seis —dijo él, yendo a coger la garrafa. Entonces recordó que estaba vacía—. Es un coñazo todo el tiempo, pero no la cambiaría por nada.

—¿Tina sigue tan guapa?

—Más. Suerte que no la he traído.

—Cuidado. —Le guiñó un ojo, y después esbozó una sonrisa forzada que recordó a Milo que Angela no era tonta—. Ahora dime qué quieres.

—¿Por qué crees que quiero algo?

129

—Porque te has pasado una hora frente a la embajada esperándome. No me has llamado para avisarme, porque no querías que nuestra reunión quedara registrada. Y, como has dicho, tienes familia. No creo que Tina te dejara irte de vacaciones a París sin ella. —Calló, con expresión seria—. ¿Entiendes lo que quiero decir?

Milo miró alrededor. El café estaba lleno de franceses almorzando y muy pocos, o ningún norteamericano. A través de la ventana, vio al hombre alto y guapo de antes esperando mesa en la calle. Se preguntó dónde estaría su novia, la de los ojos saltones.

Milo dobló los nudillos bajo la barbilla.

—Tienes razón. Necesito algo. Un pequeño favor.

—¿Un problema gordo?

—No es ningún problema. Sólo un inconveniente. Necesito que me guardes algo hasta la semana que viene. El lunes vendrá alguien a pedírtelo y tú se lo das.

—¿Grande? ¿Pequeño?

—Muy pequeño. Un lápiz de memoria.

Como Milo, Angela echó un vistazo al restaurante. Habló en un susurro.

—Necesito saber más.

—De acuerdo.

—¿Qué contiene?

—Un informe. No puedo mandarlo porque todos mis contactos de comunicación están comprometidos.

—¿Está en la ciudad?

—En Beirut. Pero vendrá a París el lunes por la mañana e irá a la embajada. En cuanto lo tenga en su poder, se acabaron las intrigas.

—¿Por qué tanta intriga ahora?

Milo creía que Angela se fiaba de él. Al menos se fiaba del agente de campo en Londres que antes conocía tan bien. Pero en los últimos años su relación, a pesar de las visitas periódicas, se había vuelto más distante, y ahora no sabía si se había tragado la historia. Suspiró.

—La verdad es que debería entregarlo yo mismo. Pero no puedo quedarme en Francia.

—¿Por qué no?

Milo se rascó la nariz, como si estuviera avergonzado.

—Es que... me voy de vacaciones. Tina ya ha reservado hotel en Florida. Disney World. Y no puede anularlo. Una de esas trampas baratas de internet.

Al menos aquella parte era cierta.

Angela se echó a reír.

—No me digas que temes a tu mujer.

—Sólo me gustaría pasar las vacaciones sin discutir.

—Ya no eres el hombre que eras, ¿eh? —Le sonrió—. ¿Por qué no mandaste a alguien de Nueva York a entregarlo?

—No hay nadie más —dijo—. He estado trabajando en este informe un mes. No quiero que lo vea nadie más.

—Y te acordaste de mí.

—Me acordé de Angela Yates, mi vieja amiga.

—Doy por supuesto que no se lo has dicho a Tom.

—Mira qué lista.

Ella miró por detrás de Milo, escrutando a los clientes.

—¿Vas a decirme lo que contiene?

Milo empezó a contarle lo que Grainger le había dicho que dijera, que era un análisis de los intereses petroleros de China en Kazakstán, pero cambió de idea. Con Angela, la curiosidad era un peligro.

—Cosas del petróleo asiático. No necesitas conocer los detalles, ¿no?

—Supongo que no. —Calló un momento y después dijo—: De acuerdo, Milo. Por ti, lo que quieras.

—Me has salvado la vida. —Pasó un camarero y Milo le cogió del brazo y pidió una botella de Moët. Después se inclinó hacia Angela—. Dame la mano.

No parecía muy segura, pero hizo lo que le pedía. Tenía los dedos largos, y las uñas cuidadas pero sin esmalte. Milo le cogió la mano con las suyas, cariñosamente, como si fueran amantes. Los ojos de ella se abrieron, sólo un poco, cuando sintió el lápiz de memoria en la palma de la mano. Suavemente, él le besó los nudillos.

13

Había dos mensajes esperándole en el hotel. James Einner quería saber si todo había ido según lo acordado, aunque lo expresaba diciendo: «¿Se ha transferido ya el dinero?». Milo arrugó el mensaje y se lo guardó en el bolsillo. El otro mensaje, vacío, era de Grainger, firmado «Padre». Aunque ya estaba un poco animado por el vino del almuerzo, se sirvió un vodka de la nevera. Abrió las altas ventanas y se asomó para contemplar el atasco, en hora punta, de la rue Saint-Philippe du Roulé. Encendió un cigarrillo antes de marcar.

Tina contestó medio dormida.

—¿Sí?

—Cariño, soy yo.

—¿Cuál?

—El tonto.

—Oh. Milo. ¿Todavía en París?

—Sí. ¿Cómo va todo?

—No lo sé. Me acabo de despertar. Pareces... borracho.

—La verdad es que un poco.

—¿Qué hora es allí?

Milo miró el reloj.

—Casi las tres.

—Entonces supongo que no importa.

—Oye, puede que no vuelva hasta el domingo.

Silencio, después el ruido de sábanas mientras ella se incorporaba.

—¿Por qué?

—Las cosas se han complicado un poco.

—¿Complicado cómo?

—No es peligroso.

—De acuerdo —dijo—. Sabes cuándo sale el vuelo, ¿no?

—El lunes, a las diez de la mañana.

—Y si no estás aquí para entonces...

—Haré las vacaciones yo solo.

—Me alegro de que esté claro —dijo Tina, mientras él daba una calada al cigarrillo—. Un momento, guapo.

—¿Qué?

—Estás fumando.

Milo intentó simular que estaba ofendido.

—No es verdad.

—Te estás metiendo en un buen lío —dijo Tina y después—: Hola, cariño.

—¿Hola?

—Stef está aquí. —La voz de Tina sonó más apagada cuando dijo—: ¿Quieres hablar con tu papá?

—¿Para qué? —oyó decir a Stephanie.

—Sé buena —dijo Tina, y Stephanie se puso.

—Soy Stephanie Weaver. ¿Con quién hablo?

—Hablas con Milo Weaver —dijo.

—Me alegro de hablar contigo.

—¡Para ya! —gritó él y la niña se tronchó de risa.

Cuando se le pasó la risa, volvía a ser una niña de seis años y parloteó sobre absolutamente todo lo que había hecho el jueves. Eran cosas interesantísimas.

—¿Le llamaste qué?

—Sam Aston es un imbécil, papá. Me llamó repipi. O sea que le llamé rata asquerosa. ¡Qué se ha creído!

Cuando se le acabaron las historias, Tina volvió a ponerse y pronunció amenazas veladas sobre lo que sucedería si Milo no llegaba a tiempo. Milo emitió gemidos velados. Cuando colgó, solo, con el ruido del tráfico, el mundo le pareció un poco más muerto. Llamó a Grainger.

—¿Qué? —gritó el viejo.

—Soy yo, Tom.

—Ah, perdona, Milo.

—¿Qué pasaba?

—Nada. ¿Ha ido todo bien? ¿Está hecho?

El tráfico se estaba volviendo más ruidoso en la calle, o sea que Milo se apartó de la ventana.

—Sí.

—Ya te lo dije. Vuelve a casa esta noche y no perderás ni un minuto de tus vacaciones.

—¿Einner se encarga de la vigilancia?

—¿Qué vigilancia?

—No te limitarás a esperar que el informe aparezca en Pekín, ¿no?

—Ah. Por supuesto que no. Sí, se encarga él.

—Entonces me quedaré un poco más.

Grainger se aclaró la garganta.

—No sé por qué me complicas la vida con esto.

—Porque es inocente.

—¿Te ha mostrado ya Einner las pruebas?

—No necesito ver pruebas, Tom. Hemos estado dos horas hablando. Es inocente.

—¿Estás al cien por cien seguro?

—Pongamos que al noventa y siete por cien.

—El tres por ciento es suficiente para continuar. Lo sabes.

—Pero está haciendo un trabajo importante aquí —insistió Milo—. No me gustaría que esto se viera comprometido.

—Es jefe de estación, Milo. No es una científica aeronáutica.

—Está siguiendo al Tigre.

Silencio.

—No te hagas el tonto, Tom. Le mandaste fotos de él hace meses. ¿Por qué no me lo dijiste?

—Milo —dijo él, en un tono vagamente autoritario—, no pretenderás saber todo lo que ocurre aquí, ¿verdad? Tomé la decisión que en su momento me pareció más correcta. Además, ella no quería que se supiera. Se lo permití.

—Claro.

—¿Y qué tiene?

—Tiene mucho más de lo que yo conseguí reunir. Lo tiene en la imagen de un vídeo en la sucursal de Marsella del Union Bank of Switzerland, retirando su pago por matar a Michel Bouchard. Trescientos mil. Siguió la cuenta hasta Zúrich, y encontró a un tal Rolf Vinterberg.

—Vinterberg —repitió Grainger lentamente, quizás apuntándolo.

—La verdad es que deberíamos haberla puesto a trabajar en el Tigre desde el principio. Le habríamos atrapado hace años. Comparado con ella, soy un pardillo.

—Considéralo anotado, Milo. Pero si está entregando secretos, quiero saberlo.

—De acuerdo.

—¿No vas a darle problemas, eh?

—¿A quién?

—A Einner.

—Ya me conoces, Tom. Encantado de ayudar.

14

Después de las cuatro y, tras ponerse una ropa menos llamativa
—camiseta y vaqueros—, Milo volvió al parque, con los auriculares del iPod a la vista bajo un sombrero tirolés que había
comprado en una tienda cercana al hotel. Con las gafas de sol,
era suficiente disfraz para evitar ser detectado con facilidad
por las cámaras de la embajada, pero no resistiría un escrutinio. De todos modos, no creía que eso fuera necesario.

La anciana de Einner había sido sustituida por un anciano
con una chaqueta mugrienta de la marca Members Only que se
apoyaba en el banco, tomando el sol, con una bolsa de plástico
vieja al lado. La furgoneta de reparto de flores de Einner seguía
aparcada en la avenue Gabriel.

Milo no podía hacer mucho hasta las cinco, de modo que se
dejó llevar por la música del iPod —los éxitos franceses de los
sesenta continuaron—, esperando que le levantara el ánimo.
Más France Gall, alguna música de guardería de Chantal Goya,
Jane Birkin, Françoise Hardy, Anna Karina, y Brigitte Bardot
con Gainsbourg:

> Come with me let's get together in my comic strip
> Let's talk in bubbles let's go BANG and ZIP
> Forget your troubles and go
> SHEBAL! POW! BLOP! WIZZ!

A las 17.10 de la tarde, el parque estaba lleno de personas que volvían a casa. Incluso el anciano se había incorporado un poco y miraba hacia la embajada.

Desde su posición, Milo no podía ver la verja de la embajada, así que se puso a caminar hacia avenue Gabriel, sosteniendo el iPod cerca de la cara, como si le diera problemas. Pero en realidad miraba al anciano, que se levantó lentamente como si le dolieran los huesos, y después se agachó a atarse los cordones.

Milo también tuvo que ocultar la cara porque Angela había sobrepasado la furgoneta FLEURS y caminaba en su dirección, atravesando el parque hacia el este y la estación de metro de Place de la Concorde. Milo, oculto entre la multitud, se apartó disimuladamente de ella. El anciano siguió a Angela.

Milo se apresuró hacia Gabriel y llegó hasta la furgoneta que estaba dando marcha atrás para salir del estrecho aparcamiento. Golpeó la ventana trasera opaca con los nudillos y esperó.

Einner no respondió inmediatamente, probablemente observando la cara de Milo y preguntándose si se marcharía. Después tomó una decisión y abrió la puerta. Tenía los labios fatal, como si se los hubiera estado mordiendo.

—¿Qué coño haces aquí, Weaver?

—¿Me llevas?

—Lárgate. Vuelve a casa.

Empezó a cerrar la puerta, pero Milo se metió en medio.

—Por favor, James, necesito ir.

—Lo que necesitas es volver a casa.

—Venga —dijo Milo, en plan amistoso—. Si tienes que recogerla, te será más fácil conmigo. No se escapará si estoy yo.

Einner se lo pensó.

—En serio —dijo Milo—. Sólo quiero ayudar.

—¿Has hablado de esto con Tom?

—Llámale si quieres.

Einner abrió la puerta otra vez y sonrió, como diciendo que no era tan mala persona.

—Pareces un adolescente pasado de rosca.

Milo no se molestó en decirle lo que parecía él.

El centro de control móvil de Einner era un montaje elaborado consistente en dos portátiles, dos pantallas planas conectadas a una unidad principal, un generador, un micrófono y altavoces. Los asientos estaban apoyados en la pared de la derecha, de cara al equipo. No había mucho espacio, sobre todo porque el anodino chófer de la embajada conducía a golpes de pedal. Todo el camino hasta el piso de Angela en el XI Arrondissement, Einner permaneció en contacto con sus sombras. Informaron de que Angela había subido al metro, había salido en Place de la Nation, y había cogido el largo paseo con árboles de avenue Philippe Auguste hacia su piso en la rue Alexandre Dumas.

—Suerte que la has seguido —dijo Milo.

Einner estaba concentrado en una visión del edificio de pisos de Angela, tomada en gran angular con un aparato diminuto como un alfiler. Vieron cómo Angela cruzaba la puerta de cristal.

—Si tu papel aquí es ponerte sarcástico, te dejaremos en el aeropuerto.

—Lo siento, James.

Condujeron en silencio y pronto llegaron al barrio de Angela. Algunos miembros del cuerpo diplomático, que en París era tan numeroso como para constituir una ciudad propia, habitaban en aquel barrio oriental del distrito once. Las calles estaban llenas de Beamers y Mercedes.

Por un altavoz, oyeron un «clic» y un tono de marcar.

—¿Le has intervenido el teléfono? —dijo Milo, al ver que una pantalla mostraba el número que Angela marcaba: 825 030 030.

—¿Qué te creías, Weaver? No somos aficionados.

—Ella tampoco. Me juego tus días de vacaciones a que te ha detectado.

—Calla —ordenó él.

Una voz de mujer dijo:

—Pizza Hut.

El directorio telefónico del ordenador verificó que eso era cierto.

Angela siguió encargando una pizza *Hawaïenne* con una ensalada griega y seis Stella Artois.

—Qué tragona —dijo Einner, y tecleó algo en el ordenador.

La segunda pantalla, sujeta al interior del techo, se encendió y proyectó un ángulo alto del salón de Angela. Allí estaba, caminando hacia el sofá y bostezando. Milo imaginó que las copas de mediodía le impidieron seguir trabajando por la tarde. Encontró un mando entre los cojines, se acomodó y encendió el televisor. Ellos no veían la pantalla, pero oyeron risas enlatadas mientras ella se bajaba la cremallera de las botas y las dejaba junto a la mesita de café.

La furgoneta aminoró y el chófer dijo:

—Ya hemos llegado.

—Gracias, Bill. —Einner miró a Milo antes de seguir observando la pantalla—. Esto podría tardar días, ya lo sabes. Te llamaré cuando haga algo.

—Si es que hace algo.

—Como quieras.

—Te haré compañía.

Media hora después, el sol empezó a ponerse por el final de la calle, introduciéndose por las ventanas traseras. Los peatones volvían a casa, deseosos de quitarse los trajes. Era una calle bonita, y a Milo le recordó un poco su casa de Brooklyn, que ya empezaba a añorar. Todavía no estaba seguro del por qué no estaba en un avión en ese momento; ¿qué podía hacer realmente para ayudar a Angela? Einner podía ser arrogante, pero no se la jugaría a Angela. Y si al fin y al cabo Milo se equivocaba, si estaba vendiendo secretos, entonces tampoco podría ayudarla.

—¿Cómo salió esto a la luz?

Einner se echó hacia atrás, pero siguió observando a Angela, que sonreía a algo del televisor.

—Ya sabes cómo. Por el portátil del coronel Yi Lien.

—Pero ¿por qué vigilaba el M16 al coronel, para empezar?

Después de mirar un rato a Angela, James se encogió de hombros.

—Hacía tiempo que le seguían. Un equipo de dos, cuestión de rutina. Controlando un poco a los adversarios.

—¿Te lo han dicho ellos?

Einner lo miró como si fuera un niño.

—¿Te crees que hablan con los Turistas? Por favor. Sólo Tom es digno de oír sus secretos.

—Sigue.

—Bueno, cada dos fines de semana, el coronel coge el ferry de Portsmouth a Caen. Una casita al norte de Laval. Una de esas casas de campo reformadas.

—¿Y su novia?

—Renée Bernier. Francesa.

—Novelista en ciernes, tengo entendido.

Einner se rascó la mejilla.

—He leído algo de su obra. No está mal.

Cuando Angela se levantó, tecleó algo, y la pantalla cambió al baño, donde ella entró y se desabrochó la falda perezosamente.

—Vas a apagarlo ahora, ¿no?

Einner miró a Milo con aspereza.

—No pienso apagar, Weaver.

—¿Y Renée Bernier? ¿Podía tener acceso al memorando?

Einner meneó la cabeza. Le asombraba la simplicidad de Milo.

—¿Te crees que estamos de brazos cruzados o qué? Estamos encima de ella. Es una comunista convencida, eso está claro. Su novela es una gran diatriba anticapitalista.

—Creía que habías dicho que era buena.

—No tengo lavado el cerebro. Distingo a un buen escritor. Aunque sus ideas políticas sean ingenuas.

—Tienes una mente realmente abierta.

—Ya ves —gruñó, y cambió otra vez la cámara cuando Angela tiró de la cadena y volvió al sofá, ahora envuelta en un cálido albornoz blanco—. En fin, ya conoces la historia. El coronel Lien sube al ferry de Caen después de otro de sus fines de semana de perdición. A medio Canal, sufre un ataque. Los dos hombres del M16 lo resucitan, y aprovechan para copiar su disco duro.

—¿Por qué Angela?

Einner pestañeó.

—¿Qué?

—¿Por qué están todos convencidos de que ella es la informadora? Todo esto es muy circunstancial.

—¿No lo sabes?

Milo negó con la cabeza, y eso provocó una sonrisa llena de ampollas de Einner.

—Por eso te has puesto tan cabezota.

Tecleó en el segundo portátil. Apareció un archivo denominado GOLONDRINA. Nombres de pájaros. Salidos directamente de *Ipcress*. Michael Caine, 1965.

Einner empezó a plantear su caso.

Lo que le enseñó era difícil de seguir. Mostró a Milo fotografías de vigilancia, copias de documentos, archivos de audio y vídeos registrados durante los dos meses anteriores. El resultado de una vigilancia dirigida por el orgulloso Turista sentado a su lado. Algunos informes situaban a Angela en fiestas de la embajada china, pero incluso Einner reconocía que eso solo no era incriminatorio. También recalcó que Angela tomaba píldoras para dormir casi todas las noches, como si eso fuera un signo de mala conciencia. Entonces llegó a la parte importante.

—¿Ves a este hombre? —dijo, señalando a un tipo de treinta y tantos con barja rojiza y un traje de marca. Estaba de pie en un cruce cercano al Arc de Triomphe, justo detrás de Angela, los dos esperando que cambiara el semáforo. A Milo se le encendieron las mejillas, conocía a ese hombre. Einner dijo—: Fue el

142

nueve de mayo. Mira. —Tecleó y el mismo hombre estaba sentado al volante de un taxi, pero ya no llevaba traje y Angela estaba en el asiento de atrás—. Esto sucedía el catorce de mayo. Esto el dieciséis. —Una tecla y los dos estaban otra vez, en el bistro donde Milo la había seguido, sentados en mesas separadas pero cercanas. Sin embargo, en esta imagen, ella no estaba sola en la mesa. Tenía delante a un joven negro con expresión nerviosa que hablaba gesticulando y con insistencia—. Veinte de junio —dijo Einner, y mostró a Milo otra foto de un cruce, de nuevo con el hombre de la barba rojiza—. Lo único que sabemos de este hombre es...

—¿Quién es el chico?

—¿Qué? —preguntó Einner, molesto por la interrupción.

—Vuelve atrás —dijo Milo, y cuando Einner había vuelto a la foto del bistro, tocó la pantalla—. Éste.

—Rahman algo... —Entornó los ojos—. Garang. Sí. Rahman Garang. Sospechoso de terrorismo.

—Ah.

—Angela informó del encuentro —dijo Einner—. Intentaba sacarle información.

—¿En un lugar público?

—Parece que fue idea de él. No es muy profesional, pero ella no se lo discutió.

—¿Obtuvo algo?

Einner negó con la cabeza.

—Creemos que se volvió a Sudán.

—Sudán —jadeó Milo, intentando no parecer interesado.

—Y antes de que lo preguntes —dijo Einner—, no... no creemos que Angela esté colaborando con terroristas. No es un monstruo.

—Me alegro de que lo sepas.

Einner volvió a la última foto de Angela cruzando la calle con el hombre de la barba rojiza.

—En fin, este hombre...

—Herbert Williams —dijo Milo.

—¡Mierda, Weaver! ¿Pararás de interrumpir?

—¿Es él o no?

—Bueno, sí —murmuró Einner—. Es el nombre que utilizó para registrase en la *police nationale*. ¿Y tú cómo coño lo sabes?

—¿Qué más sabes de él?

Einner quería una respuesta primero, pero por la cara de Milo vio que no la obtendría.

—A la policía le dio una dirección del III Arrondissement. La comprobamos, un refugio para los sin techo. Que ellos sepan, nunca ha llamado a su puerta. Dice que es de Kansas City. Pedimos a los federales que lo buscaran, y Herbert Williams aparece en 1991, cuando solicitó un pasaporte.

—¿Debió de utilizar un número de la Seguridad Social, no?

—Lo clásico. El número pertenece a un Herbert Williams, un varón negro que murió a los tres años en 1971.

—¿No tenemos nada más?

—El tipo es escurridizo. Hicimos que algunos de nuestros hombres lo siguieran después de dos de los encuentros de junio, pero siempre se les escapó. Es un profesional. Pero mira esto.

De nuevo, tecleó, y apareció una imagen granulada de un paisaje rural. La primera reacción de Milo fue estética, era una foto preciosa. Un gran espacio abierto, un inmenso cielo, y una casita a la izquierda. Entonces se fijó en un coche cerca del centro. El cursor de Einner se convirtió en una lupa, y amplió. Granulados, pero suficientemente claros, dos hombres estaban junto al coche, hablando. Uno era Herbert Williams, alias Jan Klausner. El otro era un chino gordo, el coronel Yi Lien.

—¿Dónde la hiciste?

—Es material antiguo de la Agencia, del año pasado. Tom la desenterró cuando se enteró de lo del coronel.

Milo se frotó los labios, los tenía más secos que Einner. Empezaba a odiar el concepto de seguridad de Tom Grainger.

—Llevas dos meses siguiéndola. ¿Por qué empezaste?

—La estación francesa hace años que está llena de filtraciones. Langley quería investigarlo, pero fuera de los canales habituales, y decidimos empezar por Angela Yates.

—¿Decidimos?

—Tom y yo.

Era una regla básica de su trabajo que Milo no estuviera enterado de todas las operaciones de su oficina y ahora intentaba recordar si había habido alguna pista de que Angela estuviera siendo investigada. Lo único que se le ocurrió fue cuando, hacía un mes, había pedido utilizar a Einner, que era experto en vigilancia, para poner una escucha en una reunión entre la mafia siciliana y unos presuntos militantes islámicos en Roma. Grainger sólo había dicho que Einner no estaba bien de salud y se lo había dado a Lackey.

—¿Crees que esto es suficiente para hundirla?

—Por supuesto que no, Weaver. Por eso estoy aquí contigo, en lugar de arrestarla y marcharme a casa con mi novia. —Einner se aclaró la garganta—. Ahora tú. Cuéntame lo que sabes del señor Williams.

—Moto —dijo Bill, poniéndose rígido tras el volante.

Se inclinaron hacia la ventana. El sol se había puesto casi por completo, y sólo distinguieron la silueta de un motorista vestido de piel de arriba abajo que se dirigía hacia ellos. Einner se agitó, y sacó una pequeña Beretta de la funda de la axila... una Beretta, ¿qué si no?

—No te pongas en plan pistolero —dijo Milo.

El motorista pasó entre dos coches y se subió a la acera. Una caja roja en el portaequipaje decía: PIZZA HUT.

En cuanto el motorista aparcó y cruzó la puerta de la casa de Angela, Einner enfundó la Beretta.

—Venga. Canta.

Milo le habló de Klausner/Williams y del Tigre. Las novedades descolocaron claramente a Einner. Por los altavoces, oyeron la suave melodía del timbre de Angela. Las manos de Einner cayeron sobre sus rodillas.

—Vaya... el Tigre. —Y después—: Esto lo cambia todo, ¿no?

—No lo creo.

Einner se recuperó.

—Si Angela está relacionada con alguien que controla, o controlaba los movimientos del Tigre, entonces no sólo estamos hablando de que venda secretos a los chinos. La está dirigiendo alguien que tiene contactos importantes. Ahora podría ir por libre. En el mercado.

—El plan sigue siendo el mismo —dijo Milo—. Identificar a su contacto, y atraparlo. No tocar a Angela hasta que lo tengamos a él.

—Sí —reconoció Einner con una pizca de distraída melancolía—, tienes razón.

Milo abrió la puerta trasera y salió a la calle.

—Me voy a cenar. Avísame si cambias de posición, ¿de acuerdo?

—Claro —dijo Einner, y cerró la puerta.

El aire de París olía a jamón y a piña caliente.

15

Milo encontró un local turco, pequeño e iluminado con fluorescentes, en una callejuela cercana a la Place Leon Blum y pidió un *gyro* que comió de pie frente a una mesa alta. No encontraba sentido a nada de todo aquello. O bien Angela era inocente —y eso era lo que quería creer— o era culpable de vender secretos, pero ¿a los chinos? Sería más de su estilo venderlos a un país con el que simpatizara, como los polacos, por ejemplo. Era americanopolaca de tercera generación y había crecido oyendo hablar aquella lengua áspera. Su dominio del idioma era una de las razones por las que la Agencia la había admitido en principio. Como su idealismo. El dinero por sí solo no era suficiente para hacer que Angela traicionara a alguien.

Einner, tanto si estaba siendo justo con ella como si no, había invertido muchas horas de presupuesto en aquella operación de vigilancia de dos meses, y dejar ahora a Angela parecería un derroche de los recursos del gobierno, un gesto más bien arriesgado en plena época de recortes.

Pero las pruebas estaban ahí. Angela tenía alguna relación con el cliente del Tigre, Herbert Williams, y ese hombre estaba relacionado con el coronel chino. ¿Sabía Angela que ese hombre estaba relacionado con el Tigre, que tan deseosa estaba de atrapar?

Otra pregunta: ¿por qué Sudán salía a relucir tan a menudo? Angela había quedado asombrada al enterarse del trabajo del Tigre en ese país, y había ocultado algo a Milo, seguramente Rahman Garang, el joven terrorista sudanés.

Pero ¿por qué?

Mientras se metía pedacitos de cordero asado en la boca, empezó a sentirse como se había sentido cuando estaba fumando en el aeropuerto. Le estaban vigilando. A través del reflejo de la ventana podía ver todo el estrecho local: la barra baja con una caja registradora y una chica aburrida con un gorro amarillo en punta, la joven pareja detrás de él, muy juntos y susurrándose tonterías amorosas, y los dos árabes en una mesa junto a la pared, bebiendo Fanta sin decir nada. Los examinó cuidadosamente, pero no... ninguno de los dos estaba interesado en él. Después, volvió a los enamorados.

Sí. Un hombre alto y guapo y una mujer marimacho con los ojos grandes y saltones, que parecía haber recibido una paliza. Había coincidido con ellos en el café donde almorzó con Angela.

Miró más allá, hacia la calle. Eran casi las nueve y media, y el barrio estaba tranquilo. Engulló un par de bocados más de cordero, y después, sin recoger nada, salió del restaurante.

Caminó hacia el siguiente cruce; si doblaba a la derecha iría a parar a la calle animada que llevaba a casa de Angela. Al doblar la esquina, miró hacia atrás y vio, en la puerta, a la pareja saliendo del restaurante, cogidos de la mano y caminando tranquilamente en su dirección.

Fuera de la vista de ellos, echó a correr, pasando junto a los coches y las parejas de todas las edades que daban un paseo. Siempre era posible una coincidencia, pero la paranoia cuidadosamente cultivada de Milo no se lo tragaba. Seguramente eran de los servicios secretos franceses, el Secrétariat Général de la Défense Nationale o SGDN. Tenían un expediente sobre Milo, y sin duda estaban al tanto de su llegada, sin familia, y de su visita a Angela. Querrían saber qué estaba haciendo en el país. Por su parte él deseaba mantener la insegura situación de Angela lo más alejada de ellos posible.

En lugar de seguir recto en la siguiente intersección, Milo dobló a la derecha y esperó en la esquina. Echó un vistazo antes de volver a ver a la pareja. Salieron a la calle, se besaron y se separaron. El hombre fue hacia la izquierda, alejándose de Milo, y la mujer siguió adelante, también alejándose de él. Milo esperó a que estuvieran lejos y llamó a Einner.

—Me siguen.

Einner tarareó.

—Bueno, los franceses se toman muy en serio su soberanía.

—No podemos permitir que sepan que Angela está bajo vigilancia. No confiarían en ella.

—Entonces deberías volver a casa.

—¿Ha ocurrido algo?

—Se está preparando para acostarse.

—Sabe que la están vigilando.

—Está claro —dijo Einner—. Y sabe que lo mejor es esperar a que los vigilantes se cansen. Nuestra misión es no cansarnos.

Milo quería discutírselo, pero no había nada que discutir.

—Estaré en el hotel. Llámame antes de intervenir.

—Si debo hacerlo.

—Debes hacerlo.

Estaba casi en la estación de metro cuando sonó su móvil. Frunció el ceño al ver un teléfono francés desconocido, se metió en una calle tranquila y contestó:

—Diga.

—¿Sigues aquí? —Era Angela.

Milo dudó, y después dijo:

—El avión sale a las nueve. De la mañana.

—¿Tomamos una copa en tu hotel? Tengo insomnio, y hay más cosas que podrían interesarte.

—¿Sobre qué?

—*Rgrgrg.*

Milo rió intentando que pareciera natural.

—No me digas que me ocultas cosas.

—Yo nunca te diría eso.

—¿Por qué no voy yo a tu casa? Traeré una botella. Además, creo que los franceses me están vigilando. Es mejor que no nos vean juntos en un lugar público.

—Como si pudieran seguir a un hombre con tus considerables habilidades.

—Ja —dijo—. Dame tu dirección.

16

Compró unos Davidoff y una botella de Smirnoff en una tienda abierta toda la noche, y llamó a Einner, quien, evidentemente, ya lo había oído todo.

—Ha intentado dormir. Sin éxito. Estaba a punto de tomarse una píldora, pero supongo que incluso una conversación contigo le ha parecido más atrayente.

—Hazme un favor y retira la vigilancia. Somos buenos amigos, y la charla puede ser personal.

—Si quieres tirártela, adelante. No me pidas permiso.

—Te partiré la cara, James. No te creas que no.

—Cuando gustes, tío.

—En serio. Hablaremos de cosas de las que nadie tiene por que enterarse. Si saca a colación algo interesante, te llamaré.

—¿Cuál es el código? —preguntó Einner, encantado de volver a su terreno de códigos y contraseñas.

—Yo qué sé. Oirás mi voz.

—Llama a Tina —dijo—. Dile que le prometiste llamar y lo olvidaste.

—Pero son amigas. Angela querrá hablar con ella.

—Está haciendo algo y no puede ponerse.

No estaba mal y Milo aceptó.

—¿Retirarás la vigilancia en cuanto aparezca yo?

—Sí. Prometido.

Milo lo dudaba, pero si la conversación se volvía muy íntima, conocía la situación aproximada de las cámaras y podía obstruirlas. Los micrófonos, en cambio, eran otro problema. ¿Quizá salir a la terraza?

Angela le abrió el portal, diciéndole que subiera al cuarto piso, y Milo entró en el desvencijado ascensor. Le esperaba en la puerta del piso, en vaqueros y camiseta, y una copa de vino blanco en la mano.

—Qué rápido. No te he despertado, veo.

—Por favor —dijo, ofreciéndole la botella de Smirnoff—. Para mí son las cinco de la tarde.

La besó en las mejillas y la siguió.

Tuvo la impresión de que Angela había cambiado de idea. Le había llamado, pero después se había dado cuenta de su error. Metieron el vodka en el congelador para más tarde y bebieron vino en el mismo sofá que él había visto a través de la cámara de vídeo.

Para que se relajara, Milo le preguntó sobre su vida amorosa. El año pasado tenía aquella princesa, pero desde entonces ¿qué?

—Tú nunca has tenido las manos quietas mucho tiempo.

Eso la hizo reír, pero la verdad era que no se había acostado con nadie desde el final de aquella relación.

—Fue muy difícil. ¿Te acuerdas de cómo estaba cuando resultó que Frank Dawdle era corrupto? Fue más o menos así.

—Una cuestión de confianza.

—Algo así. —Tomó un sorbo de vino—. Puedes fumar, si quieres.

Milo sacó el paquete de Davidoff y le ofreció uno, pero Angela lo había dejado.

—Podría haber vuelto a fumar cuando la relación se fue al garete, pero eso habría sido reconocer la derrota.

Él le sonrió y dijo:

—¿De qué querías hablarme?

En lugar de contestar, Angela fue a la cocina, y Milo supo que era su oportunidad. Podía llamar a Einner para que lo encendiera todo otra vez, si no lo estaba ya. Pero no lo hizo, y semanas después ese error sería un desagradable detallito en el historial de Milo Weaver.

Angela volvió con la botella de vino, llenó las copas, y volvió a la cocina a tirar la botella en el cubo de reciclaje. Al terminar el ritual y sentarse en el sofá, ya había decidido su táctica.

—¿Qué sabes de lo que está sucediendo en Sudán?

—Supongo que lo mismo que todos. Una guerra civil larga y terrible entre norte y sur que acabó hace un par de años. Ayudamos en las negociaciones. Pero ahora, en la región de Darfur existe otra guerra civil entre el Ejército de Liberación Sudanés y la milicia Janjaweed apoyada por el gobierno. Por lo que yo sé, han muerto 200.000 personas y otros dos millones están desplazadas. En el este, en la capital, se libra otra guerra civil, desencadenada por el asesinato del mullah Salih Ahmad en enero, del que se culpó al presidente, aunque tú y yo pensemos diferente, ¿no? —Milo sonrió, pero ella no—. ¿Qué más? Una economía terrible, y el petróleo crudo es su principal exportación. —La miró inquisitivo, recordando algo—. Pero a nosotros no nos venden petróleo, ¿verdad? Está prohibido comprarles. Lo venden a China.

—Exactamente —dijo ella, sin inmutarse por la mención de este país—. En este momento suministran el siete por ciento del petróleo chino. China suministra al gobierno sudanés armas para matar a su propio pueblo. Harían lo que fuera para que el petróleo siguiera fluyendo. —Se tocó el labio inferior—. Es gracioso. China está siendo muy presionada por Naciones Unidas para que anime al presidente al-Bashir a firmar la paz en Darfur. Finalmente, el pasado febrero, Hu Jintao, el presidente chino, ni más ni menos, se reunió con él para hablar del tema. Al mismo tiempo, anunció la anulación de la deuda de Sudán con China y prometió construirle un palacio presidencial. Una auténtica mierda, ¿no?

—Una auténtica mierda.

—Pero volvamos a Salih Ahmad. Esta tarde me has dicho

que el Tigre mató a Ahmad, y que no lo había hecho para el gobierno sudanés.

—Podría haberse equivocado. Nunca supo para quién trabajaba. Él se imaginaba que para extremistas musulmanes.

Ella frunció el ceño y dijo:

—En mayo me reuní varias veces con un chico. Rahman Garang. Sudanés. Formaba parte del grupo de Salih Ahmad.

—¿Terrorista?

Angela ladeó la cabeza y después asintió.

—No estoy segura de todo lo que ha hecho Rahman, pero sí, yo le llamaría terrorista, al menos en ciernes. Su familia vive aquí desde hace cinco años, y cuando vino en mayo de visita, los franceses le detuvieron. Le habían relacionado con una célula en Lión. Resultó un hueso duro de roer. Con mucha mala leche. Al final no estaba relacionado con nada delictivo en Francia, pero mientras estuvo detenido culpó a sus interrogadores de la muerte de su mullah. «Vosotros y los americanos», decía. Por eso recibí una llamada de mi ex, que no es una princesa de verdad, pero se comporta como si lo fuera. Es de los servicios secretos franceses. Creo que fue su manera de hacer las paces conmigo. Hablé con Rahman una vez en la cárcel, y me dijo que no me tenía miedo. Se refería a Estados Unidos y todos sus aliados, que habíamos matado al mullah Salih Ahman, y él esperaba ser el siguiente. Los franceses lo soltaron por falta de pruebas.

»Pero fue curioso. Todos habíamos visto las noticias. A él le interesaba echar la culpa al presidente al-Bashir. Al fin y al cabo, la insurgencia pretende derrocarlo. Una semana después localicé a la familia de Rahman, y le convencí para que volviera a hablar conmigo. Almorzamos en el centro, en el mismo restaurante donde tú me has encontrado hoy. Ali, el hermano de Rahman insistió en venir para protegerlo. Acepté, pero le hice esperar fuera mientras hablábamos.

El 16 de mayo, recordó Milo de las fotos de Einner. Mientras ella bebía, Milo dijo:

—¿Desvariaba? ¿O de verdad sabía algo?

Angela dejó la copa. Estaba vacía.

—Un poco de todo. Rahman había estado en la casa del mullah en Khartoum la noche que reapareció su cadáver. Había muchos amigos, una especie de vigilia con la familia. Rahman fue al cuarto de baño. A través de la ventana, veía el patio, y vio a un europeo, un blanco, entregando el cadáver. Éste era el quid de su argumento.

—¿Le mostraste las fotos del Tigre?

Ella negó con la cabeza, un poco avergonzada.

—No se me ocurrió. Pero le dije que lo investigaría. Creo que si yo hubiera sido un hombre, no se habría fiado de mí. Pero parecía que le caía bien. Les acompañé a los dos a casa en el coche, y los días siguientes investigué un poco. La verdad es que no tenía mucho por dónde empezar. No tenía ningún motivo para pensar que también podía ser obra del Tigre. En el mundo hay muchos blancos, y pensé que al-Bashir había recurrido al mercado mundial para contratar a sus asesinos.

—¿Informaste de esto? —preguntó Milo—. De que estabas ayudando a Rahman.

Volvió a negar con la cabeza, pero esta vez sin timidez.

—Sabes lo que habría ocurrido, a nadie le importan las teorías de conspiración de un terrorista suicida en potencia. Sólo informé de que me lo estaba trabajando como posible informador.

—Ya.

—Cinco días después, no había descubierto nada y fui a darle la mala noticia a Rahman. Pero su familia no me dejó pasar. Ni su madre, ni su padre, ni su hermana. De repente era una leprosa. Finalmente salió Ali. No sabían dónde estaba. El día después del almuerzo, había recibido una llamada. Le dijo a su madre que tenía una reunión importante. Fue la última vez que le vieron.

—¿No volvió a Khartoum?

Angela negó con la cabeza.

—No habría podido. El chico no tenía ninguna competencia. No utilizaba pasaportes falsos ni nada. —Calló—. Al final, la semana pasada, su cadáver apareció en Gonesse, no muy lejos del aeropuerto Charles de Gaulle. Dos balas en el torso. Los forenses dicen que murió hace un mes y medio, justo después de que hablara conmigo.

Ahora era Milo el que necesitaba moverse. Se frotó las rodillas, y fue a buscar el vodka frío. Debería haber hecho la llamada a Einner hacía rato, fingiendo que llamaba a Tina, pero dio por supuesto que Einner estaba escuchando de todos modos. Sirvió vodka en las copas de vino vacías. Angela no se lo impidió.

—¿Los forenses dijeron algo más?

—Nueve milímetros PPK. Están muy extendidas por el mundo.

—Parece que sus amigos le vieron hablando contigo.

—Es lo que cree Ali.

—¿Has hablado con él?

—Me llamó. En cuanto descubrieron el cadáver. Así me enteré.

La hora siguiente, mientras vaciaban la botella de vodka, dieron vueltas a las conexiones que estas revelaciones parecían sugerir. «Parecían» era la palabra clave.

«X», convinieron, había contratado al Tigre para matar al mullah radical en Sudán, y cuando el Tigre empezó a investigar la identidad de su empleador, X le hizo matar.

—Cualquiera podría haber matado a Rahman —dijo Angela, pestañeando para enfocar a Milo con tanto alcohol—. Sus amigos terroristas le ven hablando conmigo, y deciden que es un agente doble. O, quien hubiera encargado matar al mullah pensó que estaba hablando de la identidad de X conmigo, y por eso X le hizo matar por la misma razón que mató al Tigre.

Milo tuvo que morderse la lengua, porque lo que quería decir habría delatado lo que sabía. Habían visto al agente de X, Herbert Williams, con Angela Yates. ¿Y si en lugar de ser su contacto, Williams la estaba espiando? Williams estaba en el restaurante cuando Rahman se encontró con Angela.

Si ignoraban al diplomático chino y sus secretos robados, el panorama cambiaba mucho. Angela era una víctima, en lugar de una filtración de seguridad.

De todos modos, la pregunta que había formulado el Tigre antes de morir seguía sin respuesta: ¿Quién era X? ¿Quién habría contratado al Tigre para matar al mullah Salih Ahman y al ministro francés de Asuntos Exteriores? ¿Algún grupo terrorista los quería muertos a los dos? Si la muerte de Ahman al final contribuía a la causa militante del islam en Sudán, la muerte del ministro de Asuntos Exteriores no les ayudaba en nada.

Y además, ¿qué explicaba todos los actos asesinos del Tigre, desde 2001, cuando Herbert Williams se convirtió en uno de sus clientes?

Quizás Herbert Williams era X. Quizá sólo era el agente de la muerte para unas personas poderosas que necesitaban que alguien desapareciera. En tal caso, no había nada que relacionara todos los asesinatos.

—Los chinos —dijo Angela—. Marcar el cadáver de Salid Ahmad parece un acto claro de advertencia de los extremistas: dejad de acosar a nuestro amigo o acabaréis como este hombre. Pero casi es demasiado evidente, ¿no?

Milo asintió.

—China puede ser muchas cosas, pero no es corta de vista. El Comité Central no quiere enfrentarse a las masas sudanesas. China no quiere mandar soldados a África. La marca pretendía encender el sentimiento antichino y antiimperialista. —Respiró hondo—. Estoy de acuerdo con el Tigre en esto, creo que trabajaba para los jihadistas.

—La única forma de saberlo es encontrar a Herbert Williams —dijo ella.

A pesar de la frustración de no obtener respuestas claras, Milo se lo estaba pasando bien. Discutir con Angela los detalles, las variables y elaborar las posibles soluciones le recordaba su amistad de hacía una década, cuando los dos eran jóvenes, sin ataduras, y estaban entusiasmados con sus jefes y su país.

Entonces el estado de ánimo cambió. Angela se frotó los brazos como si las morbosas historias que manejaban le hubieran dado frío. Poco después dijo:

—Te pediré un taxi. No quiero que llegues tarde a Disney.

Después de llamar, fue al baño y salió sacando una pastilla de un frasco.

—¿Qué es?

—Para dormir.

Milo arqueó una ceja.

—¿De verdad te hacen falta?

—No eres mi loquero, Milo.

—¿Te acuerdas cuando intentaba hacerte tomar anfetaminas?

Al principio no se acordaba, pero después sí. Y se rió con naturalidad.

—Tío, estabas hecho polvo.

Antes de marcharse, Milo la besó y ella le devolvió la botella de Smirnoff, todavía quedaban dos tercios.

—Deberíamos seguir hablando de esto —dijo—. Tú has obtenido mucho más que yo.

Ella le dio una palmadita en el trasero para echarlo.

—Eso es porque soy mucho más lista que tú.

El taxi le estaba esperando y, antes de subir, Milo miró hacia la furgoneta de reparto de flores. Desde el asiento del pasajero, Einner le miraba, con el pulgar levantado interrogativamente. Milo le respondió levantando el pulgar, y el Turista volvió a la parte trasera de la furgoneta. Para sorpresa de Milo, Einner había respetado su intimidad. Milo, en su época de Turista, jamás habría sido tan generoso.

17

El sábado Milo se despertó temprano y con resaca, y con los pulmones doloridos. En la televisión anunciaban el tiempo en francés. Intentó abrir los ojos, pero la habitación estaba borrosa, y los cerró otra vez.

Eso era lo que le pasaba cuando estaba lejos de su familia. No había nadie que le recordara que era una equivocación pasar la noche con una botella de vodka y un paquete de tabaco, viendo la televisión francesa hasta altas horas de la madrugada. Cuando era un Turista no se comportaba así, pero ahora, cuando viajaba, el Milo padre de familia se comportaba como un adolescente inmaduro lejos de casa.

Algo se movió, un crujido, y Milo abrió los ojos otra vez, y vio colores borrosos. Se echó hacia atrás y levantó los puños. Desde una silla, a su lado, Einner le sonrió.

—¿Estás despierto?

Milo intentó sentarse apoyado en el cabezal. Era difícil. Recordaba haber bebido mucho vodka y, por pura curiosidad, una botellita de medida infantil de brandy del hotel y otra de ouzo. Tosió, escupió, y después tragó.

Einner levantó la botella para examinarla, sólo quedaban dos o tres chupitos.

—Al menos no te la terminaste.

Milo confirmó, por enésima vez, que la vida no era lo suyo.

Einner dejó la botella en el suelo.

—¿Estás despierto para hablar?

—Todavía estoy un poco borracho.

—Pediré café.

—¿Qué hora es?

—Las seis.

—Dios mío.

Había dormido dos horas y media como mucho.

Einner llamó para pedir café, mientras Milo se lavaba la cara. Einner apareció en la puerta del baño, sonriendo.

—Ya no es como cuando eras joven, ¿eh?

Milo utilizó el cepillo de dientes para limpiarse la lengua de ácidos del estómago. Tenía ganas de vomitar, pero no quería hacerlo delante de Einner. Eso no.

Cuando Milo salió del cuarto de baño, ya podía ver bien a Einner. Asombrosamente, el Turista parecía descansado mientras cambiaba de emisora y buscaba la CNN Internacional. A Milo le habría gustado estar así. Una ducha, eso le ayudaría.

—¿Has venido por algo, James?

Einner subió el volumen del televisor, con expresión lúgubre.

—Se trata de Angela.

—¿Qué le pasa?

Einner estaba a punto de hablar, pero echó un vistazo a la habitación. Del bolsillo de la americana sacó un recibo manchado de aceite y un bolígrafo. Apoyándose en la mesita de noche, escribió una palabra y levantó el papel para que lo leyera Milo:

MUERTA

A Milo le fallaron las piernas y estuvo a punto de caer. Se acercó a la cama y se sentó frotándose la cara.

—¿Qué estás diciendo?

De nuevo, Einner vaciló, levantó el bolígrafo, pero decidió que eso podía decirlo.

—Anoche te marchaste. Me diste el visto bueno, y lo encendí todo otra vez.

—De acuerdo. ¿Y?

—Se estaba acostando. Se durmió inmediatamente.

—Somníferos —dijo Milo—. Se tomó uno antes de que me fuera.

—Vale. Pues se acostó. Se durmió. Al cabo de una hora, me fui a cenar. Se quedó Bill. Volví una hora después. Entonces me di cuenta de que no se había movido. En absoluto. Estaba... —Calló, mirando el papel y el bolígrafo, reflexionando, pero otra vez cambió de idea. Se inclinó para susurrar al oído de Milo—. Durante una hora, no se había movido ni un ápice. Ni siquiera roncaba. Pasó otra hora... y lo mismo.

—¿Verificado? —susurró Milo a su vez.

—Hace cuarenta minutos. Subí y le tomé el pulso. Nada. Me llevé el lápiz de memoria.

—Pero... —empezó Milo—. Pero ¿cómo?

—Bill cree que había algo en la pizza, pero él es así. Yo me decanto por esas pastillas para dormir que has mencionado.

A Milo se le encogió el estómago. Él había estado delante viendo cómo se suicidaba involuntariamente. Intentó controlar su respiración.

—¿Lo has denunciado a la policía?

—En serio, Weaver. Debes de pensar que soy idiota.

Milo no estaba de humor para discutírselo. No sentía nada, aparte de un inmenso vacío. Sabía que era el impacto que precedía a la tormenta. Cogió el mando de manos de Einner y apagó la televisión, donde unos niños palestinos saltaban en plena calle, celebrando algo.

—Voy a ducharme.

Einner se llevó el mando a la cama, puso la MTV-Europe y subió el volumen. La habitación se llenó de cháchara francesa.

Milo se acercó a la ventana y bajó las persianas. Se sentía entumecido, excepto por un brutal latido en la cabeza.

—¿A qué viene esto?

Milo no lo sabía. Había bajado las persianas por instinto.

—Paranoia —dijo Einner—. Tienes una pizca de paranoia. Ya me había dado cuenta, pero no sabía por qué, hasta anoche. Lo he comprobado. Eras... —volvió a susurrar—. Eras un Turista.

—Hace mucho tiempo.

—¿Cuál era tu alias?

—Ya no me acuerdo.

—Venga.

—El último fue Charles Alexander.

La habitación quedó en silencio; Einner había apagado el sonido de la televisión.

—Tú quieres amargarme la vida.

—¿Por qué iba a quererlo?

—Porque... —empezó Einner, sentándose en la cama. Pensó un momento y después subió el volumen otra vez—. Todavía se habla de Charles Alexander.

—¿Ah, sí?

—Te lo juro. —Einner asintió vigorosamente, y Milo se irritó con aquella repentina muestra de respeto—. Dejaste unos pocos amigos y muchos enemigos esparcidos por todo el continente. Bonn, Roma, Viena, incluso Belgrado. Todos te recuerdan bien.

—No paras de darme buenas noticias, James.

Sonó el teléfono de Milo. Era Tina. Se lo llevó al cuarto de baño para huir de la atronadora música.

—Hola, cariño.

—¿Milo? ¿Estás en un club?

—Es la tele —dijo Milo, cerrando la puerta del baño—. ¿Qué pasa?

—¿Cuándo vuelves a casa?

No parecía asustada, sólo...

—¿Estás borracha?

Ella se rió. Sí, lo estaba.

—Pat ha venido con una botella de champán.

—Qué generoso. —Milo no estaba celoso de Patrick; el ex

de Tina sólo era un detalle ligeramente molesto de la vida—. ¿Pasa algo?

Ella dudó.

—Nada, nada. Pat se ha ido. Stef está en la cama. Sólo quería oír tu voz.

—Oye, tengo un poco de prisa. He tenido malas noticias.

—¿Angela?

—Sí.

—No estará... bueno... —Tina se desanimó—. ¿No tendrá problemas?

—Es peor que eso.

Él esperó en silencio, mientras ella intentaba imaginar qué era peor que ser arrestada por traición. Entonces, lo adivinó.

—Oh, Dios mío.

Le entró hipo, algo que le sucedía a menudo cuando estaba borracha o nerviosa.

Milo conocía a un italiano que solía decir «El duelo tiene algo de banal. Tanta parafernalia me revuelve el estómago». El italiano era un asesino, de modo que su filosofía le servía para protegerse del impacto emocional de sus trabajos. Pero mientras se duchaba, Milo se sintió de aquella manera por Angela. Le revolvía el estómago evocar la cara y el tono de voz de ella, su bonito y animado rostro y la forma como había adoptado la moda parisina. Recordó su divertido y seductor «rgrgrg». Después del vacío del impacto, ahora se sentía lleno a rebosar de la parafernalia de la muerte.

Cuando salió del baño, con la toalla enrollada a la cintura, Einner estaba tomando café de la bandeja del servicio de habitaciones, y miraba la televisión, donde unos miles de manifestantes árabes gritaban con los puños levantados, empujando una valla alta de hierro.

—¿Dónde? —dijo Milo.

—Bagdad. Parece Irán en 1971, ¿no?

Milo decidió ponerse una camisa de rayas. Einner levantó el

volumen otra vez, un gesto que ya se había convertido en un presagio de temas importantes. Pero sólo observó cómo Milo se vestía; parecía estar pensando. Mientras Milo se ponía los pantalones, Einner dijo, en su teatral susurro:

—¿Alguna vez has visto el Libro Negro? ¿O es sólo un mito más de Turismo?

En la cara del joven, Milo vio un momento de ingenua expectación. Por varias razones —sobre todo porque quería que Einner dejara de imaginarse cosas sobre él— decidió mentir. Paradójicamente, en cambio, con el Tigre había reaccionado con sinceridad.

—Por supuesto que existe —dijo—. Encontré una copia a finales de los noventa.

Einner se inclinó hacia él, pestañeando.

—Ahora sí que me tomas el pelo.

—No, James. Ni hablar.

—¿Dónde? He buscado, pero nada de nada.

—Entonces es que quizá no debas encontrarlo.

—Será eso.

Milo le dijo lo que había oído muchas veces cuando era joven. Era el discurso que daba al Libro Negro del Turismo, tanto si existía como si no, un aura que probablemente no se merecía.

—El libro te encuentra, James. Si tú lo vales, encontrarás la manera de ponerte en su camino. El libro no pierde el tiempo con aficionados.

A Einner se le encendieron las mejillas y empezó a respirar más deprisa. Después, quizá recordando quién era, sonrió y bajó el volumen de la televisión a un nivel soportable.

—¿Sabes qué?

—¿Qué?

—Eres un hijo de puta de primera clase, Milo Weaver.

—Me has pillado.

Einner empezó a reírse, pero cambió de idea. No tenía ni idea de qué creer.

18

A propuesta de Milo, salieron del hotel por la escalera trasera y a través de la entrada de servicio. Einner insistió en conducir, y mientras circulaban por la A1 hacia Charles de Gaulle, Milo le puso al día de lo que Angela le había contado la noche anterior.

—Se suponía que debías llamarme. ¿No habíamos quedado así?

—Creí que dejarías los micrófonos conectados.

Einner, frustrado, meneó la cabeza.

—Hicimos un trato. Yo cumplo mis tratos.

—Se lo preguntaste a Tom, ¿no?

Un silencio.

—Al principio dijo que no, pero volvió a llamar y me dijo que hiciera lo que me habías pedido. Aun así, Weaver, deberías haber llamado.

—Lo siento, James.

Siguió con la historia de Angela sobre el joven sudanés radical convencido de que su mullah había sido asesinado por Occidente.

—Vio a un europeo —dijo Einner—. ¿Qué significa eso?

—Significa que el Tigre no mentía. Él mató a Salih Ahmad. Y probablemente no lo hizo por encargo del presidente. Si me creo la historia de Angela, que me la creo, entonces no pienso que estuviera nunca en contacto con Herbert Williams. Pienso que Williams la espiaba. Quizá le preocupaba que estuviera investigando su identidad, ¿quién sabe? Si había descubierto al tal

Rolf Vinterberg en Zúrich, y si Vinterberg está relacionado con Williams... —Cualquiera cosa era posible, en realidad—. Lo único que sé es que Angela empezó a recoger pruebas, y ahora está muerta.

—Pero ¿qué ocurre con el coronel Yi Lien? —preguntó Einner—. Puedes tejer una historia tan complicada como quieras, pero sigue existiendo el hecho de que él obtuvo información a la que ella tenía acceso. Ese tal Williams fue fotografiado con Lien. No estás viendo esto con claridad, Weaver.

—Pero no tiene sentido —insistió Milo—. Si Angela filtraba información, ¿para qué iba a matar a su controlador? Esto sólo llamaría la atención.

—Para que no pudiera delatar su identidad —dijo Einner, como si fuera evidente.

—No —empezó Milo, pero no tenía nada con lo que continuar.

—No sabemos qué —dijo Einner—, pero matar a Angela tenía un propósito. Aunque no sepamos todavía cuál.

Einner tenía razón, y Milo lo sabía. Se fijó que las manos del joven Turista temblaban sobre el volante. ¿Era así cómo conseguía estar tan alerta a una hora tan temprana de la mañana?

—¿Estás tomando algo?

Einner le miró furiosamente de soslayo mientras cogía la salida del aeropuerto.

—¿Qué?

—Anfetaminas, coca, yo qué sé.

—¿Crees que estoy colocado?

—Hablo en general, James. Para trabajar. Para aguantar.

Un ramillete de señales viarias enumeraba las líneas aéreas.

—De vez en cuando, claro. Cuando lo necesito.

—Vigila. A mí al final me destrozaron. Acabé hecho polvo.

—Me acordaré.

—Lo digo en serio, James. Eres un buen Turista. No queremos perderte.

Einner meneó la cabeza como si quisiera quitarse de encima la confusión.

—Bien. De acuerdo.

Juntos, compraron un billete a una bonita empleada de Delta que se había afeitado la cabeza, y después se sentaron en una cafetería a esperar la hora del vuelo. Como no había alcohol, Einner sacó del bolsillo de la chaqueta una petaquita forrada de piel con bourbon. La dejó sobre la mesa y le dijo a Milo que bebiera. El bourbon le quemó la garganta pero le desató un pensamiento.

—Entrega anónima.

—¿Qué?

—Hay algo en esto que huele mal. Si Angela transmitía secretos a ese tal Herbert Williams, ¿por qué se veía con él en persona? No es así cómo se hace. Te encuentras una vez, estableces un sistema para realizar entregas anónimas, y no vuelves a verte nunca más. Es la primera regla del espionaje.

Einner se lo pensó un momento.

—Algunos se ven cara a cara.

—Ya —dijo Milo—. Si son amantes, o socios, o amigos. Pero Angela no era amante de ese hombre. Y era demasiado lista para arriesgarse tanto.

Ambos observaron el mar de caras que les rodeaba mientras cavilaban. Algunas personas les devolvieron la mirada: niños, ancianas y alguien más. Milo se puso más erguido. La rubia marimacho con los ojos saltones. Estaba a cierta distancia, junto a una de las ventanas curvas, sonriendo distraídamente, pero en concreto hacia él. El hombre guapo, a su lado, no sonreía. Milo se preguntó, tontamente, por qué siempre aparecían en restaurantes.

—Espera aquí —dijo, y caminó hacia la pareja.

La sonrisa de la mujer se esfumó. Comentó algo a su compañero, quien metió una mano bajo la solapa de la chaqueta, como si llevara un arma. Quizá la llevaba.

Milo se paró a medio metro del hombre para que éste no sintiera la necesidad de sacar la mano de la chaqueta. Dirigiéndose a la mujer, dijo:

—¿Ha podido elaborar un buen informe? ¿Quiere mi plan de vuelo?

A aquella distancia, Milo pudo ver una salpicadura de pecas en las mejillas de la mujer. Hablaba bien inglés, pero con mucho acento, y Milo tuvo que fijarse para entenderla.

—Ahora tenemos mucha información, señor Weaver. Gracias. Pero quizás usted pueda decírmelo, ¿quién es su amigo?

Los tres se volvieron a mirar hacia la mesa de la cafetería, pero Einner ya había desaparecido.

—¿Qué amigo? —preguntó Milo.

La mujer ladeó la cabeza y pestañeó. Metió una mano en el bolsillo y sacó una identificación protegida por una funda de piel. La tarjeta amarilla de dentro identificaba a la mujer como agente del SGDN perteneciente a la DGSE, o Direction General de la Securité Exterieure: seguridad exterior. Mientras Milo leía el nombre —Diane Morel— ella cerró la carterita.

—Señor Weaver, la próxima vez que venga a Francia, espero que se ponga en contacto con nosotros.

Milo iba a decir algo, pero ella se volvió, indicándole a su compañero que la siguiera, y se alejaron por el pasillo que llevaba a la salida de la terminal.

Milo volvió a la mesa, preocupado, y vislumbró a Einner detrás de una familia de judíos ortodoxos. Se encontraron en los asientos de en medio.

Einner le miró, con los ojos muy abiertos. Milo levantó una mano.

—Sí, lo sé. Me he pasado.

—Pero ¿de qué la conoces?

—Ella y su colega eran los que me seguían.

—¿Por qué?

—Vigilaban que no me metiera en líos.

Einner miró hacia el pasillo por donde se había ido la pareja. Se volvió hacia Milo.

—Un momento. ¿No sabes quién era?

—Es una agente de la DGSE. Diane Morel. La identificación parecía correcta.

—¿La DGSE?

Finalmente, Milo puso una mano en el hombro de Einner y le obligó a sentarse en una silla de plástico.

—¿Por qué estás tan sorprendido, James?

Einner abrió la boca, la cerró, y después dijo:

—Es que era Renée Bernier.

—¿La novia del coronel Li Yien? ¿La novelista?

—Sí. He visto todas las fotos.

Instintivamente, Milo se levantó, pero era demasiado tarde. Los agentes franceses habían desaparecido.

19

El vuelo de ocho horas transcurrió sin turbulencias, y Milo pudo dormir un par de horas antes de aterrizar en el JKF, poco después de mediodía del sábado. Después de sufrir la larga cola de control de pasaportes, arrastró la maleta entre la gente cansada y salió al exterior. Se detuvo de golpe. Grainger estaba apoyado en un Mercedes con las ventanas teñidas, cruzado de brazos y mirándole.

—¿Te llevo?

—Tengo coche —dijo Milo, sin moverse.

—Nosotros te llevaremos hasta el coche.

—¿Nosotros?

Grainger hizo una mueca.

—Vamos, Milo. Sube al coche.

La otra mitad del «nosotros» resultó ser Terence Fitzhugh de Langley, lo que explicaba el humor de Grainger. El ayudante de Dirección de Operaciones Clandestinas estaba rígidamente sentado detrás del asiento del conductor, con las largas piernas un poco encajadas. Después de que Milo dejara la maleta en el portaequipajes, fue invitado a sentarse junto a Fitzhugh. Grainger estaba relegado al papel de chófer, y Milo se preguntó si Fitzhugh se habría sentado detrás como protección contra posibles francotiradores.

—Tom me ha dicho que ha habido un problema en París —dijo Fitzhugh en cuanto se pusieron en marcha.

—Un problema no. Muchos problemas.

—¿Además de que mataran a Angela Yates?

—Resulta que el coronel chino, el que tenía el memorando, estaba siendo vigilado por los franceses. —Miró a Grainger, que estaba observando por el retrovisor—. La novia de Lien, Bernier. Es de la DGSE. Nombre auténtico, Diane Morel. Hiciera lo que hiciera con el coronel, la inteligencia francesa tenía su parte del disco duro.

—¿Es una broma con doble sentido? —preguntó Fitzhugh.

—Ya sabes a qué me refiero.

—¿Tom? ¿Por qué no lo sabíamos?

Grainger estaba concentrado en el tráfico que salía de los aparcamientos.

—Porque los franceses no nos lo dijeron.

—¿Les dijimos nosotros que estábamos interesados en el coronel?

Silencio.

Fitzhugh lo dejó correr y se volvió hacia Milo.

—Bueno. Te proporcionamos un billete de avión y un hotel caro, ¿y lo único que tienes para nosotros es mala inteligencia y una empleada muerta?

—Más que eso —dijo Milo—. El supuesto contacto de Angela, Herbert Williams, es el mismo intermediario con quien tenía tratos el Tigre. El mismo hombre que acabó matándolo. Angela no le estaba dando nada; creo que era él el que la seguía.

—Esto mejora por momentos —musitó Fitzhugh, golpeando el asiento de Grainger—. ¿Alguna buena noticia para mí, Milo? Yo soy el que tiene que volver a Langley y hablar en nombre de Turismo. Yo soy el que tiene que demostrarles el excelente trabajo que se hace en la Avenida de las Américas. Sin duda podría decir que la oficina está plagada de idiotas que no distinguen a una agente de la DGSE y confunden una sombra con un contacto, pero me temo que decidirían eliminar el departamento por completo.

Milo se frotó los labios antes de responder. Una de las virtu-

des de Turismo es la ignorancia general de los agentes indivi-
duales. Lo único que el Turista necesita saber es el contenido de
sus órdenes. Pero desde que había dejado el trabajo de campo,
Milo se estaba hartando de tener que justificarse continuamen-
te ante burócratas como Fitzhugh.

—Mire —dijo—, el problema no es nuestra operación. Sin
el trabajo de Einner, no tendríamos todas las otras fotos de
Herbert Williams. Y sin el trabajo de Angela, no sabríamos que
al Tigre le pagaban en Zúrich a través de un hombre llamado
Rolf Vinterberg.

—¿Vinterberg? ¿Quién coño es Vinterberg?

—Es un alias, pero nos acerca un poco más a la persona que
pagaba al Tigre. Además, Angela tuvo contacto con un sudanés
radical que vio personalmente al Tigre entregando el cadáver
del mullah Salih Ahmad en su patio.

—Ya —dijo Fitzhugh, asintiendo—. Así que el presidente de
Sudán contrató al Tigre. Bien. Esto es inteligencia.

—No tenemos nada contra el presidente. De hecho, no creo
que fuera él. Y el Tigre tampoco.

—Ahora sí que no entiendo nada —dijo Fitzhugh.

—Mírelo de esta manera —dijo Milo con su voz más educada—. Estamos buscando a la persona que mató al Tigre. Creo
que esa misma persona mató a Angela y es responsable de matar al mullah Salih Ahman.

Fitzhugh le miró, sin pestañear, mientras lo asimilaba.

Grainger entró en el aparcamiento del Lefferts Boulevard B,
estirando el cuello.

—¿Dónde está tu coche?

—Déjame aquí.

Grainger aparcó entre dos hileras de coches polvorientos,
pero la conversación todavía no había terminado. Milo esperó
hasta que Fitzhugh, tras meditar el asunto, dijo:

—Está muerto, Milo. El... mira, no pienso llamarle el Tigre.
Es una estupidez. Dime uno de sus nombres.

—Samuel Roth.

—Bien. Ese Sam Roth está muerto. Puedo transmitir esta información a Langley, pero para ellos es un caso cerrado, es un caso para Seguridad Interior. Quien le pagaba, quien le mató, para Langley, todo esto es discutible. Al presidente no le va a poner cachondo. Para que el presidente se ponga cachondo, querrán algo más concreto que transmitirle. Lo que quieren es que detengamos la mierda antes de que se acumule. Todo el mundo cree saber quién mató al mullah, o sea que gastar dinero para demostrar que se equivocan, no es precisamente una prioridad. Además, el mundo es un lugar mejor sin el maldito mullah. ¿Me sigues?

Milo le seguía.

—Ahora lo que tienes que hacer es centrarte en los jihadis que siguen vivos. Los que siguen siendo una amenaza para la paz mundial y los bancos. Ésta es la clase de señuelo vivo que en Virginia tienen ganas de escuchar.

—Sí, claro —dijo Milo.

—Bien. Me alegro de que estemos de acuerdo.

Fitzhugh le dio la mano y Milo la estrechó.

Grainger ayudó a Milo a sacar la maleta del portaequipajes y susurró:

—Gracias.

—¿Por qué?

—Ya sabes por qué. Por no decirle que el Tigre había trabajado para nosotros. Eso habría significado el final.

—Me prometiste hablarme de ello.

—Mañana —dijo Grainger, y dio una palmadita a Milo en el hombro—. Pasa por mi despacho y te dejaré leer el expediente. ¿Hecho?

—Por supuesto.

20

La conversación con Fitzhugh no había contribuido mucho a aliviar la ansiedad de Milo, de hecho la había exacerbado, así que al salir del aeropuerto Milo extrajo la batería de su móvil, dio algunas vueltas y siguió por Long Island. Cogió una salida y aparcó entre unas casas de madera ruinosas. Pasó diez minutos mirando cómo jugaban los niños hasta que se convenció de que no le seguían. Dio la vuelta, y siguió por otro camino, dirigiéndose hacia el centro de la isla, donde volvió a aparcar en unos almacenes estrechos rodeados de una verja llamados Stinger Storage.

Milo siempre había sido un hombre de muchas llaves. Tenía la llave de su coche, de su piso, de su despacho en la oficina, de la casa de los padres de Tina en Austin, y una llave sin marcas que, si se lo preguntaban, decía que era la llave del sótano compartido de su casa. En realidad, la llave abría aquel almacén.

La llave funcionaba, pero después de tanto tiempo le costó un poco girarla. Al final abrió la puerta del profundo armario donde guardaba sus secretos.

No era mucho mayor que un garaje para un solo coche, y con los años él lo había llenado de objetos que podrían serle útiles algún día. Dinero en distintas monedas, tarjetas de crédito a nombres diferentes, con permisos de conducir a juego. Pistolas y munición. Tenía pasaportes emitidos por la CIA que no había devuelto después de misiones que había realizado, con la excusa de haberlos perdido.

En el fondo del almacén había una caja de caudales que contenía dos cajas de metal. Una estaba llena de documentos familiares, documentos que había recogido con los años sobre la vida de su madre. Su madre de verdad, la madre fantasma de la que nunca había hablado a Tina, ni siquiera a la Agencia. También había copias de expedientes de la Agencia sobre su padre biológico, otro secreto. Pero ahora no estaba interesado en eso. Cogió la segunda caja.

Dentro había documentos que nada tenían que ver con la Agencia. Los había juntado hacía años, después de oír hablar de una familia —marido, mujer e hija— que había muerto en un accidente de carretera. Había buscado sus números de la Seguridad Social y lentamente los había reintroducido en la sociedad. Cuentas bancarias, tarjetas de crédito, una pequeña propiedad en Nueva Jersey, y una lista de correos no lejos de aquella casita. Un par de años después, solicitó pasaportes para todos con las fotografías de su familia. Según los documentos oficiales que contenía aquella caja, la familia Dolan —Laura, Lionel y la pequeña Kelley— estaba vivita y coleando.

Se guardó los tres pasaportes y las dos tarjetas de crédito en el bolsillo de la chaqueta y cerró todo lo demás en la caja. Hasta que no estuvo de vuelta en la calle principal, cerca de donde había cambiado de dirección la primera vez, no volvió a introducir la batería en el móvil y lo encendió.

No podía decir exactamente por qué había tomado esta precaución. Probablemente por Fitzhugh, le sentía pegado a sus talones. O por Angela, que había desaparecido de repente, y la inquietante sensación de que su muerte significaba mucho más de lo que parecía a simple vista. La tierra se había vuelto un sitio un poco menos seguro. A veces tenía esta sensación, ya sea por razones reales o por simple paranoia, y le tranquilizaba recoger los documentos de los Dolan y saber que, en cualquier momento, él y su familia podían desaparecer en la anónima corriente de la burocracia humana.

Como antes, escuchó frente a la puerta. No se oía la televisión, pero sí podía oír a Stephanie cantando bajito *Poupée de cire, Poupée de son*. Abrió con su llave y dejó la maleta junto a los abrigos, y gritó con voz de marido de la tele:

—¡Cariño, estoy en casa!

Stephanie salió de la sala y se lanzó a su cintura, dejándolo sin respiración. Tina la siguió, pero lentamente, rascándose el pelo despeinado y bostezando.

—Me alegro de que hayas vuelto.

—¿Resaca?

Ella sacudió la cabeza y sonrió.

Veinte minutos después, Milo estaba comiendo sobras de un guiso en el sofá. Tina se quejaba de la peste —de tabaco, probablemente, aunque no estaba seguro— que desprendía, y Stephanie expuso sus planes para Disney World antes de subirse al sofá buscando el mando de la tele. Por fin, Tina dijo:

—¿Vas a contármelo?

Milo tragó un último bocado.

—Deja que me duche primero.

21

Tina observó a Milo gimiendo al levantarse del sofá, pasar junto a la mesita sucia de migas, y salir de la habitación. Había algo surrealista en la situación, en la forma como Milo había vuelto a casa de un viaje en el que había muerto su mejor amiga, y en que ahora todo volviera a la normalidad.

Había conocido a Milo en la más extrema de las circunstancias —ni siquiera sus padres sabían lo ocurrido en Venecia— y de repente él estaba allí. Ni explicaciones, ni disculpas. Era como si hubiera estado esperando años en aquella húmeda calle veneciana a que ella apareciera, esperando a alguien a quien dedicarse por completo.

—Soy espía —le dijo una semana después de iniciar su acelerado idilio—. O lo era hasta el día que nos conocimos.

Ella se había reído, pero no era una broma. La primera vez que le había visto, llevaba una pistola en la mano. Había supuesto que era alguna clase de policía, o un investigador privado. ¿Un espía? No, eso no se le habría ocurrido nunca. Pero ¿por qué entonces había dejado el trabajo después de conocerse?

—Era demasiado, supongo. No podía más. —Cuando ella insistió, él reconoció algo que a ella le había costado un tiempo aceptar—: He estado a punto de suicidarme varias veces. No llamadas de atención, porque en esta vida un intento de suicidio no llama la atención de nadie. Simplemente te jubilan. No, yo quería morir, para poder dejar de vivir. El esfuerzo me estaba volviendo loco.

Eso la desconcertó. ¿Quería a un suicida en potencia en su vida? Más importante aún, ¿lo quería en la vida de Stephanie?

—Cuando era pequeño vivía en Carolina del Norte. Cerca de Raleigh. A los quince años, mis padres murieron en un accidente de coche.

Al oír esto la cara de Tina se puso rígida, y quizá fue esta tragedia lo que le hizo experimentar un arrebato de amor por aquel hombre que, esencialmente, era un desconocido. ¿Quién, después de eso, no sufriría de vez en cuando una terrible melancolía, incluso albergaría pensamientos suicidas? Pero antes de que pudiera verbalizar estas emociones y la obligatoria disculpa, él siguió hablando, como si necesitara desahogarse rápidamente de toda la historia.

—Era una pequeña familia. Por parte de mi padre todos habían muerto, y los parientes de mi madre murieron poco después de que yo naciera.

—¿Y tú qué hiciste?

—No tenía muchas opciones, ¿no? Tenía quince años, y el Estado me metió en un orfanato. En Oxford. En Carolina del Norte, no en Inglaterra. —Se encogió de hombros—. No fue tan malo como parece. De hecho, mis notas mejoraron y obtuve una beca. Para Lock Haven University. Una pequeña facultad de Pensilvania. Durante un intercambio de estudiantes en Inglaterra, unos imbéciles de la embajada vinieron a verme. Me llevaron a ver a Tom, que entonces estaba en Londres. Pensaron que me gustaría servir a mi país.

No había nada extraño en esta historia, y Tina no vio nunca motivos para no creerla. Y aunque él se mostrara esquivo con los detalles, ¿qué importancia tenía?

No tenía quejas legítimas de Milo Weaver. Era un hombre reservado, pero eso era un requisito inevitable en su trabajo. Lo sabía cuando se casaron. Lo importante era que, a diferencia de tantos hombres, no disimulaba su amor por ella y por Stephanie. Incluso cuando estaba fuera, ella sabía que pensaba en ellas.

Bebía, pero no era un borracho, y si fumaba un cigarrillo a escondidas de vez en cuando, no era para tanto. ¿Y la depresión? Aunque a veces volvía de la oficina de mal humor por cosas de las que no podía hablar, siempre procuraba que no afectara a la vida de la familia. Con ella y con Stephanie, al menos, no era esa clase de hombre.

Pero ahora, alguien a quien ambos conocían había muerto. Stephanie estaba sentada en el suelo, viendo una película de nomos, y Milo había comido y había huido de ella con la excusa de ducharse. Tina se sentía profundamente sola.

En cuanto oyó correr el agua de la ducha, abrió la maleta que Milo había dejado junto a la puerta.

Una muda de ropa sucia, con los calcetines y calzoncillos extra. El iPod. Un par de zapatillas de deporte. Crema de cacao, una bolsa de bolas de algodón, desodorante, crema solar pantalla total, cepillo de dientes, dentífrico e hilo dental. Pañuelos de papel. Un frasco de multivitaminas. Parches para el mareo. Jabón. Una bolsita con medicamentos varios: fármacos, una aguja hipodérmica, vendas, sutura y aguja, una venda elástica y unos guantes de látex. Había otros medicamentos con los nombres: Doxiciclina, Zithromax e Imodium, Benadryl, Advil Cold y Sinus, Prilosec OTC, ExLax, tabletas de Pepto-Bismol y Tylenol.

En el fondo, encontró unas gafas de farmacia, un frasquito de tinte rubio para el cabello y veinte billetes nuevos de veinte dólares. Y cinta adhesiva. Por alguna razón, eso la inquietó más que la jeringa.

Volvió a guardarlo todo, cerró la maleta y fue al baño lleno de vapor. Tras la cortina opaca de la ducha, Milo se lavaba ruidosamente, tarareando una canción que Tina no conocía.

—¿Quién es? —preguntó Milo.

—Yo.

Se sentó en la taza. El vapor le estaba abriendo las fosas nasales y utilizó papel higiénico para sonarse.

—Caramba —oyó decir a Milo.

—¿Qué?

—Qué bien se está en casa.

—Ya —canturreó Tina.

Un momento después, Milo cerró el grifo, y sacó un brazo para coger la toalla del colgador de la pared. Tina se la acercó.

—Gracias —dijo Milo reflexivamente.

Ella le observó secarse como hacen todos los casados, conyugalmente inconscientes de su desnudez. Miró aquellos dos puntos del lado derecho de su torso donde tenía las cicatrices del momento en que se habían conocido. Hacía seis años el cuerpo de Milo había sido uno de sus muchos rasgos seductores. No era un gran comunicador, pero daba gusto mirarlo, y tenía algunas cualidades en la cama. Cuando vivieron por un tiempo en Boston, Margaret lo había calificado de «tío bueno».

Pero seis años de vida estable familiar le habían hecho crecer barriga, habían aflojado su trasero anteriormente firme, y sus pectorales, que antes sobresalían, ahora tenían una capa de grasa. Se había transformado en un oficinista regordete.

No es que no siguiera siendo atractivo, pensó Tina sintiéndose culpable. Lo era. Pero había perdido aquella gracia que sólo poseen las personas que se cuidan mucho.

Ahora estaba seco y la miraba con una sonrisa.

—¿Ves algo que te guste?

—Perdona. Estaba en la luna.

Sin inmutarse, Milo se ató la toalla a la cintura.

Tina le observó poniendo pasta de dientes en el cepillo. Con una mano, limpió un poco la condensación del espejo. Tina se preguntó por qué estaba mirando cómo se cepillaba los dientes.

—Háblame de Angela —dijo.

El cepillo se detuvo dentro de la boca de Milo. Lo apartó.

—No creo que quieras saberlo.

—¿Está muerta?

—Sí.

—¿Cómo?

—Sabes que no puedo decírtelo. Pero lo estoy investigando.

Volvió a cepillarse los dientes, como si diera el asunto por zanjado, y aunque ella no sabía muy bien por qué, esta vez la determinación de Milo la irritó.

—Siento que no sé quién eres, Milo.

Milo escupió otra vez y cerró el grifo. Se volvió a mirarla.

—¿De qué va esto?

Tina resopló.

—Son tantos secretos. Desde el año pasado, cada vez vuelves de los viajes con más magulladuras o de mal humor, y yo no puedo saber qué le ha hecho daño a mi marido.

—No es cuestión de desconfianza...

—Ya lo sé —dijo ella, irritada—. Nos estás protegiendo. Pero eso son sutilezas legales. A mí no me sirve. Ni le sirve a Stef.

—Algunos maridos o esposas no saben nada de nada. Ya lo sabes. Algunos creen que están casados con agentes de seguros o corresponsales de guerra o asesores financieros. Sabes más de lo que saben ellos.

—Pero saben de su vida antes de la Agencia.

Con bastante frialdad, Milo dijo:

—Te he contado toda la historia de mi vida. Lo siento si no es lo bastante interesante.

—Olvídalo —dijo Tina, y se levantó—. Si quieres contarme algo, bien. Pero no me obligues a husmear para saberlo. Es humillante.

Milo la cogió por los hombros y la miró a la cara.

—¿Quieres saber lo que ha pasado en París? Te lo diré. A Angela Yates la envenenaron. No sé quién lo hizo, pero así es como murió.

De repente Tina tuvo una visión muy clara de la hermosa mujer de ojos azules que había comido chuletón con ellos y les había hecho reír toda la noche.

—Ya.

Tragó saliva.

—No —dijo él—. Porque creo que ella ha muerto porque la Agencia tenía información errónea. Lo que significa que yo tenía información errónea cuando la estaba investigando. Y eso me hace responsable de su muerte.

Tina no fue capaz de pronunciar otro «ya», o sea que no dijo nada.

Milo le soltó los hombros y le dedicó una de sus famosas medias sonrisas, que era más triste que otra cosa.

—Cuando fui a Dallas, estaba siguiendo al Tigre —dijo.

—¿Al Tigre? —exclamó Tina—. Te refieres al famoso...

—Asesino, sí. Acabé en un pueblucho de Tennessee, donde le vi morir delante de mí. Suicidio. Fue espantoso. Creo que su muerte está relacionada con la de Angela.

—Pero... ¿cómo?

Él no contesto, sólo confundió aún más las cosas.

—Soy un estúpido, Tina. No sé ni la mitad de cosas que debería saber, y me angustia. Además me está acarreando problemas. Los perros de caza de Langley me están acosando, y hay una mujer en Seguridad Interior que cree que yo maté al Tigre, porque encontró mis huellas en su cara. Y mis huellas estaban porque le ataqué. Le agredí porque pronunció tu nombre... y el de Stef. Le agredí porque tenía miedo por vosotras.

Tina abrió la boca para hablar, pero no le entró aire. Había demasiada humedad. Era como respirar agua. Milo volvió a cogerla de los hombros y casi la arrastró por el pasillo hasta el dormitorio. La sentó en la cama y se agachó frente a ella. La toalla se le había caído por el camino y estaba desnudo otra vez.

Finalmente, Tina pudo decir:

—Bueno, pues debes hacer algo, ¿no? Demostrar que tú no lo mataste.

—Lo resolveré —dijo Milo, y por un momento ella le creyó—. ¿Vale?

Ella asintió, porque había obtenido parte de la verdad que

había pedido, pero no podía asumirla. Debería haberlo sabido antes, pero había una buena razón para que Milo le escondiera cosas. Ella sólo era bibliotecaria, al fin y al cabo. Existía una buena razón para que dejara a ella y a los demás mortales temerosos de la ley en la ignorancia.

Tina se echó en la cama, y Milo le levantó los pies. Mirando el techo, ella susurró:

—Pobre Angela.

—¿Quién? —dijo una voz aguda.

Tina levantó la cabeza para mirar más allá del pene de Milo, a Stephanie de pie en el umbral, mirando a su padre desnudo con la boca abierta. En la mano tenía la toalla que se le había caído a él.

—¿No deberíais cerrar la puerta? —exclamó Stephanie.

Milo rió —con una risa increíblemente natural— y dijo:

—Dame mi toalla.

Ella se la dio, pero no se marchó.

—¡Largo de aquí! Deja que me vista y pensaremos qué vamos a hacer en Disney World.

Eso pareció convencer a la niña, y los dejó solos.

—¿Estás seguro de que deberíamos ir? —preguntó Tina.

Milo se ató la toalla.

—Me llevo a mi familia de vacaciones y nadie me lo impedirá. Nadie tendrá ese placer.

Era la respuesta que a Tina le habría gustado oír hacía una hora. Pero ahora, sabiendo lo que sabía y escuchando su tono duro y casi brutal, ya no sabía lo que prefería escuchar.

22

El domingo por la mañana fue como casi todos los domingos por la mañana a los que los padres de familia se acostumbran y al final acaban por depender de ellos. El olor a café, huevos y tostadas, a veces a tocino, el crujido de los periódicos y los suplementos de anuncios abandonados, y todos moviéndose lentamente con sus cómodas batas. Milo leía un editorial del *New York Times* sobre el fracaso de la administración para instaurar en Afganistán un gobierno estable, seis años después de su invasión post 11-S. Era deprimente. Después, en la página contigua, vio una carta al director de un tal «doctor Marwan L. Khambule, Universidad de Columbia», referente al embargo promovido por Estados Unidos en Sudán. De no ser por Angela, probablemente ni se habría fijado.

A pesar de que su objetivo —concretamente, forzar un acuerdo de paz en Darfur— sea encomiable, los resultados prácticos son pésimos. Mantenido por las inversiones de los chinos en la industria petrolera, el presidente al-Bashir no necesita los fondos occidentales. Su situación actual no sólo le proporciona dinero, sino también armas, para seguir luchando en Darfur y defender su gobierno contra los extremistas en Khartoum.

En cambio, el embargo comercial elimina el único ingreso en potencia para los asediados ciudadanos de la región de Darfur que no reciben ningún beneficio de las inversiones chinas en el país.

El doctor Khambule seguía explicando que un medio más apropiado de conducir a al-Bashir a la mesa de negociaciones sería ofrecer ayuda de Estados Unidos para sofocar a la jihad que arrasaba la capital.

«La zanahoria, por decirlo de algún modo, en lugar del palo.»

Poco después de las diez se presentó Tom Grainger. Se quedó en el umbral mirando a Tina, con una bolsa de plástico en la mano que contenía un pesado periódico.

—Espero no interrumpir.

Stephanie llamaba «tío Tom» a su padrino, una costumbre que no habían conseguido eliminar. La niña gritó «tío Tom» y se lanzó en sus brazos. Él la levantó con facilidad, haciendo crujir la bolsa, y se colocó a la niña en la cadera con un vigor sorprendente.

—¿Cómo está la niña más guapa de Estados Unidos?

—No lo sé. Sarah Lawton vive en la otra punta de la ciudad.

—Hablaba de ti, señorita.

—¿Me has traído algo?

Del bolsillo de la americana, Grainger sacó una chocolatina. Stephanie fue a cogerla, pero él se la entregó a Tina.

—Tu mamá decide cuando te la comes.

—Gracias de todos modos —dijo Stephanie.

Grainger se sentó frente a Milo a la mesa de la cocina. Tina le sirvió una taza de café y él le dio las gracias con una sonrisa triste, mirando cómo salía de la cocina para reunirse con Stephanie en el salón y cerraba la puerta.

—¿Le pasa algo? —preguntó.

Milo frunció el ceño.

—Creo que no.

—¿Quieres que salgamos?

—¿Por qué? ¿Me has puesto micrófonos en casa?

—Todo es posible, Milo.

Balanceando la bolsa del periódico, Grainger se despidió, y Milo prometió comprar leche al volver. Stephanie le explicó a

Grainger que ella prefería el chocolate con avellanas, y el anciano prometió recordarlo. Bajaron la escalera y salieron a Garfield en silencio, después caminaron por Prospect Avenue, que estaba lleno de cochecitos de bebé y familias de todos los colores.

Acabaron en un clon de Starbucks que se autodenominaba pastelería, y servía pasteles franceses y café. Se llevaron las tazas a una mesa de la acera, donde el sol calentaba suavemente, y miraron pasar a las familias.

—Habla —dijo Milo.

Grainger parecía aprensivo. Levantó la bolsa y colocó el grueso *Times* sobre la mesa. Entonces Milo vio que sólo era la primera sección. Dentro había un sobre lleno de papeles.

—Es una fotocopia —dijo.

—¿El Tigre?

El anciano asintió.

—Benjamin Harris. En 1989, dejó la Universidad de Berkeley con un título de periodista. En 1990, estaba en nómina de la CIA, lo mandaron a Pekín y se quedó allí hasta 1993, cuando murió en un accidente de coche.

—Murió, ¿eh?

—Evidentemente no.

—¿Cuánto tiempo?

—Tres años. Noviembre, noventa y seis, fue cuando desapareció. —Grainger calló, mirando aprobadoramente a dos mujeres con minifalda. Después siguió—: Entre otros, Lackey, Decker y otro Turista llamado Bramble fueron tras él. A vida o muerte. Lackey y Decker volvieron sin nada. A Bramble lo hallaron muerto en Lisboa. Pensé en mandarte a ti, pero estabas en aquella cosa en Viena, lo del viejo espía comunista.

—Realicé aquel trabajo con ayuda de Frank Dawdle —dijo Milo.

—Dawdle —repitió Grainger—. Menuda sorpresa resultó ser. Un amigo. Es lo que yo le consideraba. Una ingenuidad, supongo. —Se miró las manos, que tenía apretadas contra las rodillas—. Después lo comprendí. Por qué se había desmontado de repente. Fui indiscreto. Estábamos pensando en retirarlo, y se lo dije, dando a entender que la entrega de Portorož sería un buen final para su carrera. —Volvió a callar—. Si hubiera sido más reservado, quizá todavía estaría vivo.

Milo no estaba interesado en la conciencia de Grainger. Se puso el grueso periódico sobre las rodillas.

—Harris desaparece en el noventa y seis y se lo monta por su cuenta. Tiene una estupenda carrera liquidando gente hasta que uno de sus clientes lo elimina con el VIH. Todo ese tiempo, tú finges que no tienes ni idea de quién es. Y sabes que estoy dando vueltas buscándolo, sin enterarme de nada.

—Lee el expediente —dijo Grainger fatigosamente—. Lo entenderás.

—¿Por qué le protegías?

A Grainger no le gustaba que le acosaran. Podía soportarlo de un superior, pero no de un subordinado. Se inclinó por encima de la mesa hacia Milo y dijo:

—Mira la página tres del expediente. El agente de su caso original, el que lo metió en la Agencia, el que lo investigó y le atrajo hacia Turismo.

—¿Tú?

—¡Vamos! —exclamó Grainger, gesticulando—. Soy un poco más perceptivo.

Milo lo comprendió por fin.

—Fitzhugh.

—Exactamente. —Vio la expresión de Milo—. No se trata sólo de proteger la carrera de ese hijo de puta, evidentemente. Con el ambiente actual, ¿cómo crees que lo utilizaría la CNN?

—Entrenamos a los muyahidines —dijo Milo—. Esto no es mucho peor.

—A los Turistas no les sorprende nada.

Se quedaron en silencio, observando a las familias que tomaban el sol. Grainger estaba empapado en sudor, con las axilas de la camisa azul de manga corta oscurecidas.

—¿Y esto qué? —preguntó Milo, levantando el expediente oculto por el periódico.

—¿Qué pasa?

—¿Por qué te has saltado la seguridad y lo has copiado? Yo iba a ir a tu despacho.

Grainger se secó la frente.

—¿Crees que quiero que quede constancia de que has sacado este expediente? ¿Quieres tú que quede constancia?

—¿Fitzhugh revisaría las listas de la biblioteca?

—Puedes apostar a que sí.

Un cachorro de golden retriever husmeó excitadamente los pies de Grainger, tirando de una larga correa sujeta por la mitad de una pareja gay. El hombre negro gruñó:

—¡*Ginger!* ¡Aparta!

—Perdone —dijo su compañero asiático, sonriendo—. Yo ya le digo que necesita adiestramiento.

—No lo necesita en absoluto —se indignó el primero.

—No se preocupe —dijo Grainger, fingiendo ser un anciano desorientado.

De repente Milo deseó estar manteniendo aquella conversación en el despacho y no allí, con todas aquellas familias.

—Oye —dijo Grainger, viendo alejarse a la pareja—. Sobre tus vacaciones...

—No empieces.

—Éste quizá sea el peor momento para que te vayas a Florida.

Milo sacudió la cabeza.

—Como dijo Fitzhugh es un caso cerrado. Vinterberg no volverá al Union Bank of Switzerland, porque no existe Tigre al que pagar. Angela no pasará ningún secreto a los chinos, porque está muerta. Y los franceses pueden investigar a su asesino ellos solos. Ya nos dirán qué han descubierto. Volveré a trabajar en ello cuando vuelva.

—¿Y Janet Simmons? —preguntó Grainger.

—¿Qué? Si cree que maté al Tigre, dile que presente pruebas.

Grainger movió los pies en el suelo, mirándose los mocasines.

—Ha pedido una reunión con Fitzhugh para mañana. Dice que quiere hablar de ti.

—Mira, Tom. Simmons no tiene nada. Sólo está furiosa porque no pudo interrogarle. Se le pasará.

Grainger se encogió de hombros, como si todo lo que Milo decía estuviera, por definición, abierto al debate.

—Guarda bien este expediente.

23

Aquella noche, después de que Stephanie se acostara, Milo sacó
el periódico con el expediente de su cajón de los calcetines, donde lo había guardado al llegar a casa. Al llegar, Tina le había
cogido la leche de las manos y había dicho:

—¿Cuántos periódicos necesitas?

Ahora, mientras se desnudaban, exclamó:

—No vas a quedarte levantado, ¿verdad?

—Voy a leer un poco.

—No hasta muy tarde. Debemos estar en el coche a las seis.
Ya sabes lo que se tarda en cruzar los controles de seguridad.

—Claro.

—No me vengas con ésas, guapo —dijo ella, echándose se-
ductoramente en la cama, desnuda—. Dame un beso.

Él lo hizo.

—Ahora ven a la cama.

Media hora después, mientras ella se quedaba dormida,
Milo se puso los calzoncillos y se llevó el expediente al salón,
bostezando. Se sirvió un vodka, intentó no pensar en el tabaco,
y empezó a leer el expediente de Benjamin Harris, ex Agencia,
ex Turista, ex Tigre. Ex ser humano.

Benjamin Michael Harris había nacido el 6 de febrero de
1965, hijo de Adele y David Harris de Somerville, Massachu-
setts. Sus padres constaban como miembros de la Iglesia de la
Ciencia Cristiana, pero la religión de Benjamin estaba marca-
da como «ninguna». Eso no era sorprendente. Si realmente

quería ser agente de campo, debía excluir cualquier cosa que pudiera hacer que lo colocaran detrás de una mesa.

El contacto lo realizó en enero de 1990 Terence A. Fitzhugh, un especialista en Asia que acababa de tomar posesión de un cargo en el Directorado de Operaciones (que, después de 2001, fue absorbido por el Servicio Clandestino Nacional). Harris se había licenciado en la Universidad de Boston el año anterior en periodismo, con una especialidad de lenguas asiáticas, pero el contacto se realizó en Nueva York, donde Harris había empezado a trabajar como *freelance* para el *New York Post*. El informe inicial de Fitzhugh sobre Harris destacaba «una inesperada capacidad para ganarse la confianza de los demás, que en opinión de este revisor debería ser el puntal de los agentes de campo. En el pasado hemos dependido demasiado de la valentía técnica, y esto ha hecho que las operaciones hayan dejado a muchos agentes psicológicamente destrozados. Esto se puede remediar con agentes de campo que puedan utilizar tanto la psique como el cuerpo. Colaboración, no coerción».

A pesar de lo mal que le caía Fitzhugh, Milo estaba de acuerdo con eso. Uno de los fallos de Turismo, y se lo había dicho en una ocasión a Grainger, era que los Turistas se entrenaban como martillos en lugar de plumas. A Grainger la metáfora le había parecido endeble, y Milo había insistido: «Los Turistas deberían ser máquinas de propaganda móviles. Propaganda personal y política». No muy convencido, Grainger dijo que tomaría nota.

Tras un largo período de entrenamiento en la Granja, Harris fue enviado a Pekín para aprender con el entonces famoso Jack Quinn, quien, según la voz popular de la Agencia, había asumido personalmente gran parte de la Guerra Fría en Asia, moviendo personas e información dentro y fuera de Vietnam, Camboya, Hong Kong, China y Malasia. El único país con el que había topado fue Japón, donde, desde 1985 hasta su muerte por cáncer en 1999, fue persona non grata.

Los informes iniciales de Quinn sobre el joven recluta eran entusiastas, ensalzando la capacidad de Harris para absorber información rápidamente, su dominio casi nativo del mandarín, y un sentido muy desarrollado del funcionamiento del espionaje. En cuatro meses, de agosto a noviembre de 1991, Harris había desarrollado una red de doce agentes procedentes de secciones administrativas del gobierno chino, que proporcionaron una información que, una vez verificada, condujo a una media de tres informes mensuales sobre las tensiones y maquinaciones en el interior del Comité Central Chino.

Pero en 1992, habían surgido discordias en la estación de Pekín. Comparando los memorandos redactados por Quinn y por Harris, el problema estaba claro. Harris, la estrella en ascenso, intentaba hacerse con el control de la estación, mientras Quinn, que ya había superado su mejor momento, hacía todo lo que podía para mantener su posición. La opinión de Langley, inferida a partir de memorandos adicionales, era que la posición de Quinn era intocable y aprobaron tomar medidas disciplinarias contra Harris. Siguió un permiso forzoso de tres meses, que Harris pasó en Boston con su familia.

Aquí reaparecía Fitzhugh en Boston, realizando informes de evaluación de su joven descubrimiento. Aunque dejó constancia de la rabia de Harris por la forma mezquina como le habían tratado, Fitzhugh también señalaba que su protegido «ha llegado muy lejos, teniendo en cuenta su edad, en todas las áreas del espionaje y en aptitud mental. Debería asegurársele otro destino». El informe de Fitzhugh acababa bruscamente en aquel punto, y el resto del texto estaba tachado.

Cuando Harris volvió a Pekín en febrero de 1993, hubo un mes de larga luna de miel antes de que volvieran a surgir los problemas. Quinn se quejó de un renovado ataque a su posición, y Langley no dudó en proponer medidas disciplinarias, pero no quería hacerle volver bajo ninguna circunstancia. Harris fue degradado y Quinn se quedó con sus redes de agentes, pero, según algunos memorandos redactados a toda prisa, temía haber ido demasiado lejos en la disciplina. Por lo visto, Harris había empezado a beber y a aparecer tarde en la embajada, y se acostaba con toda clase de chicas de la capital. En dos ocasiones la policía de Pekín le había arrestado por desorden público, y una vez un oficial amigo del Ministerio chino de Asuntos Exteriores sugirió a Quinn que mandaran al problemático joven de vuelta a su país «donde estas actividades se consideran normales».

Aquella sugerencia tenía la fecha del 12 de julio de 1993, y estaba acompañada de una copia y traducción de un informe de la policía, cinco días después, moría en un accidente de coche en la provincia de Guizhou, junto a la autopista de Guiyang-Bije. El coche diplomático asignado a Harris cayó 305 metros en picado desde el puente de Liugianghe. Tras enterarse de eso, Quinn solicitó que le mandaran un equipo norteamericano para recuperar el coche accidentado. China aceptó generosamente. El equipo limpió el lugar, y los restos de Harris se mandaron a la tumba familiar en Somerville.

El expediente no contenía el renacimiento de Harris como Turista, ni una lista de sus obras o de las Guías de Turismo resultantes de sus viajes. Una brecha de seguridad como ésta sería más de lo que Grainger podría soportar. Lo que sí incluía era un informe de la desaparición de Harris en 1996, aunque en el informe se referían a él por su nombre de Turismo, Ingersoll.

Última localización conocida: Berlín, un piso en Frobenstrasse. Después de una semana intentando ponerse en contacto con él para una nueva operación, Grainger —que entonces sólo llevaba dos años dirigiendo el Departamento de Turismo— mandó a Lackey a buscarlo. El piso había sido limpiado de arriba abajo. Grainger redactó un memorando para Fitzhugh, preguntándole si sabía algo de Harris; no sabía nada. A partir de entonces se asignó a Lackey la misión de hallar a Ingersoll/Harris.

Lackey necesitó casi una semana de encuentros con los asociados conocidos de Harris para llegar hasta un Trabant robado por Harris que se dirigía al este, a Praga, donde fue abandonado. Grainger solicitó los informes de la policía checa y descubrió que otro coche —un Mercedes— había sido robado a dos calles de distancia de donde habían dejado el Trabant. Eso los condujo otra vez al oeste, a Austria, donde Decker se unió a Lackey, y los dos hallaron el Mercedes tirado en Salzburgo. En todos los casos, el coche abandonado había sido limpiado de toda clase de huellas, un nivel de limpieza que probablemente era un signo de Turismo.

El rastro se esfumó en Milán, donde la frecuencia de coches robados hizo imposible seguir las pistas.

Recuperaron el rastro por pura casualidad, tres meses después en Túnez, donde Decker había terminado un trabajo, y estaba de vacaciones en el Hotel Bastia, en L'Ariana, en el golfo de Túnez. Mientras trabajaba con Lackey, había estudiado una fotografía de Ingersoll/Harris, y vio la misma cara en el restaurante del Hotel Bastia. El hombre con la cara de Harris estaba comiendo sopa y contemplando el mar. Decker se levantó, se fue a su habitación y cogió la pistola. Pero cuando volvió al restaurante, Harris había desaparecido. Cuatro minutos después, Decker irrumpió en la habitación de Harris, que estaba vacía.

Decker llamó a Túnez, indicando a la embajada que vigilara las estaciones de trenes, puertos y aeropuertos. Un joven, recién ascendido de la Sección Bancaria a Seguridad, avisó de que había visto a Harris en el aeropuerto de Cartago. Cuando Decker llegó, encontró un montón de policías rodeando el servicio de hombres, examinando el cadáver del joven. Había sido estrangulado.

Decker elaboró una lista de posibles destinos —por si Harris había seguido con el plan de volar— que incluían Lisboa, Marsella, Bilbao, Roma y Trípoli. Grainger contactó con Turistas de todas estas regiones, ordenando que dejaran lo que estuvieran haciendo y se situaran en los aeropuertos. Al día siguiente, con el descubrimiento del cadáver de Bramble en el aeropuerto de Portela, supieron que Harris había volado a Lisboa.

Era casi la una cuando Milo terminó de leer. Le frustraba saber que al día siguiente estaría destrozado, cuando su razón para quedarse levantado no le había dado ninguna respuesta nueva.

Se estiró, se llenó un vaso alto con vodka, y se metió un encendedor en el bolsillo. Se puso unas sandalias y se llevó el expediente y el vodka al rellano, después subió hasta la puerta de la azotea. Una vez fuera, con los tejados de Park Slope a la vista bajando hacia el poco iluminado Prospect Park, tomó un trago. Dejó el expediente en el suelo de cemento y lo roció con el vodka, abriéndolo para que el centro también se empapara.

Encendió su pequeña pira funeraria y miró las llamas durante largo rato y las cenizas que se llevaba la brisa, pensando dónde había estado durante los días en que Harris se había pasado al mercado público. En Viena, con Frank Dawdle, entonces jefe de la estación de Viena, planificando la ejecución de un teniente general retirado del Bloque Oriental llamado Brano Sev. Recordaba que Dawdle estaba nervioso, un hombre mayor que había pasado los años setenta como agente de campo, pero los ochenta y los noventa detrás de una mesa. Sin embargo, Dawdle también estaba emocionado porque, de nuevo, entraría en acción, aunque sólo fuera como apoyo. Dawdle se encargó de vigilar la casa y dar la señal cuando, como siempre los sábados, la esposa de Sev salió de casa para ir a la ciudad a comprar con su hija pequeña. Sev siempre se quedaba en casa los sábados. Según las informaciones, trabajaba en sus memorias. Más tarde Grainger le dijo que esta misión había sido un favor para unos amigos de la Europa Oriental que creían más conveniente que las memorias del anciano murieran con él. El gobierno estadounidense, insinuó Grainger, también tenía mucho que perder con las historias de ese hombre.

Todo fue según lo previsto. Dawdle dio la señal, y Milo entró en la casa por una ventana del primer piso. En la escalera, caminó junto a la pared para evitar crujidos, y cuando encontró al viejo guerrero de la Guerra Fría en su despacho, con bolígrafo y papel, le sorprendió lo pequeño y manso que parecía. Milo sacó la pistola, y el viejo, al oír el ruido, se volvió. Su cara expresó sorpresa, pero lo más impactante fue que la sorpresa desapareciera tan rápidamente. Los ojos de Brano Sev, ampliados por las gruesas gafas, se relajaron, y el hombre meneó la cabeza.

—Has tardado mucho.

Fueron sus últimas palabras.

Milo dio una patada a las brasas, echó el resto del vodka y encendió los pedazos restantes. Tardó un poco, pero finalmente todo se convirtió en ceniza.

24

Tina había reservado habitaciones en una atrocidad alargada de techo rojizo llamada Disney's Caribbean Beach Resort, donde incluso el vestíbulo estaba adornado con pasarelas y cuerdas forradas para organizar a la gente en colas ordenadas, como si fuera una atracción más. Por todo el complejo pululaban los restaurantes con una cocina no reconocible en el mundo real, y después de cada largo día persiguiendo a Stephanie por las atracciones los tres se desmoronaban en uno de esos locales, pedían nachos o espaguetis y después salían a pasear por la concurrida «playa» que rodeaba el lago artificial.

A pesar de su sarcástico estado de ánimo inicial, al segundo día Tina estaba mucho menos contrariada con la Realidad Disney. La cómoda previsibilidad y la blanda y amortiguada seguridad que rodeaba todos los momentos tenían algo de narcótico. Si se ignoraban los alaridos repentinos de los niños, allí no había caos, ni variables imprevisibles. No había nada ni remotamente conectado con las miserables historias del lado oscuro del planeta, ese mundo paralelo en el que trabajaba su marido.

El jueves por la noche, tras una larga conversación telefónica con Grainger que había interrumpido su cena, Milo dijo inesperadamente que quizás había llegado la hora de dejar la Agencia.

—Ya no puedo más —dijo, y le sorprendió que ella no se levantara y se pusiera a pegar saltos.

—¿Qué más puedes hacer?

—Cualquier cosa.

—Con tus habilidades, Milo... No lo sé. ¿Y qué currículum tendrías?

Después de pensarlo un poco, dijo:

—Asesoría. Asesoría en seguridad para grandes empresas.

—Ajá —dijo ella—. De la pública a la privada. Muy bonito.

Él rió, lo que a ella le complació, y después hicieron el amor, lo que aún le complació más.

Fue un momento, una de esas cosas escasas que cuando te haces mayor aprendes a apreciar, porque la verdad es que podría ser que no volvieras a sentirlo. Felicidad. A pesar de las maquinaciones del mundo de Milo, en la tierra ficticia de Disney tenían un pequeño oasis.

Pero como todas las cosas realmente buenas, duró poco, y se hizo pedazos el tercer día.

—Montaña espacial —gritó Stephanie por encima del caos que los rodeaba.

Ella iba adelantada, cogida de la mano de Milo. Él la miró con expresión confundida.

—Sí. Ahí está. —Señaló—. Fuente espacial.

—Fuente no. ¡Montaña!

Milo se volvió a mirar a Tina.

—¿Entiendes algo de lo que dice esta niña?

Con una precisión impresionante, Stephanie pegó una patada a Milo en la espinilla. Él se agarró la pierna, saltando con la otra.

—¡Ah! ¡Montaña!

Tina se apresuró a alcanzarlos. Se apuntaron a la atracción utilizando el pase rápido que les permitía pasear durante los cuarenta y cinco minutos previstos de espera, escuchar la conversación unilateral de Stephanie con Minnie Mouse, y comprar un piscolabis que exigió otra cola de veinte minutos.

A Stephanie no le hicieron ni frío ni calor las manzanas que había comprado Milo, pero él le explicó que las vitaminas eran necesarias para su próximo viaje espacial.

—Los astronautas tienen que comer toneladas de fruta antes de que les permitan acercarse al Transbordador Espacial.

Ella se lo creyó aproximadamente cinco segundos antes de mirarlo con una media sonrisa y atacarlo con su lógica.

—Esto no tiene sentido, papá.

—¿Ah, no?

Un suspiro exasperado.

—Toman pastillas de vitaminas. No naranjas.

—¿Cuándo fue la última vez que viajaste al espacio, señorita?

—Venga.

Entre las pasarelas que obligaban a los clientes de la Montaña Espacial a formar una fila que daba diez vueltas sobre sí misma, Stephanie comprobó otra vez su altura con el marcador de metro diez. Sonó el teléfono de Milo. Se volvió al contestar, para que Tina no oyera la conversación. Duró un minuto antes de que colgara, se volviera con una sonrisa y dijera:

—Subid vosotras, ¿vale?

—¿Y tú? —preguntó Tina—. Tú no subes.

—Claro que sube —dijo Stephanie.

—Me sentaré al final. Vosotras sentaos delante. Resulta que está aquí un viejo amigo. Voy a sentarme con él.

—¿Quién es ese viejo amigo?

—Es una bailarina libanesa —dijo Milo, y sonrió cuando vio la expresión de la cara de Tina—. Es broma. Un viejo amigo. Podría tener algo para mí.

A Tina no le hizo gracia, aunque Milo la había avisado antes de marcharse de que, tal como estaban las cosas en el trabajo, podría ser que tuviera que hacer alguna concesión. Pero ¿un encuentro secreto en la Montaña Espacial?

—¿Cuando acabe nos lo presentarás?

El labio inferior de Milo tembló ligeramente.

—Sí, por supuesto. Si tiene tiempo.

Stephanie hizo un gesto con las manos.

—¿Quién no tiene tiempo en Disney World?

—Tienes razón, Little Miss.

Les llegó el turno de subir. En la plataforma les esperaban dos trenes vacíos. Cada tren constaba de dos vagones estrechos, cada uno con tres asientos, uno detrás de otro. Milo besó a las chicas y les dijo que cogería el siguiente tren, mostró su placa de la Agencia y se sentó en el asiento antepenúltimo del segundo tren. Tina se sentó detrás de Stephanie, y se volvió a mirar a Milo, pero no pudo verle porque le tapaban otros pasajeros. Cuando se asomó para mirar por encima de ellos, una adolescente de uniforme, le dijo:

—Señora, por favor, no se asome, es por su seguridad.

Tina le dio las gracias.

—¿Tú te lo crees? —dijo Stephanie.

—¿Qué, cariño? No te he oído.

—He dicho que si te crees que realmente vamos al espacio.

—Quizá sí —contestó Tina mientras intentaba ver a Milo otra vez.

El tren dio una sacudida y empezó a avanzar lentamente hacia el túnel oscuro que tenían delante. Durante tres minutos, se olvidó del misterio del visitante secreto de su marido. Estaba demasiado distraída con la cursilona música de la era espacial, los asteroides y las naves espaciales anticuadas y las luces parpadeantes en la inmensa cúpula interior. Por una vez, Stephanie no hizo comentarios sarcásticos, sólo chillidos de felicidad mientras ascendían y descendían brutalmente.

Cuando se pararon con una sacudida y bajaron, Stephanie había recuperado la voz.

—¡Subamos otra vez!

—Primero déjame recuperar el aliento.

Esperaron junto a una verja a que llegara Milo.

—¿Por qué no ha cogido nuestro tren? —preguntó Stephanie.

—Quizá su amigo se ha retrasado.

Apoyó la barbilla en la barandilla, pensando en ello, y entonces levantó la cabeza.

—¡Ahí está!

Una familia con camisetas naranja brillantes ocupaba los cuatro primeros asientos, y en el quinto estaba Milo con cara inexpresiva, frente a un hombre mayor, de unos setenta y pico años. Tina miró atentamente mientras bajaban, fijándose en la cara de mandíbula ancha y suavemente arrugada del hombre mayor. Tenía unos ojos intensos y hundidos, no muy diferentes a los de Milo, y los cabellos blancos escasos muy aplanados, como se peinaba su padre en los años setenta.

A pesar de su aspecto frágil, no necesitó ayuda para bajar del tren, y cuando se levantó era alto e imponente. Los dos hombres sonrieron al acercarse, y el hombre mayor se pasó una mano por la mejilla como si espantara una mosca. Antes de que Milo dijera nada, alargó aquella misma mano y habló con una voz aromatizada por un fuerte acento ruso.

—Encantado de conocerla, señora Weaver.

Le cogió la mano y le besó los nudillos.

—Yevgeny Primakov —presentó Milo—. Yevgeny, te presento a Tina, y esta de aquí —dijo, levantando a Stephanie—, es la mejor cantante de *chanson* desde Edith Piaf. Stephanie.

La sonrisa de Primakov era enorme al besar la manita que Stephanie le ofreció, y se rió cuando la niña se frotó la mano en los pantalones.

—Haces bien —dijo el ruso—. Podría tener piojos.

—¿Eres un viejo amigo de Milo? —preguntó Tina.

—Se podría decir así. —Una sonrisa—. Hace años que intento que trabaje para mí, pero es muy obstinado. Un patriota, creo.

—¿Te apetece una copa? —interrumpió Milo—. Estoy seco.

Yevgeny Primakov negó con la cabeza.

—Ya me gustaría. Pero debo reunirme con mi familia. Id vosotros. Quizá nos veamos más tarde. —Se volvió hacia Tina—. Milo se quedaba corto al hablar de tu belleza.

—Gracias —murmuró ella.

—Cuídate, Yevgeny —dijo Milo, y se llevó a su familia hacia la salida.

Fue un incidente curioso y cuando le presionó, Milo sólo reconoció que Yevgeny era un viejo agente, retirado, y que «en sus tiempos era de los mejores. Me enseñó algunas cosas».

—¿Un agente ruso te enseñó cosas?

—El espionaje no conoce fronteras nacionales, Tina. Además, ya no es agente ruso. Se trasladó a Naciones Unidas.

—¿Qué hace un espía en Naciones Unidas?

—Encuentra maneras de ser útil.

En los silencios entre palabras, Tina se dio cuenta de que el encuentro le había dejado preocupado. La conversación le había abierto una brecha en su buen humor.

—¿Habéis hablado de Angela?

—Básicamente. —Milo calló—. La conocía y quería saber qué había pasado.

—¿Tenías algo que decirle?

—No mucho —dijo Milo, y después volvió la cara directamente hacia Stephanie—. ¿Quién tiene hambre?

Cenaron en uno de los restaurantes anodinos del Caribbean Beach Resort, y Milo logró hablar alegremente con Stephanie, que exponía los relativos méritos de la Montaña Espacial. Volvieron al apartamento a las nueve y media. Estaban todos agotados, así que se lavaron y acostaron a Stephanie, y ellos también se fueron a la cama. El sexo habría exigido demasiada energía, así que se echaron mirando a través de los cristales de la terraza la luna que se reflejaba en el lago artificial.

—¿Lo estás pasando bien? —preguntó Milo.

Tina asintió contra el pecho de él.

—Es agradable estar lejos de la biblioteca.

—El año que viene vayamos a Suiza. Nunca has estado.

—Si tenemos dinero.

—Atracaré un banco.

Ella hizo una risita educada.

—¿Milo?

—¿Sí?

Se incorporó para que él viera que era importante.

—No quiero que te enfades.

Él también se sentó, y la sábana resbaló por su pecho.

—Pues no me hagas enfadar.

No era la respuesta que Tina esperaba.

—Oye. Tengo una sensación rara.

—¿Estás enferma?

Ella negó con la cabeza.

—Hay algo que anda mal, estoy segura. De repente aparece un viejo ruso, me cuentas una historia y yo me esfuerzo, pero soy incapaz de creer nada de lo que me has dicho sobre él.

—No confías en mí —dijo; una afirmación, no una pregunta.

—No es eso.

—Es eso exactamente —dijo Milo.

Pero no se levantó ni hizo nada para marcharse, que era algo que hacía a menudo cuando discutían. En cambio, miró hacia la ventana, por encima de ella.

—Por ejemplo. ¿Cómo aprendiste a hablar tan bien el ruso?

—¿Qué?

—Lo hablas perfectamente. Tom dice que lo hablas como un nativo.

—Lo estudié. Ya lo sabes. Soy bueno con los idiomas. Aunque no sea bueno en nada más.

En el bufido de Tina había un montón de palabras sin sentido, involuntarias. Ninguna respuesta le parecía satisfactoria. ¿Cómo podía verbalizar algo que sólo era una sensación inquietante?

Los dos se sobresaltaron cuando el móvil de Milo se iluminó y vibró avanzando por la mesita. Los ojos de Milo, ahora muy abiertos, permanecieron sobre ella mientras descolgaba.

—¿Sí? —Sin dejar de mirarla, con los rasgos faciales rígidos, dijo—: Y el Adán. —Y luego—: ¿Ahora? Pero estoy con... —Tina vio que la cara de Milo adquiría una expresión indefinible—. Entendido.

Milo colgó el teléfono, pero siguió mirándola. Fue entonces cuando Tina se dio cuenta de que no la había estado mirando a ella. Estaba mirando a través de ella, a otra cosa. Se levantó, desnudo, y se acercó a la puerta de la terraza. Miró fuera, y después se dirigió a los cajones y empezó a vestirse como si hubiera un incendio en el hotel.

—¿Milo?

Él se puso la camisa.

—Mira. No puedo explicártelo todo. Ahora no. No hay tiempo. Si tuviera tiempo, te lo explicaría todo. Absolutamente todo. —Fue al armario, abrió la puerta y cogió su maleta. Agachado, la miró—. Tienes razón. Soy demasiado reservado. Lo siento. De verdad que lo siento. Pero ahora mismo debo irme.

Ella se levantó de la cama, también desnuda.

—Voy contigo.

—No.

Milo pocas veces hablaba con tanta intensidad. Fue suficiente para hacerla volver a la cama y taparse con la sábana.

Milo se acercó a la cama.

—Por favor. Debes quedarte aquí. Dentro de poco, vendrá gente a buscarme. Contesta a sus preguntas sinceramente. No te guardes nada. Lo sabrán.

—¿Qué sabrán? —preguntó Tina—. ¿Qué has hecho?

De nuevo, el rostro de Milo se volvió inexpresivo. Después apareció una sonrisa vaga.

—La verdad es que no he hecho nada... nada malo, al menos. Pero escúchame. ¿Me estás escuchando? Quiero que te vayas a Austin. Quédate con tus padres unos días. Una semana, mejor.

—¿Por qué?

—Necesitarás descansar. Nada más. ¿Entendido?

Aturdida, Tina asintió.

—Bien.

Volvió a su maleta, sacó una mochilita aplastada y la llenó de pequeños artículos que siempre llevaba cuando iba de viaje. A éstos, le añadió su iPod, y una percha del armario. Tina se preguntó para qué. Le llevó sólo un minuto y medio, después cerró la cremallera de la mochila, cogió el teléfono, se puso las zapatillas de deporte, y se sentó junto a ella en la cama. Cuando levantó la mano, ella se encogió involuntariamente. La expresión de consternación de los ojos de Milo le hizo sentir fatal.

—Ven —dijo, y le besó en los labios.

Él le susurró al oído:

—No quiero hacerlo. Pero es necesario.

—¿Vas a hacer lo que solías hacer? —susurró ella.

—Creo que es lo único que puedo hacer.

Él la besó, fue a la puerta y se volvió.

—Dale un beso a Stef. Dile que son cosas de trabajo. —Gruñó—. Está acostumbrada.

Y se marchó.

Tina no sabía cuánto tiempo, aunque no debieron de ser más de siete u ocho minutos, estuvo mirando fijamente la puerta del dormitorio, aturdida por todo lo que no comprendía. Oyó ruidos fuera —pisadas suaves sobre la hierba artificial de Disney— y después silencio. Al poco rato, el golpe seco de un puño contra la puerta del apartamento. Corrió a abrir antes de que despertara a Stef. Una mujer la miró —más o menos, porque sólo un ojo se fijaba en alguna parte— sosteniendo una identificación desplegada.

—¿Dónde está? —preguntó la mujer.

Con admirable fortaleza, Tina cogió una punta de la identificación de la mujer para poder leer DEPARTAMENTO DE SEGURIDAD INTERNA y el nombre SIMMONS, JANET junto a la fotografía. Estaba a punto de decir que esperaba que tuvieran una orden, pero era demasiado tarde. Janet Simmons y un hombre fornido que no le había mostrado ningún documento ya estaban dentro del apartamento, abriendo puertas.

Entonces oyó a Stephanie, que parecía totalmente despierta:

—¡Ya está bien! ¡Estoy intentando dormir!

25

Besó a su mujer otra vez, fue hacia la puerta y se volvió. Parecía diminuta en aquella cama grande de Disney.

—Dale un beso a Stef. Dile que es por el trabajo. —Se dio cuenta de cuan a menudo decía lo mismo—. Ya está acostumbrada.

Bajó corriendo la escalera exterior, en dirección al aparcamiento. A través del canto de los grillos les oyó en el frescor de la noche: dos coches que se acercaban.

Saltó al suelo agachado y se arrastró por el cuidado césped hacia los coches aparcados. Unos faros iluminaron el hotel. Ya eran más de las diez, y los turistas estaban en algún club cercano o descansando de la fatiga de hacer cola de pie todo el día. Nada los despertaría.

Escondiéndose entre un Subaru de Texas y un Mazda de Florida, oyó que los coches aparcaban, se abrían las puertas y voces. Una voz de mujer, conocida. Milo miró a través de la ventana del conductor del Subaru y les observó cruzar el césped. La agente especial Janet Simmons, con uno de sus trajes azules de Seguridad Interior, iba delante, seguida de tres hombres que llevaban Sig Sauers reglamentarias de Interior en la mano. Simmons subió los escalones, con George Orbach detrás de ella, mientras los otros dos hombres permanecían abajo y se separaban para cubrir vías de escape.

Riocorrido, más allá de la Eva
y el Adán.

Vete, Milo.

¿Ahora? Pero si estoy con...

Simmons viene a por ti. Está al llegar. Vete.

Milo miró hacia lo alto del hotel y buscó la terraza de su dormitorio, donde Tina había dejado la luz encendida. Mientras miraba, sacó el móvil, extrajo la batería y la tarjeta SIM, y se lo guardó todo en el bolsillo, pensando en lo que haría a continuación.

La ventana de la derecha de su terraza se iluminó. Era la del salón. Simmons había decidido llamar primero, lo que era de agradecer. En el césped, delante de él, uno de los agentes retrocedió para tener una mejor visión de la terraza, y asegurarse de que nadie bajaba por allí. A través del cristal, Milo vio siluetas: Tina, Janet Simmons y George Orbach. Escuchó, esperando alguna señal de que su hija se había despertado. Sólo oyó grillos, y el murmullo confuso de voces adultas. Después las siluetas se movieron por el apartamento.

Todavía agachado, se arrastró un poco más, haciendo eses entre los coches hasta que llegó al extremo del aparcamiento. Milo se desabrochó la mochila y sacó la percha de alambre. La desarmó mientras las figuras sobre el césped se movían, convencidos por fin de que no estaba en el apartamento. Estiró la percha formando una especie de gancho en el extremo, y buscó un coche de un modelo antiguo. Fue difícil —era un hotel de categoría media lleno de familias de clase media que cambiaban de coche cada cuatro años— pero finalmente localizó un engendro: un Toyota Tercel oxidado de finales de los ochenta. Empezó a introducir la percha entre la ventana y la puerta.

Quince minutos después, se dirigía al suroeste por la I-4. Si Janet Simmons era lista, mandaría hombres al aeropuerto más cercano, el Orlando International, para buscarlo, así que se iría a Tampa. Todavía no sabía dónde iría, pero necesitaba salir de Florida. Ese estado no le proporcionaría respuestas.

Paró en la carretera cerca de un restaurante cerrado y volvió a montar el teléfono. Tarjeta SIM, batería, y apretó la tecla para encenderlo. Recibió una bienvenida de Nokia, y después empezó a sonar: NÚMERO OCULTO. Sabía quién era. Milo apretó la tecla de colgar, y entonces, antes de que Simmons pudiera volver a marcar, marcó el 411. Preguntó a una operadora por American Airlines en Orlando International. Mientras ella le conectaba, su teléfono sonó, lo que significaba una llamada entrante. La ignoró, y preguntó a la mujer del aeropuerto por el siguiente vuelo a Dallas.

—Sale a las seis, señor.

—Me gustaría reservar una plaza.

—¿Tiene tarjeta de crédito?

Milo sacó la cartera.

—A nombre de Milo Weaver, y lo cargaré a mi MasterCard.

Cinco minutos después, ya tenía hecha la reserva, y Simmons había intentado llamarle tres veces más. Volvió a desmontar el teléfono y se puso en marcha en dirección suroeste, alejándose de Orlando.

En las afueras de Polk City, encontró un centro comercial con algunos coches en el aparcamiento. Tardó dos minutos en abrir un Ford Tempo bastante horrible, y dos minutos más para limpiar el Tercel con una camisa de la mochila.

Se paró otra vez pasado Lakeland, sacó 300 dólares de un cajero utilizando la tarjeta de Dolan, y utilizó el dinero para llenar el depósito en una gasolinera abierta toda la noche. En la tienda, compró cigarrillos, un sobre acolchado, unos sellos, una libreta de espiral, y un rotulador negro. En el coche, escribió en la libreta:

MIGUEL Y HANNA: POR FAVOR QUEMAD ESTA NOTA Y
GUARDAD ESTO PARA T Y S EN LUGAR SEGURO
MUY IMPORTANTE
NADIE DEBE SABERLO.
GRACIAS POR VUESTRA CONFIANZA. M

Milo dobló la página y la metió en el sobre, después buscó dentro de la mochila y sacó los tres pasaportes. Metió el de Laura Dolan y Kelley Dolan en el sobre y se guardó el de Lionel Dolan en el bolsillo. Cerró el sobre y le puso la dirección de los padres de Tina en Austin, Texas, pegando un sello más de los necesarios.

Habían pasado más de dos horas cuando llegó al Tampa International. Milo aparcó en el aparcamiento de cortas estancias poco después de medianoche, frotó el volante y se fue con su mochila a la entrada norte.

En cuanto cruzó la puerta de cristal corrediza, cogió un mapa del aeropuerto gratuito y se sentó en un banco. Había un buzón en el piso de arriba, en el nivel de transbordos. Desde el banco, leyó las pantallas que enumeraban ciudades y hora de partida. Resultó que lo de «Internacional» en el nombre del aeropuerto era un poco engañoso, porque lo mejor que tenían era un único viaje a Londres al día y un par de destinos a Canadá. Tampoco importaba; todavía no tenía pensado salir del país.

Ahí estaba: Delta podía llevarle al JFK a las 7.31 de la mañana, una hora y media después de que Simmons comprobara que no iba en el vuelo de Orlando. Esperaba que eso le diera tiempo.

En el mostrador de Delta, tenía tres personas delante de él: padre, madre e hijo adolescente, que también se dirigían a Nueva York.

Fue entonces cuando se le cayó el mundo encima, y se sintió aturdido, pensando en Janet Simmons en aquel apartamento, interrogando a su familia. Debería haberse quedado. Se había pasado seis años protegiendo a Tina de su trabajo, y en cuestión de días todo su esfuerzo se venía abajo. Le había contado demasiado del asesinato de Angela, y ahora estaba en medio de algo que no podía comprender de ninguna manera, porque Milo tampoco lo entendía. ¿Por qué tenía que huir?

Tenía que huir porque se había utilizado el antiguo código de escape, e incluso después de seis años seguía poniéndole en marcha. Grainger sólo lo habría utilizado porque no tenía otra salida.

—¿Señor? —dijo el empleado de Delta—. ¿Desea ir a alguna parte?

Su vuelo 747 aterrizó en el JFK justo después de las diez; el piloto se disculpó por los nueve minutos de retraso. La mujer gorda que había aprisionado a Milo contra la ventana resultó tener miedo a volar y le dijo en un acento sureño frenético que no le importaba llegar con retraso, con tal de poder volver a pisar tierra firme. Milo dijo que la comprendía perfectamente. Se llamaba Sharon; él dijo que se llamaba Lionel. Ella le preguntó si era de la ciudad, y Milo, ciñéndose a los detalles originales de Dolan, le dijo que era de Newark, y que su esposa y su hija se habían quedado en Florida. Él había tenido que volver inesperadamente por su trabajo. Esta respuesta pareció desilusionarla.

Milo cogió sus cosas. Había tenido que tirar la percha en Florida para evitar preguntas incómodas en el control del aeropuerto de Tampa. Pero sabía siete maneras más de abrir un coche si fuera necesario. Tenía el pasaporte de Dolan y las tarjetas de crédito de Dolan, pero no quería utilizarlas más de lo estrictamente necesario. Era mejor pagar en efectivo, y en su cartera todavía tenía doscientos sesenta dólares, aunque no le durarían mucho en Nueva York.

Se gastó veinticinco dólares en un autobús a la ciudad, y llegó a Grand Central a la una. Bajó a la sombra del Met Life Building, y se fue al Grand Hyatt, donde cogió un mapa de turismo y tomó asiento en el enorme vestíbulo lleno de espejos, cerca de la fuente de mármol.

Tardó cinco minutos en decidir su ruta. La avenida de las Américas estaba descartada. Aunque llamara para quedar con Grainger en otra parte, no tenía ni idea de qué posición tenía él ahora en la Agencia. Grainger sólo había dicho «Vete». Tras el riesgo de la llamada de la noche anterior, Milo no quería crearle aún más problemas.

Bajó al metro, se gastó siete dólares en un pase de día, y cogió el tren al norte hasta la calle 53 y el Museo de Arte Moderno. Esquivó a la multitud que esperaba para entrar en las galerías y fue a la tienda de regalos. Había estado hacía un mes con Tina y Stephanie durante la enésima exposición de Van Gogh. Habían ido por Stephanie, pero aparte de algún comentario sobre el uso del color, no se interesó demasiado por el holandés con una sola oreja. Fue en la tienda de regalos donde se animó. A Milo también le gustó la tienda y había contemplado perplejo durante un buen rato una joya que ahora esperaba que todavía siguiera allí. Dio la vuelta a las vitrinas y la encontró: la colección de brazaletes magnéticos, diseñada por Terence Kellemann.

—¿Puedo servirle en algo? —preguntó un adolescente con la camiseta del MOMA, al otro lado de la vitrina.

—Éste, por favor.

Era bonito por su sencillez. Unos cientos de varillas niqueladas de medio centímetro de longitud que se mantenían unidas sólo por magnetismo. La abrió para ver si resistía y la volvió a cerrar. Probó otra junta: sí, funcionaría.

—Me lo llevo —dijo al chico.

—¿Se lo envuelvo para regalo?

—Creo que me lo llevaré puesto.

Cuarenta y cinco dólares más pobre, tardó veinte minutos en volver al sur, al Lord & Taylor de la Quinta con la 38 Oeste. Se entretuvo en la entrada, en un extremo del inmenso departamento de cosméticos, estudiando la seguridad. Era un detector de alarmas sencillo, tenía dos columnas con cables eléctricos revestidos que desaparecían en la pared. No importaba, pero era mejor saberlo.

Subió al tercer piso por la escalera, donde estaba expuesta la ropa de hombre. Pasó media hora mirando trajes, y se decidió por un Kenneth Cole de tres botones y de precio medio. Era un poco largo de mangas, y le tapaba el brazalete nuevo, pero aparte de eso le sentaba de maravilla, y no era ni ostentoso ni barato. Serviría, es decir, cumpliría con una de las reglas más importantes de Turismo, que es parecer siempre un ejecutivo.

Todavía en el probador, abrió el brazalete y frotó el extremo contra cada una de las tiras magnetizadas de la tienda. Sabía que en teoría debería funcionar, pero no se convenció del todo hasta que, tras frotar un minuto entero, oyó el suave sonido de la tira aflojándose. La arrancó cuidadosamente. Después de liberar la camisa, los pantalones y los zapatos, traspasó la cartera y las llaves a la ropa nueva.

Cuando salió, uno de los vendedores le estaba observando. Milo miró ostentosamente por la planta, levantando la cabeza para mirar por encima de los expositores de ropa.

—¿Janet? —gritó. Después se acercó al vendedor—: ¿Ha visto a una mujer bajita, así de alta, con un aro en la nariz?

El vendedor echó un vistazo amablemente.

—Puede que haya bajado a la sección de mujeres.

—No se puede estar quieta. —Milo señaló la escalera—. ¿Puedo bajar a enseñárselo?

El vendedor se encogió de hombros.

—Claro.

—Qué bien. Gracias.

Milo volvió al probador y cogió la mochila.

—Puede dejarla —le informó el vendedor.

—¿Cree que no veo *Cops*? Me la llevo. ¿Le parece bien?

—Claro. Pero devuelva el traje.

—Ya le he dicho que veo *Cops*. ¿Cree que quiero acabar contra el capó de un coche patrulla?

El vendedor rió y Milo le guiñó un ojo.

A las tres, vestido con su Kenneth Cole, eligió un teléfono público de la Novena Avenida, en la esquina de Penn Station y un bar en la acera de enfrente, con un motivo de tréboles, llamado The Blarney Stone. Metió una moneda y marcó el número del móvil privado de Grainger. Después de tres timbres, oyó la voz del anciano diciendo.

—¿Sí?

Milo habló imitando el acento sureño de Sharon.

—Sí, ¿es usted Thomas Grainger?

—Sí.

—Bueno, mire, soy Gerry Ellis de Ellis Dry-Cleaning. Ayer nos dejó sus camisas. Alguien ha perdido el recibo, pero sabemos que es una entrega a domicilio. ¿Es cierto?

Grainger no dijo nada, y en ese breve espacio Milo temió que no le entendiera. Pero sí le entendió.

—Sí. Es cierto.

—Bien. Tenemos su dirección, pero no tenemos la hora de entrega. ¿A qué hora quería que se las entregaran esta tarde?

Una pausa.

—A las seis. ¿Está bien?

—Es perfecto, señor Grainger. Ya pasaremos.

Milo fue al Blarney Stone. Era un local oscuro y de aspecto siniestro, con fotografías de irlandeses famosos de la historia literaria, cinematográfica y musical. Se instaló en un taburete de la barra, frente a Bono, y dos taburetes más abajo de un hombre delgado y sin afeitar que parecía un habitual. La camarera —una pelirroja mayorcita— parecía más de Jersey que de Dublín.

—¿Qué tomará?

—Vodka, Smirnoff.

—Tenemos Absolut.

Mientras la camarera le servía la copa, Milo se volvió para tener una visión clara del teléfono público a través de la ventana. Sacó un Davidoff. La camarera le dejó la copa delante.

—Sabe que no puede, ¿verdad?

—¿Qué?

—Esto.

Señaló el cigarrillo que tenía en los labios.

—Oh. Perdone.

Milo permaneció la siguiente media hora haciendo guardia en el bar. Tiempo suficiente para saber que nadie había rastreado su llamada y enviado un equipo a recoger pruebas, y tiempo suficiente para que la camarera le diera conversación, él la rechazara, y el borracho habitual le reprochara su descortesía. Milo estuvo a punto de descargar su frustración con el borracho, pero temía que acabara en asesinato, así que pagó y se marchó sin decir nada.

Cogió el tren al norte hasta la 86 Oeste donde encontró un café francés anodino donde servían pan recién hecho y cafés muy muy cortos entre las altas torres de apartamentos del viejo Nueva York. Se sentó a una mesa de la calle, para poder fumar.

No había nada en los periódicos. Si Simmons tenía algo incontrovertible contra él, podría haber hecho que Interior pusiera su fotografía en los principales periódicos con alguna vaga acusación de terrorismo. Pero, por otra parte, tal vez no. Interior pocas veces publicaba fotos de terroristas, porque no querían que escaparan y pudieran seguir combatiendo.

Sin más información —sin saber exactamente qué había desencadenado su intento de arresto— era imposible predecir qué haría Simmons a continuación.

Lo que necesitaba era una teoría del conjunto, pero las piezas no encajaban de ninguna manera. El Tigre, por ejemplo. Que mandara a Milo a una cacería para vengarse del cliente que le había matado... eso podía creerlo. Pero este cliente, ¿cómo había tenido acceso al expediente de Milo? Lo único que había dicho el Tigre era que había visto un «expediente». ¿De la Agencia o de un país extranjero?

Después Angela. No había estado vendiendo secretos a los chinos, pero alguien lo había hecho; si no ¿cómo habían obtenido aquel memorando? Sus pensamientos volvieron a los chinos. ¿Sabía el servicio de inteligencia de la República Popular, el Guoanbu, que la estaban investigando? ¿O sabían que estaba investigando sus preciosos recursos petrolíferos, en Sudán? ¿Se había acercado demasiado a algo sin saberlo?

Le daba vueltas la cabeza. Cualquiera podría haberle cambiado las píldoras para dormir. ¿Los franceses? Probablemente habían detectado enseguida, cuando empezó la vigilancia de la furgoneta de reparto de flores de Einner, que Angela estaba siendo observada. Pero: ¿por qué? Ella estaba en buenas relaciones con la inteligencia francesa.

La respuesta —si es que algún día la descubría— vendría a través de Herbert Williams, alias Jan Klausner, el cliente del Tigre. Un hombre con cara, pero sin identidad, que servía a los intereses de X.

Demasiadas variables; demasiadas incógnitas. Apretó el cigarrillo e inhaló con fuerza. Entonces se acordó, sacó el iPod y pidió a France Gall que cantara para calmar su ansiedad. Pero no lo consiguió.

26

El enorme piso de Tom Grainger en el 424 West End Avenue, junto a la 81 Oeste, lo había comprado su esposa, Terri, dos años antes de sucumbir a un cáncer de mama. La West River House era un lugar magnífico para cualquier empleado de la Agencia, y de vez en cuando alguien mostraba desconfianza por el nivel de vida de Grainger. Pero aparte del ático y una casita junto al lago en Nueva Jersey, Grainger no poseía nada, porque casi todo su dinero se había fundido con la larga e improductiva atención médica necesaria para su esposa.

Mientras el sol se movía entre las torres, Milo pasó veinte minutos observando las sombras de la Calhoun School revestida de cristal del otro lado de la calle. Otros residentes volvieron del trabajo, el alegre portero los saludó a todos, y llegaron algunos repartidores de FedEx, Hu Sung Chinese y Pizza Hut. Milo dio la vuelta para bajar al aparcamiento de la 81 y siguió a un Jaguar por la rampa. Dibujó un camino errático por el borde del recinto para esquivar las cámaras de seguridad.

Era un camino que tenía ensayado de otras veces, cuando quería reunirse con su jefe sin ser detectado y hablar con él de cosas que nadie debería saber. El único problema era la entrada a la escalera, que estaba vigilada por una cámara colgada del techo. No se podía hacer otra cosa que cruzar su campo de visión mirando hacia otro lado, para que sólo captara a un hombre de estatura mediana entrando.

Subió al piso dieciocho por la escalera y esperó en el rellano a que dieran las seis. A las seis en punto, abrió la puerta, miró el pasillo suavemente iluminado, y la cerró otra vez. En una silla al final del pasillo estaba sentado uno de los repartidores de FedEx, con una caja apoyada contra la silla, toqueteando un iPod.

Milo se agachó junto a la puerta entreabierta y cerró los ojos, esperando oír cómo realizaba su entrega o el agradable «ding» del ascensor que lo llevaría de vuelta al vestíbulo, pero al cabo de cinco minutos no había oído nada. Entonces lo supo. Volvió a mirar, y esta vez el hombre tenía los ojos cerrados, y el iPod conectado a una oreja. En la otra, Milo vio un cable de color carne que bajaba hasta el cuello de su camisa.

Cerró la puerta silenciosamente. Había sido la llamada. O bien la Agencia había detectado la llamada de Grainger de la noche anterior o —y ahora se daba cuenta de su error— utilizando las grabaciones, habían rastreado la llamada de Gerry Ellis Cleaners hasta un teléfono público.

Ya no había nada que pudiera hacer. Milo volvió al pie de la escalera, se quitó la americana y sosteniéndola hecha un ovillo sobre el estómago, entró en el aparcamiento de espaldas. En la cámara, parecería alguien que llevaba una caja. Salió del edificio.

Tom Grainger no era idiota. Había hecho trabajo de campo durante media Guerra Fría y sin duda sabía lo que estaba pasando. Así que Milo no se rindió. Volvió a la sombra de la Calhoun School, se sentó en una repisa y esperó. Al cabo de una hora, un hippie que pasaba le gorroneó un cigarrillo, y en respuesta a sus preguntas, Milo dijo que estaba esperando a su novia.

—Ay, las mujeres —dijo el hippie.

—Sí.

La paciencia de Milo tuvo su recompensa. Poco después de las siete, con la ciudad ya iluminada con su propia luz artificial, el portero abrió la puerta para que saliera Grainger. Milo observó que su jefe doblaba por la esquina de la 81, en dirección a Central Park. Grainger no miró alrededor. Un minuto después, el portero volvió a aparecer, para abrirle la puerta a otro hombre —con traje, no con uniforme de FedEx— que salió a la calle hablando por el móvil y también dobló por la esquina de la 81.

Milo conocía a ese hombre: era Reynolds, un ex agente de campo de cuarenta y cinco años que recientemente había terminado su destino en la embajada. Milo le siguió a media manzana.

Los tres hombres cruzaron Broadway y doblaron a la izquierda en Amsterdam, donde Grainger entró en el Land Thai Kitchen en el número 450. La sombra ocupó una posición al otro lado de la calle junto a un restaurante mexicano, Burritoville, mientras Milo esperaba en la esquina sur de la manzana, viendo pasar grupos de jóvenes que se dirigían a cenar.

El anciano estuvo dentro menos de diez minutos, y salió con una bolsa de plástico llena de comida para llevar. Milo se escondió en las sombras. Grainger apareció en la esquina, con la bolsa levantada, para poder mirar dentro de ella. Se detuvo junto a un contenedor de basura.

Milo también podía ver a Reynolds, unos portales más abajo, observando cómo Grainger sacaba una caja de la bolsa, la abría y la volvía a guardar. Después sacó una caja mucho más pequeña, la olió, hizo una mueca, y la abrió. Sacudió la cabeza asqueado, tiró la caja al contenedor y siguió bajando por la 81, de vuelta a casa. Reynolds le siguió, pero Milo no.

Durante todo el camino, Milo había estado buscando una segunda o tercera sombra. Los equipos de tres eran la norma para una vigilancia intensiva, y por eso le había asombrado que Fitzhugh —porque tenía que ser Fitzhugh quien estaba detrás de esto— hubiera asignado la misión a Reynolds; a Reynolds que estaba fuera del servicio activo. Fitzhugh no quería jaleo, y se había decidido por un equipo esquelético: Reynolds y el hombre de FedEx que Milo no conocía.

En cuanto perdió de vista a los dos hombres, Milo trotó hasta el contenedor, cogió la caja casi vacía de comida para llevar y siguió caminando rápidamente por Amsterdam, y después hacia el este por la 82 hasta que llegó a Central Park. Por el camino, abrió la caja, sacó el papelito que había dentro, y tiró la caja en otro contenedor.

Se paró bajo una farola, entre unos turistas japoneses que discutían algo mirando un mapa, y desplegó la nota doblada en un cuadradito, maldiciendo a Grainger por su brevedad. No le daba ninguna respuesta, sólo las herramientas para encontrarla. Quizás el anciano estaba tan a oscuras como él.

Bajo un número de móvil internacional, leyó:

E EN FRANKFURT
EL ÚLTIMO CAMELLO / SE DESPLOMÓ A MEDIODÍA

y una sola palabra más:

SUERTE

27

Mientras esperaba el vuelo de las diez de Singapore Airlines en la Terminal 1 del JFK reabierta recientemente, luchando contra el deseo de volver a Florida y recoger a su familia, Milo repasó sus pertenencias y añadió algunas cosas más de las tiendas de regalos: una camiseta, ropa interior, un reloj de pulsera digital y un rollo de cinta adhesiva.

Después, tras pasar de Estados Unidos a ese mundo de tinieblas sin estado de la terminal internacional duty-free, se reunió con otros viajeros en el Brooklyn Beer Garden. Encontró a un solitario ejecutivo holandés que tenía el móvil sobre la mesa. El holandés le explicó que se dirigía a Estambul, y que se dedicaba a la industria farmacéutica. Milo le invitó a otra cerveza y le dijo que vendía publicidad para la NBC. Al holandés le intrigó suficientemente el comentario de Milo para levantarse a buscar un par de cervezas más. Mientras estaba en la barra, Milo cogió el móvil del hombre, lo abrió sobre la mesa, le quitó la tarjeta SIM y le puso la de su móvil, y después lo dejó otra vez sobre la mesa.

Antes de embarcar, encendió su teléfono utilizando la tarjeta SIM del holandés y llamó a Tina. Ella contestó al tercer timbre con un cauteloso:

—¿Sí?

—Soy yo, vida.

—Oh —dijo ella—. Hola.

El silencio era enervante y Milo lo rompió.

—Mira, siento lo de...

—¿Qué estás diciendo? —dijo ella, irritable—. Ésta no es la clase de cosa en la que se puede decir lo siento. No funciona así, Milo. Necesito más.

Una vocecita infantil en el fondo dijo:

—¿Papá?

A Milo le subió la sangre a la cabeza, mezclándose con la cerveza y la falta general de comida.

—No sé mucho más. Lo único que sé es que esos agentes van tras de mí por algo que no he hecho.

—Por el asesinato de Angela —dijo ella.

—¡Déjame hablar con papá! —gritó Stephanie.

Ahora lo sabía: Simmons creía que había matado a Angela.

—Debo resolver esto.

De nuevo, silencio, salpicado por la súplica de Stephanie:

—¡Quiero hablar con papá!

Explícate, había dicho ella, y lo intentó:

—Mira, Tina. No sé qué te han dicho esa gente de Seguridad Interior, pero no es verdad. No maté a Angela. No he matado a nadie. Pero no sé lo suficiente para poder decirte más.

—Ya. —Su voz era inexpresiva—. La agente especial Janet Simmons parecía sentirse muy segura de sus sospechas.

—Estoy seguro de que sí. Pero lo que ella considera pruebas... no sé ni lo que es. ¿Te lo dijo?

—No.

Ojalá hubiera sabido algo.

—Lo único que se me ocurre es que me han tendido una trampa.

—Pero ¿por qué? —insistió Tina—. ¿Por qué diantre...?

—No lo sé —repitió—. Si supiera por qué, sabría quién. Si supiera quién, podría descubrir por qué. ¿Me sigues? Y mientras tanto, Seguridad Interior cree que soy un asesino o, no lo sé, un traidor.

De nuevo, silencio.

Milo volvió a intentarlo:

—No sé qué te ha dicho esa mujer, pero no tengo nada de qué avergonzarme.

—¿Y cómo vas a demostrarlo?

Milo quería preguntar si las pruebas eran para ellos o para ella.

—¿Vas a ir a Austin?

—Seguramente mañana. Pero ¿dónde estás tú?

—Bien. Te llamaré. Te quiero...

—¿Papá?

Milo sintió físicamente una sacudida; Tina le había pasado el teléfono a Stephanie sin decírselo.

—Eh, Little Miss. ¿Cómo estás?

—Estoy cansada. Tus amigos me han despertado.

—Lo siento mucho. Son unos idiotas, ¿verdad?

—¿Cuándo volverás?

—En cuanto termine este trabajo.

—De acuerdo —dijo ella, y lo dijo de forma tan parecida a su madre que a Milo se le encogió el estómago.

Cuando acabaron, Stephanie aseguró que no sabía dónde estaba su madre, y colgaron.

Milo miró las hileras de sillas llenas de familias, unas emocionadas y otras aburridas por sus perspectivas de viaje, y otra vez se le encogió el estómago. Se levantó rígidamente y casi corrió por la moqueta de la terminal, pasando junto a las cintas transportadoras, hasta que llegó al servicio. Se encerró en un retrete y vomitó, deshaciéndose de toda la cerveza que su cuerpo todavía no había absorbido.

Se enjuagó la boca, hizo gárgaras, y volvió al pasillo. El vómito lo había liberado de un bloqueo mental que no sabía ni que tenía, y le nublaba la visión de lo que debía hacer a continuación. No quería utilizar la tarjeta de teléfono del holandés después de embarcar —llamando a Tina la había comprometido— así que la utilizó ahora, marcando + 33 1 12. Una operadora le informó en francés de que estaba hablando con información de France Telecom. Pidió el teléfono de Diane Morel en París. Sólo había uno y pidió que le pusiera con él. Allí eran las cinco de la mañana, de modo que la mujer mayor que contestó parecía ligeramente aterrorizada. Sí, era Diane Morel, pero por la voz tenía al menos sesenta años. Milo colgó.

Fue una pérdida de tiempo, pero al menos sabía que no podía limitarse a llamar a Diane Morel y mantener una distendida conversación sobre Angela Yates y el coronel Yi Lien. Si llamaba a la DGSE y pedía que le pusieran con ella, o la llamaba a su casa, le localizarían en cuestión de minutos, le entregarían a la Agencia, y no tendrían tiempo de hablar. Milo necesitaba tiempo con madame Morel. Sacó la batería del teléfono y tiró la tarjeta SIM en una papelera.

Ocho horas después, a la una de la tarde del viernes, un alemán impasible de cabello gris detrás de una pantalla de plástico comparó la foto del pasaporte con el ejecutivo bien vestido, pero de aspecto agotado, que tenía delante.

—¿Señor Lionel Dolan?

—¿Sí? —dijo Milo, sonriendo.

—¿Ha venido por negocios?

—Por suerte no. Turismo.

Sólo decirlo le devolvió recuerdos no deseados. Milo recordó todos aquellos aeropuertos, guardias de frontera, agentes de aduanas y equipajes de mano. Recordó policías de paisano y agentes leyendo periódicos y las veces que él, también, leía esos periódicos, sentado horas y horas en aeropuertos, esperando contactos que a veces ni siquiera llegaban. El aeropuerto de Frankfurt, uno de los más grandes y feos de Europa, lo había acogido muchas veces.

El guardia de frontera le entregó el pasaporte y él lo cogió.

—Felices vacaciones —dijo el hombre.

«Seguro pero sin prisas». Pasó con la mochila por delante de los agentes de aduanas quienes, como tantos agentes de aduanas europeos, no tenían intención de molestar a un hombre trajeado. Siguió entre la multitud de recogida de equipajes, dirigiéndose directamente a la acera ruidosa y repleta de coches, donde se fumó un Davidoff. No le supo tan bien como debería después de un largo vuelo, pero se lo terminó de todos modos mientras caminaba hacia un teléfono público cerca de la parada de taxis. Marcó el número que había memorizado en algún punto sobre el Atlántico.

Sonó tres veces.

—*Ja?*

—El último camello —dijo Milo.

Una pausa y después:

—Se desplomó a mediodía.

—Soy yo, James.

—¿Milo?

—¿Podemos vernos?

Einner no parecía entusiasmado por la llamada.

—Bueno, es que estoy en medio de algo.

—¿Ahora mismo?

—Pues, sí —dijo, y a Milo se le cerró la garganta al oír una voz sofocada en el fondo, intentando gritar.

El ruido de alguien que estaba amordazado.

—¿Cuándo puedes quedar?

—Dame... no lo sé. Cuarenta minutos.

—¿Dónde?

—Estoy en el Deutsche Bank ahora mismo, o sea que...

—¿Las torres gemelas?

—Sí.

Milo le imaginó en un despacho de uno de los pisos superiores de aquellas famosas torres reflectantes en el centro del distrito financiero, con un desgraciado director ejecutivo atado y amordazado a su silla, mientras Einner quedaba tranquilamente con alguien por teléfono. Había olvidado lo brutal que podía ser Turismo.

—Mira, ¿conoces la Ópera de Frankfurt? Quedamos enfrente sobre las dos. Para que veas que no somos unos paletos sin cultura.

—¿No crees que no deberías decir estas cosas en voz alta, James?

Einner gruñó.

—¿Por este tío? En diez minutos, no podrá decir nada de nada.

Los aullidos sofocados del hombre se hicieron más agudos.

28

Milo cogió un tren limpio y vacío a Frankfurt Hauptabahnhof, donde se colgó la mochila al hombro y fue caminando junto al tráfico denso de la tarde hacia la Friedensbrücke. En lugar de cruzar el puente, dobló a la izquierda por el muelle que corría junto al río Main. Los ejecutivos bien vestidos, los adolescentes y los jubilados le recordaron París. Sólo hacía una semana.

Compró un bocadillo de schnitzel a un vendedor ambulante y volvió atrás hacia el largo parque de Willy-Brandt-Platz, donde se sentó en un banco y contempló la moderna cara vidriosa de la Ópera de Frankfurt. A pesar de la seguridad de Einner de que podía hablar tranquilamente frente a su cautivo, Milo mantuvo la vigilancia de los transeúntes. Era una costumbre que había perdido en los últimos seis años, una costumbre que necesitaba recuperar si quería seguir siendo un hombre libre.

Todos los Turistas son conscientes de la importancia de mantenerse alerta. Cuando entras en una habitación o en un parque, detectas las vías de escape inmediatamente. Tomas nota de las armas en potencia que te rodean: una silla, un bolígrafo de punta fina, un abrecartas, o incluso la rama del árbol que colgaba sobre el banco de Milo. Al mismo tiempo, observas las caras. ¿Se han fijado en ti? ¿O están fingiendo una forzada ignorancia que es la marca de la casa de otros Turistas? Porque los Turistas pocas veces son proactivos; los mejores son los que te atraen hacia ellos.

En aquel parque soleado, se fijó en una mujer en la acera

que tenía problemas para poner el coche en marcha. Eso era un cebo típico. Fingir exasperación hasta que el objetivo toma la decisión de acudir en tu ayuda. Entonces le tienes.

Dos niños —de unos doce años— jugaban bajo un rótulo con un euro enorme e iluminado que presidía todo el parque. Otra trampa en potencia, porque los Turistas no tenían reparos en utilizar niños para conseguir sus fines. Un niño cae y finge que se ha hecho daño; acudes en su ayuda, aparece un «padre». Sencillo.

Y más allá, en el extremo oriental del parque, un estudiante universitario tomaba fotos verticales del rascacielos del Banco Central Europeo, que se alzaba sobre todo lo demás. En una ciudad como ésa había fotógrafos aficionados por todas partes, y podían sacarte desde todos los ángulos.

—Arriba las manos, vaquero.

Milo casi se cae del banco al saltar y volverse, para ver a Einner apuntándole con el dedo a modo de pistola, y sonriendo como un imbécil.

—Dios.

—Estás oxidado —dijo Einner metiendo la mano en el bolsillo—. Si sigues así, viejales, estarás muerto antes de la puesta de sol.

Milo recuperó el ritmo de la respiración e ignoró el peligroso latido de su corazón. Se estrecharon la mano.

—Dime lo que sabes.

Einner indicó el teatro de la ópera con la cabeza.

—Paseemos.

Caminaron, sin ninguna prisa.

—No es lo que piensas —dijo Einner—. No han mandado Turistas, no eres tan importante todavía. Tom me dijo que vendrías.

Si era cierto, Milo se sentía aliviado. Empezaba a pensar que tener a Einner detrás podía ser un problema grave.

—¿Te dijo Tom por qué venía?

—Me enteré por otra vía. Desayuné con una amiga en el consulado. No es... —Se calló cuando llegaron a la calle, sin saber cómo formularlo—. No es un riesgo de seguridad, pero tampoco es una fanática de la seguridad. Me habló de un mensaje que había llegado a todas las embajadas y consulados, para que estuvieran alerta por si aparecía Milo Weaver.

—¿De la Agencia?

—Del Departamento de Estado.

—¿Están investigando?

—Bueno, no se reciben a menudo estas alertas a todas las embajadas. Están investigando. Que yo sepa, la pista se enfrió en Estambul.

Cruzando la calle, Milo sintió una punzada de remordimiento por el holandés, cuyo teléfono había servido de señuelo para los agentes de la Agencia en Turquía. Pero el sentimiento se esfumó cuando se dio cuenta de que, localizando al holandés y su tarjeta SIM, sin duda sabrían que Milo había salido del JFK y, en pocas horas, descubrirían cuándo.

—¿Qué pasa en Frankfurt? —preguntó cuando llegaron a las puertas de la Ópera—. ¿Has terminado aquí?

El Turista miró su reloj.

—Estoy libre desde hace dieciocho minutos. Soy todo tuyo.

Milo abrió la puerta y la sujetó para que pasara Einner.

—¿Y tienes un coche?

—Siempre puedo conseguir un coche.

—Bien.

Entraron en el amplio y moderno vestíbulo, y cuando Einner se dirigía hacia la cafetería de la Ópera, Milo tiró de su brazo y lo guió a través de un pasillo que pasaba frente a los servicios.

—¿Conoces un sitio mejor para tomar una copa?

—Conozco otra salida. Vamos.

—Caramba, Milo. Realmente estás paranoico.

Milo sólo podía abrir las puertas de los modelos antiguos de coche, pero Einner tenía herramientas más avanzadas a su disposición: un pequeño mando a distancia para cerraduras eléctricas. Lo apuntó hacia un Mercedes Clase A Saloon, apretó un botoncito rojo del mecanismo de la medida de una moneda y esperó a que automáticamente buscara entre las posibles combinaciones del código. Cuarenta segundos después, oyeron el sonido de la alarma desconectándose y después la cerradura se desbloqueó con un ruido seco. Einner tardó sólo un minuto en poner el coche en marcha. Al instante estaban saliendo de la ciudad, y Einner preguntó:

—¿Adónde vamos?

—A París.

El destino no lo desconcertó.

—Tenemos que estar alerta durante un par de horas, hasta que lleguemos a Francia. Por si el dueño denuncia la desaparición del coche.

—Pues acelera.

Einner le complació, conduciendo a gran velocidad y entrando en la A3 que les llevó a Wiesbaden, donde cambiaron de carretera y, una hora después, se introdujeron en la amplia y rápida A6 que les llevaría a Francia.

—¿Vas a contarme algo? —preguntó Einner.

Milo miraba por la ventana el paisaje de la autopista; podría haber estado en el norte del estado de Nueva York y no notar la diferencia.

—Quiero hablar con Diane Morel, alias Renée Bernier.

—¿La novelista socialista?

—La misma.

—¿Y qué esperas de ella?

—Un poco de claridad. El coronel chino fue la razón de que investigáramos a Angela.

Einner esperó antes de insistir.

—¿Y?

—¿Y qué?

—Si hay alguna razón para que necesites mi ayuda. En serio, Milo. Tú esperas que todo el mundo actúe por pura fe.

—Milo no contestó, de modo que Einner dijo—: ¿Sabes por qué soy bueno en mi trabajo?

—¿Porque eres muy guapo?

—Es porque pienso lo menos posible. No tengo ninguna pretensión de entender nada. Tom me llama y no necesito saber nada más. Tom es Dios cuando está al teléfono. Pero tú, tío. Tú no eres Tom.

Tenía razón, así que Milo le contó una versión abreviada de lo que había sucedido antes, incluido el rápido final de sus vacaciones y el mensaje secreto de Grainger para que contactara con él.

—Todo empezó aquí, en Europa, con ese coronel y Renée Bernier. Debo entender los hechos antes de seguir adelante.

—Vale —dijo el Turista—. ¿Qué harás cuando Diane Morel te ilumine?

—Decidiré mi siguiente paso.

Aunque Grainger había dicho a Einner que ayudara a Milo, todos los Turistas saben que las órdenes duran sólo hasta que llegan nuevas órdenes. Por lo que Einner sabía, por la mañana podía recibir una llamada para que matara a su pasajero, pero por ahora parecía satisfecho con certezas temporales.

Milo notó que el propietario del Mercedes había montado un adaptador para utilizar con un iPod. Buscó en la mochila hasta que encontró el suyo y lo enchufó. El coche se llenó enseguida con la música de France Gall.

—¿Qué es esto?

Einner parecía irritado.

—La mejor música del mundo.

Eran más de las cuatro y media cuando cruzaron la no frontera de la Europa Unionizada a Francia, viendo tres coches patrulla pero sin que ninguno les diera el alto. El sol estaba bajo sobre el parabrisas, y a veces una mancha gris de nubes en dirección a París lo oscurecía.

—Nos quedaremos el coche hasta mañana —dijo Einner—. Después buscaremos un Renault, creo. Estoy intentando probar todas las marcas de coche europeas antes de comprarme uno.

—Tom no te lo permitiría. Con toda la documentación que supondría.

El encogimiento de hombros de Einner insinuaba que ésta era una preocupación para Turistas de menos categoría.

—Me he montado un alias para los malos tiempos. Es bueno comprar alguna cosa a su nombre.

Milo pensó en el alias Dolan que se había pasado años construyendo.

—¿Un piso?

—Pequeño. En el sur.

Milo imaginaba que todos los Turistas hacían lo mismo. Al menos los listos.

—¿Qué problema tenías en Frankfurt? ¿Estabas enseñándole modales a los banqueros?

Einner se mordió el labio inferior pelado, sin saber si podía hablar o no.

—La banca es un negocio sucio. Pero la misión era muy clara. Obtener unas respuestas y deshacerse de las pruebas.

—¿Con éxito?

—Como siempre —dijo Einner.

—Sí, claro.

—¡No me crees!

Después de un momento, Milo dijo:

—Para los Turistas, éxito y fracaso se reparten en la misma medida. Para el Turista, el éxito y el fracaso son lo mismo: una misión cumplida.

—Por Dios. ¿No estarás citando otra vez el Libro, no?

—Deberías encontrarlo, Einner. Te hace la vida más llevadera.

La expresión agotada de Einner satisfizo un poco a Milo. Recordaba sus propios días de Turismo, los biorritmos irregulares que un día le volvían suicida, y otro día le hacían sentir invencible. Veía demasiado de esto último en Einner, lo que sólo podía conducir a una muerte repentina. Si la única forma de hacerle escuchar era mintiendo sobre el origen de sus lecciones, lo haría.

—¿Dónde lo encontraste? —preguntó él finalmente, mirando fijamente la carretera.

—En Boloña —gruñó Milo para hacerlo más creíble—. En una librería, aunque parezca inverosímil.

—Me tomas el pelo.

—Un local lleno de polvo con estantes hasta el techo.

—¿Y cómo fuiste a parar allí?

—Siguiendo pistas. No te aburriré con todos los pasos, pero la pieza final estaba en una mezquita española. Metida en el lomo del Corán del imán. ¿Te lo puedes creer?

—Vaya —dijo Einner—. ¿Cuál era la pieza final?

—La dirección de la librería, y la situación en los estantes. En lo alto, por supuesto, para que nadie lo cogiera por casualidad.

—¿Grande?

Milo sacudió la cabeza.

—Apenas más que un panfleto.

—¿Y cuánto tiempo te costó?

—¿Encontrar el Libro?

—Desde el principio. Desde que empezaste a buscarlo.

Milo quería asegurarle que la búsqueda no era fácil, pero también darle esperanza.

—Seis, siete meses. En cuanto encuentras el rastro, la búsqueda toma impulso. El que puso las pistas sabía lo que hacía.

—¿Él? ¿Por qué no ella?

—Encuentra el Libro —dijo Milo—. Lo averiguarás tú mismo.

29

Media hora antes de llegar a París, el sol desapareció tras unas nubes pizarrosas y llovió. Einner puso en marcha los limpiaparabrisas, maldiciendo la tormenta.

—¿Ahora adónde?

Milo miró su reloj: eran las siete. Esperaba poder localizar a Diane Morel, pero dudaba que estuviera en su despacho a esas horas de un viernes.

—A casa de Angela. Pasaré la noche allí.

—¿Y yo?

—Creía que tendrías una novia a la que visitar.

Einner balanceó la cabeza de lado a lado.

—No sé si estará libre.

Milo se preguntó si existiría alguna novia.

Einner condujo por la calle de Angela, lentamente, buscando vigilantes de la DGSE. No detectaron a nadie, no vieron furgonetas en la calle, así que Einner dejó a Milo a un par de manzanas y él corrió bajo la lluvia hasta el piso. En el portal, se secó el agua de la cara y miró los timbres del interfono. Al pie de la segunda columna el nombre M. GAGNE estaba destacado con una estrella garabateada. Apretó el timbre.

M. Gagne —una mujer— tardó dos minutos en hablar por el interfono.

—*Oui* —dijo cautelosamente.

—Oh, disculpe —contestó Milo en inglés, demasiado fuerte—. Estoy aquí por Angela Yates. Es mi hermana.

La mujer soltó un jadeo ruidoso, y abrió la puerta. Milo entró.

Madame Gagne era una viuda de sesenta y muchos años. Su marido, el antiguo portero, había muerto en 2000, y el trabajo recayó inevitablemente en ella. Le contó todo eso en su claustrofóbico salón, después de decidir que Milo era el hermano de Angela Yates a pesar de que Angela no le hubiera hablado nunca de él.

—Pero era muy tranquila, sí que lo era —comentó la mujer en su fluido y despreocupado inglés.

Milo convino que Angela era muy tranquila.

Dijo que había venido a recoger algunas reliquias de familia antes de que L'Armee du Salut —rama francesa del Ejército de Salvación— se llevara el resto. Se disculpó por no hablar francés. Le dijo que se llamaba Lionel, por si le pedía ver un documento, pero no se lo pidió. En cuanto le invitó a tomar un vasito de vino, quedó claro que madame Gagne se sentía sola.

—¿Sabe cómo aprendí inglés? —preguntó.

—¿Cómo?

—Pues, al final de la guerra, yo era una niña. Un bebé, prácticamente. A mi padre lo mataron los alemanes, y mi madre, que se llamaba Marie, estaba sola conmigo y mi hermana Jean. Ahora está muerta, pero entonces conoció a un soldado norteamericano, un negro, ¿entiende? Un gran negro de Alabama. Se quedó, amaba mucho a mi madre y se portó bien con Jean y conmigo. No duró; estas cosas, las cosas buenas, no duran, pero vivió con nosotras hasta que cumplí los diez, y me enseñó inglés y jazz. —Se rió alegremente con el recuerdo—. Nos llevaba con él cuando tenía dinero. ¿Sabe que vi actuar a Billie Holiday?

—No me diga —comentó Milo, sonriendo.

Ella gesticuló como para calmar su entusiasmo.

—Sólo era una niña, claro, y no me enteraba de nada. Era demasiado triste para mí. A mí me gustaba Charlie Parker y Dizzie Gilespie. Sí —dijo, asintiendo—. Eso sí era música para mí. Para una niña. *Salt peanuts, salt peanuts* —cantó—. ¿Conoce esta canción?

—Es una canción preciosa.

A medida que su conversación alcanzaba el punto de los cuarenta minutos, se esforzó porque no se le notara el nerviosismo. Tenía la sensación de que podía haber pasado por alto un vigilante, o que quizá la policía utilizaba cámaras, y casi esperaba a que Diane Morel y su guapo compañero derribaran la puerta y le pusieran los grilletes. Pero eso era sólo paranoia, como habría dicho Einner. Angela llevaba una semana muerta, y la DGSE no tenía presupuesto para pagar a alguien que vigilara tanto tiempo.

Además, las historias de madame Gagne le gustaban. Incitaban a esa especial nostalgia de una época en la que Europa se estaba reconstruyendo, y empezando de nuevo. La breve luna de miel francoamericana. Los franceses habían amado a aquellos músicos de jazz americanos, las películas de Hollywood que llegaban a toneladas, y la música pop inglesa que imitaban con las chicas *yé-yé* que llenaban el iPod de Milo. Sacó a colación a France Gall y se quedó pasmado cuando madame Gagne se lanzó inmediatamente a una breve interpretación de *Poupée de cire, Poupée de son*. Los ojos se le empañaron y las lágrimas le resbalaron por las mejillas.

Madame Gagne se acercó más y con sus dedos ya flojos le apretó la mano.

—¿Está pensando en su hermana? Estas cosas... el suicidio, quiero decir. Tiene que pensar que ya no se puede hacer nada. La vida sigue. Debe seguir.

Lo dijo con la convicción de alguien que lo sabe de primera mano, y Milo se preguntó cómo habría muerto su marido, pero no lo preguntó.

—Oiga —dijo—. Todavía no tengo habitación de hotel. ¿Cree que podría...?

—Por favor —le interrumpió ella apretándole la mano otra vez—. Está pagado hasta final de mes. Quédese cuanto quiera.

Le abrió la puerta con una llave larga, se la dio, y después se mostró sorprendida de que el piso estuviera tan desordenado.

—Fue la policía —dijo en tono amargo, y entonces se acordó de su inglés—: Cerdos. Dígame si han robado algo. Presentaré una queja.

—Seguro que no será necesario —dijo él, y le dio las gracias por su ayuda. Después, como si se le acabara de ocurrir, preguntó—: Antes de que mi hermana muriera, ¿tuvo alguna visita inesperada? ¿Algún amigo que no hubiera visto nunca, o un operario?

Los párpados de madame Gagne bajaron. Acarició el brazo de Milo.

—No quiere perder la esperanza, ya lo veo. No quiere creer lo que hizo.

—No es eso —empezó, pero ella levantó una mano.

—Los cerdos me preguntaron lo mismo. Pero de día trabajo con mi hermana. En su floristería. No veo a nadie.

En cuanto ella se fue, Milo cogió una botella de Chardonnay de la nevera, llenó una copa, la bebió y la volvió a llenar. Se sentó en el sofá a pensar cómo lo haría.

«No te duermas. No sueñes con Tina y Stef.»

Era un piso de un solo dormitorio, pero a diferencia de muchos pisos franceses, las habitaciones eran amplias. La gente de Diane Morel lo había registrado, un registro sin miramientos que había dejado detrás el desorden que la policía de todas partes del mundo no considera su obligación ordenar, y Milo supo que debía centrarse en las zonas que los otros podrían haber descuidado.

La búsqueda del Tigre había sido el proyecto mimado de Angela. No había pedido asignación de fondos, y no había informado de sus progresos a la embajada. Entonces, probablemente no había guardado las notas del caso en la embajada. Tenían que estar aquí; a menos claro, que las retuviera en la memoria. Esperaba que no fuera tan buena.

Empezó por la cocina. Las cocinas ofrecen toda clase de escondites. Había tuberías de agua y de gas, aparatos, y armarios llenos de contenedores. Para disimular el ruido, puso el estéreo de Angela en una emisora de música rock que ponía toda la gama desde la *chanson* de los sesenta hasta los progres de los setenta. Sacó todos los platos y vasos de los armarios y arrancó los papeles que los forraban. Buscó juntas sueltas en las tuberías. Palpó el interior de todos los cajones y la mesa, después repasó todo lo que contenía la nevera, hundiendo los dedos en la mermelada, los quesos para untar y la carne picada que ya se había estropeado. Examinó las juntas de la nevera y tiró de ella para ver la parrilla de tubos de detrás. Encontró un destornillador en un cajón y desarmó el microondas, el teléfono y el túrmix. Dos horas después, mientras en la radio sonaba *Heroin* de Velvet Underground, reconoció la derrota y empezó a ponerlo todo en su sitio otra vez.

No necesitaba hacerlo, pero recordaba lo limpio que se veía el piso en aquella filmación de vídeo. A pesar de sentirse agotado y sucio, no se sentía capaz de dejar el piso patas arriba. Así que se lo tomó con calma —tenía toda la noche, al fin y al cabo— y trabajó hasta que la cocina quedó limpia otra vez.

Einner llamó a la puerta mientras Milo estaba desmontando el baño, y cuando le abrió, el joven Turista entró con una bolsa grasienta de *gyro* y patatas. Él había cenado en un portal de la calle, buscando sombras.

—Nada de nada. No deberíamos preocuparnos, al menos hasta mañana por la mañana.

Como Milo no quería pasar mucho tiempo en el escenario de la muerte de Angela, le asignó a Einner el dormitorio. No sabía cuánto tiempo más aguantaría: estaba lloroso de agotamiento. Pero siguió adelante, sentándose al lado de la taza del váter y sacudiendo las tuberías del agua caliente, y después palpando toda la longitud de las tuberías. Allí. Su dedo tocó la esquina de una pequeña caja de aluminio, del tamaño de dos pulgares juntos, pegada magnéticamente a la tubería.

En la parte exterior de la caja había una de aquellas reproducciones de antiguos anuncios franceses de alcohol que los neoyorquinos se compran en tamaño póster y utilizan para adornar sus salones. Una morena pechugona con un vestido rojo unía las manos excitada, mirando una bandeja de copas y una botella de Marie Brizard. Un eslogan decía «Plaisir d'Eté», placer de verano.

Era un llavero magnético, y esto era lo que contenía: una llave con un mango de tres hojas de trébol. No tenía rasgos identificativos. Se la guardó en el bolsillo y volvió a poner el llavero detrás de la tubería.

No dijo nada de la llave a Einner. No valía la pena hacerlo hasta que encontraran la siguiente pieza del rompecabezas, pero no apareció nada más. Al final, todo lo que tenían era un piso limpio.

30

Einner se quedó con el lecho de muerte y Milo durmió en el sofá. La inconsciencia llegó rápidamente, y se despertó ya entrada la mañana con la sábana enrollada en el cuerpo sudoroso y la llave clavándosele en la mano cerrada. No recordaba haberla sacado del bolsillo de los pantalones.

No se marcharon hasta después de mediodía. Madame Gagne apareció al pie de la escalera para saludarles, Milo le presentó a su amigo, Richard, y la mujer sonrió tristemente a Einner, como si él también hubiera perdido a una hermana.

Volvía a llover. Mientras corrían hacia el coche, Einner declaró que conocía el mejor local de París para tomar un auténtico desayuno norteamericano. Pero Milo quería seguir en marcha.

—Al distrito veinte.

Einner miró el parabrisas mojado un momento.

—Estás de broma. ¿La sede de la DGSE?

—Ella trabaja allí.

—Sí. Y si nuestro gobierno te acusa a ti del asesinato de Angela, la DGSE estará encantada de entregarte.

—Por eso necesito tu ayuda. ¿Tienes una pistola?

Einner metió una mano debajo del asiento y sacó una pequeña Pistolet Makarova. A Milo le puso nervioso no haber notado que Einner la había puesto allí.

—Es mi arma de repuesto. La de ayer está en el río Main.

Dieron un rodeo para llegar al Boulevard Adolphe Pinard, que daba la vuelta a la ciudad. Fueron hacia el sur y cogieron la salida del Boulevard Périphérique. Después de una rotonda, siguieron por otra calle hasta llegar al Boulevard Mortier. Pasaron junto al anodino y mojado edificio del DGSE en el número 141, y siguieron dos manzanas más donde, en la esquina, Milo había visto una cabina de teléfonos.

—Para aquí y da la vuelta al coche.

La lluvia lo empapó de nuevo antes de que llegara a la cabina. La guía de teléfonos había sido arrancada, así que marcó el 12, información, y pidió el número de teléfono de la oficina central de la DGSE.

Le conectaron con un menú interminable. Tardó cinco minutos antes de que un operador contestara.

—*Pourrais-je parler à Diane Morel?* —preguntó Milo.

—*Ne quittez pas* —dijo el operador, y tras un ratito de hilo musical anticuado, volvió y dijo—. *La ligne est occupée.*

Estaba, pero hablando por otra línea.

—*Je la rappellerai* —dijo Milo y colgó.

Levantó un dedo para indicar a Einner que tuviera paciencia y esperó otro minuto antes de volver a llamar. Contestó el mismo operador.

Con una voz grave, Milo dijo:

—*Il y a une bombe dans les bureaux central de Paris, que éclateront en dix minutes.* (Hay una bomba en las oficinas centrales de París, que explotarán en diez minutos.)

Colgó y volvió corriendo al coche.

—Vamos.

Retrocedieron las dos manzanas y pararon en el cruce frente a la sede de la DGSE.

—Deja el motor en marcha —dijo Milo mientras, sobre el ruido de la lluvia, oyeron una lejana sirena de dos tonos—. Tendrás que ir adelante o atrás. Ya te lo diré.

—¿Qué coño has hecho? —preguntó Einner mientras empezaba a salir gente del edificio.

No corrían, pero tampoco paseaban.

—Calla.

Algunos llevaban paraguas y los abrieron, pero la mayoría había salido demasiado rápidamente. Como era fin de semana, sólo había veinte personas más o menos por evacuar, y por fin los vio. Cruzaron la calle juntos y buscaron refugio bajo el toldo de una cafetería.

—Adelante —dijo Milo.

—¿Qué?

—¡Ya!

Einner aceleró en primera, pisando charcos hasta llegar al toldo. Morel y su compañero no estaban solos; otros habían encendido cigarrillos y se frotaban los brazos por el frío. Todos miraron hacia el Mercedes. Milo bajó la ventanilla y miró a Morel a los ojos.

—Suba.

Tanto ella como su compañero se adelantaron, pero Milo levantó un dedo.

—Sólo usted.

—No voy a ninguna parte sin él —dijo ella.

Milo miró a Einner, que se encogió de hombros.

—De acuerdo —dijo Milo—. Rápido.

Cada uno subió al coche por una puerta, el hombre primero. Antes de que Morel cerrara la suya, Einner ya estaba en marcha.

—¿Ha sido usted? —dijo ella—. ¿Lo de la bomba?

Parecía sin aliento.

—Lo siento. Necesitaba charlar con usted.

El compañero sacudió la cabeza.

—Tiene una forma curiosa de hablar.

Milo le sonrió, y estiró una mano.

—Pero, primero, denme sus móviles.

—No —dijo Morel.

Finalmente Milo sacó la pistola de Einner.

—Por favor.

31

Tras algunas maniobras de evasión, incluido un peligroso giro de ciento ochenta grados en un túnel, salieron de París y pararon en un bar casi vacío cerca de Les Lilas, en las afueras. Tras negociar un poco, Milo y Morel se sentaron a una mesa al fondo, mientras Einner y Adrian Lambert, su compañero, se miraban furiosamente en la barra. El camarero, un hombre gordo con el delantal manchado, les sirvió café mientras Morel decía.

—Qué alegría que haya vuelto a nuestro país, señor Weaver.

Milo dio las gracias al camarero y esperó a que se marchara.

—¿Deseaba hablar conmigo?

—Tengo algunas preguntas.

—¡Qué suerte! —dijo, golpeando la mesa—. Yo también tengo preguntas. Por ejemplo, nuestros amigos americanos nos han dicho que le están buscando, pero no tenemos ninguna constancia de su entrada en Europa. Por favor. ¿Con qué nombre está viajando?

—Lo siento —dijo Milo—. No puedo responderle a esa pregunta.

—Entonces tal vez pueda decirme por qué mató a Angela Yates.

—No sé quién la mató. Es lo que intento averiguar.

Diane Morel cruzó los brazos, mirando por encima de la mesa.

—Entonces quizá podrá decirme por qué se interesa por una funcionaria de poca monta como yo.

—Tiene un amigo con una casita en Bretaña —dijo Milo—. Cuando él todavía trabajaba en Londres, la visitaba los fines de semana, mientras usted trabajaba en la que me han dicho que es una excelente novela de temática socialista. Él es chino y doy por sentado que cruzaba el Canal desde Londres para encontrarse con usted. ¿Acierto?

Daniel Morel abrió la boca, y después la cerró. Se echó hacia atrás.

—Es interesante. ¿Quién se lo ha dicho?

—Un amigo.

—La CIA sabe muchas cosas, señor Weaver. —Sonrió—. La verdad es que a menudo nos da envidia. Nosotros tenemos un personal de risa y cada año los socialistas nos recortan el presupuesto. En los años setenta estuvieron a punto de eliminarnos por completo. —Meneó la cabeza—. No, no soy la clase de mujer que escribiría un nuevo Manifiesto Comunista.

—Entonces estoy mal informado.

—No del todo.

—¿No?

Diane Morel notó el interés de Milo.

—Se lo contaré todo, señor Weaver. Tenga paciencia.

Milo intentó parecer paciente.

La mujer se frotó un punto entre las cejas.

—La semana pasada, el viernes, le vieron almorzando con la señora Angela Yates. Aquella misma noche, estaba con el señor Einner, vigilando el piso de Angela Yates. Se marchó temprano, sí, pero después volvió a visitar a Yates. Unas horas después, ella murió envenenada. Un barbitúrico, según el médico. Dijeron que todas sus pastillas para dormir habían sido cambiadas por ese fármaco.

—Sí —dijo Milo.

—El señor Einner y otro compañero entraron en el edificio a las 5.16 del sábado. El señor Einner fue a verle a su hotel. Poco después ambos se marcharon por la puerta de atrás. —Se aclaró la garganta, como si fuera una fumadora empedernida—. Les localizamos en el aeropuerto, huyendo. ¿Recuerda?

—Einner no se marchó —dijo Milo—. Y salimos por la puerta trasera del hotel porque yo tenía prisa.

—¿Para volver a casa?

Milo asintió.

—De hecho, el señor Einner sí huyó, pero no en avión. Subió a su coche y salió del aeropuerto. Por desgracia, le perdimos. Desapareció.

—Supongo que tendría que ir a algún sitio.

—Si en el aeropuerto yo hubiera sabido que Angela Yates estaba muerta, no le habría dejado marchar. Por desgracia, no me enteré hasta la tarde. —Apretó los labios, mirándole—. Pero usted ya ve a donde quiero ir a parar, ¿no? Todo parece muy premeditado.

—¿Usted cree?

Diane Morel le miró fijamente. A diferencia de Janet Simmons, no había luz en su cara. Los ojos saltones le daban una expresión como si el motivo de su vida fuera el sufrimiento.

—Además, usted me dice que no sabe nada sobre el asesinato de Angela Yates, pero la historia que le acabo de describir insinúa algo diferente. Insinúa que usted vino a París y colaboró con el señor Einner hasta terminar el trabajo. En cuanto Angela estuvo muerta, se marchó. —Calló—. Si me he perdido algo, por favor, comuníquemelo.

—Angela era amiga mía —dijo Milo al cabo de un rato—. No la maté, y Einner tampoco. Si creyera que había sido él, se lo entregaría ahora mismo.

—Una pregunta —dijo, levantando un dedo—. ¿Quién es exactamente el señor James Einner? Parece que ha estado trabajando con personal de la embajada, pero no existe documentación pública de que esté empleado en ella. De hecho, llegó a París hace sólo tres meses. Antes estuvo en Alemania tres semanas; antes, en Italia dos meses, antes, en Francia otra vez, en

Portugal y en España. Y antes de España, donde llegó hace un año y medio, no existe constancia de él en Europa. ¿Quién es el señor Einner?

Ésta era la pregunta que Milo habría deseado que no le hiciera. Diane Morel había hecho su trabajo.

—No lo sé —dijo—. Es la verdad. Pero le diré algo que espero que podamos mantener en privado.

—Adelante.

—Angela Yates estaba bajo sospecha de traición. De vender secretos.

—¿A quién?

—A China.

Morel pestañeó otra vez, rápidamente. Era la clase de cosa que la Agencia no reconocería nunca, y esperaba con eso apartar la pregunta sobre James Einner de la cabeza de la mujer. Finalmente, ella dijo:

—Es curioso.

—¿Ah, sí?

—Ahora le pediré lo mismo a usted, señor Weaver. Que quede entre nosotros.

Milo asintió.

—Hasta hace un año, Yates y yo también éramos buenas amigas, y por eso, imagino, todavía no le he pegado un tiro y he entregado su cuerpo a los norteamericanos. Yo también quiero saber la verdad.

—Me alegro.

—Mmm —dijo ella—. Lo que digo es que yo intenté obligarla a hacer lo mismo. Vender secretos. —Sacudió la cabeza, mordiéndose el labio—. Me sorprende mucho que Angela los vendiera a los chinos. De hecho, estoy segura de que no lo hizo.

—Estoy de acuerdo —dijo, y entonces se detuvo. Hacía un año...—. Oh.

Morel se incorporó.

—¿Qué?

Ésa era la mujer con la que Angela salía, la que le había roto el corazón. Morel le había roto el corazón demostrando que su relación sólo había sido un intento de ganársela para su causa.

—Nada. Continúe.

Ella no insistió.

—Angela no quería vendernos nada a nosotros, pero sí trabajaba con alguien. La detectamos reuniéndose con alguien.

—Un barbarroja —dijo Milo.

Morel frunció el ceño, y negó con la cabeza.

—No. ¿Por qué lo dice?

—Una corazonada. Siga.

—El hombre con quien se reunía iba afeitado. Un hombre mayor. Resulta que nuestra amiga Angela era una agente doble de alguna clase.

Milo la miró fijamente.

—¿Para quién?

—Para Naciones Unidas.

Milo tenía ganas de reír, pero era demasiado absurdo incluso para eso.

—Se refiere a la Interpol. Esto tendría sentido.

—No. Quiero decir que trabajaba para Naciones Unidas.

—En serio —dijo, sonriendo nerviosamente por fin—. Naciones Unidas no tiene agencia de inteligencia. Tal vez obtenía información de ellos.

Morel meneó la cabeza de lado a lado.

—Es lo que pensamos al principio. Se reunía con alguien de la oficina de la UNESCO en París. Se llama Yevgeny Primakov.

—¿Primakov? —dijo Milo estupefacto.

Negó con la cabeza para disimular un súbito pánico. Yevgeny no.

—Siga.

—Hicimos comprobaciones. Primakov había trabajado para el KGB. Alcanzó el rango de coronel. Después de los cambios, siguió en el FBS, y lo dejó en 2000 para trabajar para Naciones Unidas en Ginebra. No hay mucho de él, pero en 2002 trabajó con algunos representantes de Alemania, intentando crear un órgano de inteligencia independiente. Su tesis era que el Consejo de Seguridad sólo podía tomar decisiones a partir de la información de una agencia independiente. Evidentemente ni siquiera llegó a votación. China, Rusia y su propio país dejaron claro que lo vetarían.

—Es lo que yo digo, entonces —exclamó Milo—. No existe agencia de inteligencia de Naciones Unidas para que Angela trabajara para ellos.

Morel asintió, como si por fin Milo la hubiera convencido, pero dijo:

—A principios de 2003, el señor Primakov se esfumó durante seis meses aproximadamente. Reapareció en julio de ese año en la Comisión de Personal Militar del Consejo de Seguridad, trabajando para la sección financiera. Ha mantenido su cargo a pesar de los cambios de personal en el resto de áreas. Esto nos parece extremadamente sospechoso.

—¿Me está diciendo que este hombre, Yevgeny Primakov, está dirigiendo una agencia secreta dentro de Naciones Unidas? Imposible.

—¿Por qué es imposible?

—Si hubiera una agencia dentro de Naciones Unidas, nosotros lo sabríamos.

—Quiere decir que usted lo sabría.

—Mire. —Milo sintió que se ruborizaba—. Desde hace seis años dirijo una oficina que trata únicamente con Europa. Si existiera una nueva agencia de inteligencia trabajando en lo mismo, me habría dado cuenta rápidamente. Estas cosas no se pueden ocultar. Empiezan a suceder cosas inexplicables, agujeros negros que necesitan llenarse. Al cabo de dos años, es fácil encajar las piezas, y ahí tienes la nueva organización.

—No esté tan seguro —dijo Morel, sonriendo—. En los años setenta, Primakov dirigía operaciones con éxito para los soviéticos en Alemania. Ayudó a una red de terroristas de la Baader-Meinhof. Sabe cómo ser discreto.

—De acuerdo —aceptó Milo, aún no convencido, pero por razones que no podía explicar a Diane Morel. Las mismas que nunca había expuesto a la Agencia, ni a su esposa—. Por favor. Hábleme del coronel Yi Lien.

—Parece que ya lo sabe todo, señor Weaver. ¿Por qué no me lo cuenta usted?

Milo lo hizo.

—Se reunía con él los fines de semana en la casita. Pero se lo estaba trabajando, ¿no? Tenía que acostarse con él, supongo que eso era inevitable, pero él llevaba el portátil, y usted podía coger lo que quería de él. ¿Voy bien por ahora?

Diane Morel no respondió. Esperó.

—Todo esto lo sabemos porque el MI6 vigilaba al coronel. Son los que le ayudaron cuando tuvo el infarto; también le copiaron el portátil. Así nos enteramos de que tenía algunos de nuestros documentos de la embajada, que él recibía en la casa de campo, de un hombre llamado Herbert Williams, o Jan Klausner, el hombre de la barba roja. Sospechábamos que Williams recibía los documentos de Angela, y por eso la estábamos vigilando.

—¿Por eso el señor Einner la mató?

Milo sacudió la cabeza.

—No lo entiende. Einner no la mató. No quería matarla. Necesitábamos saber a quién le transmitía la información.

Mientras Milo hablaba, la cara de Morel se había vuelto un poco más roja. Parecía lívida, pero no gritó. Con calma, dijo:

—¿Tiene un cigarrillo? Me he dejado los míos en el despacho.

Milo sacó un Davidoff y lo encendió para ella. La mujer inhaló con fuerza, soltó el humo, y miró el cigarrillo.

—No son muy buenos.

—Lo siento. —Fumando su propio cigarrillo, dijo—: ¿Habló con los vecinos de Angela? Ella tomaba pastillas para dormir habitualmente, de modo que debieron de cambiarlas el viernes, durante el día. Un vecino pudo haber visto al asesino entrando en el edificio.

—¿Tomaba pastillas todas las noches?

—Podría ser. No lo sé.

—Esto no es muy inteligente —dijo, y miró la superficie de la mesa buscando el cenicero—. ¿Estaba Angela deprimida?

—No lo parecía.

Morel dio otra calada.

—Hablamos con los vecinos. Algunas descripciones, pero en una ciudad del tamaño de París los operarios y repartidores están por todas partes.

—¿Algún sospechoso?

Ella negó con la cabeza.

——Dijeron que Angela no recibía muchas visitas.

—¿Habló alguna vez con ella? En el último año, quiero decir.

—A veces. Al fin y al cabo nos dedicábamos a lo mismo. Seguimos siendo amigas, más o menos.

—¿Venía a pedirle información?

—A veces yo también se la pedía.

—¿Alguna vez preguntó por un tal Rolf Vinterberg?

Ella pestañeó.

—Una vez, sí. Quería saber si teníamos algo de él.

—¿Lo tenían?

—No.

—¿Y Rahman Garang?

Una expresión rara cruzó la cara de Morel, la confianza que pudiera tener en Milo se estaba evaporando rápidamente.

—Aquello fue un error. A veces cometemos errores, como la CIA.

Él comprendió.

—Eso no me importa. Pero Angela trabajaba con él, intentando descubrir quién había matado al mullah Salih Ahman. ¿Colaboró con ella en esto?

250

De nuevo, la mujer negó con la cabeza.

—La última vez que hablamos fue hace dos semanas. Una semana antes... —Se puso rígida en la silla—. Estaba preocupada por la muerte de aquel pequeño terrorista. Quería saber si le habíamos matado nosotros.

—¿Qué le dijo?

—La verdad. No sabíamos nada de eso.

Milo no lo dudaba. Hacía dos semanas, tras enterarse del asesinato de Rahman Garang, las sospechas de Angela habrían ido en todas direcciones, y como toda buena investigadora había seguido todas las pistas que se había sentido capaz de seguir.

Morel miró la taza de café vacía.

—Antes ha hablado de Yi Lien.

—Sí.

—Y su portátil.

—Sí.

Morel se rascó la parte trasera del cuello.

—Señor Weaver, Lien nunca llevaba el portátil a la casita. Nunca lo sacaba de la embajada de Londres. Habría sido un riesgo de seguridad imperdonable.

—Quizás usted no lo vio.

—Yo veía todo lo que llevaba.

—Pero eso es... —Se calló. Quería decir «imposible», pero no lo era, evidentemente—. Lo único que quería decir era que alguien, en algún punto entre el ferry donde Lien había sufrido el infarto y la oficina de Grainger en Nueva York, mentía.

Morel observó el cambio de expresiones de la cara de Milo. Se acercó más para verle mejor.

—Esto es nuevo para usted, ¿no?

No valía la pena mentir, y no lo hizo.

—Creo que debería descubrir por qué recibe tan mala información.

—Creo que tiene razón —dijo, y cuando ella no contestó, añadió sonriendo—: Me han dicho que la novela era buena.

—¿Qué?

—La novela que se supone que está escribiendo.

—Ah, eso —dijo ella, echándose hacia atrás—. Hace unos años una programadora informática del Ministerio de Asuntos Exteriores se suicidó. No había nada sospechoso, pero durante mucho tiempo ella había pasado información a un novio cubano. Resultó que era una devota marxista, ya ve, en Francia, Marx no ha muerto todavía. Cuando registramos sus pertenencias, encontramos la novela que estaba escribiendo. No se la había enseñado a nadie. Imagino que creía que sería descubierta y publicada posmórtem —Calló—. En lugar de eso, la utilicé para convencer al coronel de que no sólo soy guapa, sino un genio literario. A veces, me siento mal por la chica.

Morel tenía una expresión perdida y melancólica en los ojos, así que Milo dijo:

—La amaba, lo sabía.

—¿Qué? —Fue como si la palabra la aterrorizara.

—Angela. En el restaurante, me dijo que la había dejado una aristócrata francesa. Era usted.

Morel tiró del dobladillo del mantel manchado.

—¡Aristócrata! —exclamó.

—Considérelo un cumplido.

Asintió.

Amablemente, Milo dijo:

—¿Dónde se veían?

—¿A qué se refiere?

—Angela era muy discreta. Cualquier relación que tuviera, habría querido mantenerla en secreto. Concretamente si su amante era agente de la DGSE.

Diane Morel levantó los hombros y le miró a los ojos, pero no respondió.

—No se encontraban en su piso, porque la gente se habría enterado. No se encontraban en el suyo, por la misma razón. Tenía que ser en otro sitio.

—Por supuesto. La seguridad siempre es importante.

—¿Adónde iban? ¿Tenía Angela otro piso?

Morel sonrió.

—O sea que ha estado en su piso y lo ha registrado. Y espera que exista otro piso donde ella escondiera pruebas que demuestren que usted es inocente. ¿Es así?

—En pocas palabras.

—Pues no tiene suerte. Era el piso de un amigo, en el IX Arrondissement. No encontrará nada allí. Sólo fuimos dos o tres veces. Después siempre utilizamos hoteles. ¿Comprende?

—La dirección —dijo Milo—. Por favor.

—Rue David D'Angers, número treinta y siete, apartamento siete. Cerca de la parada de metro de Danube. —Milo lo memorizó repitiéndolo y después ella dijo—. Hábleme del hombre de la barba roja.

Él pestañeó, y ella sonrió.

—No juegue conmigo. Cuénteme.

—Es el hombre con el que Angela se veía mientras la vigilábamos. Creíamos que era su contacto con los chinos.

Morel asintió.

—¿Por qué?

—Porque uno de los vecinos dijo que, el viernes por la tarde, había dejado entrar a un hombre con una barba roja y un acento curioso. Dijo que era ingeniero civil, y tenía que revisar los cimientos de la finca.

—¿Estuvo ella con él todo el tiempo?

—Estaba a punto de salir.

—Creo que fue el asesino de Angela.

—Yo también —dijo Morel, y miró hacia la barra, donde Einner y Lambert hablaban animadamente—. Ha dejado de llover. ¿Hemos terminado?

—Supongo que sí. ¿Qué va a hacer?

—¿Sobre qué?

—Esto. Cuando vuelva a la oficina.

Ella apretó los labios como si reflexionara.

—Debo informar de la reunión. Ha habido testigos, al fin y al cabo.

Milo asintió.

—Pero no tiene que ser inmediatamente. Y cuando haya redactado el informe, tardará un tiempo en llegar a su embajada. Un día o dos.

—Intente que sean dos, por favor.

—Lo intentaré.

Casi la creyó.

—Gracias. Por ser tan sincera.

Morel se inclinó hacia él.

—Cuando hable con ellos, por favor, diga a sus jefes que si alguien más acaba muerto en París por culpa de su mala información, su gobierno puede olvidarse de tener tanta flexibilidad en la República francesa. ¿Comprendido?

—Se lo transmitiré —dijo Milo.

Se sentía pobre, como si le debiera algo por su cooperación, pero no tuviera nada que dar. Entonces se dio cuenta de que, por pequeño que fuera, sí tenía algo.

—Mire, Angela superó el final de su relación sumergiéndose en el trabajo. Me lo dijo. Pero no tomaba somníferos por eso. No es culpa suya que muriera.

Morel empezó a asentir, pero cambió de idea, recordando quién era, y quién era él.

—Por supuesto que no fue culpa mía. Fue suya.

Se levantó, fue a la barra y tiró de la manga de Lambert. Milo, desde la silla, lanzó a Einner una mirada interrogativa, y el Turista les devolvió los móviles. Después los dos miraron como los agentes de la inteligencia francesa salían a la calle fría y mojada. Ambos hombres miraron unos segundos más el umbral vacío.

32

La rue David D'Angers era una de las seis grandes calles que salían como pétalos irregulares de flores del óvulo de la Place de Rhin y Danube, bautizados por dos grandes ríos europeos que no pasaban cerca de París. Decidieron —es decir, Milo decidió— que Einner se quedaría en el coche, aparcaría en la calle y vigilaría, mientras Milo y su mochila entraban en el piso. Confiaba en Diane Morel hasta cierto punto, pero su compañero, Lambert, podía hacer algo.

—¿Necesitas el arma otra vez? —preguntó Einner.

—Si la necesito, significa que estoy haciendo algo mal.

El número 37 estaba al principio de la calle, y su esquina daba a la parada de metro de Danube en medio de la plaza. La llave que Milo tenía del apartamento de Angela no entraba, así que miró el tablero de timbres. En lugar de números de pisos, sólo había nombres. Ahí estaba: uno de ellos era un negocio: Électricien de Danube. Lo apretó.

—*Nous sommes fermés* —respondió un hombre.

—*S'il vous plait* —dijo Milo—. *C'est une urgence.* (Es una urgencia.)

—*Oui?*

—*Mon ordinateur.* (Mi ordenador.)

El hombre no contestó enseguida, pero Milo le oyó suspirar. La puerta se abrió y el hombre dijo:

—*Quatrième étage.* (Cuarto piso.)

—*Merci.*

Milo entró, y fue hacia la escalera, donde había cinco cubos de basura sucios. Se escondió detrás, sufriendo el olor de col y carne podrida.

Primero oyó el sonido, cuatro pisos más arriba, y una puerta que se abría. Después:

—¿Hola?

Después pisadas de alguien que bajaba la escalera, rezongando. El hombre bajó hasta la planta baja y miró hacia la calle. Finalmente, dijo:

—*Merde*.

Y volvió a subir la escalera lentamente. Cuando oyó que cerraba la puerta, Milo se apartó de la peste claustrofóbica y subió la escalera.

Por suerte, el apartamento siete estaba en el tercer piso, así que no tuvo que pasar frente a la puerta del electricista. Junto al timbre había un nombre: Marie Dupont, la versión francesa de Janet Smith.

Por si acaso realmente vivía allí una amiga llamada Dupont, llamó al timbre, pero nadie respondió. Oía un televisor (carreras de Fórmula Uno) en el piso contiguo, el número seis, pero nada en el siete.

Era la típica puerta gruesa europea con dos mirillas opacas que se abrían desde dentro para que los jubilados temerosos pudieran mantener una conversación sin tener que abrir la puerta. Vio que tenía dos cerraduras.

A Milo se le cayó el alma a los pies, porque sabía antes de verificarlo lo que ocurriría. Su llave entraba en la cerradura del centro de la puerta, que abría un cerrojo doble y ruidoso. Pero no entraba en la segunda cerradura, la de debajo de la manilla, y Milo no tenía ni idea de donde podría estar aquella llave. No estaba debajo del felpudo.

Maldita Angela y su obsesión por la seguridad. Como la propia puerta, el marco era grueso y antiguo, reforzado por fuera con acero. Muy eficaz, como Angela Yates.

Milo volvió silenciosamente a la planta baja, salió al patio, y miró hacia arriba. En ese lado, se veían las terrazas, empezando por el segundo piso. A las terrazas se accedía por una puerta de cristal corrediza, y en el espacio de metro y medio entre las terrazas había una ventana alta y pequeña, probablemente la del cuarto de baño.

Una tubería de desagüe subía por toda la altura del edificio, pero, al probar de tirar de ella, vio que no le sostendría. Así que volvió al tercer piso y llamó al timbre del número seis.

Un minuto después, la mirilla interior se abrió un poco y un joven le miró.

—*Ce qui?*

—Em... —empezó Milo, intentando parecer avergonzado—. ¿Habla inglés?

El hombre se encogió de hombros.

—Un poco.

—Ah, vaya. Es fantástico. Oiga, ¿puedo usar su baño? Llevo todo el día esperando a Marie, mi novia. Acaba de llamar y dice que todavía tardará media hora. ¿Le importaría?

El joven se puso de puntillas como si quisiera ver todo el cuerpo de Milo, quizá para detectar un arma.

Milo mostró las manos vacías y puso delante de él la mochila abierta.

—Una muda —explicó—. En serio. Sólo tengo que ir al baño.

Convencido, el chico abrió la puerta, y Milo siguió fingiendo, señalando y diciendo:

—¿Por aquí?

—Sí.

—Genial.

Una vez dentro, cerró la puerta del baño con el pestillo, encendió el ruidoso extractor, y escuchó hasta que oyó que el joven volvía junto al televisor.

La pequeña ventana estaba a la altura de la cabeza, sobre

la bañera. El marco estaba roñoso de las duchas y el polvo, pero se abrió dando un golpe en el pestillo. Milo buscó dentro de la mochila y sacó la cinta adhesiva, después metió dentro su americana, corbata y camisa. Dejó la mochila en el suelo junto a la taza. En camiseta, sosteniendo el rollo de cinta entre los dientes, se subió al borde de la bañera y se dio impulso para sacar la cabeza por la ventana. A medio metro a la derecha, y hacia abajo, estaba la barandilla del balcón de Marie Dupont. Metro y medio a la izquierda de él estaba el balcón de este apartamento. Directamente abajo, una larga caída hacia el duro patio.

Era una ventana estrecha, pero retorciéndose Milo logró meter los hombros. Le costó mantener el equilibrio del cuerpo, con las piernas colgando dentro del baño hasta que tropezaron con la barra de la cortina.

Finalmente, jadeando entre los dientes que sostenían la cinta, y sudando, sacó el cuerpo hasta la cintura, y por un momento, para un observador externo, debía de parecer que a la finca le había crecido un torso humano, con un brazo apoyado contra la pared exterior para mantener la perpendicular. Su centro de gravedad ya estaba fuera, y si soltaba la pared se mataría. Utilizó la mano libre para sacarse la cinta de la boca y lanzarla al balcón de Dupont, donde rodó hasta golpear contra la barandilla.

Hacía mucho tiempo que Milo no hacía una cosa como ésta, y de repente estuvo seguro de que ya no servía. Como le había dicho Tina varias veces, había engordado. Como le gustaba decir a Einner, se había hecho mayor. ¿Por qué estaba suspendido de una ventana a tres pisos de altura sobre París?

Basta.

Empujó un poco más, hasta que las caderas cruzaron el marco y pudo asomarse hacia fuera, con las rodillas dobladas sobre el interior de la pared para mantenerse elevado. Alargó las manos —aguantándose por un instante sin el apoyo de la pared— y cogió la barandilla de Dupont. La apretó más de lo necesario, aterrorizado de que ahora, al sacar las piernas de la ventana, pudiera caer. Pero no cayó. Con las manos agarradas a la barandilla, estiró las piernas, y cuando salieron de la ventana y su cuerpo cayó, su estómago contraído golpeó el borde de cemento del piso del balcón, dándole ganas de vomitar. Pero sus manos aguantaron y la barandilla también. Respiró entre los labios apretados, intentando recuperar las fuerzas, y poco a poco se encaramó.

Los brazos le dolían tanto que casi no lo consiguió, pero pudo pasar una pierna por encima del borde del suelo del balcón, y eso le ayudó. Ahora todas sus extremidades trabajaban dolorosamente con un objetivo, y poco después estaba agachado en el borde exterior del balcón, dolorido, asombrado de seguir vivo. Trepó a la barandilla y se puso en cuclillas, mirándose las manos rojas, entumecidas y temblorosas.

Pero no tenía tiempo que perder. Cogió la cinta adhesiva y cortó tiras de medio metro, pegándolas a la puerta de cristal hasta que formaron un cuadrado de cinta. Entonces, con la mano todavía dolorida, cerró el puño y pegó fuerte contra el centro de éste. El cristal se quebró, pero en silencio, y siguió pegado a la cinta. Arrancó la cinta, dejando un agujero en el cristal, metió la mano y abrió el pestillo desde dentro.

Sin preocuparse por mirar el apartamento, fue directamente a la puerta y, con una llave que colgaba de un gancho en la pared, la abrió. Fue al número seis otra vez y llamó. Fórmula Uno bajó el volumen, y después se abrió la mirilla. El joven abrió la boca asombrado.

—Perdone otra vez —dijo Milo—, pero he olvidado la mochila en su baño.

El joven, asombrado, estaba a punto de decir algo, pero cambió de idea y desapareció. Treinta segundos después abrió la puerta y le entregó la mochila.

—¿Cómo ha salido?

—Iba a darle las gracias, pero no quería interrumpirle. Espero que el baño no huela mal, he abierto la ventana para airearlo.

El hombre frunció el ceño mirando la camiseta y los pantalones sucios de Milo.

—¿Qué ha pasado?

Milo se miró y después señaló la puerta abierta del número siete.

—Marie ha vuelto y... francamente, mejor que no lo sepa.

33

Acababa de empezar por el salón, con la puerta del balcón rota, vaciando una mesita y revisando una extensa colección de DVD del gusto de Angela —*Vidas rebeldes, Con la muerte en los talones, Chinatown, Con faldas y a lo loco*— cuando sonó el timbre. Se descalzó y fue silenciosamente al vestíbulo, deseando haberse llevado la pistola, pero sólo era Einner. Tenía el móvil en la mano.

—Es para ti.

Milo se lo llevó al salón, y lo primero que dijo Grainger fue:

—¿Estás solo?

Einner se había ido a la cocina. Oyó que abría la nevera.

—Sí.

—Me han echado, Milo.

—¿Qué?

—Fitzhugh lo llama vacaciones, pero no es eso en absoluto. Está furioso porque te avisé de lo de Interior, y no le hace ninguna gracia que te enseñara el expediente de Benjamin Harris.

—¿Cómo lo ha descubierto?

—Creo que se lo ha dicho uno de los empleados, pero no importa. Me voy una semana a Nueva Jersey. Estoy harto de la ciudad.

Milo sintió una punzada de culpa: la Agencia era lo único que le quedaba al viudo, y por culpa de Milo se lo habían quitado.

—¿Qué tienes? —preguntó Grainger—. Einner dice que has hablado con la DGSE.

—Oye, Tom. Ni siquiera estoy seguro de tener que huir. Podría entregarme.

—No debes volver —insistió Grainger—. Te dije que Simmons se había reunido con Fitzhugh. Sabía que estabas en París y solicitó el informe sobre Angela. No se lo enseñé, pero creo que Fitzhugh se asustó; el martes se lo entregó. —Calló—. Todo es culpa de ese momento vacío en la vigilancia, Milo. No deberías haber pedido a Einner que apagara las cámaras.

—Tú mismo lo aprobaste.

—Y tendré que vivir con ello. Ahora dime lo que has averiguado.

Milo explicó los hechos más importantes. Primero, que toda la investigación de Angela Yates había sido un ardid.

—Yi Lien nunca sacaba el portátil de la embajada. Diane Morel lo confirmó. Esto significa que alguien te mintió. Quizá tu contacto en el MI6. Deberías hablar con él.

—No es posible. Fitzhugh ha informado a los ingleses de mi despido. Saben que no deben darme información.

—De acuerdo. Estoy en una casa franca que tenía Angela. Espero encontrar alguna documentación aquí.

—Aunque descubras algo no valdrá para nada si no tienes pruebas físicas. Recuérdalo. ¿Y si no hay nada en el apartamento?

—No estoy seguro.

—Si acabas en un punto muerto, llámame a Nueva Jersey. Podría ocurrírseme algo. ¿Tienes mi teléfono?

—Recuérdamelo, por favor.

Milo sacó un bolígrafo y un papel de la mesa y apuntó el número 973 de la casa de Grainger en el lago.

—Una cosa más —dijo Grainger—. Si yo no estoy, Fitzhugh dirige oficialmente Turismo. No tiene ni idea de dónde estás, pero si se entera de que estás con Einner, ya sabes qué pasará.

Einner apareció masticando una barra de chocolate que había encontrado, y se puso a mirar los desnudos a tinta con que Angela había decorado el piso.

—Creo que sí.

Pero Grainger no pensaba fiarse de los poderes de predicción de Milo.

—Llamará a Einner, tiene su código de luz verde, y le ordenará que te entregue. Vivo o muerto. Así que te propongo que te libres del señor Einner cuanto antes.

—Entendido —dijo, mientras Einner se cansaba de los desnudos y le sonreía—. ¿Oye Tom?

—¿Sí?

—Si Tina te llama, ¿buscarás la manera de decirle que estoy bien? ¿Que volveré tan pronto como pueda?

—Claro. Pero ya la conoces. Nunca cree nada de lo que le digo.

Milo colgó, devolvió el teléfono a Einner y le pidió que registrara el dormitorio.

—Creía que querías que vigilara la calle.

—Esto es más importante —dijo, pero en realidad quería tener a Einner cerca por si Fitzhugh le llamaba.

Al final, sólo necesitaron veinte minutos. Convencida de que el piso de la rue David D'Angers era seguro, Angela sólo había pegado la carpeta con el expediente del caso del Tigre bajo el sofá de IKEA situado frente al pequeño televisor. Un fajo de doscientos documentos más o menos, fotografías e ideas escritas a mano arrancadas de libretas. Angela los había organizado con clips para que cualquier cosa que encontrara, por ejemplo, de Rahman Garang, pudiera añadirse a su sección sujeta por un clip, con la foto y la información básica primero. Milo quedó pasmado de lo mucho que Angela había trabajado, recogiendo registros telefónicos y fotos ocasionales sacadas por ella misma.

Milo se llevó la pila de documentos al dormitorio y halló a Einner frente al armario abierto, arrancando los talones de los zapatos de Angela, y mirando en los espacios vacíos.

—Vamos —dijo Milo—. Salgamos de aquí.

Se llevaron los papeles a una brasserie de Montmartre y, con unas costillas de cordero, empezaron a examinar la información.

—¿Me estás diciendo que hizo todo esto ella sola? —preguntó Einner.

—Es lo que estoy diciendo.

—Era mejor de lo que creía.

—Mejor de lo que ninguno creíamos.

Empezando por el punto que le había explicado a Milo, Angela se había centrado en los registros bancarios de Rolf Vinterberg en Zúrich. Utilizando sus contactos había accedido a los registros de tres bancos más de la ciudad, dos de los cuales también mostraban las cuentas de Rolf Vinterberg que Samuel Roth había cerrado poco después. En una página había escrito:

RV - RESIDENTE EN ZÚRICH.
¿SOLO?
NO.
¿QUÉ EMPRESA?

Tras esta nota para sí misma había una lista de veinte páginas a un solo espacio de empresas de Zúrich, divididas por la actividad principal. Milo no tenía ni idea de por qué le habían interesado éstas concretamente, ni que criterio había utilizado. En la cuarta página había rodeado con un círculo de rotulador negro Ugritech, SA. Allí no se veía cómo había distinguido aquella empresa en concreto del pajar de posibilidades, pero Milo debía creer que Angela tenía sus razones, que podían estar ocultas en cualquier otra de las páginas, la mitad de las cuales estaba leyendo Einner.

El nombre «Ugritech» le sonaba, pero no era capaz de recordar de qué hasta que volvió una página, que era una impresión del sitio web de Ugritech, una empresa dedicada a difundir tecnología en África. Entonces lo vio: primero, la fotografía.

Un hombre guapo con el cabello gris ondulado y una sonrisa seductora: «DIRECTOR: Roman Ugrimov».

Milo soltó un bufido tan fuerte que Einner dejó de leer:

—¿Has encontrado algo?

—¿Tienes algo sobre Ugritech? Es una empresa.

Einner negó con la cabeza, y volvió a sus páginas mientras Milo cerraba los ojos, recordando las 10.27 de la mañana, del 11 de septiembre de 2001, el momento en que Ingrid Shappelhorn, de trece años, chocó contra los adoquines de Venecia. Y Roman Ugrimov diciendo: «¡Y yo la amo, hijo de puta!».

Había pocas personas a las que Milo podía decir que odiaba. En la Agencia el odio no dura mucho, porque con la cantidad de información a la que tienes acceso, es demasiado fácil ver las perspectivas de los que cometen actos abyectos. Además de saber bastante de lo que había ocurrido, Milo nunca había logrado explicar satisfactoriamente el asesinato de Ingrid Shappelhorn.

El 13 de septiembre, después de asegurarse de que la mujer embarazada, Tina Crowe, estaba fuera de peligro, se escapó del hospital y fue al *palazzo* de Ugrimov. La visita fue un acto fútil que ni siquiera pudo reforzar con agresión debido a los agujeros que tenía en el pecho, pero fue suficiente para hacerle despreciar a Roman Ugrimov. El ruso tenía demasiada fe en su invencibilidad: por muchos crímenes que cometiera, lo único que tenía que hacer era extender unos cheques. En Italia, la policía sólo le interrogó una vez sobre la muerte de la chica que tenía a su cargo, y poco después la versión oficial reflejaba lo que ellos habían decidido creer o les habían pagado por creer. La pobre chica se había suicidado.

—Aquí está —dijo Einner.

Milo pestañeó ante la hoja que el otro levantaba para que la leyera.

—¿Qué?

—Ugritech. Aquí.

Era una fotocopia de un artículo de *Le Temps*, en francés,

fechado el 4 de noviembre de 2006, que hablaba de la visita diplomática del ministro sudanés de Energía y Minería Awal al-Jazz a Europa, enumerando los países en su orden del día. Estaba buscando inversores para una nueva infraestructura eléctrica, que había sido diezmada por la guerra civil. En la segunda columna, con un rotulador azul, Angela había rodeado con un círculo una reunión entre el director de Ugritech, Roman Ugrimov, y el ministro de Energía, en la casa de Ugrimov en Ginebra. Estaban presentes en la reunión «varios inversores norteamericanos». No se daba ninguna dirección.

Ahí estaba la conexión que Angela había descubierto. Era fenomenal.

Milo compartía la sospecha de Angela de que el dinero utilizado para pagar al Tigre procedía de Ugritech. Se daba cuenta de que la suerte había jugado a favor de Angela, porque, de no haber sido por aquel día terrible en 2001, no habría dado importancia a Ugritech.

Pero se preguntó por qué no se lo había contado. ¿Era posible que no confiara en él?

—¿Adónde nos lleva esto? —preguntó Einner.

—Me lleva —dijo Milo—. Ya me he aprovechado demasiado de ti.

—Ahora me ha picado la curiosidad. Tenemos asesinatos de sudaneses, empresas de tecnología que los contratan, y portátiles chinos que desaparecen. ¿Qué más podría pedir un Turista?

Milo suavizó sus argumentos para que Einner no sospechara que lo hacía por su propia seguridad, pero no hubo forma de convencerlo. Según él, Einner había empezado «un trabajo» y no tenía ninguna intención de dejarlo a medias.

—¿Adónde?

Milo volvió a preguntarse si todo aquello no sería un error. No sólo llevarse a Einner, sino toda la búsqueda. Se le ocurrió que, si se hubiera dejado apresar en Disney World, ahora todo podría estar resuelto. La llamada de Grainger no le había dejado tiempo para reflexionar. En este preciso momento, podría estar sentado en su salón, comiendo fideos y escuchando la peculiar visión de Stephanie del mundo.

Pero un Turista aprende enseguida que los «podría haber hecho» son un lujo para los demás. Los Turistas no tienen tiempo para el arrepentimiento, y de hecho el arrepentimiento es una plaga para los Turistas. Así que Milo olvidó las lamentaciones y dijo:

—Nos vamos a Ginebra. ¿El coche tiene gasolina?

Einner meneó la cabeza de lado a lado.

—Espérame aquí. Creo que deberíamos cambiar de vehículo.

34

A veces Tina tenía la sensación de que no apreciaba suficientemente las cosas. Recordaba cómo había estado en Venecia, detestando el calor, la suciedad y las hordas de turistas y, también, el bebé pesado y opresivo que llevaba en el vientre. Como si todo aquello constituyera lo peor que el mundo podía depararle. Pero entonces conoció a Frank Dawdle y supo que las cosas podían ser peores.

Había dejado que aquellos primeros días en Venecia pasaran sin apreciarlos en absoluto. Era un genio ignorando lo que tenía delante, y se preguntó si, de alguna manera, lo estaba volviendo a hacer en Austin aquel domingo por la tarde.

Había algunos paralelismos. Su marido se había desvanecido como el humo, y ella estaba sudando como una loca en el porche trasero de la casa de sus padres. El calor de Austin no es tan diferente al de Venecia, porque es húmedo, y te empapa de arriba abajo cuando abandonas la protección de las casas con aire acondicionado. Y, como en Venecia, estaba sola, sólo ella y su hija.

—¿Limonada? —ofreció su madre, asomando la cabeza por la puerta corrediza de cristal y recordándole que no estaba realmente sola. Teóricamente, no.

—Claro, mamá. Gracias.

—Enseguida voy.

Hanna Crow cerró la puerta para que no se escapara el frío artificial, y Tina miró la hierba quemada y dos álamos moribundos recientemente plantados junto a la verja. No se parecía en nada a Venecia. En los barrios del norte de Austin el agua era un recurso precioso, y la tierra se extendía amplia y vacía. La gente vivía separada por altas verjas. Éste era un mundo totalmente diferente.

Hanna llegó con un vaso de plástico enorme lleno de limonada fría y se sentó junto a su hija en la silla plegable. Estuvieron un rato contemplando la hierba quemada. Hanna no aparentaba sus cincuenta y seis años, y tenía la piel permanentemente rosada por el sol de Texas. A menudo deseaba en voz alta haber nacido con la piel bronceada de su marido Miguel, mexicano, pero igualmente alababa la piel olivácea de su hija que unía lo mejor de ambos mundos. Por fin, Hanna dijo:

—¿No has sabido nada más de él?

—No volverá a llamar.

—Por supuesto que llamará.

A Tina la sacaba de quicio que su madre no pudiera o no quisiera entrar en razón.

—No puede, mamá. La Agencia cree que ha hecho algo malo, y él necesita demostrar que es inocente antes de ponerse en contacto.

—Pero una llamada...

—No, mamá. Una llamada, y ellos le localizan así de rápido —dijo chasqueando los dedos—. No puede volver a arriesgarse.

Su madre sonrió tristemente.

—Sabes cómo suena, ¿verdad?

—Sí. A paranoia.

Hanna asintió.

—Pero no lo es. Has visto el coche aparcado frente a los Sheffield, ¿no? Te lo indiqué.

—Seguro que son amigos de los Sheffield.

—Entonces ¿por qué no bajan del coche, mamá?

Desde su llegada hacía dos noches, Tina no había conseguido impresionar a su madre con esos detalles. Su padre lo entendía, ¿Por qué ella no?

—Bueno —dijo Hanna—, es agradable tenerte aquí. Hacía meses que no veíamos a Stephanie.

Tina cerró los ojos. ¿Cómo podía esperar que su madre comprendiera? Aunque sus padres supieran que Milo trabajaba para la CIA, creían que era una especie de analista, que trataba con información clasificada que le impedía hablar de su trabajo durante las comidas familiares. No sabían nada de la verdadera historia sobre cómo se habían conocido, no sabían que había sido la clase de empleado de la Agencia que a veces llevaba pistola e incluso tenía autorización para utilizarla.

Los hombres que pasaban el rato en el coche frente a los Sheffield trabajaban para la mujer que había interrumpido bruscamente sus vacaciones. La agente especial Janet Simmons. Aunque su impresión inicial había sido que Simmons era la mayor de las malas putas que jamás había conocido, con diferencia, recordaba perfectamente que la mujer había intentado demostrarle lo razonable que era.

—Sí, creo que mató a Angela Yates y a otra persona. Por eso quiero llevármelo. Pero ¿por qué huiría, Tina? ¿Puedes decírmelo?

—No, no puedo.

—Exactamente, Tina. Si es inocente, soy toda oídos para oír su versión. Pero necesito tenerle delante. —Sacudió la cabeza y su ojo bizco se fijó en la pared—. Esta huida repentina no tiene buena pinta. ¿Es que sabes algo que no me dices? ¿Sabes adónde ha ido?

Tina, con toda sinceridad, reconoció que no sabía nada, y los días siguientes dio vueltas a lo poco que sabía. Incluso el mezquino Patrick tenía sus sospechas. ¿Las tenía por qué era un miserable autocompasivo o porque podía ver algo que a ella se le escapaba por completo?

Su madre estaba diciendo algo que acababa con:

—... tortillas recién hechas.

—¿Perdona?

Hanna Crowe sonrió y acarició el brazo de su hija.

—Aquel restaurante nuevo de la I-35. Pensaba que podríamos ir esta noche. ¿Qué te parece?

—Claro, mamá. Estaría bien.

Miguel Crowe ya era considerado un gran hombre cuando cumplió los diecinueve y obtuvo una beca en la Universidad de Texas para estudiar ingeniería. Cuando se fue de Guadalajara a Austin, empezó a planificar su futuro, creando contactos con los cazatalentos de las compañías petroleras que pasaban dos veces al año. Al graduarse ya tenía un puesto en Exxon Mobil en los campos de Alaska, a donde se llevó a su flamante esposa, Hanna, que dejó los estudios de literatura comparada para seguir a su marido al norte. Tina había nacido en Nome, pero al cumplir seis años, la familia ya había vuelto a la central de la empresa en Irving, Texas, un suburbio de Dallas. Era el único mexicano que había llegado jamás a la junta de dirección cuando se jubiló en 2000, en plena oleada de odio nacional contra las sociedades petroleras.

Después de jubilarse, adquirió un taller de bicicletas en Austin que iba de mal en peor. Amplió la tienda, le cambió el nombre, y puso anuncios en el *Chronicle* de lo que los locales denominaban críticamente «el Walmart de las tiendas de bicis». Hubo muchas ironías acerca de su nueva aventura empresarial, y Tina a veces le preguntaba cuántas tiendas había obligado a cerrar.

—Caramba, Tina, creía que te alegraría que fuera respetuoso con el medio ambiente.

A pesar de su ética para los negocios, Tina adoraba a su padre. Con casi sesenta años, era grandote, oscuro de piel y desde ciertos ángulos parecía un luchador mexicano. Sin embargo, cuando estaba con Stephanie, los negocios desparecían, y nada le gustaba más que sentarse en el suelo con la niña y hablar con ella de cualquier cosa que le apeteciera.

Aquella mañana, había insistido en llevarse a Stephanie a la tienda, pero cuando volvieron a las dos habían pasado también por Chuck E. Cheese's y habían tomado postre en Baskin-Robbins, lo que había dejado una mancha oscura en el mono color lima de Stephanie. Hanna la desnudó e intentó quitar la mancha mientras Stephanie se cambiaba de ropa. Miguel también desapareció un rato, llevándose el correo a su despacho, y al volver, tenía uno de los sobres metidos en el bolsillo. Distraídamente, encendió la tele. Las noticias financieras de la CNN informaban de los precios de las acciones.

—¿Cómo se ha portado, papá?

—Tu hija es encantadora. Podría ayudarme a negociar.

—¿No le habrás dado demasiada comida, eh?

Su padre no le hizo caso, se sentó en el sofá, mirando el umbral vacío. Cogió el sobre acolchado del bolsillo y lo tiró hacia el espacio vacío que había entre ellos.

—Echa un vistazo a esto.

Tina lo cogió y leyó rápidamente la dirección escrita a mano: la de sus padres. Conocía la letra. Sin remitente. Dentro había dos pasaportes nuevos y un pedazo de papel en el que Milo pedía a sus padres que guardaran los pasaportes para T y S. Tina y Stephanie.

—Dios mío —murmuró mirando su propia fotografía junto al nombre Laura Dolan.

Y allí estaba Stephanie, pero ahora se llamaba Kelley.

Cuando entró su madre, ella volvió a guardar los pasaportes en el sobre, como si fuera un secreto entre ella y su padre, y tal vez lo era, pero su madre sólo cruzaba el salón para ir al baño a por más detergente.

—¿Qué te parece? —preguntó Miguel cuando su mujer se alejó.

—No sé qué pensar.

—Un plan de escape, quizás.

—Quizás.

Miguel cambió la emisora a las noticias financieras de la MSNBC mientras Hanna cruzaba la habitación, diciendo.

—Espero que no le hayas estropeado el apetito, Mig.

—Sólo un helado, cielo. Jugamos un poco en Chuck E's.

Ella respondió con un dudoso «mmm» y se fue.

Él suspiró.

—No sé qué está pasando, Tina, pero si está pensando en marcharse contigo y mi nieta a otro país, va a tener graves problemas conmigo. No lo permitiré.

—Él no haría eso.

—Entonces ¿para qué son los pasaportes, Tina? —Como ella no contestó, empezó a zapear, rezongando—: Problemas gordos, te lo juro.

35

Debido a su histórico distanciamiento, Suiza no se había unido a la Unión Europea pero, en una votación de junio de 2005, sus ciudadanos habían decidido entrar a formar parte del Acuerdo de Schengen, abriendo sus fronteras a la zona libre de fronteras de Europa. Esto hizo mucho más fácil el viaje con el Renault Clio de cinco puertas que Einner había robado al sur de París, y llegaron a Suiza en cuatro horas y media. Milo condujo después de la tercera hora de oscuridad.

Mientras todavía estaba en el asiento del pasajero, Milo siguió revisando los documentos de Angela, utilizando la linternita de Einner. La mayor parte eran datos periféricos: registros de las tarjetas de crédito de Rahman Garang, artículos sobre los sistemas de instalación de ordenadores de Ugritech en la República Democrática del Congo, Kenia y Sudán, y, por una razón no aparente, un resumen diario de la página web de Naciones Unidas:

DESTACADOS DE LA REUNIÓN DE MEDIODÍA
SEDE DE NACIONES UNIDAS, NUEVA YORK
Miércoles, 20 de junio de 2007
MISIÓN DE NACIONES UNIDAS EN SUDÁN DISCUTE FORMAS DE CONTRIBUIR A LA IMPLANTACIÓN DE UN ACUERDO DE PAZ

• La Misión de Naciones Unidas en Sudán, en el informe de hoy, declara que, durante el fin de semana, el representante especial en funciones en Sudán, Taye Brook Zerihoun, se reunió con el ministro de Estado de la Presidencia, Idris Abdel Gadir.

• Las conversaciones se centraron en una propuesta de mantener consultas a alto nivel entre la Misión de Naciones Unidas en Sudán y el gobierno de Unidad Nacional para que la ayuda de la Misión a la implantación de un Acuerdo de Paz Amplio sea más clara y eficaz.

• Mientras tanto, la Misión de Naciones Unidas informó de que ayer, un vehículo alquilado por una ONG internacional que viajaba al sur de Darfur fue tiroteado por un hombre armado desconocido.

• El mismo día en el oeste de Darfur, un convoy de dos vehículos de una ONG internacional con cinco miembros de su personal fue detenido por dos hombres armados desconocidos, y fueron despojados de todos sus efectos personales y equipo de comunicación.

A continuación venía un artículo, ni más ni menos que del *People's Daily* chino, fechado el 25 de septiembre de 2004, «El gobierno sudanés frustra intento de golpe de Estado».

Sudán frustró un complot islamista para derrocar el gobierno el viernes por la tarde, declaró el ministro del Interior.

Elementos del Congreso Popular dirigidos por el líder islamista encarcelado Hassan al-Turabi planeaban poner en práctica un complot en Khartoum a las 2 de la tarde (11 horas de Greenwich) después de los rezos del viernes, decía la declaración...

Esto había sido hacía tres años; ahora, tras el asesinato del mullah Salih Ahmad, la rebelión estaba en la calle.

Era difícil concentrarse. El estruendo de la transmisión le provocaba tensión en la columna. Milo todavía estaba dolorido de las acrobacias y de la falta de sueño. Quería llamar a Tina, oír su voz y la de Stephanie. Quería saber dónde estaban exactamente.

Más tarde, conduciendo, Milo se frotó la cara mirando la oscuridad de la autopista a medianoche. Sus pensamientos volaron. Pensó que en las películas de espías o en las series de la tele, siempre existía un objetivo claro. Una cinta de una conversación que demostraba algún hecho importante. Un hombre que tenía las respuestas a una pregunta concreta. Estas historias eran agradables por su pura simplicidad. La verdad era que los servicios secretos pocas veces trabajaban, o nunca, de forma directa. Hechos acumulados, muchos de ellos inútiles, algunos que se relacionaba y después se desconectaban. Exigía un ojo paciente y entrenado para decidir con qué quedarse y qué descartar. Angela tenía esa clase de ojo. Milo no sabía si lo tenía.

—¡Vaya! —dijo Einner, despertándose.

Milo pestañeó, y volvió a alinear el coche en el carril.

—¿Te quieres suicidar o qué?

—Perdona.

—Ya conduzco yo. —Se incorporó un poco y se lamió los dientes—. ¿Dónde estamos?

—Acabamos de cruzar la frontera. Mira.

Enfrente tenían una señal:

> Salida 1
> Ginebra-Centro
> La Praille
> Carouge
> Perly

Discutieron sobre el hotel al que debían ir. Milo quería uno pequeño y discreto, como el De Genève.

—¿Ese antro? —dijo Einner—. Caray, Milo. ¿Quieres que nos maten antes de que tengamos tiempo de entrar en acción?

El De Genève no era un antro, pero, con su presupuesto ilimitado de Turismo para gastos, Einner se había acostumbrado a disfrutar de los mejores alojamientos que una ciudad podía ofrecer. En Ginebra, esto significaba el Hotel Beau-Rivage, con vistas al puerto del lago lleno de yates.

—Si localizan este coche —dijo Milo—, será el primer sitio donde mirarán.

—Pero no localizarán el coche. De verdad que te preocupas demasiado.

—Porque estoy huyendo.

—Vamos. Confía en mí.

Mientras Einner bajaba por la rue de la Servette, que conducía directamente al agua, Milo casi tuvo un ataque de risa. En parte era por el cansancio, pero más que nada era que una verdad fundamental de Turismo era no confiar en nadie. Y si tenías que confiar en alguien, valía más que no fuera en otro Turista.

Dejaron el coche detrás del hotel. Era casi la una de la madrugada, pero el puerto hervía de música y de personas. La actividad despejó a Einner, que siguió el ritmo chasqueando los dedos de una samba que emergía de una fiesta en un barco en medio del lago.

Einner decidió pagar sus habitaciones con una de las cinco tarjetas de crédito que llevaba en la cartera, a nombre de Jack Messerstein. En cuanto les entregaron las llaves de las dos habitaciones contiguas en el cuarto piso, Einner le susurró:

—Sube. Iré a deshacerme del coche.

—¿Ahora?

—Conozco a un tío que conoce un tío. Y no duerme nunca.

—¿Puedo utilizar tu móvil?

Einner no parecía muy seguro.

—No te preocupes —dijo—. No llamaré a casa.

Era verdad. Sólo se aseguraba de que Einner no recibiera nuevas órdenes todavía.

Antes de subir, miró la guía de teléfonos del vestíbulo y no figuraba ningún Ugrimov. Con una tarjeta de Dolan, sacó un fajo de francos suizos de un cajero y preguntó a un recepcionista por Roman Ugrimov, un viejo amigo que vivía por allí. Sí, conocía a Ugrimov, un hombre con una riqueza tan flagrante no podía pasar desapercibido. ¿Sabía dónde vivía Roman? El hombre, ojeando el dinero, sacudió la cabeza tristemente, pero a cambio de unos billetes dirigió a Milo a una prostituta despampanante que tomaba vino blanco en el bar del hotel. Tomando a Milo por un cliente en potencia, la mujer le sobó el brazo. Pero, en cuanto le dijo lo que quería, se apartó:

—¿Eres poli?

—Un viejo amigo.

—Mis clientes pagan para que sea discreta, viejo amigo.

—Pues permite que yo te pague también.

Resultó que Roman Ugrimov no era cliente suyo, pero el círculo de prostitutas de Ginebra de su categoría era reducido, y conocía a una chica «muy joven, sabes, le gustan jóvenes» que había estado algunas veces en su casa. Por doscientos cincuenta francos, unos doscientos dólares, realizó una llamada y apuntó la dirección de Ugrimov en un posavasos de cerveza Löwenbräu.

La habitación se denominaba «deluxe» porque no se parecía en nada al montón de habitaciones de precio medio-bajo en las que Milo había vivido durante su vida como Turista. La gran cama tenía un dosel de románticas cortinas, y en la habitación había un saloncito con divanes. Toda ella desprendía la elegancia clásica del viejo mundo. La bañera de mármol estaba hecha para dos. La ventana daba al lago, a los barcos de recreo y a las luces de la ciudad. Qué desperdicio, pensó, estar allí sin su familia.

36

Se saltaron el desayuno y, en cuanto estuvieron en camino, Einner explicó que había entregado el Renault robado a un amigo que regentaba un desguace en las afueras de Ginebra. A cambio, el amigo le había dado un Daewoo que había sido robado en España, y luego había sido pintado y matriculado con otro nombre con documentos suizos. Para ser un coche barato, tiraba bien, incluso por la costa septentrional montañosa del lago Ginebra.

—Hoy tienes mejor aspecto —dijo Einner, mientras conducía—. ¿Alguna idea nueva?

—Sólo que dormir es una buena idea —dijo Milo, porque era cierto. Pero era algo más que el descanso. De repente sentía que había vuelto a su antigua vida. Se había despertado por la mañana dolorido, pero sintiéndose como si fuera un Turista, y su cerebro había recuperado los viejos métodos para mantener la ansiedad a raya. Era una medida temporal, lo sabía, pero era necesaria. No podía durar mucho antes de que la ansiedad lo desbordara y lo desquiciara por completo, como había ocurrido hacía seis años, casi matándolo—. Y quizá también empiezo a tener alguna esperanza —dijo.

—Apuesto a que el Libro tiene algo que decir de la esperanza —repuso Einner.

Miró a Milo para ver si estaba dispuesto a hablarle del contenido del Libro Negro sobre este punto, y Milo estaba más que dispuesto a hacerlo.

—Te dice que no te aferres a ella.

Sobre las once y media llegaron a la finca de Ugrimov. Tras recorrer unas carreteras sinuosas y montañosas que pasaban junto a oscuras mansiones, acabaron frente a una verja alta y electrificada repleta de cámaras de vídeo y un intercomunicador. Milo bajó del coche, pisando grava, y apretó el timbre. Una voz grave con acento ruso dijo:

—*Oui?*

Milo contestó en ruso:

—Por favor, diga a Roman que Charles Alexander ha venido a verle.

Siguió un silencio, y Milo se volvió a mirar a Einner, que le miraba expectante desde el coche. Sonó el intercomunicador y Roman Ugrimov habló a través de él:

—¿Señor Alexander-Weaver? Ha pasado mucho tiempo.

Milo miró hacia una de las cámaras de vídeo, sonrió y saludó.

—Media hora como mucho, Roman. Sólo quiero hablar.

—¿Y tu amigo?

—No es necesario que entre.

—Pues que espere fuera.

—Por mí, está bien.

Milo se acercó al coche y dijo a Einner que se quedara donde estaba. Dos minutos después, apareció un Mercedes negro al otro lado de la verja, avanzando lentamente entre los árboles. Bajaron dos hombres, y uno de ellos era conocido de Milo de su última reunión hacía seis años.

—Nikolai —dijo Milo.

Nikolai fingió que no lo recordaba. Su compañero abrió una puerta en la verja y cuando Milo entró le cachearon, y volvieron a cerrar la puerta. Lo llevaron al coche, pusieron marcha atrás y desaparecieron de la vista de Einner.

Milo había imaginado que la casa de Ugrimov al final del largo y tortuoso paseo sería una especie de mansión, pero se equivocaba. Sorprendentemente el ruso tenía gustos más humildes. El Mercedes paró frente a una casa de piedra, baja pero muy ancha, que tenía forma de «U», con la punta hacia fuera y el interior ocultando un patio de piedra y una piscina. Allí era donde le esperaba Ugrimov, sentado en una tumbona de aluminio y tomando algo rosa y espumoso. Se levantó con un gruñido, dejó la copa en una mesa de cristal, y se acercó a Milo para estrecharle la mano. Los últimos seis años habían vuelto blancos sus cabellos grises.

—Ha pasado mucho tiempo —dijo Ugrimov en ruso.

Milo dijo que era verdad y se sentó en una tumbona a juego que le ofreció Roman Ugrimov.

—¿Algo para beber? Nikolai hace unos daiquiris de piña muy buenos.

—No, gracias.

—Como quieras —dijo él, sentándose otra vez.

El cálido sol de mediodía hacía difícil mirar las brillantes piedras del suelo.

—Necesito información, Roman.

—La información es lo mío. Yo manejo información. Pero no vas a volver a amenazarme, ¿eh? —preguntó Ugrimov con una sonrisa—. Tu última amenaza me pareció de mal gusto.

—Mataste a aquella chica. Te vi.

—Ni siquiera mirabas a la terraza, Weaver. Nadie miraba. Cuando ella saltó, no. —Meneó la cabeza como si estuviera apenado. Todas las emociones de aquel hombre, pensó Milo, eran imitaciones—. Fue un día bastante triste sin necesidad de tus acusaciones.

—No he venido por ella. He venido por tu empresa, Ugritech.

—Ah, bien. Estaba esperando inversores nuevos.

—¿Quién es Rolf Vinterberg?

Ugrimov apretó los labios, y negó con la cabeza.

—Ni idea.

—¿Qué me dices de los trescientos mil dólares ingresados por Rolf Vinterberg en el Union Bank of Switzerland, en una cuenta vaciada después por Samuel Roth? ¿O la reunión que tuvo lugar, a finales del año pasado, con el ministro sudanés de Energía?

El ruso le miró por encima del borde de la copa mientras sorbía ruidosamente el daiquiri. Dejó la copa sobre la mesa.

—¿Tienes alguna idea de lo que hacemos en Ugritech, Milo?

—No me importa mucho.

—Deberías —dijo él, apuntándole con un dedo—. Hacemos cosas buenas. Llevamos el siglo XXI a las masas negras. Otros ven China como el próximo gran negocio, pero yo soy un optimista. Veo nuestro futuro en nuestro pasado, en el continente negro del que todos procedemos. África tiene potencial. Tiene recursos naturales: minas, petróleo, tierras. Debería dictar sus condiciones. Pero no lo hace. ¿Por qué crees que no lo hace?

Milo no estaba seguro de que Ugrimov hablara en serio.

—¿Los gobiernos corruptos?

—Es cierto, sí. Pero esto no es la causa, es un efecto. La raíz de los problemas de África radica en una sola palabra: ignorancia.

Milo se frotó la nariz y se incorporó un poco.

—Roman, no me interesan tus puntos de vista racistas.

El ruso se rió ruidosamente, pero se calló enseguida.

—No te me pongas políticamente correcto. Evidentemente no son estúpidos. La ignorancia es la falta de conocimientos objetivos, que es una maldición africana. ¿Por qué los aldeanos creen que los preservativos no impiden la difusión del sida?

Esto Milo lo sabía.

—Porque los sacerdotes católicos se lo dicen.

—Muy bien. En este caso, la Iglesia católica fomenta la ignorancia africana. Y ¿por qué algunos creen que tener relaciones con una virgen mata el virus del VIH?

—Ya te he entendido, Roman.

—Ya lo veo. Ugritech, y ya sé la egomanía que sugiere el nombre, es un intento de romper los grilletes de la ignorancia africana. Empezamos con ordenadores conectados a internet. El año pasado, instalamos dos mil ordenadores en escuelas y centros comunitarios de Nairobi.

—¿Cuántos en Khartoum?

—Más o menos otros tantos. No me acuerdo.

—¿Por eso el ministro de Energía te visitó aquí?

Ugrimov miró su copa de daiquiri vacía.

—¡Nikolai! —gritó, y apareció el hombre calvo. Ugrimov alargó la copa—. ¿Te importa?

Por lo visto, a Nikolai no le importaba. Cogió la copa y entró en la casa.

—¿Bien? —preguntó Milo.

Roman Ugrimov unió las palmas de las manos frente a los labios.

—Tú, Milo Weaver, se dice por ahí que has huido. ¿Es cierto?

Una pausa.

—Sí.

—Un hombre que huye de su propia gente se presenta de repente en mi casa. Es raro, ¿no?

—¿Vas a contestar mis preguntas, sí o no?

—Por favor. Qué prisa tienes. Deberías probar un daiquiri.

—Gracias, pero no.

—¿Has matado a alguien?

—No.

—Pero yo no debería creerte, ¿no? Tú nunca creíste que no maté a mi querida Ingrid, aunque yo te dije que se había suicidado.

—Es justo.

Una sonrisa repentina cruzó la cara de Ugrimov.

—¿Recuerdas la última vez que hablamos? Estabas furioso, por supuesto. Te habían disparado, ¿no? Cualquiera habría estado furioso.

—Estaba furioso porque no contestabas mis preguntas —recordó Milo—. No querías decirme para qué te había visitado Frank Dawdle. Ya podrías decírmelo ahora.

—Preguntas mucho.

Milo se encogió de hombros.

—Era sencillo, Weaver. Franklin Dawdle quería una nueva identidad. Sudafricana. Sabía que yo tenía contactos que podían facilitárselos rápidamente.

—Por eso estaba allí, ¿para pedirte una nueva identidad?

—Me lo había pedido hacía un par de días. El día que lo matasteis, venía a recogerlo. Supongo que hallasteis el pasaporte en su cuerpo. ¿Sí?

Milo ya estaba fuera del caso entonces, y nadie le había contado nada.

—¿Qué tenía que ver Ingrid?

La expresión de Ugrimov cambió.

—Ingrid Shappelhorn. Era una chica preciosa, no la conociste, pero ¿viste las fotos?

—La vi en la terraza, la noche anterior.

El ruso tragó ruidosamente.

—Tu Frank Dawdle era un imbécil. Ya me lo espero de los hombres de la CIA, pero no tanto. Vino por una simple transacción de negocios, sí, pagaba por su pasaporte. Pero tuvo que mancillarlo con una amenaza. Tenía pruebas de que yo era algo más que el guardián de mi querida Ingrid. Pruebas fotográficas, evidentemente.

—Era muy joven, Roman.

—Trece —reconoció Ugrimov, y se mordió el labio inferior un momento, mirando por encima de Milo las puertas de cristal, y quizá su propio reflejo—. Y embarazada. Con mí... nuestro... —Cerró los ojos, se aclaró la garganta, y finalmente miró directamente a Milo—: Habría sido malo para el negocio que se supiera. A nadie le importan las circunstancias o la clase de amor. Sólo ven los números.

Milo, pensando en Stephanie, quería comentar que las chicas de trece años podían manipularse para que creyeran cualquiera cosa, incluso el amor. Pero rápidamente apartó el pensamiento.

—La mataste para demostrar a Frank que no tenía ningún control sobre ti.

—Saltó —susurró él.

Milo se preguntó si, con los años, Ugrimov se habría convencido de su mentira.

—En fin, fue una tragedia. Una tragedia agravada quizá por la muerte de Dawdle segundos después, eclipsada por lo que sucedería poco después en Nueva York. —Una sonrisa repentina—. ¡Y felicidad! Conociste a tu esposa en medio de la tragedia, ¿no?

A Milo le angustiaba que aquel hombre supiera tantas cosas, pero no lo demostró. Necesitaba a Roman Ugrimov.

—Sí, y seguimos juntos.

—Eso he oído.

—¿De quién?

Otra sonrisa.

—¿Te acuerdas de Angela Yates? —preguntó Milo—. Estaba conmigo en Venecia.

—Por supuesto que me acuerdo. Es la chica bonita que liquidó al idiota de Dawdle. Leí que se había suicidado recientemente. Y después me enteré de que te buscaban en relación a su asesinato. ¿Cuál es la verdad?

—La mataron, pero no fui yo.

—¿No?

—No.

El ruso apretó los labios.

—Las preguntas que haces sobre mi empresa africana, ¿están relacionadas con su asesinato?

—Sí.

—Ya. —Hizo chasquear los labios—. Milo. El mismo día que la bonita Angela Yates mató a aquel imbécil, el mundo que conocíamos se paró de golpe, ¿no? Ahora, personas que antes no sabían ni leer son capaces de leer el Corán.

—¿Y tú has cambiado con él?

Ugrimov balanceó la cabeza de lado a lado.

—Se podría decir que sí. Mis prioridades han evolucionado. Mis amigos ahora son de diferentes colores.

—¿Suministras ordenadores a terroristas?

—No, no. Eso no. Eso nunca.

—¿Y China qué?

La frente arrugada, expresión de desconcierto y negación con la cabeza.

Milo se estaba cansando de marear la perdiz, lo que era de rigor hablando con un ruso.

—Cuéntame.

—¿Qué me darás a cambio, Milo?

Milo no estaba seguro de tener nada que pudiera querer alguien con el poder y la influencia de Ugrimov.

—¿Qué te parece información?

—¿Sobre qué?

—Lo que tú quieras, Roman. Si lo sé, responderé a tu pregunta.

Volvió Nikolai con un daiquiri de piña recién hecho, y lo dejó al lado de Ugrimov. El ruso sonrió.

—Me gusta tu estilo, Milo Weaver.

Siguió un silencio mientras esperaban que Nikolai se alejara.

37

—Quieres que te hable de dos cosas. De una persona llamada Rolf Vinterberg que ingresa dinero en un banco, y de mi relación con el gobierno de Sudán. ¿Correcto?

—Sí.

—La verdad es que estas dos cosas no están del todo desconectadas. De hecho, diría que están muy conectadas. Por supuesto, tú sabes que soy un hombre poderoso. Pero, como tantos hombres poderosos, estoy sentado en una burbuja. En cualquier momento puede estallar. Un ejemplo fue tu Frank Dawdle, el muy imbécil. En ese caso, fueron mis gustos personales los que estuvieron a punto de hacer estallar la burbuja. Hoy en día, estoy lo bastante establecido para que ya no pueda perjudicarme. Pero hace seis años, todavía negociaba contratos públicamente. Apenas empezaba a insinuarme en la economía europea. —Se encogió de hombros—. Era vulnerable.

—Y por eso mataste a Ingrid. No querías volver a ser vulnerable.

Ugrimov hizo un gesto despectivo con la mano.

—No levantemos un polvo tan viejo. De lo que quiero hablar es de lo que pasó después de aquel día tan triste. Tres meses después, para ser exactos. En diciembre de 2001. Un joven vino a verme, a través de unos amigos americanos, con una proposición parecida. ¡Sí, también me hizo chantaje! Pensé: «¿Qué le he hecho a Dios para que me maldiga así?». ¿Quién sabe? Esta vez no se trataba de chicas, no, era algo más siniestro.

—¿Qué era?

Una rápida negación con la cabeza.

—Si te lo dijera, ya no sería mi secreto, ¿no? Tendrás que conformarte con saber que era una cuestión financiera. El joven no sólo mantendría el silencio sobre lo que sabía del asunto, sino que procuraría que nadie más se enterara. Sería mi protector, por decirlo de algún modo.

—¿Cómo se llamaba?

—Se presentó como Stephen Lewis, y así fue como siempre le llamé.

—¿Estadounidense?

—Dudaba de su nombre, pero no de su carácter norteamericano. Prepotente. Como si el mundo entero le perteneciera.

—¿Qué quería que hicieras?

Ugrimov bebió un poco más de daiquiri, después se levantó y cerró la puerta de la terraza. Al volver, escrutó el extremo abierto del patio que conducía al bosque. Se sentó y bajó la voz.

—Ya has visto lo que me pidió que hiciera. Coger dinero, diferentes cantidades cada vez, e ingresarlas en una serie de bancos de Zúrich, cuentas abiertas con dos nombres: el nombre de mi hombre y Samuel Roth. ¿Qué podía hacer? ¿Sí? ¿Qué podía hacer? Hice lo que me pedía, evidentemente. No muy a menudo, dos o tres veces al año. ¿Qué tiene de ilegal? Nada. Mando a uno de mis empleados con documentos falsos, el nombre Rolf Vinterberg es el que hemos utilizado los dos últimos años, y él abre la cuenta.

Ahí estaba. Inesperadamente Milo se sintió ilusionado. El sencillo plan de lavado de dinero utilizado para pagar las misiones del Tigre; Angela había estado a un pelo de descubrirlo. Después especuló en voz alta, pero sin esperanza.

—¿Tiene barba?

—¿Qué?

—Stephen Lewis. ¿Tiene barba?

Ugrimov se animó.

—¡Le conoces! Pelo rojo, cara roja, barba roja. ¡Le conoces!

Otra vez. Conexiones. Milo negó con la cabeza.

—No, todavía no. Pero espero conocerlo pronto. Sigue, por favor.

—Bueno, sobre esto no hay mucho más. Todo fue como él había prometido. Mis secretos fiscales nunca salieron a la luz, y de vez en cuando el señor Lewis venía a verme. Me daba el dinero, en euros, con instrucciones del banco, y yo encargaba al señor Vinterberg que siguiera estas instrucciones. De hecho, al cabo de dos años el acuerdo me benefició incluso más. Surgieron otros problemas y unos burócratas alemanes empezaron a pedir a Suiza que me mandaran a Alemania. Me asusté de verdad. Se lo dije a Lewis y él, no me preguntes cómo, logró que Suiza me dejara en paz. —Asintió con reverencia—. Y me dejaron en paz. Al menos hasta hace poco.

—¿Qué ha ocurrido?

—El lunes recibí una nota del Ministerio de Asuntos Exteriores suizo. ¿Te imaginas qué? La nueva administración ha decidido que ya no soy un ciudadano ideal, debido a los irados hunos de Bonn.

—¿Y llamaste a Lewis?

—¿Cómo? Nunca me había dado un teléfono, no trabajábamos así. Pero, ¡coincidencia de coincidencias!, hace cuatro días, recibí la visita final del señor Stephen Lewis. Me pareció una suerte, porque podría aprovechar para pedirle ayuda. Sin embargo, no había venido con un fajo de euros e instrucciones para un banco. Había venido con las manos vacías. Me dijo que nuestro acuerdo había llegado al final. Me agradeció mi colaboración y me aseguró que esas personas nunca revelarían nuestro pequeño secreto, siempre y cuando yo no revelara el suyo. En cuanto al nuevo problema con los alemanes que me acosaban, aseguró que ya no podía hacer nada. Ese tiempo había pasado.

Había sido una suerte increíble. La carta del ministro de Asuntos Exteriores suizo había sido la baza de Milo porque había convertido la ira de Roman Ugrimov en un deseo de venganza. Si no, podrían haber estado sentados en silencio y Ugrimov no habría soltado prenda de su duradero acuerdo con Stephen Lewis, alias Jan Klausner, alias Herbert Williams. ¿Cuántos nombres más tenía el cabrón?

Ugrimov se aclaró la garganta, y sorbió un poco de daiquiri.

—No sé a qué juegas, Milo Weaver. Espero que no vaya contra mí.

—No lo creo —dijo Milo sinceramente—. Háblame de Sudán.

—¡Oh! Bueno, esto te gustará. La relación entre los hechos que acabo de describir y Sudán está, evidentemente, en el huidizo señor Lewis.

Con las manos sobre las rodillas, Milo dijo:

—Cuéntame.

—Bueno, esto fue el pasado octubre, cuando todavía éramos amigos. Lewis vino a verme, aquí, de hecho, y me pidió un favor. ¿Podría invitar al ministro de Energía, al-Jazz, a mi casa? Algunos amigos suyos querrían invertir en electricidad. Yo ya le conocía, por supuesto. No es mi favorito, sigo teniendo la desagradable sensación de que desarma nuestros ordenadores tan pronto los instalamos. En fin, Lewis dejó claro que nuestra continua colaboración dependía de esto, y acepté. Mandé la invitación, el ministro aceptó, y el 4 de noviembre, le recibí en mi casa. Ahí estaba Lewis, claro, con cuatro empresarios estadounidenses mudos. Y antes de que me lo preguntes —dijo, levantando una mano—, no. No me dijeron ningún nombre. De hecho, fueron descorteses. A petición de Lewis, me retiré a la sala, y no volví a salir hasta que oí que el ministro de Energía gritaba y salía como una tromba al vestíbulo y cogía la puerta, con los escoltas detrás. Fui tras él para desearle un buen viaje de vuelta. Para mi regocijo, estaba lívido. ¿Sabes lo que me dijo?

Milo indicó que no lo sabía.

—Dijo: «¡Venderemos a quien nos dé la gana vender!». Sí, dijo esto. Y después: «Si amenazan a mi presidente, enterraré al suyo». —Ugrimov asintió vigorosamente—. Fue una velada muy animada.

—¿No tienes ni idea de lo que hablaron?

Ugrimov negó con la cabeza.

—Antes los hombres de Lewis estuvieron buscando micrófonos. Después, se marcharon todos sin decir palabra, y yo bebí hasta quedarme dormido. Uno de esos momentos en que ya no te sientes amo de tu propio reino. ¿Sabes lo que te digo?

—Sí, lo sé.

Fue lo único que pudo decir Milo, porque, mirando al ruso, hizo más conexiones. Herbert Williams representaba a un grupo de empresarios estadounidenses. Habían utilizado al Tigre para asesinar a un extremista musulmán tras —y esto era crucial— una conversación fallida con el ministro de Energía sudanés. «Si amenazan a mi presidente...» Era lo que el Tigre sospechaba. El asesinato debía sublevar a la población, desestabilizar aún más un gobierno inestable. No para los terroristas, sin embargo, sino para algunos empresarios. ¿Por qué? «¡Venderemos a quien nos dé la gana vender!»

¿Vender qué?

Lo único que tenía Sudán que tuviera valor para un estadounidense era el petróleo.

¿A quién vendía el petróleo Sudán? A los chinos. Las empresas de Estados Unidos no compraban debido al embargo.

El sol era demasiado fuerte para soportarlo. Milo se levantó y se acercó a la puerta de cristal, donde una extensión del tejado le protegía. Reguló la respiración.

—¿Estás bien, Milo Weaver?

—Estoy bien. ¿Algo más?

Ugrimov se estiró en la tumbona y se acercó un nuevo daiquiri a los labios.

—Esto es todo. Ahora te toca a ti. ¿Te pregunto lo que quiera?

—Si sé la respuesta, te lo diré.

—Me parece bien —dijo el ruso. Su cara adoptó una expresión grave—: ¿Adónde crees que debería ir?

—¿Qué?

—Voy a tener que marcharme de Suiza y pronto. ¿Adónde? Un lugar con un buen clima, por supuesto. Pero sobre todo donde no me persigan los banqueros alemanes. Había pensado en tu país, pero no me siento muy positivo con Estados Unidos últimamente.

—¿Qué te parece Sudán?

—¡Ja!

Ugrimov parecía divertido, y Milo se dio cuenta de que aquel hombre no necesitaba nada de él. Le había contado la historia por puro despecho.

—¿Y Lewis qué? —preguntó Milo—. Imagino que intentarías descubrir quién era, ¿no?

—Lo intenté, claro. Hace años.

—¿Y?

—¿Y qué? Estos tíos saben cómo cubrir su rastro. Encontramos un par de nombres. Herbert Williams, era uno, en París.

—¿El otro nombre era Jan Klausner? —preguntó Milo.

Ugrimov frunció el ceño y negó con la cabeza.

—No. Era Kevin Tripplehorn.

—¿Tripplehorn?

El ruso asintió.

—Es imposible saber cuántos alias tendrá ese hombre.

Tripplehorn, pensó Milo, y no dejó de repetirlo mentalmente. Entonces lo supo. Todo no, todavía no, pero sí suficiente. Kevin Tripplehorn, el Turista. Tripplehorn, que también era Jan Klausner, Herbert Williams, Stephen Lewis. Tripplehorn, que había posado con el coronel Yi Lien en una foto y había rondado a Angela Yates para espiarla o para incriminarla. Tripplehorn.

Se despertó sin saber que se había desmayado. Ugrimov,

encima de él, le estaba dando cachetes, y después intentó hacerle beber daiquiri. Era demasiado amargo. Le dolía la parte trasera de la cabeza.

—Deberías cuidarte, Milo. No puedes confiar que otros lo hagan por ti. ¿Mi consejo? Depende de tu familia y de nadie más. Ugrimov se levantó y gritó—: ¡Nikolai!

Nikolai miró a Milo con desconfianza mientras lo acompañaba en coche hasta la verja. Todavía bajo los efectos del *shock*, no dejaba de pensar en las últimas palabras de Ugrimov. «Depende de tu familia y de nadie más». Una frase curiosa.

Einner, junto a la verja, fumaba uno de los Davidoff de Milo, pero al ver acercarse el Mercedes lo tiró al suelo. Cuando Milo bajó, sintiéndose ya un poco más fuerte, Nikolai también bajó y, señalando a Einner, gritó en un inglés rígido pero furioso:

—Tú. ¡No ensucies!

38

En el camino de vuelta a la ciudad, Einner le dijo que Ginebra era una de sus ciudades preferidas.

—¿Has tenido los ojos abiertos? Las chicas de aquí me tienen en un estado de permanente excitación erótica.

—Ah —dijo Milo mirando hacia a los árboles que veían al pasar.

—Te lo mostraré. A menos que estés pensando en un allanamiento. No, ¿verdad?

Milo negó con la cabeza.

—Bien. Esta noche saldremos. —Al acercarse al lago, los árboles se convirtieron en casas—. Oye, puedes explicarme lo que ha pasado ahí dentro. Al fin y al cabo trabajo contigo.

Pero Milo no habló. Fue Turismo quien le enseñó la cantidad de datos que podía revelar, y era Turismo el dato que se había convertido en la raíz de todo. Todavía no había alcanzado el siguiente nivel de comprensión. Así que mintió, porque eso también era normal en Turismo.

—Ugrimov ha sido un punto muerto. Esperaba enterarme de algo.

—¿Y Ugritech?

—Si alguien está utilizando su empresa para mover dinero, él no lo sabe.

Einner se frustró un poco con el fracaso.

—Pero al menos estamos en Ginebra. Y tienes el mejor guía que podrías desear. ¿Salimos esta noche?

—Claro —dijo Milo—. Pero primero necesito dormir un poco.

—Bueno, ya no eres un jovencito.

Llegaron al Beau-Rivage a las cuatro. Einner dijo que, mientras Milo dormía, él descansaría a su manera en un burdel que nunca dejaba de visitar cuando estaba en la ciudad.

—Un sitio con mucha clase. Limpio. Te tratan como es debido. ¿Seguro que no te apetece un polvo?

Milo le deseo suerte, cogió un *Herald Tribune* de cortesía y fue al ascensor. Subiendo a la habitación, vio al pie de la primera página una fotografía de un anciano de aspecto amable, con el cabello blanco y la sonrisa afable. El pie de foto decía que Herr Eduard Stillmann, miembro de la Junta del Deutsche Bank desde hacía diez años, había sido hallado muerto de una paliza en el piso veintiocho de sus oficinas. La policía todavía no tenía pistas. Milo supo, al dejar el periódico en la cama y empezar a desnudarse, que nunca encontrarían ninguna.

En sus días de Turismo, a veces el sueño le venía de esta manera. Chocaba contra un muro de información, y esto le agotaba física y mentalmente. Ni siquiera los Turistas pueden hacer tantas conexiones en un abrir y cerrar de ojos. Se necesita tiempo y reflexión. Milo no era mejor que un Turista medio y cuando se despertó, después de ducharse y vestirse, su cabeza seguía fracturada por tantos conocimientos.

Ni siquiera desconfió cuando Einner dijo:

—Mañana tendré que irme.

—¿Ah, sí?

—Me han llamado. Nuevos pastos para mí. ¿Crees que puedes seguir tú solo?

—Lo intentaré con todas mis fuerzas.

Sólo duró una hora en el Platinum Glam Club, un elegante y ruidoso club nocturno del *quai* du Seujet, frente al Roine, en el punto donde descargaba en el lago Ginebra. Al cabo de quince minutos, estaba sordo con la música tecno y los jóvenes ricos suizos que se apretujaban a su alrededor, gritando para hacerse oír. Las luces parpadeaban, los láseres arañaban las paredes, y pronto perdió de vista a Einner entre la gente que iba a la pista de baile. La entrada le daba derecho a una copa, pero era demasiado esfuerzo intentar llegar a la barra, donde jóvenes musculosos con el pelo rubio platino y en punta abrían botellas al ritmo agonizante de la música, como si un desenfrenado DJ fuera quien se las entregara. Se apartó, tropezando con chicas preciosas, con copas altas de colores y faldas cortas, que fingían no verle, e intentó llegar a los sofás que rodeaban la sala. Pero cuando llegó estaban todos ocupados. No tenía ni idea de por qué estaba allí, así que empezó a dirigirse hacia la salida.

Cuando ya veía la puerta, una chica con el flequillo negro y recto y un vestidito de lamé plateado le obstruyó el paso, sosteniendo un mojito alto entre los pechos. Sonreía mucho mientras gritaba algo que Milo no podía oír. Él se tocó la oreja para dar a entender que no la oía, así que ella le cogió el cuello con la mano libre y acercó la boca al oído de Milo:

—¿Quieres bailar?

Él le tocó el hombro desnudo y húmedo para demostrar que no quería ofenderla, pero le dijo que no quería bailar.

—¡Tu amigo ha dicho que sí! —gruñó ella, como si le hubiera pillado mintiendo.

En respuesta a la expresión perpleja de Milo, la chica señaló detrás de él. Sobre un montón de cabezas bien peinadas, vio a Einner con otra chica joven, tan rubia y alta como él, saltando en la pista de baile, y levantando los pulgares hacia Milo.

—¡Ya ha pagado! —gritó la chica.

Milo tardó demasiado en entender —se había vuelto lento al fin y al cabo—, y entonces se inclinó, le besó en la mejilla y dijo:

—Otro día.

Ella le cogió antes de que se marchara.

—¿Y el dinero?

—Para ti.

Se deshizo de ella y resistió la embestida de un grupo de jóvenes con traje gris y corbata que entraban antes de poder subir la escalera y salir a la calle con vistas al Rin. Le zumbaban los oídos. Fuera había casi tanta gente como dentro, una rebelión de juerguistas que cuatro gorilas habían considerado inaceptables. De todos modos, algunos se conformaban con la calle, y compartían vino, cerveza y tabaco en la acera. Una chica borracha daba tumbos por la calle mientras sus amigas, con latas de Red Bull en la mano, se morían de la risa. Un Mercedes le pegó un bocinazo al pasar y ella saltó tan contenta hacia un lado, mientras Milo empezaba a caminar hacia el hotel.

Había olvidado lo vacío que le hacía sentir todo esto. Einner todavía era joven. Para él, las ciudades europeas eran una tierra maravillosa de música, violencia y sexo sin compromiso. Para Milo también había sido así... hasta que dejó de serlo. Hasta que se dio cuenta de que las ciudades de Europa eran como una ciudad, una ciudad con mucho potencial, pero sin variedad. Nunca se quedaba el tiempo suficiente para descubrir los matices que hacían especial un lugar. Para él, las ciudades formaban parte de las luces brillantes de una «ciudad» platónica; donde no cambiaba nada.

Se frotó los ojos y, ya en el lago, cruzó hacia la costa, donde el agua estaba negra y casi invisible. Ahora estaba todo claro, lo que le había costado tanto aceptar. Tripplehorn era uno de los Turistas de Grainger. Grainger lo había estado controlando todo desde el principio.

Compró una botella de Absolut en una tienda, recogió su llave en recepción, cogió el ascensor otra vez —se estaba hartando de aquel interior elegante y lleno de espejos— y se desnudó en su habitación. Pensó en buscar un ordenador en el hotel para mandar un mensaje a Tina. Sólo unas palabras para decirle que estaba bien. Pero sabía que la Agencia —o al menos Janet Simmons— vigilaba todas las cuentas de correo de Tina. Así que se sirvió un poco de vodka y bebió.

Tenía un latido lento y constante en la nuca que le recordó que su emoción primaria era la desesperación. Haces huir a un hombre, le alejas de su familia y después le demuestras que la única persona en quien confía le ha estado utilizando, y ese hombre se desmorona; o esa mujer, como le había sucedido a Angela en 2001. La traición le hizo desear desesperadamente algo estable en todo el asunto, y lo único que se le ocurrió fue su mujer y su hija, a las que no podía ver, ni tocar, y con las que no podía hablar. Y, sin aquella familia, era como si volviera a estar en 2001, de pie junto a un canal de Venecia pensando en el suicidio. Sin su familia, no tenía ninguna razón para no saltar.

A pesar de aquellos siniestros pensamientos, Milo sólo bebió aquella copa. Recordó el cambio de órdenes de Einner y supo qué tenía que hacer.

James Einner no volvió al hotel hasta las tres. Para entonces, Milo había abierto la puerta entre su habitación y la de Einner, había hecho la mochila y la había guardado en el armario, se había enterado de los vuelos utilizando el teléfono del hotel, y se había echado en la cama, pero sin dormir. Oyó entrar al Turista en la habitación contigua, le oyó tropezar con algo y blasfemar, y después entrar en el baño. Milo entró en la habitación con su rollo de cinta adhesiva escondido detrás.

—¿Has follado? —gritó.

—¿Qué? —contestó Einner sorprendido, por la rendija de la puerta del baño—. Oh. No. Creía que ya estarías dormido.

—No —dijo Milo, sentándose tranquilamente a los pies de la cama de Einner.

Podía hacerlo ahora, mientras el hombre estaba en el baño. Pero le gustaba Einner, y no quería humillarlo.

—Eh —dijo el Turista.

—¿Qué?

—¿Cómo has entrado en mi habitación?

Mierda.

Milo corrió hacia la puerta, la empujó con fuerza, pegó una patada a la mano de Einner que le apuntaba con la pequeña Makarova. El arma se disparó y en el pequeño espacio del baño pareció que hacía mucho ruido. Una bala se incrustó en las baldosas por encima de la bañera. Mientras Einner intentaba levantarse, con los pantalones todavía en los tobillos, Milo bajó el codo con fuerza contra el hombro del joven y le hizo caer sobre la taza. Después golpeó la barbilla de Einner con la parte baja de la otra mano, haciendo chocar la cabeza del Turista contra la pared. La Makarova cayó al suelo ruidosamente.

Milo golpeó la cabeza de Einner otra vez contra la pared, y los ojos enrojecidos de éste protuberaron al mismo tiempo que se le abría la boca, intentando hablar, pero Milo utilizó su codo otra vez, para golpearle la tráquea. No pudo decir nada. Milo recogió la pistola.

Sabía que estaba haciendo daño al Turista, pero necesitaba tenerlo noqueado unos minutos. Arrancó la cortina de la ducha, haciendo saltar las anillas de la barra, y la extendió en el suelo del baño.

Cuando volvió, Einner intentaba ponerse de pie, jadeando desesperadamente.

—No —dijo Milo, y le enseñó la pistola.

Einner se calmó como si supiera que ya estaría muerto si este fuera el plan, pero volvió a asustarse cuando Milo agarró los pantalones que el Turista tenía arrugados en los pies y tiró de él, con una sacudida, y lo sacó del baño a rastras. Sacudió los brazos; gimió; la camisa le subió por el pecho, y una mancha marrón pestilente señaló su recorrido.

«Esta parte es la más humillante», pensó Milo con pesar. Cortó un pedazo de cinta y ató las muñecas a Einner sobre el estómago, y después los pies.

Respirando agitadamente, Milo arrastró a Einner hasta la cortina de ducha.

—Qué —logró decir Einner.

—No te preocupes —dijo Milo con calma.

Dobló un lado de la cortina sobre la parte delantera del cuerpo de Einner, tapándole la cara con un extremo.

—¡Qué!

Milo desdobló el extremo, destapándole la cara. Ahora Einner estaba completamente rojo. Era una reacción primaria a la idea de ser ahogado en plástico.

—No te pasará nada —dijo Milo, intentando tranquilizarle mientras doblaba el otro lado de la cortina sobre el cuerpo de Einner, para que quedara envuelto. Arrancó un pedazo de cinta con los dientes—. Escúchame James. Tengo que irme. Pero debo asegurarme de que no me sigues. Porque eres un buen Turista. No creo que pudiera deshacerme de ti. Por eso no tengo más remedio que incapacitarte un tiempo para poder huir. ¿Entiendes?

Einner, regulando la respiración, habló a través de la laringe dolorida.

—Entiendo.

—Bien. No quiero hacer esto, puedes creértelo o no, como tú quieras. Pero no puedo permitirme que me sigas.

—¿Qué te contó Ugrimov? —logró decir Einner.

Milo estuvo a punto de contárselo antes de recordar que no podía.

—No, James. No quiero que informes de esto a Fitzhugh. Al menos, por ahora.

Einner pestañeó con los ojos húmedos.

—De acuerdo.

Milo colocó un trozo de cinta corto sobre la boca de Einner.

Milo se puso de pie y utilizó el resto del rollo para envolver la cortina, desde los hombros a los pies, de modo que Einner no pudiera alcanzar nada con los dedos. Al hacerlo, tuvo que girar el cuerpo de Einner varias veces y levantarle los pies y los hombros. Intentó hacerlo suavemente, pero sabía que no había nada suave en el plástico y la cinta adhesiva. Y no había nada suave en haber dejado al Turista con los pantalones bajados, y los excrementos pegados al interior de la cortina y sus muslos. Sin duda Einner sólo pensaba en matarle.

Cuando terminó, hizo rodar a Einner junto a la cama. Los ojos del Turista se habían despejado y por encima de la cinta gris le miraban rabiosos. Milo le mostró la Makarova y la guardó en un cajón de la cómoda, después tiró del edredón de la cama y lo colocó de modo que tapara a Einner, le dejara en la absoluta oscuridad y sofocara cualquier ruido que pudiera hacer mientras esperaba que llegara la mujer de la limpieza.

En la cartera de Einner, encontró seiscientos dólares en francos suizos, que se guardó en el bolsillo, y pensó en llevarse las llaves del coche, pero cambió de idea. Cerró la puerta sin decir nada más, cogió la mochila y se marchó.

En el aeropuerto Internacional de Ginebra, vigilando su espalda durante dos trayectos en taxi en los que no descubrió ninguna sombra, examinó las salidas de aviones. Tenía tiempo de coger el vuelo 2443 de Air France de las 6.30, que compró con la tarjeta de crédito de Dolan por casi 1.200 dólares. Corrió hacia la puerta. Durante la hora larga de parada en Charles de Gaulle casi tuvo un ataque de pánico, buscando ojos saltones. Pero Renée Bernier no le estaba esperando.

Una vez en el siguiente avión, recordó uno de los aforismos de Einner: «Tom me llama, y no necesito saber nada más. Tom es Dios cuando está al teléfono».

Los Turistas nunca se cuestionan el motivo de sus órdenes. Dios ordenó a Tripplehorn seguir a Angela Yates en París, mientras Einner sacaba fotos de ella inocentemente. Dios ordenó a Tripplehorn que se reuniera con el coronel Yi Lien; que Milo supiera, sólo había pedido un cigarrillo al coronel. Dios ordenó a Tripplehorn que hiciera un trato con un insidioso empresario ruso y entregara dinero para que se ingresara en varias cuentas bancarias; Dios le ordenó cambiar las pastillas para dormir de Angela por barbitúricos. Dios incluso ordenó a Trip-

plehorn que colocara una aguja oculta en una silla de una cafetería de Milán, para que el Tigre se consumiera lentamente,
consolado por su fe en la Iglesia de la Ciencia Cristiana, en lugar de revelar la identidad de Tripplehorn.

Tripplehorn no tenía la culpa de nada. Sólo era el ejecutor
del Dios Grainger, y Dios era el creador de todo.

39

El lunes por la mañana Milo aterrizó en el JFK con los ojos muy abiertos. Pero tras esperar en la interminable fila de pasaportes que giraba alrededor de pasillos de cintas, como si estuviera en Disney World, Lionel Dolan cruzó la frontera de Estados Unidos de América sin problemas. Alquiló un Hertz Chevy a un joven estirado y con granos, y una vez fuera del aeropuerto jugó con las llaves en un dedo observando a los viajeros con sus maletas exageradamente grandes discutiendo precios con los agobiados conductores de autobús de Nueva York. Los taxis llegaban y se marchaban. Pero no vio a nadie que se fijara en el hombre nervioso de treinta y tantos años que se frotaba la mandíbula y miraba alrededor. Fue a por su Chevy.

Milo quería recoger sus cosas de Stinger Storage. En aquel pequeño almacén tenía dinero, más tarjetas de crédito, viejas identificaciones, y una variedad de armas útiles, esperándole. Sin embargo, fue hacia el norte por la I-95, saliendo de Long Island en dirección a New Rochelle, y después al oeste hacia Paterson. Aunque aquel almacén estuviera repleto de promesas, tenía que dar por supuesto que estaba comprometido. Era un idiota, ahora lo sabía, y probablemente había cometido muchos errores a lo largo de los años. Sin duda, ahora, un puñado de gorilas de la Agencia estarían allí, uno detrás del mostrador, y otros esperando en coches negros con el aire acondicionado a todo trapo.

Condujo velozmente, pero no de una forma demasiado exagerada, sabiendo que cuando volviera a desviarse hacia el sur, paralelamente a Manhattan, pero todavía en New Jersey, sólo le faltaría una hora para llegar al lago. ¿Sabría Tom que Milo se dirigía a su casa? Probablemente lo sospechaba. ¿Habría pedido refuerzos de la Agencia? En este punto, Milo reconocía no saber nada. Lo único que podía hacer era conducir de forma que los policías de New Jersey no lo detectaran en los radares y le detuvieran.

Pronto las montañas se extendieron a ambos lados de la autovía. A Milo siempre le había producido una sensación rara, cuando él, Tina y Stephanie pasaban un fin de semana con los Grainger, comprobar la inmensa naturaleza que se encontraba a cuatro pasos de Manhattan. En la ciudad parecía que todo el mundo estuviera hecho de cemento, acero y vidrio. La visión de los bosques era una perpetua sorpresa. Como hacía seis años, conduciendo hacia Portorož en la primera etapa del viaje que acabó haciendo entrar en su vida a Tina y Stephanie, pensó que quizá las montañas eran el único lugar donde se podía hallar el equilibrio.

Pero era demasiado mayor para creer en la promesa de un nuevo territorio. Lo que no podía saber siendo Turista era que la geografía son las personas. Sólo las personas dan carácter a la naturaleza. Su sitio estaba donde estuviera su familia.

Él, Tina y Stephanie solían coger esta carretera para visitar a Tom y a Terri, cuando ella todavía vivía. Terri Grainger era una esquizofrénica del entretenimiento, y tan pronto deseaba invitar a todo el mundo a su casa para celebrar fiestas, beber y ver a los amigos, como quería estar allí completamente sola, apartada incluso de su marido. Pero cuando estaba en racha, era la mejor anfitriona del mundo, y hacía que Tina sintiera que la casa del lago era un sutil sustituto de la familia de Texas que añoraba.

Cuantas «T»: Tom, Terri, Tina y Texas. Sonrió, recordando algo que había dicho Tina sobre Patrick y Paula en París.

Durante mucho tiempo, Tina acompañó a Terri a las sesiones de quimio. Se convirtió en la confidente de la mujer. Pero cuando el cáncer empeoró, e incluso los más optimistas reconocieron que iba a ser una batalla perdida, Terri hizo marcha atrás. Se recluyó, y cuando Tina la llamaba se mostraba poco comunicativa. No quiso que Tina sufriera hasta el final con ella.

Milo aparcó bajo los pinos de Brady Drive, no muy lejos de la costa, pero a un kilómetro largo de la casa de Grainger. Se colgó la mochila al hombro y se puso a caminar. Pasaban furgonetas y Fords, y alguna vez un conductor le pegaba un bocinazo y le saludaba. Milo sonreía y devolvía el saludo. Cuando estuvo cerca de la casa, salió de la carretera y caminó entre el follaje hacia el lago.

En los setenta, Grainger había comprado la casa en la subasta de una herencia. Era de los años treinta, construida con el estilo cabaña de inspiración Teddy Roosevelt y, según Grainger, durante la Depresión el industrial de Manhattan que la poseía se había mudado allí, con la esposa y los criados, para ahorrar.

Los Grainger habían dejado que las dependencias de los criados acumularan arañas y erizos; los dos pisos y los tres dormitorios de la casa principal eran suficientemente caros de mantener.

Milo pasó cuarenta minutos en el bosque, rodeando la casa para verla desde varios ángulos y comprobar si había vigilancia en los árboles. Cuando se convenció de que el bosque estaba vacío, se acercó a la casa. En la parte más alejada, donde las ventanas del salón daban al Mercedes de Grainger y al pequeño muelle, vio que el barco de remos de Grainger no estaba.

La casa no estaba cerrada, de modo que Milo entró y lentamente echó un vistazo. Estaba vacía. Subió la escalera junto a la puerta, pasando junto al dormitorio en dirección al despacho de Grainger. Era una habitación pequeña, con una única ventana grande que daba al lago.

Era la hora del día que los fotógrafos denominan la hora mágica, cuando la luz del sol poniente se refleja de la forma justa, y las caras parecen iluminadas como dicen que se iluminan las caras de las mujeres embarazadas. El lago resplandecía, lo mismo que una pequeña figura en el centro: Tom Grainger, pescando.

Milo registró los cajones de la mesa hasta que encontró uno cerrado abajo, que tuvo que forzar con un destornillador de otro cajón. Durante aquellos fines de semana, había visto el contenido de aquel cajón: la German Luger que Grainger aseguraba haber arrebatado a un soldado nazi durante la batalla del Bulge, y la caja de munición de 9 mm. Miró en la recámara y la cargó.

Si a Grainger le sorprendió verle, lo disimuló bien. Estaba amarrando la barca a las pilonas cuando Milo salió de detrás de un árbol, con la pistola colgando junto a la cadera.

—¿Has pescado algo?

Respirando fatigosamente, Grainger no se molestó en levantar la cabeza.

—Nunca pesco nada. Al menos en los últimos años. Sospecho que algún cabrón echó algo al lago que mató todos los peces. —Por fin se incorporó y miró a Milo—. De todos modos, no he pescado nada desde que Terri murió. O sea que puede que sea culpa mía. —Vio la Luger y frunció el ceño—. No habrás forzado mi mesa para cogerla, ¿eh?

—Me temo que sí.

Grainger sacudió la cabeza.

—La llave estaba en el cajón de arriba.

—Lo siento.

—Oh, bueno. —Empezó a recoger la caña y los cebos del barco, y después miró el cielo despejado—. Los dejaré. No va a llover.

—Buena idea. —Milo agitó la pistola—. Vamos.

Protestas: esto era lo que faltaba. Grainger no protestaba

por nada aparte de la destrucción de su mesa. Sabía que Milo aparecería. De hecho, Milo sospechaba que el anciano le había estado esperando, día tras día, pescando para llenar las horas de espera.

Se instalaron en el salón. Primero, Grainger fue al armario de las bebidas, equipado con una docena de botellas, y eligió un escocés de diez años. Lo sirvió en un vaso alto, guardó la botella, y llenó otro vaso con vodka de Finlandia. Dio el vodka a Milo, después se sentó en la butaca estrecha de piel, mientras Milo se acomodaba en el mullido sofá. Entre ellos había una mesita baja, y contra la pared una radio antigua, de los días en que se había construido la casa.

—Veo que lo has reconstruido todo —dijo Grainger.

—Sí.

—Y has venido a verme. ¿Soy tu primera parada?

—Lo eres.

—Bien. —Grainger tomó un poco de escocés—. Cuenta. ¿Qué pruebas has reunido?

Milo respiró hondo. Sabía que las respuestas las tenía este hombre, pero en todo el viaje no se había planteado realmente cómo se las sacaría. No tenía ningún método, porque los métodos que conocía no incluían padrinos, viejos amigos y agentes de la Agencia que se sabían todos los métodos de memoria.

—He llegado a la conclusión de que no necesitaba recoger pruebas para mi defensa, Tom. Tú me engañaste para que huyera.

—Sólo intentaba ayudarte.

Milo tenía ganas de gritar, nada concreto, sólo la primera tontería que le saliera por la boca cuando la abriera. No era sólo que Grainger fuera su amigo y lo más parecido a una familia que Milo había tenido en la vida diaria, también era esto: las sillas cómodas, la sala repleta de objetos de otros tiempos, y ellos dos tomando algo en vasos de cristal.

Milo dejó el vodka sobre la mesita y fue a la cocina.

—Las pruebas —gritó Grainger.

En lugar de responder, Milo volvió con un grueso rollo de cinta adhesiva.

La sonrisa de Grainger se esfumó.

—Por Dios, Milo. ¿No podemos tener una conversación?

Milo cortó un trozo de cinta con un ruido sonoro.

—No, Tom. No podemos.

Grainger no era tan tonto como para resistirse cuando Milo pegó el extremo de la cinta a la parte trasera de la silla, y después la enrolló alrededor de su cuerpo cinco veces, inmovilizando al anciano a la butaca desde los hombros hasta los codos. Milo cortó la cinta con los dientes y la pegó contra la parte trasera de la butaca. Se apartó para comprobar su obra y volvió al sofá.

—Tendrás que darme mi escocés —dijo Grainger.

—Lo sé.

—¿El palo y la zanahoria?

—Más bien gato por liebre —sugirió Milo, y después pestañeó.

Apenas podía distinguir la cara de Grainger porque el sol había bajado. Mientras estaba distraído, el sol había desaparecido detrás de las montañas.

—Dime —dijo Grainger, mientras Milo encendía la lámpara—, ¿qué pruebas has recogido? Suposiciones no, por favor. Ni habladurías. Pruebas.

Milo volvió al sofá.

—Me tendiste una trampa, Tom. Me hiciste marchar de Disney World cuando no tenía por qué huir. Estaba bajo sospecha, pero nada más. ¿No?

Grainger, intentando moverse bajo las ataduras sin éxito, asintió.

—Fuiste tú todo el tiempo. Le dabas dinero a Roman Ugrimov, que se lo pasaba al Tigre. Controlabas a Tripplehorn, que daba órdenes al Tigre. Por eso me ocultaste el expediente de Turismo del Tigre tanto tiempo. No tenía nada que ver con que Fitzhugh le hubiera reclutado.

—Sí —reconoció Grainger un momento después—. Te oculté el expediente por esas razones, pero te lo enseñé más tarde porque Terence Fitzhugh lo había reclutado.

—No nos vayamos por la tangente. Tú controlabas al Tigre. Angela, como yo, estaba siguiendo al Tigre. Y la hiciste matar. Fue otro de los trabajos de Tripplehorn.

—Sí.

—El coronel Yi Lien no tenía nada que ver con nada. Simplemente situaste a Tripplehorn en unos pocos puntos estratégicos y dejaste que las cámaras hicieran su trabajo.

Casi de mala gana, Grainger dijo:

—Lo del M16, bueno, me lo inventé.

—Así que lo que sigue es que ordenaste el asesinato del mullah Salih Ahman en Sudán.

—Sí. —Como parecía que Milo no quería seguir con el tema, repitió la palabra que había utilizado antes—. ¿Pruebas? ¿Tienes alguna prueba que apoye todo esto?

Milo no estaba seguro de si debía responder. Admitir que no tenía ninguna prueba física real podía hacer que Grainger se cerrara en banda. De todos modos, Grainger estaba demasiado preparado para ver a través de la mentira, y querría saber exactamente de qué prueba se trataba.

Pero su silencio fue suficiente. Grainger meneó la cabeza de mal humor.

—Mierda, Milo. No tienes ninguna.

—No.

—¿Qué has estado haciendo estos días? ¿Beber?

Milo se levantó, como si quisiera recordarle quién dirigía la conversación, después cogió el vaso de escocés y lo acercó a los labios de Grainger. Cuando el hombre hubo tomado un buen sorbo, Milo dejó el vaso y dijo:

—Por favor, Tom. Cuéntame qué pasa.

Grainger reflexionó y después asintió.

—Si no has podido descubrirlo tú mismo, de acuerdo. Es la

razón más vieja del manual. Es por lo que ya no podemos estar quietos.

—El petróleo —dijo Milo.

Grainger intentó encogerse de hombros, pero la cinta le limitaba los movimientos.

—Más o menos, sí. Superficialmente. Pero la respuesta que se lleva el premio es el imperio. Y te llevas puntos adicionales si mencionas a China.

40

En cuanto empezó a hablar, Grainger ya no pudo parar. La cinta adhesiva lo tenía inmovilizado, pero ladeaba y agitaba la cabeza libremente mientras explicaba los detalles de una historia que estaba deseando contar desde hacía mucho tiempo, o eso le pareció a Milo.

—Escucha, Milo. E intenta no ponerte infantil. Tienes un continente empapado de petróleo, así como algunos de los gobiernos más corruptos que el mundo ha conocido. ¿Crees que Sudán es una tierra de paz y amor? Se estaban degollando unos a otros antes de que decidiéramos hacer nuestra pequeña intervención. E intentamos hacerla pacíficamente. Ya lo sabes. Nuestra gente se reunió con el ministro de Energía en la mansión de Ugrimov. Se lo planteamos: dejad de vender crudo a los chinos, y vendédnoslo a nosotros. Levantaremos el embargo. Caray, incluso ofrecimos pagar más. ¿Me oyes? El presidente podía llevarse más dinero para construir sus palacios y erigir estatuas en su honor. Pero es un hombre orgulloso. Los políticos que asesinan a su propio pueblo suelen serlo. El ministro de Energía le llamó, y él se negó de plano a tener tratos con nosotros. Así que lo intentamos con zalamerías. Lo amenazamos. Finalmente le dijimos que si no aceptaba nuestro trato convertiríamos su vida, y su país, en un infierno peor del que ya es.

—O sea que sólo se trataba de petróleo. ¿Es eso lo que estás diciendo?

—Milo, pareces uno de esos manifestantes que todavía sacan a relucir Exxon Valdez dieciocho años después. Se trata del panorama general. Siempre es lo mismo. No nos importa perder un poco de petróleo aquí y allá. ¿Un país no quiere vendernos a nosotros? No vamos a sacar las plumas como un pavo real. No se trata del petróleo; se trata del siglo que acaba de empezar. Se trata de China. Consiguen el siete por ciento del petróleo crudo de Sudán. Cada año, China utiliza más petróleo, necesita más para que su economía crezca. Perder el siete por ciento no diezmará a China ahora, pero ¿y el año que viene? ¿Y dentro de diez años? China necesita todo el petróleo que pueda conseguir. Un tercio del petróleo que importa es africano. No pueden permitirse perderlo.

—Pero no dejas de decir lo mismo, Tom. Petróleo.

Bajo las tiras de cinta, el anciano agitó la mano sobre el brazo de la butaca y levantó un dedo.

—Espera. Esto es sólo el comienzo. Porque ¿qué tendrá que hacer China para asegurarse el petróleo? Necesitan un continente africano estable, ¿no? Van a Naciones Unidas. Piden la intervención en Sudán. Y mientras sea viable, Estados Unidos vetarán estas resoluciones. Ésta es la gracia de ser un miembro permanente del Consejo de Seguridad. Puedes vetar lo que te da la gana. Vas vetando hasta que arrinconas a China. Hasta que, y ésta es la parte importante, se ve obligada a intervenir sola. Manda miles de sus hombres del Ejército del Pueblo. Nosotros tenemos nuestro Irak, y nos está arruinando. Si no podemos salir de allí, al menos podemos derribar algunos viejos enemigos. Ya va siendo hora de dar unos cuantos Iraks a China. A ver cómo se las arreglan.

Milo mantuvo las manos sobre las rodillas, mirando al anciano. Estaba lleno de vida, como si haber soltado aquellos secretos hubiera sido una especie de transfusión.

—¿Estás de acuerdo con esta táctica?

Grainger hizo lo que pudo para encogerse de hombros con la cinta.

—Es insidiosa, lo reconozco. Pero esconde una lógica bastante hermosa. Pequeños golpes, un único asesinato, y puedes colapsar todo un país. Los gobiernos saben bien cómo fomentar la creencia de que son inmutables. Pocas veces es cierto.

—No has respondido a mi pregunta.

—He creído en ello durante mucho tiempo, Milo. Durante años. Pero la cosa se enredó, ¿no? Si te cargas a un simpatizante de los terroristas, como el mullah, ¿quién se va a quejar? Le estás haciendo un servicio al mundo. Cuando se produce el caos, puedes decir que te sorprende. Pero raramente era tan simple. Había testigos que debían desaparecer. El amigo de Angela, Rahman, por ejemplo.

—Y después la propia Angela.

—Sí —dijo Grainger—. Intentamos deshacernos de ella con calumnias. Ya lo sabes. Cuando me llamó pidiéndome fotos del Tigre, supe que se estaba acercando. Así que le tendimos una trampa para que pareciera que cometía traición. Para que se retirara o, peor aún, encerrarla una temporada; no mucho tiempo, sólo el suficiente para que el rastro se enfriara. Pero para entonces las grietas ya eran evidentes, incluso para un idiota como yo. Demasiados testigos muertos. Así que cuando llegó el momento de ajustar las tuercas a Angela, decidí meterte a ti. Al fin y al cabo, tú te habías acercado más que nadie, habías llegado a conocer al Tigre. Así que pensé que podías ser tú. Eras un viejo amigo de Angela. Como con aquellos asesinatos, podía hacer algo que desatara el caos, y fingir ante mis amos que no sabía que acabaría así.

—Querías que yo lo destapara.

—Sí. Y entonces me llamaste. ¿Te acuerdas? Después de almorzar con Angela. —Suspiró—. Firmaste su sentencia de muerte con aquella llamada.

Milo intentó recordar lo que había dicho, pero aquella conversación, después de lo que había sucedido en las últimas semanas, era sólo un pitido.

Grainger explicó:

—Me dijiste que Angela había seguido el rastro hasta Rolf Vinterberg. A un paso de Ugrimov, a un paso de nosotros. ¿Quién crees que estaba en el despacho conmigo cuando llamaste?

—Fitzhugh.

—Exactamente. Me hizo llamar inmediatamente a Tripplehorn, en su presencia, y darle la orden de eliminar a Angela lo antes posible.

—Pero... —comenzó Milo, aunque después se encontró sin palabras. ¿Era realmente responsable del asesinato de Angela?—. Podrías haber anulado la orden cuando él se marchó del despacho.

—Tal vez. —Grainger intentó de nuevo encogerse de hombros—. Pero quizá ya estaba demasiado asustado.

Milo fue al armario de las botellas y se sirvió más vodka.

—¿Quieres más?

—Gracias. Sí.

Milo sirvió vodka en el vaso de Grainger y acercó el borde a los labios de Grainger. El sorbo hizo toser a Grainger. Después, Milo dejó el vaso y tomó un sorbo del suyo.

—Esto no me parece bien. Parece una historia muy elaborada para cubrirte las espaldas.

Grainger se lo pensó.

—Entiendo lo que dices. Espiar, y Turismo en particular, es un gran cuento. Pero con el tiempo acabas acumulando demasiadas capas. Es difícil discernir el cuento de la verdad. Pero lo que te estoy contando ahora sí que es la verdad. Pregúntame lo que quieras.

—Tu llamada diciéndome que huyera de Disney World.

—Ya sabes la respuesta. Doble juego. Para que no te pusieran bajo custodia, y pudieras seguir investigando. También para hacerte volver, apretarte las tuercas. Me habías frustrado marchándote de vacaciones, y necesitaba que volvieras a trabajar. Era la única forma de convencerte.

—Lo mismo con el expediente del Tigre —dijo Milo—. Me lo diste para que no confiara en Fitzhugh, por si él tomaba el mando y me llamaba.

Grainger asintió.

—Al relacionar al Tigre con Fitzhugh, sólo te estaba empujando hacia el estado real del asunto. Tú no los habrías relacionado nunca. No me malinterpretes, que él reclutara al Tigre significa algo. Él no querría que se supiera, pero no lo condenaría. Yo quería ponerte en el camino de la condenación. Que recogieras pruebas físicas reales. —Meneó la cabeza—. Pero supongo que te sobrevaloré, Milo. No tienes nada.

—Tengo un rastro que lleva directamente a ti.

—Sí, un rastro. Pero ¿dónde tienes la bolsa de pruebas? Creía que cuando llegaras aquí tendrías cintas de vídeo, huellas y registros de banco. Ni siquiera puedes demostrar que formé parte de esto, a menos que estés grabando nuestra conversación. No la estás grabando, ¿no?

Milo negó con la cabeza.

—Chapucero. Aunque una confesión en esta situación no se sostendría en un tribunal. —Calló—. Si ni siquiera puedes demostrar mi culpabilidad, ¿cómo vas a demostrar que el cerebro era Fitzhugh? ¿Crees que es un aficionado? Su participación siempre fue verbal, y nunca estuvo involucrado en ninguna acción. Nunca se ha visto con Roman Ugrimov, no se reconocerían si estuvieran en la misma habitación. ¿Cómo vas a recoger pruebas contra un hombre así?

Para Milo fue un momento impresionante. Habían obligado a Grainger a retirarse, estaba atado con cinta al sillón y le apuntaban con el cañón de su propia pistola, y sin embargo seguía hablando como si estuviera en su despacho de la avenida de las Américas, dirigiendo a toda una cohorte de Turistas.

—Tú ya no das las órdenes, Tom.

Tal vez él también se dio cuenta de lo ridículo de su posición, porque suspiró.

—Probablemente sea mejor que no mande yo. Ya ves el lío que he armado.

Milo no contestó.

—Sabes cuándo empezó, ¿no? Lo del Tigre. Justo cuanto dejaste Turismo. Acababas de proteger a aquella representante fascista de Tweede Kamer para mí. Le detuviste, sí, pero todos sabíamos que el hombre era bueno en su trabajo, así que la información se archivó para uso futuro. Lo siguiente que supimos, al día siguiente, en realidad, es que estabas en Venecia, y en Nueva York sufrimos un atentado terrorista. Reunimos a los militares y nos preparamos para responder en Afganistán, pero Fitzhugh y unos pocos más sabían hacia dónde soplarían los vientos. Sopesaron las opciones. Fitzhugh me visitó aquí, en esta casa. Estaban reconstruyendo nuestras oficinas, y era el único lugar limpio donde podíamos vernos. Me preguntó si podíamos utilizar a los Turistas como parte de nuestra táctica. Introducirlos en Oriente Medio y eliminar a un saudita o a un iraní. Le dije que no entrenábamos a los Turistas para esta clase de asesinatos, y que sería mejor hacerlo en privado utilizando a alguien como el Tigre. —Grainger asintió—. Sí. Fui el primero que dijo su nombre. Fitzhugh volvió una semana después con una contrapropuesta. Utilizar a un Turista para localizar al Tigre y hacerse pasar por un cliente.

—Tripplehorn.

—Por supuesto.

Milo imaginó seis años de ataques quirúrgicos, asesinatos que había seguido atentamente y de los que no lograba encontrar un común denominador. Un famoso islamista moderado en Alemania, un ministro de Asuntos Exteriores francés, un empresario británico. ¿Qué unía aquellos asesinatos?, se había preguntado siempre. Estaba perplejo y siempre acababa pensando que no los unía nada. Simplemente eran trabajos de personas diferentes. A veces, quizá, lo eran, pero cada vez que Tripplehorn, alias Herbert Williams, alias Jan Klausner, alias Stephen Lewis, encargaba un trabajo al Tigre, el hilo subyacente siempre era la política exterior de Estados Unidos.

No sólo imaginó seis años de asesinatos, sino también seis años ante el ordenador de su despacho, los esfuerzos de todos sus Agentes de Viajes, y los años de fingida colaboración del hombre que tenía delante. Seis años persiguiendo a un hombre que nadie, en definitiva, quería atrapar.

—Pero él vino a mí —dijo Milo de repente—. El Tigre vino a mí porque tenía mi expediente. ¿Esto también fue cosa tuya?

—Yo se lo di a Tripplehorn para que se lo enseñara. La orden de infectarlo con el VIH procedía de arriba. No había forma de evitarlo. Lo único que podía hacer era añadir un poco de información a los conocimientos del Tigre. Fitzhugh no creía que el Tigre supiera donde había cogido la enfermedad. Yo sabía que le subvaloraba. Sabía, o al menos sospechaba, que un hombre célibe y tan religioso lo deduciría. Esperaba que te buscara, aunque sólo fuera porque tu expediente era la última información que le había entregado su asesino.

—Todo el plan se cumplió a la perfección —dijo Milo, maravillándose con el funcionamiento del cerebro del anciano.

—No todo, Milo. Tú. Se suponía que tú huirías y volverías con las pruebas. Te di a Einner para que te ayudara. ¿Dónde está ahora?

Milo se aclaró la garganta.

—Tuve que incapacitarlo.

—Probablemente sea lo mejor. Pero ¿ya ves adónde quiero ir a parar? Te di todo lo que pude, pero supongo que tenía demasiada fe en ti.

—Deberías haber sido sincero con Angela y conmigo. No nos diste ni de lejos todo lo que podías dar.

Grainger apretó los labios para sofocar un bostezo.

—Puede que tengas razón. Pero si te hubiera dicho todo desde el principio, ¿qué habrías hecho? Te conozco: no eres tan paciente como antes. Habrías ido a ver a Fitzhugh inmediatamente; habrías intentado coaccionarle. No habrías intentado buscar pruebas. Habrías actuado como un Turista, arrinconando a Fitzhugh y su banda, y te los habrías cargado. No te habrías tomado la molestia de recoger lo que se necesita para detener la operación. En definitiva, habrías actuado como un gánster, que es lo que eres.

—Pero esto se acabó —dijo—. Tu asesino está muerto.

—¿Crees que no encontrarán otro? A pesar de todo, la verdad es que la técnica funciona más a menudo que falla. Hay un chico camboyano en Sri Lanka. Todavía no tiene un nombre absurdo, lo que es preferible. Ahora mismo Jackson está allí, localizándolo.

Milo terminó su vodka, y cogió la botella para volver a llenar los vasos.

—¿De qué intentas convencerme, entonces?

—Por favor, Milo. No te hagas el tonto. Sin pruebas, ¿qué tienes? Sólo mi palabra. Y si se enteran de dónde estás ahora, se asegurarán de que no pueda decirte nada.

—No saben dónde estoy.

—Espero que tengas razón. Porque en cuanto se libren de mí, se asegurarán de que no puedas decirle a nadie lo que te he contado.

Un tic nervioso asaltó la mejilla de Milo. Se la frotó. Era ansiedad, porque se daba cuenta de que Grainger tenía razón.

Entonces se le ocurrió otra cosa: Grainger mentía. El anciano estaba arrinconado. Sabía que Milo podía llevarle de vuelta a la avenida de las Américas. Quizá Grainger había planificado aquella posibilidad. Como había dicho él mismo, el juego de la inteligencia consistía en contar cuentos. Grainger tampoco presentaba pruebas, sólo historias para llenar los huecos entre los hechos reales.

Milo se dio cuenta de que contenía la respiración. Inhaló. Era una historia brutal, de las que sólo un veterano como Grainger podía urdir. Parte de él todavía le creía, porque la historia era buena. Vertió vodka en los labios expectantes de Grainger, y volvió a sentarse frente a él.

Antes de que pudiera hablar, sonó el teléfono en una mesa de un rincón. Milo miró fijamente a Grainger.

—¿Esperas una llamada?

—¿Qué hora es?

—Las once.

—No tengo relaciones con la gente del pueblo desde hace tiempo. Será Fitzhugh, para ver qué hacemos.

Milo se levantó, y el alcohol le subió a la cabeza pero sin debilitarlo, y apagó la lámpara. En la oscuridad, el teléfono siguió sonando, siete timbres, ya. Milo se quedó detrás de las gruesas cortinas, mirando hacia la oscuridad de la noche, y el lago. Vio árboles y el camino de grava a la luz de la luna antes de que una nube se moviera y oscureciera la escena. Al noveno timbre el teléfono calló. Milo no sabía qué creer.

—Nos vamos.

—Por favor —dijo Grainger—. Estoy agotado. Pescar todo el día desgasta mucho.

Se volvió y vio que la forma oscura de Grainger se desplomaba, la barbilla contra la cinta que le ataba el pecho, respirando ruidosamente.

—¿Estás bien?

La cabeza se levantó.

—Sólo estoy cansado. Pero mira, si hay alguien fuera, es la Agencia. Prefiero que me ejecuten en la cama, aquí, que ser interrogado durante meses en Manhattan para que después me maten en una asquerosa casa franca.

Milo volvió a la ventana. Lago, luz de luna y silencio. Si no le habían seguido hasta aquí, no había prisa. Sólo su desesperación por acabar de una vez. Dejó caer la cortina.

—Nos iremos por la mañana. A primera hora. Pero dormiremos juntos.

—Siempre te he gustado.

—Y ya has bebido bastante.

—Acabo de empezar —dijo Grainger—. ¿Me quitas esta cinta para que pueda acabarme el escocés? Este vodka es mortal para mi estómago.

41

Durmieron en la habitación de arriba, unidos por las muñecas
con una cuerda que Milo encontró en un cajón de la cocina. En
conjunto, durmieron de un tirón, menos un momento en que
Grainger se sentó y se puso a hablar.

—Al principio, no me gustó la idea. Quiero que lo sepas.
Por eso mentí y dije que nuestros Turistas no servirían para los
asesinatos.

—Está bien —dijo Milo—. Vuélvete a dormir.

—De haber sabido cómo acabaría, habría encontrado la
forma de cortarlo de raíz. Quizás habría dejado que nuestros
Turistas ejecutaran los asesinatos, y habríamos podido mantener el control.

—Vuélvete a dormir —repitió Milo.

Grainger apoyó la cabeza en la almohada y empezó a ron-
car, como si sus palabras hubieran formado parte de un sueño.

Se despertaron, se afeitaron y ducharon, con Milo siempre
cerca, y él preparó unos huevos revueltos y tostadas. Grainger
estuvo en silencio la mitad del desayuno, pero después volvió
a hablar. Parecía que realmente quisiera que Milo le creyera.

—En serio, creí que encontrarías las respuestas. Parecerá
una estupidez, pero en su momento me pareció razonable.
—Calló, mirando masticar a Milo—. No me crees, ¿verdad?

Milo tragó los huevos.

—No —dijo, aunque sólo fuera para hacer callar a Grainger—. No te creo. Pero aunque te creyera, te llevaría de todos

modos. No puedo vivir así, y tú eres el único que puede arreglar las cosas para mí. Y para Tina.

—¡Ah! —dijo Grainger, sonriendo lánguidamente—. Todo es por tu familia, claro. —Tragó saliva—. Seguramente tienes razón. Eres demasiado joven para arruinar tu carrera por esto. Ya falsificarán algo para demostrar que todo es culpa mía, sólo mía. Pueden quitarme de en medio y empezar de nuevo con el camboyano.

Milo sentía frialdad hacia el anciano, porque lo único que le importaba ahora era su futuro inmediato. Llevaría a Grainger directamente a Manhattan, ayudaría a supervisar su interrogatorio y después recogería a su familia en Texas. Sencillo.

Cuando Grainger acabó de desayunar, Milo fregó los platos.

—Es hora de irse.

Como si le leyera el pensamiento, Grainger dijo:

—¿Es hora de recuperar tu vida?

Milo se puso la americana y encontró otra para Grainger, pero antes de dársela revisó los bolsillos.

—Mira —dijo Grainger—, una parte de mí sigue creyendo. Una parte de mí cree que hablando contigo estoy traicionando al imperio. Es gracioso, ¿no? Hemos marcado nuestro territorio como un perro imperial desde el final de la última gran guerra. Desde el 11-S, ya no sabemos hacerlo con buenos modos. Podemos bombardear, mutilar y torturar a placer, porque sólo los terroristas están dispuestos a plantarnos cara y su opinión no cuenta. ¿Sabes cuál es el problema, en realidad?

—Ponte la chaqueta.

—El problema son las personas como yo —continuó Grainger—. Un imperio necesita hombres con agallas de acero. Yo no soy tan duro; todavía necesito excusas para difundir la democracia. Los más jóvenes, en cambio... incluso Fitzhugh, son la clase de hombres que necesitamos si queremos seguir avanzando. Son duros de una forma que mi generación no fue nunca.

—La chaqueta —repitió Milo.

Grainger le miró con amargura antes de meter un brazo en la manga.

Salieron a la mañana fría y sombreada por los árboles, y Milo cerró la puerta principal mientras Grainger miraba la casa con las manos en las caderas.

—La echaré de menos.

—No seas sensiblero.

—Sólo soy sincero, Milo. Sabes que siempre lo he sido contigo. Al menos en esta casa.

Milo le cogió el codo y le hizo bajar los escalones hasta el paseo cubierto de hojas.

—Tendremos que caminar hasta mi coche. No quiero coger el tuyo.

—Creo que podré —dijo Grainger y sonrió.

Algo pasó zumbando junto a la oreja de Milo, como un mosquito, y Grainger tembló. Milo sintió la vibración a través del codo de Grainger y, aunque la sonrisa no abandonó la cara del anciano, su cabeza cayó hacia atrás y su frente estaba diferente. Una pequeña sombra en la frente, como un agujero. Milo sintió un segundo zumbido y el hombro derecho de Grainger cayó hacia atrás salpicando sangre. Le soltó. El anciano cayó de lado, y en la parte de atrás de su cabeza Milo vio un agujero grande y feo, del que caía sangre y materia cerebral al suelo.

Durante lo que le pareció mucho tiempo, Milo se quedó mirando el cadáver. En realidad, no fue más que un cuarto de segundo, pero el tiempo es algo relativo, y, mirando el cadáver de Grainger, el tiempo se estiró suficientemente para que se diera cuenta de que se había equivocado, con un impacto tan fuerte como la bala de un francotirador. Grainger había dicho la verdad. El anciano sabía que después de hablar con Milo era hombre muerto. Y Milo también.

Mientras otra bala pasaba zumbando, Milo se echó hacia atrás, se dejó caer y rodó detrás de los tres escalones de cemento de la puerta principal. Sacó la Luger y respiró ruidosamente entre los labios, pensando: «Tres balas. Silenciador. Los silenciadores disminuyen la precisión, por lo tanto el tirador no está lejos».

Pregunta: ¿El tirador iría a por él, o esperaría?

Respuesta: Era lunes, lo que significaba correo. Le parecía recordar que lo repartían por la mañana hacia las nueve y media. El tirador también lo sabría. Eran las nueve.

No podía abandonar su posición, porque el tirador estaría apuntando a aquellos tres miserables escalones, esperando. Pero en algún momento de la siguiente media hora, tendría que acercarse. Milo cerró los ojos y escuchó.

Intentó mantener a raya todos los pensamientos que hervían en su interior, pero le fue imposible. Grainger había dicho la verdad. La verdad. Era la única explicación. Deshacerse del anciano antes de que pueda contar la verdad en una de esas celdas con cámara del piso diecinueve de la avenida de las Américas. Deshacerse de Milo antes de que pueda enviar ningún mensaje. Fitzhugh había decidido que todo acabaría aquí, junto a un tranquilo lago.

¿Y Tina y Stephanie? Estarían en Austin, bajo vigilancia. Lo sabía. Pero ¿quién las vigilaba? ¿La Agencia, o Interior? Se sorprendió deseando que fuera Janet Simmons quien las vigilara.

Si salía vivo de ahí...

No, cuando saliera vivo de ahí. Ésa era otra regla de Turismo. No dudes nunca de tu capacidad para sobrevivir. Con dudas se cometen errores.

Cuando saliera de ahí vivo, iría...

Basta. Cada cosa a su tiempo. Escucha. No existe nada aparte del ruido. Cuando un hombre camina, no puede apuntar.

Ahí: crunch, crunch.

Milo se levantó, tenía el codo algo doblado y el brazo estirado sosteniendo la Luger, saltó caminando hacia atrás. Doscientos metros quizá, fuera de su alcance, una figura con ropa de caza de camuflaje se paró y levantó el rifle. Milo desapareció detrás de la casa.

Necesitaba un refugio, así que corrió por la parte de la casa que daba al lago hasta que encontró la ventana del comedor. Utilizó un codo para romperla, y el ruido del cristal roto resonó por todo el lago. Mientras entraba por la ventana, oyó pasos que corrían sobre la tierra seca.

Se dejó caer sobre la alfombra, perdió la pistola y después la encontró bajo una de las sillas. Se acercó a las ventanas del salón que daban a la parte frontal de la casa. Manteniéndose a cierta distancia Milo miró a tiempo de ver al tirador, con el largo rifle colgando a la espalda y una Sig Sauer en la mano enguantada, dando la vuelta a la casa. Antes de que desapareciera, Milo vio que era un hombre alto, con la nariz grande y torcida por haberse roto más de una vez, y la parte inferior de la cara, bajo la gorra de cazador, estaba cubierta por una poblada barba rojiza.

Milo volvió a la puerta del comedor, asomó un brazo alrededor del marco y apuntó a la ventana rota. Observó y esperó hasta que, desde la parte opuesta de la casa, el dormitorio de invitados si recordaba bien la distribución de la casa, se rompió otra ventana. Milo corrió hacia la puerta cerrada, la abrió de golpe y apuntó. Pero la ventana rota estaba vacía.

De nuevo, una ventana que se rompía en la sala. Milo corrió y no encontró nada.

Tripplehorn se había abierto tres posibles entradas en tres habitaciones diferentes. Milo subió la escalera y esperó en el rellano, agachado para ser un blanco más pequeño.

Desde su posición, oyó que el Turista entraba en la casa, pero no estaba seguro de qué ventana había utilizado. No importaba. Entrara por donde entrara en la casa, tendría que subir por la escalera para llegar a Milo.

Durante tres minutos sólo oyó pasos y puertas que se abrían repentinamente. No apareció nadie al pie de la escalera. Tripplehorn estaba registrando la primera planta antes de seguir con la próxima. Finalmente, oyó una voz fuera con un acento indescriptible que decía:

—Será mejor que bajes.

—¿Por qué debería bajar, Tripplehorn?

Una pausa.

—Un nombre curioso. Me gustaría saber quién es.

—Soy yo. Milo Weaver. Dirijo la sección europea.

—No sé de quién me hablas.

—Antes me llamaban Charles Alexander.

Otra pausa, y después un suspiro que podría haber sido: «Mierda». Los Turistas no tenían reparos en matar a otros Turistas, de hecho, siempre era una posibilidad. Pero Einner había tenido la amabilidad de comentar que el nombre de Charles Alexander era una leyenda.

—¿Quién te manda? —preguntó Milo, con la mano de la pistola sudada.

—Ya sabes quién me da las órdenes.

—Solía ser ese hombre del patio.

—¿Grainger? —dijo el Turista—. Ha dado pocas órdenes últimamente.

Los ojos de Milo estaban húmedos, así que, cuando Tripplehorn cruzó rápidamente frente a la escalera disparando, su reacción fue lenta. El Turista disparó a ciegas, balas ruidosas que perforaron los escalones altos, y Milo disparó dos veces, pero demasiado tarde. Tripplehorn desapareció por el otro lado de la escalera.

—No tienes una buena posición —gritó Milo—. Lárgate de aquí.

—Soy paciente.

Milo respiró hondo y se levantó lentamente.

—Tienes diez minutos antes de que llegue el cartero. No puedes ser paciente.

Mientras hablaba, Milo bajó dos escalones, con los pies contra la pared para evitar los crujidos.

—Mataré también al cartero —dijo Tripplehorn.

Milo estaba cinco escalones más abajo; le quedaban diez.

—¿Cómo lo explicará Fitzhugh? Seguro que no te han dicho que mates civiles.

Otra pausa. Milo paró y Tripplehorn dijo:

—Si me marchara, sabes que seguiría esperando fuera.

Milo no podía seguir moviéndose y hablando al mismo tiempo. Tripplehorn notaría que la voz se acercaba.

—¿Y qué harías? Dispararme mientras la policía está aquí, examinando el cadáver. Vamos, Tripplehorn. Se acabó. Lo sabes.

—Si eres quien dices que eres, sabes que no puedo dejarlo.

Mientras decía esto, Milo bajó dos escalones rápidamente. No respondió.

—Si de verdad eres Alexander, sabes que fallar no es una opción.

Dos escalones más. Ahora estaba a seis del pie de la escalera. Serviría.

—¿Alexander? ¿Sigues ahí?

Con el brazo estirado, la pistola a sólo tres escalones de la esquina. Detrás de ella, Tripplehorn dijo:

—Bueno, quizá tengas razón. Tal vez debería irme con sólo la mitad del trabajo cumplido —y entonces se abalanzó fuera de la protección, con el arma muy levantada para no volver a disparar demasiado bajo.

Pero, cuando disparó el segundo tiro a ciegas, Milo ya le había metido una bala en el pecho, y le había hecho caer de espaldas. Tropezó contra la puerta principal, dejando una mancha de sangre. El Turista seguía teniendo el brazo estirado, y la pistola apretada, y pestañeaba mirando a Milo.

—Mierda —susurró, ahogándose—. Me has dado.

—Deberías haberte puesto un chaleco.

La chaqueta de caza de Tripplehorn estaba empapada, volviendo monocromo el estampado oscuro y verde claro. Milo le apartó la pistola de la mano de una patada mandándola a la sala.

Se agachó junto a la cabeza de Tripplehorn, recordando aquella cara del hombre del Corso Sempione, sentado frente al Tigre, entregando al asesino una bolsa de dinero y un pinchazo de VIH.

—Dime quién te da las órdenes —dijo Milo.

Tripplehorn tosió sangre en el suelo de madera. Sacudió la cabeza.

Milo no tuvo valor de obligar al hombre a hablar. Sabía, o creía saber, que Terence Fitzhugh le daba las órdenes. Así que, sin decir nada más le pegó un tiro en la frente.

Registró el cadáver, se llevó su móvil y el pequeño descodificador de cerraduras de coche que tanto había admirado cuando Einner lo utilizó en Europa.

Salió por la puerta principal, pasó junto al cadáver de Grainger y se adentró en el bosque. Allí se puso a vomitar. Pero al agacharse sobre las hojas, se dio cuenta de que no era el mareo normal de una persona que ha visto una muerte. Era el mareo provocado por demasiada adrenalina y poca comida. No reaccionar como un ser humano de verdad le angustió más que las muertes que acababa de presenciar.

Miró su vómito sobre la hierba. Ahora pensaba y sentía como un Turista. Desequilibrado.

Desesperado, su lado de Turista calculó el siguiente paso. Ni siquiera se avergonzó. Se secó la boca con el dorso de la mano y volvió a la casa.

Cinco minutos después, a través de la ventana rota de la sala, cogió las llaves del coche de Grainger y vio que la pequeña furgoneta de correos traqueteaba sobre las raíces del paseo hasta que el conductor tuvo una visión directa del cadáver de Grainger. La furgoneta paró y un hombre gordo con uniforme bajó con expresión incrédula. Se acercó hasta cierta distancia del cadáver, pero enseguida se volvió y corrió. Subió a la furgoneta, dio la vuelta en una nube de polvo y se marchó a toda velocidad.

Máximo diez minutos.

Milo abrió la puerta principal y arrastró el cuerpo de Tripplehorn, ahora envuelto en bolsas de basura, por los escalones, junto al cadáver de Grainger y hasta su Mercedes. Metió a Tripplehorn en el maletero, y subió. Condujo rápidamente hasta la carretera principal, dobló a la derecha, hacia las montañas, cuando ya oía la sirena de la policía en algún lugar detrás de él.

Había encontrado un buen punto de lanzamiento en la parte alta de la Ruta 23 cuando el teléfono de Tripplehorn vibró silenciosamente en el asiento del pasajero. NÚMERO OCULTO. Al cuarto timbre, Milo lo descolgó y no dijo nada.

—El americano dio a Leamas —dijo Fitzhugh.

Milo esperó, porque sabía lo que seguía, pero no estaba seguro. Con una voz neutra, susurró.

—Otra taza de café.

—¿Está hecho?

—Sí.

—¿Los dos?

—Sí.

—¿Problemas?

—No.

Un suspiro.

—Bien. Tómate unos días libres. Te llamaré cuando te necesitemos.

Milo colgó, recordando que aquel código procedía de *El espía que surgió del frío*:

«El americano ofreció a Leamas otra taza de café y dijo:

»—¿Por qué no se vuelve a dormir?».

Ojalá, pensó.

42

Eran tres. Se turnaban. El gordo del turno de noche hasta primera hora de la mañana llevaba bigote, como si no se hubiera enterado de que los setenta hacía mucho que habían pasado: a éste le llamaba George. Jake vigilaba la casa desde las seis a las dos de la tarde, y era un tipo flacucho sin pelo en la parte alta de la cabeza y con una gruesa novela siempre apoyada en el volante. El que estaba fuera ahora era Will, o lo era hasta el lunes por la tarde, cuando ella se acercó al coche rojo con un vaso enorme de limonada y se enteró de su nombre de verdad.

El hombre la miró a través de sus gafas impenetrables de aviador y se puso erguido cuando se dio cuenta de que se dirigía a él. Se arrancó los auriculares de las orejas, ese gesto le recordó a Milo con su iPod, y bajó la ventanilla.

—Buenas tardes —dijo ella—. He pensado que tendría sed.

El hombre se puso nervioso.

—Bueno... estoy bien.

—No sea tan estirado —dijo ella, guiñándole el ojo—. Y quítese las gafas para que pueda verle los ojos. No puedo confiar en alguien sin verle los ojos.

Él se las quitó, parpadeando deslumbrado.

—Oiga, no creo que deba...

—Por favor.

Metió el vaso por la ventana para que tuviera que elegir entre cogerlo o dejar que le cayera sobre las rodillas.

Él miró alrededor, como si le asustara tener testigos.

—Gracias.

Se incorporó.

—¿Tiene nombre?

—Rodger.

—Rodger —repitió ella—. Por supuesto usted sabe el mío.

Avergonzado, él asintió.

—Devuélvanos el vaso cuando termine.

—Lo haré.

Cuanto Tina entró, Miguel estaba en el sofá mirando el Canal de Historia, y le preguntó por qué parecía tan contenta consigo misma.

Era algo que Milo había dicho una vez sobre los enemigos. Aunque pocas veces hablaba de su época como agente de campo, de vez en cuando se le escapaba un aforismo. Acababan de ver una película antigua en la televisión donde dos agentes enemigos, que habían pasado la primera mitad de la película pegándose tiros, se sentaban en una cafetería y hablaban tranquilamente de todo lo sucedido.

—No lo entiendo —dijo ella—. ¿Por qué no le pega un tiro?

—Porque ahora no sirve para nada —respondió él—. Matarle ahora no conduce a nada. Cuando no tienen que estar matándose, los espías hablan, si pueden. Te enteras de cosas que después pueden serte útiles.

Menos de una hora después, Rodger llamó a la puerta. Hanna abrió, recogió el vaso y pestañeando dijo:

—¿Es mío este vaso?

Él reconoció que sí y entonces apareció Tina diciendo:

—¿Por qué no pasa, Rodger?

—No creo que yo...

—Usted debe asegurarse de que no huyo, ¿no?

Él se aclaró la garganta.

—Bueno, no es exactamente así. Sólo vigilamos para protegerla.

Hanna dijo:

—¿Qué?

—Qué gracia —dijo Tina, y después sonrió—. Es broma, Rodger. Por favor. Afuera hace calor.

Así empezaron a hablar. Tina le sirvió otra limonada, y se sentaron a la mesa de la cocina y sus padres les dejaron solos. No fue un interrogatorio, en realidad. Ella sólo reconoció que no sabía nada de lo que estaba pasando, y merecía saber algo. Pero no le correspondía a Rodger hablar, y dudó, a pesar de que sí aceptó una tercera limonada.

—Sé lo que cree —dijo Tina—. Su jefa, Janet Simmons. Me dijo que mi marido era un asesino. ¿A usted le parece que esto tiene lógica? ¿Para qué iba a matar a una de sus mejores amigas? —Meneó la cabeza—. Para usted tampoco tiene lógica, ¿no?

Él se encogió de hombros, como si aquello fuera demasiado complicado para un hombre tan simple como él.

—Mire —dijo finalmente—. Esto no debería ser tan complicado. La agente especial Simmons es muy buena, y tiene años de experiencia. Tal como lo cuenta, sus pruebas son sólidas. Y además él huyó. —Levantó las manos—. No sé nada más, de verdad.

Eso no era todo lo que sabía, Tina lo adivinaba en su ingenua cara. Tina se sentía como si estuviera en Starbucks, enfadada con el cajero, pero con la necesidad de gritarle a un gerente ausente.

¿Qué podía hacer en realidad? ¿Simplemente esperar a que Milo volviera a llamar? Se había portado mal con él durante la última llamada, y se había pasado la semana arrepintiéndose. ¿Dónde estaba? ¿Seguía vivo? Por Dios, no sabía nada.

Entonces, el martes por la noche sucedió. Un mensaje. Llegó a su cuenta de Columbia, un correo electrónico voluminoso mandado a veinte direcciones más para ocultar que era sólo para ella. Lo supo porque todas las demás direcciones estaban mal escritas, por poco. El remitente era janestuk@yahoo.com. Decía:

FW: ¡Fiesta de la Barbacoa en Texas!

Queridos amigos:

Estáis invitados por el decimonoveno cumpleaños de Drew a una AUTÉNTICA barbacoa texana en el jardín de Loretta el jueves 19 de julio a las seis. ¡Será una pasada!

Jane y Stu Kowalski

Ella y Milo conocían a los Kowalski de la escuela de Stephanie, pero Drew, su hijo, sólo tenía siete años. Tina clicó responder y se disculpó por no poder ir, pero dijo que estaba pasando unos días en Austin. Como regalo enviaría una «salsa BARBACOA TEXANA AUTÉNTICA».

Ahora eran las cinco del jueves. Hora de irse. Stephanie estaba con Hanna, jugando a *Chutes and Ladders*, mientras Miguel estaba otra vez frente al televisor, viendo las noticias de economía. Recogió las llaves y las agitó.

—¿Puedo coger el Lincoln? Voy a buscar helado.

Él apartó los ojos del televisor y la miró.

—¿Quieres que te acompañe?

Ella negó con la cabeza, le dio un beso en la mejilla y dijo a Stephanie que se portara bien, que no tardaría. Stephanie estaba ganando la partida, y no tenía ganas de dejarla. Antes de salir, Tina dejó el móvil sobre la mesita de la entrada. Había visto bastante tele para saber que los satélites podían localizarlos en cuestión de segundos. Después cogió un par de chaquetas del colgador y las dobló como si fuera a llevarlas al tinte.

Al salir la agredió el calor, y tuvo que pararse un momento, apretando las chaquetas. Cruzó el paseo asfaltado hacia el Lincoln Town Car que su padre sustituía cada año por uno nuevo. Mientras lo abría, se fijó en el coche rojo aparcado frente a la casa de dos pisos de los Sheffield. Rodger fingió no estar mirándola, pero ella se dio cuenta de que se inclinaba para poner el coche en marcha.

Mierda.

Pero no perdió la calma. Dejó las chaquetas en el asiento del pasajero, y condujo lentamente, dobló a la derecha y se metió en la autovía que conducía a la ciudad, con el coche rojo siempre en el retrovisor.

Paró en un pequeño centro comercial de la autovía y aparcó frente a una lavandería automática. El coche rojo aparcó dos plazas más abajo. Tina entró en la lavandería, donde el calor de las máquinas competía con el aire acondicionado, y metió las chaquetas en una lavadora sin poner monedas. Los escasos clientes de aquella tarde de jueves no le hicieron ningún caso. Tina se sentó en una silla alejada de la ventana y observó el aparcamiento.

Tardó un poco, pero ella sabía que tendría que hacer algo. Él no podía ver dentro de la lavandería, y con el calor seguramente tendría sed. O quizá tendría que utilizar el servicio. Tardó cuarenta minutos. Bajó del coche con las gafas oscuras puestas y trotó hacia el 7-Eleven contiguo a la lavandería.

Ya.

Tina salió corriendo, dejando las chaquetas e ignorando el calor agobiante, subió al Town Car y salió a toda velocidad del aparcamiento, casi atropellando a un ciclista. En lugar de meterse en la autovía, dobló a la derecha, por una calle lateral, y aparcó detrás del centro comercial. Bajó del coche, con el corazón acelerado, corrió alrededor de la pared alta y llena de grafitis y se paró en la esquina, vigilando el aparcamiento.

La lavandería y el 7-Eleven estaban en el extremo más alejado del centro, pero pudo ver a Rodger con sus gafas y un gran vaso rojo y blanco en la mano saliendo al exterior. El hombre se paró, miró alrededor (Tina escondió la cabeza) y corrió al coche. No se fue inmediatamente, y ella se imaginó que estaba informando de su fallo y pidiendo órdenes. Así eran ellos. Siempre pidiendo órdenes.

Entonces el coche recorrió el mismo camino que Tina, pero

giró a la derecha hacia la autovía. Cruzó la mediana y dio la vuelta hacia la casa de los padres de Tina.

Tina se regocijó. Tina Weaver había dado esquinazo al Departamento de Seguridad Interior. No había muchas personas que pudieran decirlo.

Puso el coche en marcha, pero esperó a que se le calmara el temblor de las manos antes de salir. La excitación no desapareció, pero se mezcló con un resurgimiento del miedo. ¿Y si decidían hacerles algo a sus padres? ¿O a Stephanie? Era absurdo, por supuesto, porque sólo quería esquivarlos un rato. Pero quizás habían descifrado aquel correo. Quizá sabían exactamente lo que hacía y secuestrarían a su familia para manipularla.

¿Era posible? En estos casos la televisión no ayudaba demasiado.

Siguió por calles secundarias, pasando junto a casas pequeñas y desvencijadas que no tenían ni césped quemado. Había sido un verano seco, y algunos de aquellos jardines parecían desiertos en miniatura. Salió a una calle asfaltada y puso rumbo al norte por la 183, hacia Briggs.

En una curva de la autovía, en un claro sucio y vacío había un rótulo enorme sobre un edificio: la Cocina de Loretta. Solía ir a aquel local de pequeña, y cuando se casó se lo enseñó a Milo. «Auténtica barbacoa de Texas», le dijo. A veces se habían escapado allí, para alejarse de sus padres, y comer carne y salsa y hablar de sus planes de vida. Era el escenario de muchas de sus fantasías, donde sentían que podían saber con certeza razonable a qué universidad iría Stephanie, dónde se retirarían cuando les tocara la lotería, y antes de que un médico les diera la dolorosa noticia de que Milo era estéril, el nombre y el carácter de su próximo hijo, un niño.

La clientela de Loretta estaba clara por las furgonetas y camiones articulados que acumulaban calor fuera. Tina aparcó entre dos camiones, esperó hasta las seis, cruzó el caluroso y polvoriento aparcamiento y entró.

Milo no estaba entre los obreros de la construcción y camioneros que se ponían las botas en las mesas de picnic, así que Tina fue a la barra y pidió un plato de carne, salsa y costillas a una chica de mejillas sonrosadas quien, después de cobrar, le dio un número. Encontró una mesa libre entre los hombres bronceados y sudorosos que charlaban y reían, e ignoró sus miradas intensas pero inofensivas.

Observó la autovía y el aparcamiento polvoriento a través de las cortinas, esperando, pero no le vio hasta que le tuvo detrás tocándole el hombro y diciendo:

—Soy yo.

De repente la mejilla de Milo estaba junto a la de ella. Tina le cogió la cara y la besó. Las lágrimas también habían brotado sin avisar, y durante un momento sólo se abrazaron. Después ella le apartó para mirarlo. Parecía cansado, ojeroso y pálido.

—Tenía miedo de que estuvieras muerto, Milo.

Él la besó otra vez.

—Todavía no. —Miró hacia el aparcamiento—. No he visto que te siguiera nadie. ¿Cómo los has esquivado?

Ella rió y le acarició la mejilla rasposa.

—Tengo algunos trucos ocultos.

—¡Veintisiete! —gritó la chica de la barra.

—Somos nosotros —dijo Tina.

—Quédate aquí.

Milo fue a la barra y volvió con una bandeja repleta de comida.

—¿Dónde has estado? —preguntó Tina cuando se sentó otra vez.

—En demasiados sitios. Tom está muerto.

—¿Qué? —Le apretó fuerte el brazo—. ¿Tom?

Él asintió, bajando la voz.

—Alguien le mató.

—Alguien... ¿quién?

—No importa.

—¡Por supuesto que importa! ¿Le has arrestado? —preguntó ella, y entonces se preguntó si estaba diciendo una tontería.

A pesar de los años que llevaba viviendo con un agente de la Agencia, no tenía ni idea de lo que hacía.

—La verdad es que no. Al hombre que apretó el gatillo... tuve que matarlo.

Ella cerró los ojos como si el olor de salsa de barbacoa fuera demasiado para ella. Estuvo a punto de vomitar.

—¿Iba a matarte? ¿Ese hombre?

—Sí.

Tina abrió los ojos y miró a su marido. Superado el momento, le cogió el brazo y lo apretó. Por fin estaba aquí y sintió la clase de amor irresistible que te hace desear comerte a tu amado, una sensación que no sentía desde que acababan de conocerse. Le mordió la mejilla con barba de tres días, húmeda de lágrimas que saboreó. ¿De él? No, él no lloraba.

—La cuestión es que todos creerán que he matado a Grainger —dijo Milo—. Ahora estoy huyendo, pero en cuanto tomen una decisión, no habrá un solo lugar seguro en el país para mí.

Tina se dominó y se apartó un poco, con las manos todavía sobre él. Y las de él sobre ella.

—¿Y ahora qué?

—He pasado los dos últimos días pensando en esto —dijo Milo, extrañamente sereno—. Lo mire por donde lo mire, no sé cómo solucionar el problema. La Agencia me quiere muerto.

—¿Qué? ¿Muerto? ¿Por qué?

—No importa —dijo Milo, pero antes de que pudiera protestar, añadió—: Sólo debes saber que, si aparezco otra vez, soy hombre muerto.

Tina asintió, intentando aparentar compostura.

—Pero fuiste a buscar pruebas. ¿Las conseguiste?

—La verdad es que no.

De nuevo, ella asintió como si todo aquello formara parte de su mundo, como si fueran cosas que pudiera entender.

—¿Y cuál es la solución, Milo?

Él respiró pesadamente a través de la nariz y miró la comida intacta. Sin dejar de mirarla, dijo:

—Desaparecer. Tú, Stephanie y yo. —Levantó una mano—. Antes de que respondas, no es tan difícil como parece. Tengo dinero escondido. Tenemos nuevas identidades. Recibiste el sobre, ¿no?

—Sí.

—Podemos ir a Europa. Conozco gente en Berlín y en Suiza. Puedo garantizaros una buena vida. Confía en mí. No será fácil, claro. Tus padres, por ejemplo. Será difícil verlos. Tendrán que venir ellos. Pero se puede hacer.

A pesar de que Milo habló lentamente, Tina no estaba segura de haberle oído bien. Hacía una hora, la peor noticia que podía imaginar era que Milo estuviera herido. Casi se había derrumbado, sólo de pensarlo. Pero ahora le estaba diciendo que toda la familia debía desaparecer de la faz de la tierra. ¿Lo había oído bien? Sí, lo había oído bien. Lo veía en su cara. La respuesta de Tina llegó antes de que su cerebro tuviera tiempo de asimilarla.

—No, Milo.

43

Estaba llorando desde Sweetwater, hacía media hora. Durante las primeras horas no había habido lágrimas, sólo los ojos rojos y escozor. No estaba seguro de qué las había desencadenado por fin. Quizá la valla anunciando un seguro de vida, con una familia de Hollywood sonriéndole, feliz, asegurada. Tal vez fuera eso. Quién sabe.

Lo que realmente le impactó al ponerse el sol frente a él, encendiéndose contra el paisaje plano y árido de West Texas, fue que no estaba en absoluto preparado para lo que ocurrió. Los Turistas sobreviven previendo posibilidades inesperadas y preparándose para ellas. Quizá su descuido significaba que nunca había sido un buen Turista, porque jamás había tenido en cuenta la posibilidad de que su esposa se negara a desaparecer con él.

Repasó las excusas de Tina. Al principio, no tenían nada que ver con ella. Todo era por Stephanie. «No puedes decirle a una niña de seis años que ahora se llama de otra manera y que va a dejar a todos sus amigos, Milo.» Aunque no había formulado la pregunta, debería haber preguntado si era peor o mejor que perder a su padre. No lo había preguntado porque temía la respuesta: Bueno, todavía tiene a Patrick, ¿no?

Finalmente, Tina había reconocido que también tenía que ver con ella. «¿Qué voy a hacer yo en Europa? ¡Ni siquiera hablo bien español!»

Le quería, sí. Cuando vio que su negativa le estaba matando, le acarició y le besó las mejillas encendidas y le dijo que le quería muchísimo. Insistió en que ése no era el problema, no tenía nada que ver. Amaba a Milo por completo, pero eso no significaba que fuera a destrozar la vida de su hija para seguir a Milo por todo el mundo, y pasarse años mirando por encima del hombro por si alguien les pegaba un tiro. «¿Qué vida es ésta, Milo? Piénsalo desde nuestra perspectiva.»

Pero ya lo había hecho, ¿no? Se había imaginado a los dos con Stephanie en Euro Disney, terminando sus vacaciones con risas y caramelos, sin más interrupciones de móvil. La única diferencia era que utilizarían nombres diferentes. Lionel, Laura y Kelley.

Ahora sabía por qué habían brotado las lágrimas: era porque se había dado cuenta de que ella tenía razón. La muerte de Grainger le había puesto nervioso, y lo había vuelto un soñador desesperado, que imaginaba que el mundo blando de Disney podía ser de ellos.

Milo había estado demasiado enamorado de sus fantasías para darse cuenta de lo infantiles que eran.

Y ahora, ¿dónde estaba él? En el desierto. Lo había en todas direcciones: plano, de dos tonos, vacío. Sin su familia, con su único aliado en la Agencia muerto, asesinado por su propia estupidez. Sólo le quedaba un aliado en el mundo, alguien a quien no quería llamar, cuyas llamadas siempre había temido.

En Hobbs, en la frontera de Nuevo México, se paró en una estación de servicio con tienda, con las paredes blancas desconchadas y sin aire acondicionado. La mujer gorda y sudorosa de la caja le cambió monedas y le indicó el teléfono público de atrás, junto a las sopas en lata. Marcó el número que había memorizado en Disney World e introdujo las monedas.

—*Da?* —dijo aquella voz tan conocida.

—Soy yo.

—¿Mikhail?

—Necesito tu ayuda, Yevgeny.

SEGUNDA PARTE

TURISMO CONSISTE
EN CONTAR CUENTOS

Miércoles, 25 de julio,
a lunes, 30 de julio de 2007

Terence Albert Fitzhugh estaba de pie en el que había sido el despacho de Tom Grainger en el piso veintidós. Ya no lo era. A través de las ventanas altas hasta el techo, tras la mesa, se extendía una vista de los rascacielos, como el baldaquín de una jungla humana. Más allá de las persianas de la pared opuesta, se extendía un campo de cubículos y de actividad donde todos los jóvenes y pálidos Agentes de Viajes daban sentido a las informaciones de los Turistas, elaborándolas en finas Guías de Turismo que finalmente se mandaban a Langley, donde otros analistas realizaban sus informes de recomendaciones para los políticos.

Sabía que todos aquellos Agentes de Viajes le odiaban.

No le odiaban a él concretamente, sino al concepto de Terence Albert Fitzhugh. Lo había visto en oficinas de la Agencia por todo el mundo. Se desarrolla una especie de amor entre los jefes de departamento y sus empleados. Cuando se echa a un jefe de departamento, o se le mata, las emociones en el departamento se vuelven volátiles. Cuando este departamento es, como Turismo, invisible para el mundo exterior, el personal depende mucho más de su jefe.

Más tarde se enfrentaría a su odio. Ahora cerró las persianas y fue al ordenador de Grainger. Una semana después de su muerte seguía siendo un caos, porque Tom Grainger era caótico, uno de esos viejos luchadores de la Guerra Fría que habían pasado demasiado tiempo dependiendo de secretarias bonitas para ser capaces de mantener el orden. Al tener sus propios ordenadores, aquellos viejos acababan con los escritorios más abarrotados del planeta. Lo demás también lo había dejado en estado de caos.

Al principio, evidentemente, Fitzhugh pensó que había limpiado el desastre de Grainger. Tripplehorn había recibido sus órdenes, y cuando Fitzhugh le llamó, el Turista confirmó en una voz curiosamente neutra que la misión estaba cumplida. Bien.

Luego, en el escenario, había notado sangre en el interior de la casa. ¿Por qué había sacado fuera Tripplehorn el cadáver de Weaver? No era necesario. Al día siguiente, los forenses casi hacen que sufra un infarto: la sangre no era de Weaver. No sabían de quién era, pero él sí.

Tripplehorn no había respondido al teléfono; había sido Milo Weaver.

Y entonces, tras una semana frenética peinando la zona, un milagro.

Fitzhugh accedió al servidor de la red, entró su código, y revisó el vídeo de la mañana. Un técnico de vigilancia había hecho una edición rápida del metraje de varias cámaras. Empezaba fuera del edificio, entre la multitud de empleados del centro que se dirigía fatigosamente a su lugar de trabajo. Un código temporal parpadeaba al pie de la pantalla: las 9.38. Entre el gentío había una cabeza que el técnico había marcado con una flecha errante. Empezaba en el otro lado de la avenida de las Américas, se paraba, y corría entre un embotellamiento de taxis hasta su lado de la calle.

Corte: una segunda cámara, en su acera. Para entonces lo habían identificado, y en el vestíbulo los porteros tomaban posiciones. Sin embargo en la calle, Weaver parecía pensárselo mejor. Se paraba, dejando que la gente chocara con él, como si de repente no supiera dónde estaba el norte y dónde el sur. Después seguía hacia la puerta principal.

Una cámara alta en el vestíbulo, enfocando hacia abajo. Desde allí, podía ver donde se habían situado los porteros. El negro grandote, Lawrence, estaba en la puerta, mientras el otro esperaba junto a la palmera. Dos más estaban escondidos en el pasillo del ascensor, fuera de la vista.

Lawrence esperó a que Milo entrara, y se adelantó hacia él. Hubo un momento en que todo parecía correcto. Agradablemente, hablaron en voz baja mientras los otros tres porteros se acercaban. Entonces Weaver los vio acercarse y le entró el pánico. Ésta era la única explicación que se le ocurrió a Fitzhugh, porque Milo Weaver daba la vuelta, rápidamente, pero Lawrence estaba preparado y ya lo había agarrado del hombro. Weaver pegaba un puñetazo a Lawrence en la cara, pero llegaban los otros tres hombres, y se le echaban encima.

Fue una escena curiosamente silenciosa, apenas unos zapatos arrastrados y un jadeo de la simpática recepcionista —Gloria Martínez— fuera de cámara. Cuando todos volvieron a ponerse de pie, Weaver estaba esposado a la espalda, y los tres porteros le conducían hacia los ascensores.

Curiosamente, Weaver sonrió al pasar frente a recepción, e incluso le guiñó el ojo a Gloria. Dijo un par de palabras que la cámara no recogió. Pero el portero las oyó y Gloria también. «Turismo es duro.» Qué optimista.

Pero perdió el sentido del humor cuando llegó a su celda del piso diecinueve.

—¿Por qué le mataste? —fue la entrada de Fitzhugh.

Imponer sus normas de entrada y esperar. Según lo que dijera Weaver a continuación Fitzhugh sabría cómo seguir.

Milo pestañeó, con las manos esposadas a la espalda.

—¿A quién?

—¡A Tom, por Dios! ¡A Tom Grainger!

Una pausa, y en aquel momento de silencio, Fitzhugh no supo qué diría Milo. Por fin, Weaver se encogió de hombros.

—Tom hizo matar a Angela Yates. Por eso. Le tendió una

trampa para que pareciera una traidora, y después la mató. Nos mintió, a ti y a mí. Mintió a la Agencia. —Después fue más lejos—: Porque yo le quería, y él me utilizó.

¿Había matado Milo a Tripplehorn y después, por razones personales, había disparado contra Tom Grainger? Si era así, era como una ráfaga de aire fresco en la bochornosa vida de Fitzhugh.

—Me importa una mierda lo que pensabas de él. Era un veterano de la CIA y tu superior directo. Le mataste, Weaver. ¿Qué quieres que piense? Ahora yo soy tu superior, ¿debo pensar que si hueles algo que no te gusta seré el próximo de tu lista?

Pero todavía no era el momento del interrogatorio, así que fingió frustración diciendo que tenía reuniones que atender.

—Reorganización. Reestructuración. Debo solucionar tu desastre.

Al salir, susurró a Lawrence:

—Déjalo con la ropa con la que nació y dale el agujero negro.

Lawrence, con el ojo hinchado, delató un momento de disgusto.

—Sí, señor.

El agujero negro era simple. Desnudas a un hombre, le dejas un rato para que se acostumbre a su desnudez, y al cabo de una hora más o menos, apagas la luz.

La oscuridad era desorientadora, pero por sí sola no tenía impacto. Sólo era oscuridad. El «agujero» venía después de unas horas, quizá de unos minutos, cuando los porteros, con gafas para infrarrojos, volvían de dos en dos y te pegaban una paliza. Sin luz, sólo puños sin cuerpo.

Despoja a un hombre del tiempo, la luz y la seguridad física y rápidamente no querrá nada más que estar en una habitación bien iluminada y contar todo lo que sabe. Weaver se quedaría en el agujero hasta la mañana siguiente, y para entonces incluso agradecería la presencia de Fitzhugh.

Leyó el informe de Einner, entregado tras sus viajes por París y Ginebra. A pesar de que Milo le había agredido, Einner insistía en que Milo no podía ser culpable de la muerte de Angela. «Tuvo la oportunidad de cambiar las píldoras de Angela, pero no el motivo. Era evidente que deseaba descubrir a su asesino más que yo.»

Con tinta azul, Fitzhugh añadió su propia valoración —«Especulación exagerada»— al informe de Einner, y después sus iniciales y la fecha.

Poco después de las cuatro, llamó alguien a la puerta.

—¿Sí? Adelante.

La agente especial Janet Simmons abrió la puerta.

Fitzhugh intentó que no se le notara la irritación. En lugar de ello, pensó lo mismo que había pensado durante su primera reunión: que podría haber sido una mujer atractiva si no se esforzara tanto por no parecerlo. El cabello oscuro recogido severamente, un traje pantalón azul marino demasiado ancho. Pantalones de lesbiana, los llamaba Fitzhugh en secreto.

—Creía que seguías en DC —dijo.

—Tienes a Weaver —contestó ella, cogiéndose las manos a la espalda.

Fitzhugh se echó atrás en la silla, preguntándose cómo se había enterado.

—Vino aquí. Sencillamente cruzó la puerta.

—¿Dónde está ahora?

—Dos pisos más abajo. Le estamos dando tratamiento de silencio. Pero ya ha reconocido haber matado a Tom.

—¿Alguna razón?

—Un arrebato de ira. Creía que Grainger le había utilizado. Que le había traicionado.

Ella cogió la silla vacía, la tocó, pero no se sentó.

—Quiero hablar con él, ya lo sabes.

—Por supuesto.

—Pronto.

Fitzhugh ladeó la cabeza como para demostrar que era un hombre con múltiples mentalidades: esquizofrénico no, pero sí complicado.

—Lo antes posible. No te preocupes. Pero hoy no. Hoy no habla. Y mañana necesito un día entero con él. Seguridad, ya sabes.

Simmons se sentó por fin, con el ojo bizco sobre Manhattan mientras el bueno se posaba firmemente sobre él.

—Utilizaré la jurisdicción si es necesario. Ya lo sabes, ¿no? Mató a Tom Grainger en suelo norteamericano.

—Grainger era uno de nuestros empleados. No el tuyo.

—Es irrelevante.

Fitzhugh se agitó en la silla.

—Te comportas como si Weaver fuera tu enemigo, Janet. Sólo es un agente corrupto de la Agencia.

—Tres asesinatos en un mes: el Tigre, Yates y Grainger. Esto es demasiado incluso para un agente corrupto de la Agencia.

—No pensarás en serio que los mató a todos.

—Tendré una idea más aproximada cuando haya hablado con él.

Fitzhugh se pasó la lengua por los dientes.

—Te lo pido, Janet. Déjanos un día más a solas con él. Pasado mañana, el viernes, puedes tener una conversación con él. —Levantó tres dedos rígidamente—. Palabra de explorador.

Simmons se lo pensó, como si tuviera elección.

—Pasado mañana, entonces. Pero quiero algo ahora.

—¿Cómo qué?

—El expediente de Milo. No el público, el tuyo.

—Esto puede tardar un...

—Ahora, Terence. No te voy a dar tiempo para perderlo o eliminar las cosas interesantes. Si tengo que esperar para hablar con él, al menos que tenga una lectura interesante.

Él apretó los labios.

—No hace falta que nos pongamos agresivos. Ambos queremos lo mismo. Si alguien mata a uno de los míos, le quiero entre rejas el resto de su vida.

—Me alegra que estemos de acuerdo —dijo ella, aunque la alegría no se tradujo en su cara—. Sigo queriendo el expediente.

—¿Puedes esperar diez minutos, al menos?

—Puedo.

—Espera en el vestíbulo. Te lo haré llegar.

—¿Y la esposa? —preguntó ella al levantarse—. Tina. ¿La han interrogado?

—Brevemente en Austin, después de que Weaver se pusiera en contacto, pero no sabe nada. No la molestaremos más, ya lo ha pasado bastante mal.

—Ya.

Sin ofrecerle la mano, salió, dejando a Fitzhugh observando su paso marcial con los pantalones de lesbiana a través del laberinto de cubículos.

Levantó el teléfono de la mesa, marcó el 49, y tras un intercambio militar:

—Sí, señor.

—Nombre —dijo él, cortante.

—Steven Norris, señor.

—Escúcheme con atención Steven Norris. ¿Me está escuchando?

—Sí, sí, señor.

—Si vuelve a mandarme a alguien de Interior sin consultarme primero, está despedido. Tendrá que custodiar la verja de la embajada de Estados Unidos en Bagdad con una camiseta de George Bush en lugar de chaleco antibalas. ¿Entendido?

2

Simmons tenía una habitación en el piso veintitrés del Grand Hyatt, sobre Grand Central Station. Como todas las habitaciones en las que trabajaba Janet Simmons, ya estaba patas arriba. Le asqueaban las mantas de hotel, las quitaba y las amontonaba inmediatamente al pie de la cama. A la pila añadió los almohadones extra (ella tenía más que suficiente con uno), las cartas del servicio de habitaciones, la guía alfabética de servicios del hotel, y todos los «extras» varios que llenaban las mesitas de noche. Sólo entonces, libre de distracciones, se sentó en la cama, encendió el portátil y abrió un nuevo documento de Word para transcribir sus ideas.

A Simmons no le caía bien Terence Fitzhugh. Ya era bastante la irritante manera que tenía de mesurarle el busto, pero no era sólo esto. Lo que odiaba eran sus muecas comprensivas, como si todo lo que ella decía fuera una noticia reveladora y decepcionante. Todo era puro teatro para ganar tiempo. Cuando ella entró como una tromba en su despacho de DC después del asesinato de Angela Yates, él la trató de la misma manera, con un «no voy a dejar piedra por remover, Janet. Puedes estar tranquila».

No esperaba nada, por lo tanto se asombró cuando la tarde siguiente llegó un sobre a su despacho del 245 de Murray Lane. Un informe de vigilancia anónimo y censurado sobre Angela Yates. Y ahí estaba. A las 11.38 de la noche, Milo Weaver había entrado en el piso de Angela. Se interrumpió la vigilancia (no se daba la razón, de hecho, no se daba la razón de la vigilancia, tampoco). Cuando volvieron a conectar las cámaras, Weaver ya se había ido. Una hora después más o menos, Angela Yates murió por ingesta de barbitúricos. Una sola brecha para la oportunidad y ahí estaba Milo Weaver.

Más tarde, en Disney World, había encontrado una esposa asustada, pero testaruda, y una niña preciosa y medio dormida, las dos desconcertadas al ver a Simmons, Orbach y los otros dos con pistola. Pero a Milo Weaver no. Y resultó que Grainger le había advertido.

Entonces, una semana después, Tom Grainger apareció muerto en Nueva Jersey. En un escenario raro. El perfil del cadáver de Grainger en el patio era suficientemente claro, pero ¿y las tres ventanas rotas desde fuera? ¿Y la sangre sin identificar al pie de la escalera, frente a la puerta principal? ¿Y las siete balas incrustadas en la escalera de una 9 mm, Sig Sauer? Nadie le dio una explicación, pero para Simmons estaba claro que había una tercera persona en el escenario. Fitzhugh fingía que el asunto lo tenía perplejo.

Después, en Austin, Tina Weaver había desaparecido durante tres horas. Cuando Rodger Samson la interrogó, Tina reconoció que Milo le había pedido que ella y Stephanie salieran del país con él. Se había negado. Él había desaparecido de nuevo, y Janet había creído que no volvería a saber de Milo Weaver. A continuación, aquella mañana, había recibido la ilustradora llamada de Matthew, el infiltrado de Interior en lo que la CIA consideraba su ultrasecreto Departamento de Turismo.

¿Por qué se habría entregado Milo?

Janet abrió el sobre que Gloria Martínez le había dado y empezó a leer.

Nacido el 21 de junio de 1970, en Raleigh, Carolina del Norte. Padres: Wilma y Theodore (Theo) Weaver. En octubre de 1985, un recorte del *News & Observer* de Raleigh decía que «se había producido un accidente en la I-40 cerca de la salida de

Morrisville con un conductor borracho que chocó contra otro coche». El conductor, David Summers, murió, así como los pasajeros del otro coche, Wilma y Theodore Weaver de Cary. «Dejan un hijo, Milo.»

Janet introdujo los hechos en su documento de Word.

Aunque no había ninguna prueba documental que lo respaldara, un informe explicaba que Milo Weaver, a los quince años, había ingresado en el Hogar St. Christopher para Chicos en Oxford, Carolina del Norte. La falta de documentación se explicaba con otro recorte de periódico, de aproximadamente 1989, que decía que un incendio había destruido el recinto de St. Christopher y todos sus archivos, un año después de que Milo se marchara de Carolina del Norte.

Para entonces, tenía una beca en Lock Haven University, una facultad diminuta en una ciudad aburrida de las montañas de Pensilvania. Unas pocas páginas informaban de un estudiante irregular que, aunque nunca había sido arrestado, era sospechoso para la policía local de «consumir drogas y pasar mucho tiempo en la casa vieja de la esquina de West Church y la 4.ª, donde a menudo se celebran fiestas con marihuana». Había llegado con la especialidad «sin decidir», pero al final del primer año había optado por Relaciones Internacionales.

A pesar de su tamaño, Lock Haven se jactaba de tener el programa más importante de intercambio de estudiantes de la costa Este. Durante su tercer año, en otoño de 1990, Milo llegó a Plymouth, Inglaterra, para estudiar en Marjon, en el College of St. Mark and St. John. Según aquellos primeros informes de la CIA, Milo Weaver se rodeó rápidamente de un círculo de amigos, la mayoría de Brighton, que tenían ideas políticas socialistas. Se denominaban laboristas, pero sus creencias iban más hacia el «ecoanarquismo», un término que Simmons sabía que no había sido de uso popular hasta casi una década después. Una infiltrada del MI5 en el grupo, que trabajaba en colaboración con la CIA, informó de que Weaver era ideal para un acercamiento. «No comparte los ideales del grupo, pero su deseo de formar parte de algo es evidente. Habla bien en ruso y su francés es excelente.»

El acercamiento se produjo durante un fin de semana en Londres a finales de 1990, un mes antes del regreso de Weaver a Pensilvania. La infiltrada del MI5 —«Abigail»— lo llevó al Marquee Club en Charing Cross, lo subió a una habitación y le presentó al jefe de estación en Londres, a quien en los informes se le denominaba «Stan».

La conversación debió de ser favorable, porque se concertó una segunda reunión para tres días después en Plymouth. Entonces Milo dejó la universidad y, al no tener visado para permanecer en el Reino Unido, se perdió con sus amigos del entorno anarquista.

Fue un reclutamiento asombrosamente rápido, lo que Simmons también anotó en el documento de Word, pero de aquel primer trabajo no había nada más, y el archivo refería al investigador al Expediente WT-2569-A91. De todos modos, ella sabía que el papel de Milo en la operación sólo había durado hasta marzo, porque fue entonces cuando le pusieron en nómina de la CIA y le mandaron al condado de Perquimans, en Carolina del Norte, donde, en el estuario de Albemarle Sound fue entrenado durante cuatro meses en El Punto, una escuela de la Agencia no tan conocida como La Granja, pero igual de acreditada.

Milo fue enviado a Londres, donde trabajó (dos veces, si el expediente era exacto) con Angela Yates, otra trotamundos que había entrado a formar parte de la familia de la Agencia. Un informe insinuaba que eran amantes; otro informe insistía en que Yates era lesbiana.

Milo Weaver empezó a introducirse en la comunidad de expatriados rusos, y a pesar de que los expediente de los casos reales no estuvieran allí, Simmons pudo imaginar una carrera de infiltrado. Milo se mezcló con todos los niveles de expatriados rusos, desde diplomáticos a gánsteres de poca monta. Su objetivo era doble: aportar luz sobre la mafia en vías de expansión que estaba ganando terreno en el mundo criminal de Londres, y de vez en cuando, desenmascarar a los espías enviados desde Moscú mientras el Imperio soviético sufría sus estertores mortales. En el tema criminal se desenvolvió bien —en el primer año su información condujo a dos importantes arrestos—, pero donde destacó más fue en el espionaje. Tenía a su disposición tres importantes fuentes de información dentro del aparato de inteligencia ruso: DENIS, FRANKA y TADEUS. En dos años, desenmascaró a quince agentes encubiertos y convenció a nada menos que a once para que trabajaran como dobles.

Entonces, en enero de 1994, los informes cambiaban de tono, informando del lento declive de Milo en el alcoholismo, múltiples mujeres (por lo visto Angela Yates, no) y la sospecha de que el propio Milo se hubiera convertido en doble de uno de sus informadores, TADEUS. Al cabo de seis meses, despidieron a Milo, le anularon el visado, y le dieron un billete de vuelta a casa.

Esto terminaba con la primera etapa de la carrera de Milo Weaver. La segunda etapa documentada empezaba siete años después, en 2001, un mes después del atentado a las Torres Gemelas, cuando le contrataron de nuevo, ahora como «supervisor» en el departamento de Thomas Grainger, con detalles muy vagos. De los años intermedios entre 1994 y 2001, el expediente no decía nada.

Janet sabía lo que eso significaba, por supuesto. La vida disoluta de Weaver en 1994 había sido un montaje, y durante los siete años siguientes Milo Weaver había trabajado en operaciones negras. Si formaba parte del departamento ultrasecreto de Grainger, significaba que Weaver había sido un «Turista».

Era un buen esbozo de una carrera de éxitos. De agente de campo a agente fantasma y a administrador. Aquellos siete años perdidos podían contener las respuestas que ella buscaba, pero por fuerza debían seguir siendo un misterio. Si reconocía ante Fitzhugh que estaba al tanto de la existencia de Turismo, Matthew quedaría comprometido.

Se le ocurrió algo. Volvió atrás en los papeles hasta que encontró el informe de la infancia de Milo Weaver. Raleigh, Carolina del Norte. El orfanato de Oxford. Después dos años en una universidad liberal y pequeña antes de irse a Inglaterra. Comparó estos hechos con el informe de «Abigail»: «Habla bien en ruso y su francés es excelente».

Utilizó el móvil y al cabo de un momento la voz grave, pero profunda e irritada de George Orbach, dijo:

—¿Qué pasa?

Entonces se dio cuenta de que eran casi las once.

—¿Estás en casa?

Un gran bostezo.

—En la oficina. Creo que me he quedado dormido.

—Tengo algo para ti.

—¿Aparte de dormir?

—Apunta. —Leyó los detalles de la infancia de Milo Weaver—. Descubre si queda alguien vivo del clan Weaver. Aquí dice que están muertos, pero si encuentras aunque sea un primo segundo, quiero hablar con él.

—Investigamos a fondo, pero ¿esto no es un poco exagerado?

—Cinco años después de la muerte de sus padres, hablaba bien en ruso. Dime, George, ¿cómo lo aprende un huérfano de Carolina del Norte?

—Yendo a clase. Estudiando mucho.

—Investígalo, por favor. Y mira si queda alguien del Hogar St. Christopher para Chicos.

—Lo haré.

—Gracias —dijo Simmons, y colgó.

Después marcó otro número.

A pesar de la hora, Tina Weaver parecía despierta. De fondo se escuchaba una comedia en la tele.

—¿Diga?

—Hola, señora Weaver. Soy Janet Simmons.

Una pausa.

—La agente especial, vaya —dijo Tina.

—Mire, sé que no empezamos con buen pie.

—¿Usted cree?

—Sé que Rodger la interrogó en Austin. ¿Se portó bien con usted? Le dije que no la atosigara.

—Rodger fue un encanto.

—Me gustaría hablar con usted de algunas cosas. ¿Mañana está bien?

Otra pausa.

—¿Quiere que la ayude a localizar a mi marido?

«No lo sabe», pensó Simmons.

—Quiero que me ayude a descubrir la verdad, Tina. Sólo eso.

—¿Qué clase de preguntas?

—Bueno —dijo Simmons—, conocerá bien el pasado de Milo, ¿no?

—Sí —contestó Tina dudosa.

—¿Algún pariente vivo?

—No que él sepa —dijo la mujer, y después hizo un ruido sofocado.

—Tina. ¿Está usted bien?

—Es que... —jadeó—. A veces me da hipo.

—Vaya a buscar agua. Ya hablaremos mañana. Por la mañana, ¿vale? ¿Sobre las diez o diez y media?

—Sí —aceptó Tina y colgó.

3

Por la mañana, un conductor de la Agencia recogió a Fitzhugh en el Mansfield Hotel de la 44 Oeste y le dejó en la avenida de las Américas a las nueve y media. Una vez detrás de su mesa, cogió el teléfono y marcó un número.

—¿John?

—Sí, señor —dijo una voz neutra.

—¿Puede ir a la sala cinco y dar el tratamiento hasta que llegue yo? No más de una hora.

—¿Cara?

—No, la cara no.

—Sí, señor.

Fitzhugh colgó, revisó su correo y se conectó a Nexcel, introduciendo el nombre de usuario y la contraseña de Grainger. Un mensaje de Sal, su oráculo ocasional en Interior:

«J Simmons ha ido a sede de DT inesperadamente».

—Gracias —dijo al ordenador.

El mensaje habría sido útil de haber llegado antes de que Simmons le tendiera una emboscada en «sede de DT» el día anterior. Se preguntó si Sal se ganaba realmente su bonificación navideña.

Sobre la mesa había una pila de cartas de verdad, y entre las circulares interdepartamentales encontró un sobre beige, con matasellos de Denver, dirigido a Grainger. Seguridad lo había llenado de sellos de «visto bueno», así que lo abrió. Dentro había un pasaporte de color ladrillo, emitido por la Federación Rusa.

Lo abrió con una uña y encontró una fotografía reciente de

Milo Weaver, con sus ojos graves y acusadores y la gran mandíbula, mirando en cierto modo como un superviviente del Gulag. Pero el nombre junto a la foto era **Микхаил Ыевгеновицх Властов**, Mikhail Yevgenovich Vlastov.

—Oh, mierda —susurró.

Fue a la puerta y señaló entre los cubículos a uno de los Agentes de Viajes, utilizando un dedo para convocarlo en su despacho. Cuando la puerta estuvo cerrada de nuevo, Fitzhugh hizo chasquear los dedos fingiendo que tenía el nombre en la punta de la lengua.

—Harold Lynch —dijo el analista.

No podía tener más de veinticinco años, y le caía un mechón rubio y sudado sobre la frente alta y lisa.

—Bien. Escucha Harry. Tenemos que seguir una pista nueva. Milo Weaver era un topo ruso.

La cara de Lynch era de total incredulidad, pero Fitzhugh siguió presionando.

—Oportunidades. Investiga cuándo tuvo acceso a información y, poco después o incluso simultáneamente, acceso al FSB. Cotéjalo con inteligencia rusa conocida. Coge esto. —Le entregó el pasaporte y el sobre—. Que alguien lo procese con lo que sea que proceséis. Quiero saber quién lo mandó, cuánto mide y cuál es su plato favorito.

Lynch se quedó mirando el pasaporte, abrumado por aquel cambio de dirección.

—Vamos, ponte en ello.

Fuera quien fuera el remitente, el pasaporte era un regalo inesperado. Incluso antes de empezar el interrogatorio, Fitzhugh recibía un arma de peso. Asesinato y traición; Weaver podía zafarse de una acusación, pero ¿de dos?

Decidió compartir la buena noticia con Janet Simmons. Su secretaria, una mujer gruesa vestida de rosa, le pasó con ella. Al segundo timbre, oyó:

—Simmons.

—No te imaginas lo que ha aparecido hoy.

—Seguramente no.

—Un pasaporte ruso a nombre de Milo Weaver.

Ella calló un momento, y de fondo él oyó el zumbido de la carretera. Estaba conduciendo.

—¿Qué significa eso? —preguntó—. ¿Que tiene doble nacionalidad?

Fitzhugh esperaba mayor entusiasmo por su parte.

—Le convierte en un agente doble, Janet. No es uno de los nuestros.

—¿Con su nombre?

—No. Mikhail Yevgenovich Vlastov.

Un silencio.

—¿De dónde procedía?

—Anónimo. Lo estamos investigando.

—Gracias por decírmelo, Terence. Dale recuerdos a Milo.

A las diez y media, Fitzhugh utilizó su tarjeta para utilizar el ascensor que daba acceso al piso diecinueve, donde en lugar de cubículos había pasillos con paredes sin ventanas interrumpidas por puertas dobles. Una llevaba a la celda, la otra a la habitación de control de cada celda, llena de monitores y equipos de grabación. Entró en la sala de control de la celda número cinco, con una carpeta gris en la mano.

Max, un ex agente muy bebedor con un estómago de macho cabrío, estaba frente a los monitores devorando patatas y observando a Milo Weaver, en el suelo, desnudo, gritando por las descargas eléctricas que recibía en los testículos. El sonido resonaba angustiosamente en la pequeña sala.

Un hombre bajo y delgado con un delantal blanco manchado de sangre trabajaba en silencio: era John. Uno de los porteros inmovilizaba a Weaver por los hombros con guantes de goma, mientras el otro, el negro grandote, estaba de pie contra la pared, pasándose la mano por la boca y mirando.

—¿Qué coño hace? —preguntó Fitzhugh.

Mientras cogía otra patata, Max dijo:

—Acaba de evacuar el desayuno. Está ahí, a sus pies.

—Dios. Sácale de aquí.

—¿Ahora?

—¡Sí, ahora!

Max se puso unos auriculares sin cable, golpeó el teclado y dijo:

—Lawrence.

El negro se puso rígido y se llevó un dedo al oído.

—Sal. Ahora.

Mientras Weaver gritaba, Lawrence caminó lentamente hacia la puerta. Fitzhugh lo interceptó en el pasillo y, a pesar de que el portero era una cabeza más alto que él, le golpeó con un dedo en el pecho.

—Si vuelvo a ver algo así, estás despedido. ¿Entendido?

Lawrence asintió, con los ojos rojos.

—Vuelve al vestíbulo y manda a alguien con pelotas.

Otro asentimiento, y el hombretón caminó hacia los ascensores.

Max había avisado a John de que se preparara para la entrada de Fitzhugh, de modo que, cuando abrió la puerta, Milo Weaver estaba agachado, apoyado en la pared, con sangre que le bajaba del pecho, las piernas y la ingle. El otro portero estaba en posición de firmes en la pared opuesta, mientras John guardaba los electrodos. Weaver empezó a llorar.

—Es una pena —dijo Fitzhugh, con los brazos cruzados en el pecho, golpeando la carpeta contra su codo—. Toda una carrera tirada por el retrete por un deseo repentino de venganza. Para mí no tiene sentido. No tiene sentido aquí —dijo, golpeándose la sien—, ni aquí —el corazón. Se puso en cuclillas para poder mirar a los ojos a Weaver y abrió la carpeta—. ¿Esto es lo que sucede cuando Milo Weaver defiende su dignidad?

Abrió la carpeta para dejar a la vista fotografías en color de tamaño folio de Tom Grainger, tirado frente a su casa de Nueva Jersey en el lago Hopatcong. Fitzhugh las fue pasando una por una para que Milo las viera. Fotos panorámicas, mostrando la posición del cuerpo, a cinco metros de los escalones de cemento. Primeros planos: el agujero a través del hombro, el otro en la frente. Dos balas blandas dumdum, que se expandían después de entrar, llevándose con ellas un gran pedazo de carne, y dejando a Thomas Grainger como un armazón mutilado.

El llanto de Milo se intensificó. Perdió el equilibrio y cayó al suelo.

—Tenemos un llorón —observó Fitzhugh, incorporándose.

Todos los presentes en la pequeña habitación blanca esperaron. Milo respiró pesadamente hasta que controló las lágrimas, se secó los ojos húmedos y la nariz llena de mocos, y se puso de pie en una posición encorvada.

—Vas a contármelo todo —dijo Fitzhugh.

—Lo sé —respondió Milo.

4

Al otro lado del East River, la agente especial Janet Simmons se abrió paso entre el lento tráfico de Brooklyn, parándose bruscamente para dejar pasar a los peatones y los niños que cruzaban Prospect Avenue. Los maldijo a todos. La gente era así, deambulaban por sus pequeñas vidas como si nada se pudiera cruzar en su camino. Nada, ni automóviles, ni fuego cruzado, ni acechadores, ni siquiera una maquinación desconocida de los servicios de seguridad mundiales, que podían confundirte perfectamente con cualquier otro, arrastrarte a una celda, o sencillamente meterte una bala en la cabeza.

Instintivamente, aparcó en Prospect, cerca de donde se cruzaba con Garfield, para que no pudieran verla desde las ventanas.

Se había jactado mucho delante de Terence Fitzhugh, pero la verdad era que no tenía autoridad jurisdiccional sobre Milo Weaver. Había matado a Tom Grainger en suelo norteamericano, pero ambos eran empleados de la CIA, y eso los dejaba a la discreción de la Agencia.

¿Por qué era tan insistente entonces? Ni siquiera ella lo sabía con seguridad. El asesinato de Angela Yates, tal vez fuera esto. Una mujer de éxito que había llegado tan lejos en una profesión tan masculina había sido asesinada en su mejor momento por el hombre que Simmons había dejado marchar en Tennessee. ¿La hacía eso responsable de la muerte de Yates? Tal vez no. Pero de todos modos se sentía responsable.

Ese barroco sentido de la responsabilidad la había amargado gran parte de su vida, a pesar de que su terapeuta de Interior, una chica flacucha y pálida que tenía los movimientos torpes y nerviosos de una virgen, siempre le daba la vuelta al asunto. No era que Janet Simmons fuera responsable de todas las personas de su vida; era que Janet Simmons creía que podía ser responsable de todos ellos.

—Control —dijo la virgen—. Crees que puedes controlarlo todo. Éste es un grave error de percepción.

—¿Me estás diciendo que tengo problemas de control? —la pinchó Simmons, pero la virgen era más dura de lo que parecía.

—No, Janet. Digo que eres una megalomaníaca. La buena noticia es que elegiste la profesión correcta.

Así que su necesidad de enmendar los entuertos de Milo Weaver no tenían nada que ver con la justicia, la empatía o la filantropía, ni siquiera con la igualdad de derechos para las mujeres. Pero eso no significaba que sus actos, en sí, no fueran virtuosos, incluso la virgen tenía que reconocerlo.

No obstante durante semanas sus deseos habían chocado con la simple falta de pruebas reales. Podía situar a Weaver en la muerte de las víctimas, pero quería más. Quería razones.

La casa de obra vista de Weaver estaba en una calle de casas parecidas, aunque la suya estaba visiblemente más deteriorada que las demás. La puerta principal estaba abierta, así que Janet subió la escalera sin tener que llamar a ningún timbre. En el tercer piso, llamó al timbre.

Tardó un momento, pero finalmente oyó el ruido suave de unas pisadas que iban hacia la puerta y después la mirilla se oscureció.

—¿Tina? —Sacó su identificación de Interior y la levantó—. Soy Janet. Sólo necesito que me dediques unos minutos.

Se oyó cómo Tina soltaba la cadena. Se abrió la puerta y Tina Weaver la miró, descalza, con unos pantalones de pijama anchos y una camiseta. Sin sostén. Estaba igual que la última vez que se habían visto en Disney World, aunque más cansada.

—¿He venido en mal momento?

El cuerpo de Tina Weaver se encogió ligeramente al ver a Simmons.

—No estoy segura de que deba hablar contigo. Le acosaste.

—Creo que Milo ha matado a dos personas. Quizá tres. ¿Esperas que lo deje pasar?

Ella se encogió de hombros.

—¿Sabes que ha vuelto?

Tina no preguntó dónde ni cuándo; sólo pestañeó.

—Se ha entregado. Está en la oficina de Manhattan.

—¿Está bien?

—Está metido en un buen lío, pero está bien. ¿Puedo pasar?

La esposa de Milo Weaver ya no escuchaba. Bajaba por el pasillo hacia el salón, dejando la puerta abierta. Simmons la siguió hasta una sala de techo bajo con una gran pantalla de televisión, pero con muebles viejos y de aspecto barato. Tina se sentó en el sofá, con la barbilla sobre las rodillas, y miró cómo Simmons se sentaba.

—¿Stephanie está en la escuela?

—Son vacaciones de verano, agente especial. Está con la canguro.

—¿No te echan de menos en el trabajo?

—Sí, bueno. —Tina se sacudió algo del brazo—. La biblioteca es flexible cuando tú eres la directora.

—La Biblioteca de Arte y Arquitectura Avery en Columbia. No está mal.

Por la expresión de Tina estaba claro que lo dudaba mucho.

—¿Vas a hacerme las preguntas o qué? Soy bastante buena respondiendo. Tengo mucha práctica.

—¿Recientemente?

—La Agencia me mandó dos hombres hace un par de días, aquí mismo.

—No lo sabía.

—No os comunicáis muy bien.

Simmons sacudió la cabeza.

—Las diferentes agencias colaboran como un matrimonio distanciado. Pero hacemos terapia —dijo, sonriendo para disimular su enfado porque Fitzhugh le hubiera mentido diciendo que no la había interrogado—. La verdad es que ahora, Tina, estamos investigando a tu marido a múltiples niveles, con la esperanza de entender cómo se conectan los niveles.

Tina pestañeó otra vez.

—¿Qué múltiples niveles?

—Bueno, asesinato, ya te lo he dicho. Dos presuntos asesinatos y un asesinato verificado.

—¿Verificado? ¿Verificado cómo?

—Milo confesó haber matado a Thomas Grainger.

Simmons se preparó para una explosión, pero no se produjo. Ojos húmedos y rojos, sí, y lágrimas. Después silenciosos sollozos que sacudieron todo el cuerpo de Tina, balanceando sus rodillas levantadas.

—Mira, lo siento, pero...

—¿Tom? —exclamó—. ¿Tom Grainger? No... —Negó con la cabeza—. ¿Por qué iba a matarle? ¡Es el padrino de Stef!

Tina lloró unos segundos más, con la cara oculta, y después levantó la cabeza, con las mejillas rojas.

—¿Qué dice él?

—¿Qué?

—Milo. Dice que ha confesado. ¿Cuál es su excusa, maldita sea?

Simmons pensó cómo plantearlo.

—Milo afirma que Tom le utilizó, y que en un arrebato de ira le mató.

Tina se secó los ojos. Con macabra calma, dijo:

—¿Un arrebato de ira?

—Sí.

—No. Milo, no... No tiene arrebatos de ira. No es de esa clase de personas.

—Es difícil saber cómo son realmente las personas.

Una sonrisa se estampó en la cara de Tina, aunque no hacía juego con su voz.

—No seas condescendiente, agente especial. Después de seis años, día más o menos, con la tensión de criar a una niña, te haces una idea bastante aproximada de cómo es una persona.

—De acuerdo —dijo Simmons—. Lo tendré en cuenta. Dímelo tú, entonces: ¿Por qué mataría Milo a Tom Grainger?

A Tina no le costó mucho llegar a una conclusión:

—Sólo se me ocurren dos razones. La Agencia se lo ordenó.

—Ésa es una. ¿Y la otra?

—Si necesitaba proteger a su familia.

—¿Es protector?

—No es obsesivo, pero sí. Si creyera que corremos peligro, Milo haría lo que fuera necesario para eliminarlo.

—Ya —dijo Simmons, como si lo estuviera memorizando—. Hace una semana, te visitó. En Texas. Estabas en casa de tus padres, ¿no?

—Quería hablar conmigo.

—¿Sobre qué exactamente?

Tina se mordió el interior de la mejilla reflexivamente.

—Ya lo sabes. Rodger te lo dijo.

—Prefiero no depender de los informes. ¿De qué quería hablar Milo contigo?

—De marcharnos.

—¿De Texas?

—De dejar nuestra vida.

—No sé qué quieres decir —mintió Simmons.

—Quiere decir, agente especial, que estaba metido en un lío. Tú, por ejemplo, ibas tras él por unos asesinatos que no había cometido. Me dijo que Tom estaba muerto. Pero sólo me dijo que alguien le había matado, y que él había matado a ese hombre.

—¿Quién era el otro hombre?

Tina negó con la cabeza.

—No me dio detalles. Por desgracia, ésta es la clase de hombre que... —Se calló—. Siempre me ha evitado detalles que pudieran preocuparme. Sólo dijo que la única forma de continuar con vida era desaparecer. La Agencia le mataría, porque creería que había matado a Grainger. Quería que nosotros, Stef y yo, despareciéramos con él. —Tragó saliva con dificultad, recordando—. Ya tenía unos pasaportes a punto. Uno para cada uno, con otros nombres, Dolan. Era el apellido de la familia. Quería que desapareciéramos, quizás a Europa, y empezáramos una nueva vida con el nombre de Dolan.

Volvió a morderse la mejilla.

—¿Y tú qué dijiste?

—No estamos en Europa, ¿no?

—Dijiste que no. ¿Por alguna razón?

Tina miró furiosamente a Janet Simmons, como si la anonadara su falta de intuición.

—Por todas las razones del mundo, agente especial. ¿Cómo demonios arrancas a una niña de seis años de su vida y le das un nombre nuevo, sin dejar cicatrices? ¿Cómo voy a ganarme la vida en Europa, cuando no hablo idiomas? ¿Y qué clase de vida tienes cuando has de mirar por encima del hombro cada día? ¿Bien?

Fue por la manera como vomitó su serie de preguntas retóricas, de un tirón, como si fuera un discurso que había practicado desde el momento, hacía una semana, en que se negó a la última petición de su marido. Eran razones racionalizadas, las que utilizaba para justificar su abandono. No tenían nada que ver con la razón por la que había dicho que no de entrada.

—Milo no es el padre biológico de Stephanie, ¿no?

Tina negó con la cabeza, agotada.

—Su padre es... —Simmons simuló que intentaba recordar, pero se lo sabía de memoria—. Patrick, ¿no? Patrick Hardemann.

—Sí.

—¿Cuánto tiempo de la infancia de Stephanie estuvo con ella? Antes de Milo quiero decir.

—Ninguno. Cortamos mientras estaba embarazada.

—Y conociste a Milo...

—El día que di a luz.

Simmons arqueó las cejas. Su sorpresa era sincera.

—Vaya, eso sí que es el azar.

—Si tú lo dices.

—Le conociste en...

—¿Esto es realmente necesario?

—Sí, Tina. Me temo que sí.

—En Venecia.

—¿En Venecia?

—Nos conocimos allí. De vacaciones. Yo estaba embarazada de ocho meses, sola y acabé saliendo con el hombre equivocado. O con el correcto. Depende de cómo se mire.

—El hombre correcto —dijo Simmons animándola— porque conociste a Milo.

—Sí.

—¿Podrías contármelo? En serio, todo ayuda.

—¿Ayuda a meter a mi marido entre rejas?

—Ya te lo he dicho. Quiero que me ayudes a entender la verdad.

Tina bajó los pies al suelo y se sentó para poder mirar a Simmons a la cara.

—De acuerdo. Si quieres saberlo.

—Quiero.

5

Tina no se lo podía creer. Incluso allí, en un café al aire libre junto al Gran Canal, a pocos pasos de la monstruosidad arqueada de madera del puente de Rialto, era insoportable.

Venecia, rodeada y surcada de agua, debería refrescarse un poco, pero lo único que hacía el agua era levantar humedad, como hacía el río en Austin, donde había crecido. Pero en Austin no llevaba encima un calefactor de ocho meses en el vientre abultado que le hinchaba los pies y le destrozaba los riñones.

Habría sido más soportable de no ser por el gentío. Toda la población mundial de turistas sudados parecía haber ido a Italia al mismo tiempo. Hacían imposible que una mujer embarazada se moviera cómodamente por las calles estrechas y llenas de baches, esquivando a los vendedores africanos de imitaciones de Louis Vuitton, con diez bolsos colgados en cada brazo.

Tina sorbió el zumo de naranja, y se obligó a mirar, y apreciar, un *vaporetto* que pasaba rebosante de turistas cargados de cámaras. Después volvió al libro que había abierto sobre la mesa: *Qué esperar cuando estás esperando*. Iba por la página del capítulo 12 que trataba de la «incontinencia por estrés». Fantástico.

Basta, Tina.

Estaba siendo muy desagradecida. ¿Qué pensarían Margaret, Jackie y Trevor? Se habían reunido, habían juntado sus pocos recursos y le habían comprado este derroche final de

5 días/4 noches en Venecia antes de que llegara el bebé y pusiera el último clavo en el ataúd de su vida social.

—Y para recordarte que ese gilipollas no es el único ejemplo de virilidad del mundo —había dicho Trevor.

No, Patrick el mujeriego no era el único ejemplo de virilidad del mundo, pero los ejemplos que había encontrado en Venecia tampoco la habían animado mucho. Italianos de ojos lánguidos silbaban, resoplaban y murmuraban invitaciones a todo culo que se les pusiera delante. A ella no, eso no. Las mujeres embarazadas les recordaban demasiado a sus benditas madres, esas mujeres que no habían pegado una zurra a sus hijos cuando habría hecho falta.

Su vientre no sólo la protegía de los hombres, sino que los animaba a abrirle las puertas. Recibía sonrisas de desconocidos, y a veces hombres mayores le señalaban altas fachadas y le daban lecciones de historia que Tina no podía entender. Empezaba a pensar que las cosas mejorarían, hasta la última noche, en que llegó el correo electrónico.

Resultaba que Patrick estaba en París con Paula. Todas aquellas «P» confundían a Tina. Patrick quería saber si podía «pasarse por la ciudad» para que ella y Paula se conocieran. «Le apetece mucho», había escrito.

Tina había cruzado el océano para alejarse de sus problemas y entonces...

—Disculpe.

Al otro lado de la mesa había un norteamericano de pie, de cincuenta y tantos años, calvo en la coronilla, sonriéndole. Señalaba la silla vacía.

—¿Puedo?

Cuando llegó el camarero, el hombre pidió un vodka con tónica, y después observó pasar otro *vaporetto*. Quizás aburrido del agua, se puso a mirar cómo leía Tina. Finalmente habló:

—¿Puedo invitarla a tomar algo?

—Oh —dijo ella—. No, gracias.

Pero le sonrió un poco, sólo por educación. Y se quitó las gafas de sol.

—Lo siento —tartamudeó él—. Es que estoy aquí solo y parece que usted también. Una bebida gratis para usted.

Quizá tenía razón.

—¿Por qué no? Gracias...

Arqueó las cejas.

—Frank.

—Gracias, Frank. Soy Tina.

Tina le alargó la mano y se saludaron con formalidad.

—¿Champán?

—No lo ha visto. —Tina cogió los brazos de la silla y la retiró un poco más atrás. Se tocó el vientre grande y redondo—. Ocho meses.

Frank abrió la boca.

—¿Es la primera vez que ve una?

—Es que... —Se rascó la calva—. Ahora me lo explico. Su brillo.

«Otra vez no», quería decir Tina, pero se mordió la lengua. Al menos podía ser simpática.

Cuando llegó el camarero con el vodka con tónica, él pidió otro zumo de naranja, y ella comentó que un simple zumo de naranja era apabullantemente caro.

—Y ya ve lo que te dan —dijo, levantando su vaso diminuto—. Es un abuso.

Se preguntó si estaría siendo demasiado negativa otra vez, pero Frank se apuntó a su estado de ánimo (quejándose de las imitaciones de Vuitton que ella había visto antes) y los dos se pusieron a criticar amigablemente las estupideces del turismo.

En respuesta a sus preguntas, Tina le contó que era bibliotecaria en la biblioteca de arte y arquitectura del MIT de Boston, y soltó algunas indirectas casuales y sarcásticas para dejar claro que el padre de su hija la había abandonado de una forma especialmente despreciable.

—Ya conoce mi vida. ¿Usted qué es? ¿Periodista?

—Agente inmobiliario. Trabajo en Viena, pero tenemos propiedades en todas partes. Estoy cerrando un trato de un *palazzo* cerca de aquí.

—¿De verdad?

—Vendido a un millonario ruso. Tanto dinero que no se lo creería.

—Seguramente no.

—Los documentos deben firmarse en las próximas cuarenta y ocho horas, pero hasta entonces no tengo nada que hacer. —Se pensó las siguientes palabras cuidadosamente—. ¿Puedo invitarla al teatro?

Tina volvió a ponerse las gafas. A pesar de todo, recordaba el consejo más insistente de Margaret hacía cinco meses cuando Patrick se marchó: «Es un chico, Tina. Un niño. Tú necesitas un hombre mayor. Alguien con sentido de la responsabilidad.» Tina no estaba pensando esto en serio, pero la sabiduría que Margaret regalaba sin pedírsela siempre tenía una cierta lógica.

Frank resultó una sorpresa agradable. La dejó sola hasta las cinco. Pasó a recogerla con un traje elegante, un par de entradas para el Teatro La Fenice y un lirio naranja que olía a alucinógeno.

Tina no sabía mucho de ópera y nunca se había considerado una aficionada. Frank, a pesar de haber fingido ignorancia, demostró ser un experto. Había conseguido asientos de platea, en los palcos de la planta baja de la Ópera, así que tenían una visión sin obstáculos del príncipe, el rey del país del Trébol, y Truffaldino en *L'amore delle tre melarance* o *El amor de las tres naranjas*. A veces se le acercaba para cuchichearle un punto de la trama que ella podía haberse perdido, pero el argumento no importaba mucho. Era una ópera de lo absurdo sobre un príncipe maldito obligado a buscar tres naranjas, que contenían una princesa dormida cada una. El público se reía más a menudo que Tina, pero las bromas que pilló le hicieron gracia.

Después del teatro, Frank la invitó a cenar en una *trattoria* discreta y le contó anécdotas de los años que había vivido en Europa. A Tina la cautivó su descripción de la forma de vida de los expatriados. Después insistió en invitarla a desayunar, lo que ella se tomó al principio como una insinuación grosera. Pero le había juzgado mal, porque lo único que hizo fue acompañarla al hotel, besarla en las mejillas a la europea y desearle las buenas noches. Un auténtico caballero, no como los italianos que acechaban en todas las esquinas.

El martes Tina se despertó temprano, y tras una ducha rápida empezó a hacer las maletas para el vuelo del día siguiente de regreso a casa. Era una pena, ahora que por fin se había recuperado del jetlag y había conocido a un hombre interesante y culto, era hora de marcharse. Pensó que podía dedicar el último día a visitar Murano para ver los sopladores de vidrio.

Se lo planteó a Frank después de que la recogiera y llegaran a la enorme y magnífica plaza de San Marcos infestada de palomas.

—Esta vez invito yo —dijo Tina—. Sale un barco dentro de una hora.

—Me gustaría —dijo él nervioso, acompañándola a una cafetería con terraza—. Pero estoy pendiente del maldito trabajo. El ruso puede llamarme en cualquier momento y si no estoy disponible, podría echarse atrás.

Durante el desayuno continental, Frank se volvió silencioso y empezó a mirar por encima del hombro de ella, nervioso.

—¿Qué ocurre?

Tina siguió su mirada y vio a un hombre calvo de cuello grueso con un traje negro que cruzaba la plaza hacia ellos.

—El *palazzo*. —Se mordió el labio inferior—. Espero que no quieran quedar ahora.

—No te preocupes. Ya nos veremos más tarde.

El hombre calvo de aspecto duro llegó a la mesa. Tenía la cabeza brillante de sudor.

—Tú —dijo, con un fuerte acento ruso—. Está listo.

Frank se secó los labios con una servilleta.

—¿No puede esperar a que acabe de comer?

—No.

Frank miró a Tina avergonzado. Con las manos temblorosas dejó la servilleta sobre la mesa. ¿Era miedo? ¿O sólo emoción por una jugosa comisión? Después le sonrió.

—¿Quieres verlo? Es un sitio fabuloso.

Tina miró el resto del desayuno y después al ruso.

—Quizá no deba...

—Tonterías —interrumpió Frank. Y al ruso—: Por supuesto que puedes venir, ¿no?

El hombre parecía confundido.

—Por supuesto. —Frank tendió una mano y ayudó a Tina a levantarse—. No tan deprisa —dijo al ruso—. No está tan en forma como tú.

En cuanto cruzaron la puerta del *palazzo* y se encontraron frente a la escalera alta y estrecha que subía en la penumbra, Tina se arrepintió de haber ido. Debería haberlo imaginado. El ruso calvo parecía un gánster eslavo de los que poblaban las películas de acción últimamente, y el paso rápido desde San Marcos hasta allí le había destrozado los pies. Ahora encima tenía que trepar a una montaña.

—Quizá debería esperarte aquí —dijo.

La expresión de Frank fue de horror.

—Sé que parece alta, pero no te arrepentirás. Confía en mí.

—Pero mi...

—Subid —dijo el ruso, ya a media escalera.

Frank alargó una mano.

—Deja que te ayude.

Y ella se dejó ayudar. Al fin y al cabo hasta ahora había sido un caballero. Utilizó el recuerdo de la noche anterior —la ópera y la cena— para distraerse del dolor de pies mientras Frank la ayudaba a subir hasta la puerta de roble en lo alto de la escalera. Miró atrás, pero sólo vio la oscuridad lóbrega e indefinida de los edificios antiguos. Entonces el ruso abrió la puerta y la oscuridad se esfumó.

Cuando entró en la casa, Tina vio que Frank tenía razón. Merecía la pena.

Frank la acompañó por el suelo de madera pulida a un sofá de rayas del diseñador Tenreiro. El ruso fue a otra habitación.

—No mentías —dijo Tina, girándose para verlo todo.

—¿Qué te había dicho? —exclamó él, mirando a la puerta que había quedado entreabierta—. Oye, voy a arreglar lo de los papeles en privado, y después haremos una visita.

—¿En serio? —Se sentía como una niña sorprendida, con las mejillas encendidas—. Sería maravilloso.

—No tardaré.

Le tocó el hombro, que estaba caliente y húmedo por el esfuerzo del paseo, y siguió al ruso a la otra habitación.

En el MIT, Tina había aprendido mucho de muebles de superdiseño en las revistas —*Abitare. I.D.*, *Wallpaper*— pero nunca los había visto en directo. En un rincón del salón había un diván Kilin de piel negra y madera de imbuía, diseñado por Sergio Rodrigues, brasileño. Frente a ella, un carrito de 1972 de Straissle International. Tina estaba sentada en un sofá de palo de rosa de rayas diseñado por Joaquim Tenreiro. Ociosamente, se preguntó cuánto habría costado amueblar aquella sala.

Oyó un ruido y al levantar la cabeza vio a una chica preciosa —una adolescente— que entraba desde la terraza. Tenía los cabellos largos hasta la cintura, la piel perlada y los ojos brillantes. Llevaba un vestido de verano rosa que resaltaba la androginia de su silueta.

—Hola —dijo Tina, sonriendo.

Los ojos de la chica se posaron en el estómago de Tina. Dijo algunas palabras excitadas en alemán y se sentó en el sofá. Con cautela puso una manita sobre el vientre de Tina.

—¿Puedo?

Tina asintió, y la chica le acarició el vientre. Fue agradable y a la chica le subieron los colores. Después se golpeó el propio estómago.

—Yo tengo. También.

A Tina se le borró la sonrisa.

—¿Estás embarazada?

La chica arrugó la frente, insegura, y después asintió animadamente.

—*Ja*. Tengo bebé. Tendré bebé.

—Oh.

Tina se preguntó cómo reaccionarían los padres de la chica. La chica le tendió la mano.

—Ingrid. *Meine Name*.

Tina cogió la mano pequeña y seca.

—Soy Tina. ¿Vives aquí?

Ingrid pareció que no entendía, pero la puerta interior se abrió y entró sonriendo un hombre mayor alto, con el cabello gris ondulado y un traje inmaculado, seguido de Frank, que parecía sumiso.

Ingrid apretó las manos sobre el vientre de Tina.

—¡*Sehen Sie*, Roman!

Roman se acercó y Tina dejó que le cogiera la mano y le besara los nudillos.

—Nada más bello que una mujer embarazada. Encantado de conocerla, señora...

—Crowe. Tina Crowe. ¿Es su padre?

—Un tío orgulloso. Roman Ugrimov.

—Bien, señor Ugrimov, tiene una casa maravillosa. Es asombrosa.

Ugrimov le dio las gracias y después dijo:

—Ingrid, te presento al señor Frank Dawdle.

La chica se levantó y estrechó educadamente la mano de Frank. Ugrimov, detrás de ella, le colocó las manos sobre los hombros y, mirando directamente a Frank, dijo:

—Ingrid lo es todo para mí. Es todo mi mundo.

Ingrid sonrió tímidamente, pero Ugrimov lo había dicho con una convicción un poco exagerada.

—Tina, creo que deberíamos irnos —dijo Frank.

Tina se sintió decepcionada, deseaba ver el resto del *palazzo*, pero la voz de Frank tenía un tono inquietante que la convenció de que sería mejor marcharse. Además, el impacto del embarazo de Ingrid y las atenciones de su tío la habían puesto nerviosa.

Se levantó, un poco insegura, e Ingrid corrió a ayudarla, y después Frank la tomó del brazo. Él pronunció «lo siento» en silencio, probablemente por la decepción de la visita. No tenía importancia.

El gánster calvo les acompañó al portal, y la bajada fue más fácil que la subida. A medio camino oyeron la voz de Ingrid tras ellos. Reía, con un *ji-ji* fuerte y nasal, como una mula.

Cuando el hombre calvo abrió la puerta que daba a la plaza, Tina se dio cuenta de que pasaba algo raro, así que en cuanto se pararon a la sombra del portal y el ruso cerró la puerta, preguntó:

—No lo entiendo, Frank. Si tenía que firmar los documentos de la casa, ¿cómo es que ya se había mudado?

Pero Frank no la escuchaba. Con las manos en las caderas, miraba hacia la izquierda, calle arriba. Una mujer de la edad de Tina salió de un portal y empezó a correr hacia ellos. Con una voz sorprendentemente amenazadora, gritó:

—¡Frank!

Primer pensamiento: «¿Es la esposa de Frank?».

Por la derecha, un hombre también corría hacia ellos. Su americana se balanceaba de lado a lado al tropar sobre las piedras, y en la mano llevaba una pistola. ¿Qué era aquel hombre? Pero Tina no tuvo tiempo de seguir con sus pensamientos porque oyó la voz de Roman Ugrimov gritando desde arriba —sí, todo estaba sucediendo al mismo tiempo—:

—¡Y yo la amo, hijo de puta!

Tina dio un paso adelante, pero retrocedió, porque Frank estaba parado mirando hacia arriba. Un grito lo cubrió todo, después se convirtió en un gemido bajo que subió rápidamente de tono, como un tren pasando a toda velocidad.

«El efecto Doppler», le recordó su cerebro por ninguna razón comprensible.

Entonces vio lo que caía. Aleteo rosa, cabello castaño, un cuerpo, una chica, aquella chica, Ingrid. Y entonces.

A las 10.27 Ingrid Shapplehorn chocó con el suelo a un metro de Tina. Un ruido sordo y un crujido, huesos rotos y carne. Sangre. Silencio.

Tina no podía respirar. El cuerpo se le agarrotó. Ni siquiera pudo gritar, hasta que Frank sacó una pistola, y disparó tres veces, y huyó. La mujer —¿esposa?, ¿novia?, ¿ladrona?— salió disparada detrás de él. Tina tropezó y cayó de espaldas, con fuerza, sobre los adoquines. Ahora sólo podía gritar.

El otro hombre, el de la pistola, apareció a su lado. Parecía perdido, mirando la mezcla de rosa y rojo a un metro de Tina. Entonces se fijó en ella, y por un momento Tina dejó de gritar, tenía miedo de él y de su pistola. Pero los gritos volvieron por su propia voluntad.

—¡Estoy de parto! ¡Necesito un médico!

—Yo... —dijo el hombre.

Miró en la dirección por donde habían corrido Frank y aquella mujer. Habían desaparecido. Se sentó a su lado, agotado.

—¡Llame a un médico, joder! —gritó Tina, y los dos oyeron que se disparaban tres tiros.

El hombre volvió a mirarla, como si fuera un fantasma que se estuviera desvaneciendo, y después sacó el móvil.

—No se preocupe —dijo, y marcó.

Habló en italiano con alguien. Tina reconoció la palabra *ambulanza*. Cuando finalmente colgó, ella se dio cuenta de que estaba herido, en el pecho. Tenía la camisa casi negra de sangre brillante y fresca.

Pero para entonces se había apoderado de ella un arrebato de pragmatismo maternal. Le daba igual que estuviera herido, había llamado a la ambulancia. Su bebé estaría a salvo, dadas las circunstancias. Se calmó y las contracciones disminuyeron, y el hombre, mirándola, le apretó la mano con fuerza, casi demasiada, como si no se diera cuenta de que estaba allí. La mujer que después supo que se llamaba Angela Yates apareció por el fondo de la calle, llorando. El hombre miró tristemente a su cómplice.

—¿Quién demonios es usted? —preguntó Tina.

—¿Qué?

Tina se tomó un momento para calmar la respiración.

—Tiene una pistola.

Como si fuera una asombrosa noticia, el hombre soltó la pistola que chocó contra el suelo.

—¿Qué? —preguntó Tina, y con los labios apretados resopló de dolor, tres veces—. ¿Quién demonios es usted?

—Yo... —Le apretó la mano con más fuerza, casi ahogándose con las palabras—. Soy un turista.

Seis años después, Janet Simmons pudo ver que el recuerdo todavía era angustioso para Tina. La esposa de Weaver miraba,
con la boca abierta, la mesita de centro, para no mirar a la mujer que hacía todas aquellas preguntas.

—Y aquel hombre era Milo.

Tina asintió.

Insegura, Simmons insistió:

—¿A qué crees que se refería? Diciendo que era un turista.
En una situación como aquélla, es lo último que se le ocurriría
decir a alguien.

Tina se secó los ojos con el pulgar y finalmente levantó la
cabeza.

—La situación era que tenía dos balas en el pulmón derecho
y se estaba desangrando. En situaciones como aquélla, la pro-
babilidad no siempre se cumple.

Simmons aceptó el argumento, pero aquella palabra le decía dos cosas. Primero, que en 2001 Milo estaba hecho una
ruina, hasta el punto de reconocer ante una desconocida su
trabajo ultrasecreto. Segundo: Milo se había recuperado tan
rápidamente que Tina no tenía ni idea que aquello fuera un
trabajo.

—¿Qué estaba haciendo allí? En Venecia. Imagino que se lo
diría. Tenía una pistola, hubo un tiroteo, y el hombre con quien
habías pasado el día había huido.

—Le habían matado —corrigió Tina—. Hasta aquel día,

Milo fue agente de campo, y Frank, Frank Dawdle, había robado tres millones de dólares al gobierno.

—¿A nuestro gobierno?

—Nuestro gobierno. Aquella noche, Milo presentó su dimisión. No fue por mí, ni fue por Frank. Ni siquiera por lo de las Torres, de lo que se enteró después. Sencillamente, Milo no soportaba más su vida.

—Y allí estabas tú.

—Allí estaba yo.

—Retrocedamos un momento. Os llevaron a los dos a un hospital italiano, y nació Stephanie. ¿Cuándo volvió a aparecer Milo?

—No se marchó nunca.

—¿A qué te refieres?

—Los médicos lo curaron y lo llevaron a una habitación de la planta superior. En cuanto se despertó, fue a la sala de enfermeras y preguntó por mi habitación.

—No sabía cómo te llamabas.

—Nos ingresaron juntos. Lo comprobó por la hora. Yo me había desmayado después del parto, y cuando me desperté, Milo estaba sentado en una silla junto a mi cama. Había una tele, y estaba viendo las noticias italianas. No entendí lo que decían, pero vi el estado en que había quedado el World Trade Center.

—Entiendo.

—No —dijo Tina, con un arrebato de emoción en la voz—. Cuando me enteré de lo que había pasado, me eché a llorar y Milo se despertó. Le enseñé por qué lloraba y cuando lo comprendió, él también se echó a llorar. Los dos lloramos, juntos, en aquella habitación de hospital. Desde entonces, fuimos inseparables.

Mientras Simmons reflexionaba sobre esta historia de amor, Tina miró el reloj del reproductor de DVD: eran más de las doce.

—Mierda. —Se puso de pie—. Debo recoger a Stephanie. Vamos a comer juntas.

—Pero tengo más preguntas.

—Más tarde —dijo Tina—. A menos que tengas pensado arrestarme. ¿Es así?

—¿Podemos hablar después?

—Llama primero.

Janet esperó a que Tina se vistiera. Sólo tardó cinco minutos. Apareció arreglada con un sencillo vestido de verano y dijo:

—¿Cuál es el otro nivel?

—¿Qué?

—Antes has dicho que estabas investigando a Milo a dos niveles. Nos hemos distraído. Un nivel era el asesinato. ¿Cuál es el otro?

Simmons deseó no haberlo dicho. Quería el tiempo y el espacio para obtener respuestas antes de que Tina Weaver tuviera toda una noche para pensar en una explicación.

—Ya hablaremos de esto mañana.

—Dame una versión resumida.

Janet habló a Tina del pasaporte.

—Es ciudadano ruso, Tina. Esto es nuevo para todos.

A Tina se le encendieron las mejillas, y meneó la cabeza.

—No, es una tapadera. Cosas de espías. Una tapadera para algo que tuvo que hacer en Rusia.

—¿Te había hablado de eso?

Una rápida negación con la cabeza.

—¿Alguna vez te mencionó el nombre de Mikhail Vlastov?

Otra vez Tina negó con la cabeza.

—Puede que tengas razón. Puede que sea un malentendido.

Sonrió generosamente.

Una vez en Garfield Street, antes de separarse, Simmons sacó a colación el que para ella era el punto más importante de la conversación.

—Oye, Tina. Sé lo que me has dicho arriba acerca de por qué no quisiste huir con Milo, pero debo reconocer que no me lo trago. Las razones son demasiado prácticas. Le dijiste que no por otra razón.

A Tina le cambió la cara un segundo, como si fuera a hacer una mueca sarcástica, pero cambió de idea y se relajó.

—Ya sabes por qué, agente especial.

—Ya no confiabas en él.

Una sonrisa rara y brusca cruzó la cara de Tina. Después, se fue hacia el coche.

Mientras Simmons doblaba por la esquina de Prospect Avenue, sonó su teléfono.

—Agárrate fuerte —dijo George Orbach.

La frase la confundió un momento.

—¿Qué?

—William T. Perkins.

—¿Quién?

Utilizó un mando a distancia para abrir su coche.

—Padre de Wilma Weaver, nacido Perkins. El abuelo de Milo. Vive en Myrtle Beach, Carolina del Sur. Covenant Towers, una residencia asistida. Nacido en 1926. Ochenta y un años.

—Gracias por el cálculo —dijo Simmons, sin delatar su emoción—. ¿Hay alguna razón para que no lo supiéramos?

—Nunca lo preguntamos.

La incompetencia, imaginó Simmons, que era inherente a los servicios secretos. A nadie le había importado lo suficiente como para descubrir que un abuelo seguía vivo.

—¿Puedes mandarme su dirección, y avisar a Covenant Towers que voy para allá?

—¿Cuándo?

Ella lo pensó mientras subía al coche sin aire y agobiante.

—Esta noche.

—¿Te reservo un vuelo?

—Sí —dijo ella, y después, mirando el reloj, tomó su decisión—: Sobre las seis, y reserva tres billetes.

—¿Tres?

Janet bajó del coche otra vez y volvió a la casa de los Weaver.

—Tina y Stephanie Weaver vendrán conmigo.

383

7

La verdad, tres mentiras y algunas omisiones. Esto era todo lo que sabía Milo. Del resto había prometido encargarse Primakov. Durante aquella semana demasiado larga en Albuquerque, el hombre había dicho poca cosa. En cambio, había hecho preguntas, como las estaba haciendo ahora Terence Fitzhugh. La historia, desde el principio en Tennessee hasta el sangriento final en Nueva Jersey. La había contado tantas veces en Nuevo México que se la sabía mejor que la historia de su vida.

—Dame detalles —había insistido Primakov.

Pero no sólo había preguntado sobre la historia; había preguntado cosas que a Milo no le estaba permitido contestar. Traiciones.

—¿Quieres que te ayude o no?

Así que: la jerarquía del Departamento de Turismo, el número de Turistas, la existencia de Sal y su método de contacto, la relación entre Interior y la Agencia, y lo que sabía y no sabía la Agencia de Yevgeny Primakov, que era muy poco.

Sólo cinco días después de esto el anciano había dicho:

—Ya está. No te preocupes por nada. Ve y diles la verdad. Mentirás tres veces, y omitirás algunas cosas. Yo me encargo del resto.

En qué consistía «el resto» era un misterio.

¿Se tambaleó su fe? Sin duda. Dio un traspié cuando Milo se dio cuenta de que le estaban aplicando el tratamiento del agujero negro, y casi murió del todo cuando, aquella mañana,

John entró en la sala cinco con su maletín lleno de horribles artilugios.

—Hola, John —había dicho Milo, pero John no era un aficionado que se dejara engañar para trabar conversación.

Dejó la maleta en el suelo, la abrió, dejando a la vista una batería, cables y electrodos, y pidió a los dos guardias que sujetaran el cuerpo desnudo.

En realidad, la fe de Milo se esfumó del todo cuando le aplicaron la corriente eléctrica. Le destrozó los nervios y el cerebro, hasta el punto de que no podía sentir fe por nada de fuera de la sala. No podía oír nada cuando su cuerpo se arqueó y tembló sobre el suelo frío. En las pausas entre estas sesiones, había querido gritarles la verdad —no, no había matado a Grainger—; ésa había sido la Mentira Número Uno. Pero nunca le preguntaron nada. Las pausas sólo eran para que John comprobara la tensión de Milo y recargara la máquina.

Lo único que le pareció que había reavivado su fe no tenía sentido para él. Fue Lawrence, sujetándole los tobillos. Cuando la corriente le sacudió el cuerpo, Lawrence le soltó los pies y se volvió, y se puso a vomitar. John paró.

—¿Qué te pasa?

—Es que... —empezó Lawrence.

Se puso de pie, con los ojos enrojecidos y húmedos.

Volvieron a darle arcadas y enseguida tuvo que apoyarse en la pared y vaciar el estómago.

John, impasible, volvió a aplicar los electrodos a los pezones de Milo. A pesar del dolor, sintió una oleada de alivio, como si el asqueo de Lawrence pronto fuera a ser compartido por todos. Se equivocaba. A continuación entró Fitzhugh y le mostró la fotografía.

—¿Mataste a Grainger?

—Sí.

—¿A quién más mataste?

—A un Turista. Tripplehorn.

—¿Cuándo mataste a Grainger? ¿Antes de matar al Turista?

—Antes. No, después.

—¿Y después?

Milo tosió.

—Me adentré en el bosque.

—¿Y después?

—Vomité. Después me fui a Texas en avión.

—¿Con el nombre de Dolan?

Milo asintió, sintiéndose más seguro en el terreno de la horrible verdad.

—Intenté que mi esposa y mi hija desaparecieran conmigo —dijo, contando a Fitzhugh cosas que él ya sabía—. No quisieron. Bueno, Tina se negó. —Se estiró un poco con dificultades y miró a Fitzhugh—. No tenía familia, ni trabajo, y tanto la Agencia como Interior me estaban buscando.

—Pasó una semana —dijo Fitzhugh—. Desapareciste.

—Albuquerque.

—¿Qué hiciste en Albuquerque?

—Bebí. Mucho. Bebí hasta que me di cuenta de que no podía seguir así.

—Muchas personas se pasan toda la vida bebiendo. ¿Qué te hace tan especial?

—No quiero vivir como un prófugo. Algún día —dijo, pero se paró y empezó otra vez—. Algún día quiero volver con mi familia. Si me dejan. Y la única forma de hacerlo era entregándome. Pedir la compasión del tribunal y todo eso.

—Muy optimista.

Milo no se lo discutió.

—Y aquella semana en Albuquerque, ¿dónde vivías?

—En el Red Roof Inn.

—¿Con quién?

—Estaba solo.

Mentira Número Dos.

—¿Con quién hablaste? Una semana es mucho tiempo.

—Con algunas camareras, de Applebee's y Chili's. Con un camarero. Pero no sobre nada importante. —Calló—. Creo que me tenían miedo.

Se miraron, uno vestido, el otro desnudo, y finalmente Fitzhugh dijo:

—Vamos a repasarlo todo, Milo. A veces te parecerá que estoy poniendo a prueba tu memoria, pero no es eso. Ponemos a prueba la verdad. —Chasqueó los dedos cerca de la cara de Milo—. ¿Me sigues?

Milo asintió y el movimiento le dolió.

—Dos sillas —dijo Fitzhugh a nadie en concreto. El portero que quedaba consideró que iba por él y salió—. John, no te alejes mucho.

John asintió brevemente, levantó su maleta y salió como un vendedor de enciclopedias manchado de sangre después de una venta.

El portero volvió con dos sillas de aluminio y ayudó a Weaver a sentarse. Fitzhugh se sentó delante, y cuando Milo resbaló y cayó, pidió también una mesa. Esto ayudó a Milo porque así pudo desplomarse sobre la blanca y lisa superficie, manchándola de sangre.

—Dime cómo empezó todo —dijo Fitzhugh.

El interrogatorio de aquel primer día duró casi cinco horas. Repasaron los acontecimientos que iban desde el 4 de julio, durante el desgraciado viaje a París, hasta el domingo, 8 de julio, cuando Milo había regresado. Podría haber explicado la historia en menos tiempo, pero Fitzhugh le interrumpía a menudo, poniendo en duda aspectos de su versión. Después del suicidio del Tigre en Blackdale, Fitzhugh dio un manotazo a la mesa, molesto porque Weaver había vuelto a desplomarse, con la mejilla contra la mesa manchada de sangre.

—Y esto fue una sorpresa, ¿no?

—¿Qué?

—Sam Roth, al-Abari, lo que sea. Que había sido un Turista.

Milo puso una mano manchada sobre la mesa, con la palma hacia abajo, y apoyó en ella la barbilla.

—Por supuesto que fue una sorpresa.

—A ver si me entero. El Tigre, un profesional con un apodo estúpido, viene a este país con el único propósito de tener una charla contigo y después quitarse la vida.

Milo asintió sobre los nudillos.

—Mi pregunta, supongo, es: ¿Cómo llegó tu expediente, tu expediente de Turismo, que debería estar descansando en la estratosfera del *top secret*... cómo llegó tu expediente a sus manos?

—Grainger se lo dio.

—¡Vaya! —exclamó Fitzhugh, tirando hacia atrás la silla—. A ver si te he entendido bien. ¿Dices que Tom trabajaba con el Tigre? Es mucho decir.

—Me temo que sí.

—Y Samuel Roth... dejaste que se quitara la vida delante de ti, cuando sabías que poseía información de incalculable valor.

—No pude salvarlo. Fue demasiado rápido.

—Quizá no quisiste salvarlo. Quizá querías que muriera. Quizás... y esto es interesante, quizá sabías que tenía una cápsula en el diente y le metiste la mano en la boca y se la introdujiste. Estaba débil, al fin y al cabo, y tus huellas estaban por toda su cara. Habría sido coser y cantar para un hombre fuerte como tú. Quizás incluso lo hiciste siguiendo las órdenes de Grainger, ¿por qué no? Le estás echando la culpa de todo, al pobre.

Milo respondió con el silencio.

Cuando llegaron al resumen de Grainger, la mañana antes de que volara a París, sobre la operación para poner a prueba a Angela Yates, Fitzhugh volvió a meter baza.

—Así que finalmente le preguntaste por el Tigre.

—Pero me esquivó —dijo Milo—. ¿Por qué le costaba tanto enseñarme aquel expediente? Eso es lo que yo no entendía. Entonces no lo entendía. Tardé mucho en entenderlo. Demasiado.

—¿Entender qué?

Milo no respondió, así que Fitzhugh se echó hacia atrás, cruzó las rodillas y dijo:

—Sé que te enseñó el expediente, Milo. Cuando volviste de París. Así que espero que no pretendas insinuar que, porque yo contraté a Benjamin Michael Harris, tengo alguna relación con todo esto. Ser un mal reclutador todavía no es un delito en este país.

Milo le miró, sin saber si esto podía calificarlo de mentira, o de omisión. A veces la distinción era peliaguda.

—No. Sabía que tu participación no podía explicar tanto secreto. Tom no estaba aliado contigo.

—No. Estaba aliado con el Tigre.

—Por eso tardé tanto en descubrirlo —explicó Milo—. Grainger me dio el expediente para desviarme del rastro; quería que fuera en tu dirección.

Fitzhugh pareció satisfecho con eso.

Continuaron, y Fitzhugh le interrumpía a menudo para pedir aclaraciones, o fingiendo confusión. Cuando Milo contó que se había quedado en París porque tenía sospechas, Fitzhugh dijo:

—Pero habías visto las pruebas de Einner. Habías visto las fotos.

—Sí, pero ¿qué demostraban? ¿Era ella la que pasaba información a Herbert Williams o era Williams el que se la pasaba a ella? ¿O la habían involucrado sin su conocimiento en el juego de otro? ¿O Williams la espiaba para estar al tanto de la investigación de Angela? ¿O Angela era culpable de verdad y el hombre de la barba rojiza simplemente controlaba tanto al Tigre como a Angela, vendiendo información a los chinos? En este caso, ¿a quién representaba? No era una operación de un solo hombre. Tal vez los chinos controlaban también a Herbert Williams.

—Dios, esto parece un rompecabezas chino.

—Ya lo creo.

Fitzhugh contestó a su teléfono que vibraba. Asintió, gruñó unas pocas veces, y después colgó.

—Oye, ha sido un día muy duro, y lo has hecho de maravilla. Mañana seguiremos indagando en la conspiración, ¿de acuerdo? —Dio un golpe en la mesa, en su lado, el lado limpio—. Un día excelente de trabajo.

—Entonces podríais darme algo de comer —dijo Milo.

—Claro. Y también buscaremos ropa —prometió Fitzhugh, levantándose sonriente de la silla—. Estoy realmente complacido. Y los detalles ponen una cara humana en este miserable asunto. Creo que mañana deberíamos insistir en esta cara humana. Tina, por ejemplo. Tal vez podríamos hablar de cómo os va. De cómo van las cosas con tu preciosa hijastra.

—Hija —dijo Milo.

—¿Qué?

—Hija. No hijastra.

—Bien. —Fitzhugh levantó las manos en un gesto de derrota—. Lo que tú digas, Milo.

Mientras su inquisidor salía de la habitación, Milo recordó las instrucciones de Primakov: «Tres mentiras de nada, Milo. Has vivido siempre mintiendo, ¿para qué cambiar ahora?»

8

—No quiero que te asustes —había susurrado Janet Simmons a Tina cuando ésta regresó a casa—. Hemos localizado a tu suegro, el abuelo materno de Milo, y creo que es de justicia que vengas conmigo.

—Es imposible. Están todos muertos.

—Bueno, sólo hay una forma de saberlo seguro.

Ahora, en un vuelo bimotor de Spirit Airlines, de La Guardia a Myrtle Beach, Tina cogía de la mano a Stephanie, que había insistido en sentarse junto a la ventanilla.

Para su hija, el cambio repentino de programa era emocionante. Se lo había vendido como un vuelo nocturno a la playa. Era una buena niña. ¿Cuánto habría sufrido desde hacía dos semanas, cuando, en Disney World, se había despertado con dos gorilas de Seguridad Interior en la habitación, buscando a su padre, que había desaparecido de repente? ¿Por qué tenía que pasar por esto?

—¿Cómo estás, cielo?

Stephanie bostezó tapándose la boca con la mano, y mirando las nubes de plomo.

—Estoy un poco cansada.

—Yo también.

—¿De verdad nos vamos de vacaciones?

—Algo parecido. Unas vacaciones cortas. Sólo necesito hablar con una persona. Después podemos ir un rato a la playa. ¿Te parece bien?

La niña se encogió de hombros de una manera que preocupó a Tina, pero después añadió:

—¿Por qué viene ella?

—¿No te gusta la señora Simmons? —preguntó Tina, mirando a Simmons, que al otro lado del pasillo tecleaba su Blackberry con un lápiz rígido.

—No creo que le guste papá.

Una buena niña, y más lista que el hambre. Más lista que su madre, incluso.

Volvió a preguntarse por qué había aceptado realizar aquel viaje repentino. ¿Confiaba realmente en la agente especial Janet Simmons? No del todo. Pero la zanahoria era demasiado grande: por fin conocería a un pariente de Milo. Era más curiosidad que desconfianza. De verdad.

Aterrizaron poco después de las ocho y Tina despertó a Stephanie cuando iniciaron el descenso. Por la ventana, vieron la oscuridad punteada por alfileres de luz que morían en el litoral. En el aeropuerto de Myrtle Beach no las esperaban agentes especiales, y Simmons incluso tuvo que ir personalmente a alquilar un Taurus. Simmons se puso al volante siguiendo las indicaciones de su Blackberry.

Era jueves por la noche, pero también estaban en pleno verano, y se cruzaron con jeeps descapotables llenos de universitarios excitados, sin camisa, con pantalones por la rodilla y absurdas gorras de béisbol, agitando latas de Miller y Bud. Sonriendo, encantadas con sus cumplidos, rubias de bote les daban pie para aullar. De los clubes emergía música, aunque ellas sólo oían un pumba-pumba de música dance.

Las Covenant Towers, recluidas en una zona boscosa y exuberante en el lado norte de la ciudad, no estaban lejos de la playa, y consistían en dos torres alargadas de cinco pisos separadas por césped y árboles.

—Es bonito —sentenció Stephanie desde su asiento.

Según Deirdre Shamus, la alegre directora de mejillas sonrosadas que se había quedado después de su turno para enterarse de por qué Seguridad Interior estaba interesada en uno de sus residentes, Covenant Towers no era «una residencia de ancianos», aunque disponía de atención médica.

—Aquí fomentamos la independencia.

William T. Perkins vivía en el primer piso de la Torre Dos, y Shamus las acompañó hasta la puerta, saludando con un entusiasmo exagerado a todos los residentes que se cruzaban con ellas. Por fin, se pararon frente al número 14, un apartamento estudio. Shamus llamó canturreando:

—¡Señor Perkins! ¡Han llegado sus visitantes!

—¡Ata tus malditos caballos! —rugió una voz furiosa y áspera.

De repente, Tina se preocupó por Stephanie. ¿Qué había detrás de aquella puerta? Su bisabuelo, quizá; todavía no podía creer que Milo no supiera de él, y si lo sabía, seguro que se lo habría dicho. Pero ¿qué clase de hombre sería? Se llevó a la señora Shamus aparte.

—¿Hay algún sitio donde Stef pueda esperar? No estoy segura de querer que entre con nosotras.

—Oh, el señor Perkins es un bromista, pero...

—En serio —insistió Tina—. ¿Tienen una sala con televisor?

—Hay una al fondo del pasillo —dijo la mujer, señalando.

—Gracias. —Y para Simmons añadió—: Vuelvo enseguida.

Se llevó a Stephanie tres puertas más abajo, y a la derecha encontró una sala con tres sofás y un sillón de relax, donde siete ancianos miraban una reposición de *Se ha escrito un crimen*.

—Cielo, ¿podrías esperarme aquí un ratito?

Stephanie se acercó más a Tina.

—Huele mal —susurró.

—¿Puedes aguantarte? —susurró Tina a su vez—. Por favor.

Stephanie hizo una mueca para demostrar lo mal que olía, pero asintió.

—No tardes mucho.

393

—Si quieres algo, estaremos en la habitación 14. ¿Vale?

Volviendo a la habitación —la número 14 ahora estaba abierta y Shamus y Simmons estaban dentro—, Tina tuvo un instante de paranoia. Era la clase de paranoia que sufría desde que Milo había huido de Disney World, desde que su mundo se había llenado de inquisidores y agencias de seguridad.

La paranoia le hablaba con la voz de Milo: «Así es como lo hacen, Tina. Consiguen que te apartes de la niña. Cuando acabas tu conversación, la niña no está. Ha desaparecido. Los viejos estarán medicados, no se habrán enterado de nada. Simmons no te dirá que se ha quedado con Stephanie. No. Todo serán insinuaciones y deducciones. Pero te dará a entender que tiene un documento, una cosita. Que quiere que lo leas frente a una cámara. Dirá que tu marido es un ladrón, un traidor, un asesino y que por favor lo encierren de por vida. Si lo haces, te dirá, es posible que podamos localizar a Stephanie».

Pero sólo era paranoia, se dijo a sí misma. Sólo paranoia.

Se paró en el umbral y miró dentro de la habitación. Shamus estaba sonriente y se preparaba para marcharse, y Simmons estaba sentada en una silla junto a un hombre calvo y marchito en una silla de ruedas, con la cara estrecha, deformada por la edad. Sus ojos se veían aumentados por los cristales de unas grandes gafas de montura negra. La agente especial le hizo un gesto para que entrara, y el anciano sonrió, mostrando unos dientes amarillentos.

—Te presento a William Perkins, Tina. William, le presento a Tina Weaver, su nuera.

La mano de Perkins ya se había levantado para estrechar la de Tina, pero se detuvo. Miró a Simmons.

—¿De qué demonios habla, señora?

—¡Hasta luego! —dijo Shamus dejándolos solos.

9

A William T. Perkins le costó asumir la noticia. Primero aseguró que no tenía ningún nieto, después que no tenía ningún nieto que se llamara Milo Weaver. Sus protestas estaban salpicadas de blasfemias, y Tina se llevó la impresión de que William T. Perkins había sido un cabronazo durante sus ochenta y un años en el mundo. Sí, había tenido dos hijas, pero se habían marchado muy jóvenes sin «decir adiós».

—Su hija Wilma, señor. Ella y su marido Theodore tuvieron a Milo. Su nieto —insistió Simmons.

Por fin, como si estas palabras representaran una prueba irrefutable, Perkins se rindió y reconoció que sí tenía un nieto.

—Milo —dijo y sacudió la cabeza—. El nombre que le pondrías a un perro. Es lo que siempre pensé. Pero a Ellen no le importó nunca un comino lo que yo pensara de nada. No le importaba a nadie.

—¿Ellen? —preguntó Tina.

—No daba más que problemas. ¿Sabían que en 1967, a los diecisiete, tomaba LSD? ¡Diecisiete! A los dieciocho se acostaba con un cubano comunista. José no sé qué. Dejó de depilarse las piernas, se volvió completamente loca.

—Perdone, señor Perkins —dijo Simmons—. No estamos seguras de quién es Ellen.

Perkins parpadeó tras los cristales de aumento, confundido por un momento.

—Ellen es mi hija, maldita sea, ¡pues claro! ¿No querían hablar de la madre de Milo?

Tina inspiró ruidosamente.

—Creíamos que Wilma era la madre de Milo —dijo Simmons.

—No —corrigió él, exasperado—. Wilma se llevó al niño, creo que tenía cuatro o cinco años. Ella y Theo no podían tener hijos, y Ellen, vete a saber dónde estaba entonces. En Europa, creo. Quizás en Palestina. Estaba por todo el coño de mundo. Wilma tampoco me hablaba, pero me enteré por Jed Finklestein, porque Wilma todavía se dignaba hablar con el judío, de que había sido idea de Ellen. Entonces ella vivía con unos alemanes. Era a mediados de los setenta e incluso la buscaba la policía. Supongo que pensó que un niño sería un estorbo y le pidió a Wilma que se lo quedara. —Un encogimiento de hombros que le sacudió todo el cuerpo y después se dio un manotazo en las rodillas—. ¿Se lo imaginan? ¡Dejó al niño y se lavó las manos!

—¿Sabe dónde está ahora el señor Finkelstein? —preguntó Simmons.

—A dos metros bajo tierra desde el ochenta y ocho.

—¿Y qué hacía Ellen?

—Leer a Karl Marx. Leer a Mao Tse Tung. Leer a Josef Goebbels, que yo sepa. En alemán.

—¿En alemán?

El viejo asintió.

—Vivía en Alemania, en la Occidental, cuando dimitió de la maternidad. Esa chica siempre lo dejaba todo cuando la cosa se ponía difícil. Podría haberle dicho que ser padre no es un camino de rosas.

—Pero en aquella época usted no hablaba con ella.

—Eso fue cosa de ella. Silencio total para su familia mientras estaba con sus camaradas alemanes.

—Excepto con su hermana, Wilma.

—¿Qué?

Otro momento de confusión.

—Ha dicho que excepto con Wilma. Siguió en contacto con su hermana.

—Sí. —Parecía desilusionado con eso. Después un recuerdo lo animó—: Finkelstein, ¿saben qué me dijo? Era alemán, saben, y leía aquellos periódicos. Dijo que la policía había cogido a Ellen. Que la había metido en la cárcel. ¿Saben por qué?

Las dos mujeres le miraron, expectantes.

—Robo a mano armada. Ni más ni menos. ¡Ella y su alegre banda de comunistas se dedicaban a robar bancos! Ya me dirán en qué ayuda esto a los obreros del mundo.

—¿Con qué nombre? —preguntó Simmons bruscamente.

—¿Su nombre?

—¿Salió su nombre en el periódico?

Él se lo pensó un momento y después se encogió de hombros.

—Salió su foto. Finkelstein no me lo dijo... ¡espere! Sí. Era un nombre alemán. ¿Elsa? Sí, Elsa. Parecido a Ellen, pero diferente.

—¿Qué año?

—¿Setenta y ocho? No, nueve. Mil novecientos setenta y nueve.

—Y cuando se enteró, ¿se puso en contacto con alguien? ¿Con la embajada? ¿Intentó sacarla de la cárcel?

El silencio volvió a apoderarse de William T. Perkins como un invitado inoportuno. Negó con la cabeza.

—Ni siquiera se lo dije a Minnie. Ellen no lo habría querido. Nos había apartado por completo. No quería que fuéramos a rescatarla.

Tina se preguntó cuántas veces en los últimos veintiocho años se habría repetido esto el anciano para sus adentros. Su justificación para abandonar a su hija era inconsistente, pero era lo único que tenía, como las justificaciones de Tina para abandonar a su marido.

Cuando Simmons se irguió, a Tina le pareció una profesional consumada. Su cara y su tono eran duros, pero no inflexibles. Estaba aquí por una razón, y sólo se quedaría el tiempo suficiente para satisfacer sus necesidades.

—Quiero asegurarme de haberlo entendido bien. Ellen se marcha de casa y se junta con mala gente. Consumidores de drogas, y después agitadores políticos. Comunistas, anarquistas, lo que sea. Viaja mucho. Palestina, Alemania. En 1970 tiene un hijo. Milo. Hacia el setenta y cuatro o setenta y cinco entrega el hijo a su hermana Wilma, y a su marido Theodore. Ellos lo crían como a su propio hijo. Lo último que sabe de Ellen es en 1979 cuando la detienen por robar un banco en Alemania. ¿La soltaron?

Con los hechos planteados tan concisamente, William Perkins parecía angustiado. A pedacitos, tal vez, la historia tenía sentido, pero argumentada así era trágica, o sencillamente increíble. La historia estaba teniendo el mismo efecto aturdidor en Tina.

Cuando Perkins habló, lo hizo en un susurro.

—No sé si la soltaron. No lo pregunté nunca. Y ella nunca se puso en contacto conmigo.

Tina empezó a llorar. Era violento, pero no podía controlar su angustia. Todo se estaba derrumbando.

Perkins la miró, aturdido, y después miró inquisitivamente a Simmons, que sacudió la cabeza pidiendo silencio. Acarició la espalda de Tina y susurró.

—Todavía no juzgues, Tina. Puede que ni siquiera lo sepa. Recuerda. Sólo intentamos saber la verdad.

Tina asintió como si estas palabras tuvieran sentido, y después se recompuso. Sorbió por la nariz, se secó la nariz y los ojos, y respiró hondo varias veces.

—Lo siento —dijo a Perkins.

—No se preocupe —dijo él, y se inclinó para acariciarle la rodilla, angustiándola más—. Todos necesitamos soltar una lagrimita de vez en cuando. No quiere decir que seamos flojos.

—Gracias —dijo Tina, aunque no sabía por qué le estaba agradecida.

—Si podemos, me gustaría volver a Milo —dijo Simmons.

Perkins se sentó más derecho para demostrar cuánta energía tenía todavía.

—Dispare.

—Ellen desaparece en el setenta y nueve, y seis años después, en 1985, Wilma y Theo mueren en un accidente de coche. ¿Es cierto?

—Sí.

Sin reflexionar, sólo un hecho.

—Y entonces a Milo lo mandaron a un orfanato en Oxford, Carolina del Norte. ¿Correcto?

De entrada no contestó. Arrugó la frente, comparando sus recuerdos con lo que acababa de oír, y negó con la cabeza.

—No. Se lo llevó su padre.

—¿Su padre?

—Sí, señora.

Tina reprimió la siguiente oleada de llanto, pero esto sólo le provocó náuseas. Todo, todo lo que sabía de la vida de Milo era mentira. Y esto convertía un gran fragmento de su vida en una mentira. Ahora todos los hechos estaban abiertos a debate.

—El padre —dijo Simmons, como si lo supiera todo, y quizá lo sabía—. Veamos, se presentó después del funeral, imagino. Quizás en el funeral.

—No sabría decirle.

—¿Por qué no?

—Porque yo no asistí al funeral.

—De acuerdo, ¿qué ocurrió entonces?

—No quería ir —dijo—. Minnie insistía. Era nuestra hija, por Dios. Nuestra hija, que no me hablaba cuando estaba viva. ¿Por qué debería hablarle yo cuando está muerta? ¿Y Milo qué? Era nuestro nieto, insistía ella. ¿Quién va a cuidar de él ahora? Yo dije: Minnie, no hemos estado en su vida durante quince años: ¿por qué crees que nos querrá ahora? Pero ella no lo veía de la misma manera. Y podríamos decir que tenía razón. Quizás. —Levantó las manos—. De acuerdo, ahora puedo reconocerlo, pero entonces no podía. Entonces era testarudo —dijo, con un guiño que hizo subir la bilis a la garganta de Tina—. Así que ella fue. Yo no, pero ella fue. Tuve que cocinar casi una semana para mí antes de que volviera. Pero no volvió con el niño. Ni siquiera parecía angustiada. Le dije que no quería oírlo, pero me lo contó de todos modos. Minnie era así.

—¿Qué le contó? —preguntó Tina, sintiéndose enferma, paralizada.

—Ya estamos llegando a esto —dijo él, y sorbió por la nariz—. Resultó que el padre de Milo había visto las noticias, supongo, y se presentó para reclamar a su hijo. Según lo que me dijo Minnie. Y no se lo pierdan, no sólo era un padre ausente, sino que era ruso. ¿Se lo pueden creer?

—No —susurró Tina—. No me lo puedo creer.

Simmons no quería albergar ninguna duda.

—¿Qué clase de ruso? ¿Cómo se llamaba?

William T. Perkins cerró los ojos con fuerza y se apretó la frente con la mano, como si le hubiera dado un ataque. Pero sólo era su manera de evocar los recuerdos que no había tocado durante décadas. Apartó la mano, con la cara roja.

—¿Yevi? No. Geny... sí. Yevgeny. Minnie le llamó así. Yevgeny.

—¿Apellido?

Él suspiró, con saliva en los labios.

—De eso no me acuerdo.

Tina necesitaba aire. Se levantó, pero estar de pie no la ayudó a salir de aquella nube de cambios repentina y brutal. Los dos la miraron hasta que se sentó otra vez y pronunció:

—¿Yevgeny Primakov?

Simmons la miró, asombrada.

Perkins se mordió el labio superior.

—Podría ser. Pero la cuestión es que el fulano salió de la nada y convenció a Minnie para que le dejara llevarse al chico.

—¿Milo no podía opinar? —interrumpió Simmons.

—¿Y yo qué sé? —Después concedió que podía saber algo—. Lo que yo creo es que el chico no conocía a Minnie. Se presenta aquella mujer mayor y se lo quiere llevar a casa. Por otro lado, está un ruso que dice que es su padre. Ya saben cómo son los rusos. Te convencerían de que el cielo es rojo. Seguramente le llenó la cabeza con historias de lo maravillosa que era Rusia y lo bien que se lo pasarían. Si yo tuviera quince años, Dios no lo quiera, me iría al este con mi padre. No me iría con una vieja obsesionada con los estofados y el polvo. —Calló—. Minnie era así, por si les interesa.

—¿Y los servicios sociales? Seguro que no permitirían que un extranjero se llevara a un chico de quince años. ¿O sí?

Perkins hizo un gesto con las palmas hacia arriba.

—¿Cómo voy a saberlo? No me hagan caso. Ni siquiera estaba. Pero... —Arrugó la frente—. Esa gente tiene dinero, ¿no? El dinero abre todas las puertas.

—No todas —insistió Simmons—. La única forma de que el señor Primakov se lo llevara es con un testamento. Que su hija le incluyera en el testamento, otorgándole derechos paternos.

Perkins sacudió la cabeza.

—Imposible. A Wilma no le gustábamos. Quizá me odiaba. Pero no habría entregado al chico a un ruso. No eduqué a una hija estúpida.

Simmons miró de soslayo a Tina y le guiñó el ojo disimuladamente. Parecía satisfecha con la conversación. Tina no tenía la cabeza suficientemente clara para comprender exactamente de qué se había enterado. Todo esto no ayudaba a Milo. Simmons dijo a Perkins:

—A ver si puede decirme una última cosa.

—Si puedo.

—¿Por qué le odiaban tanto Wilma y Ellen?

Perkins parpadeó cinco veces.

—Lo que quiero decir es —continuó, como si se tratara de una entrevista de trabajo—, ¿qué les hizo exactamente a sus hijas?

Silencio, y después un largo suspiro que podría haber significado que el anciano se preparaba para limpiar su conciencia ante aquellas desconocidas. Pero no significaba eso. De repente su voz era juvenil y estaba llena de veneno, cuando indicó la puerta.

—¡Salgan de mi casa de una puta vez!

Al salir, Tina sabía que se lo contaría todo a Simmons. Milo era un mentiroso y, al menos en aquel momento, le odiaba.

Pero cuando fueron a recoger a Stephanie en la sala llena de ancianos encantados con ella, se le ocurrió algo.

—¡Oh, mierda!

—¿Qué? —preguntó Simmons.

Tina miró a la agente especial a los ojos.

—Cuando volvimos de Venecia, Milo vino con nosotras. Me acompañó a registrar a Stephanie en Boston. Me suplicó que le permitiera ponerle un segundo nombre. Yo no lo tenía pensado y me daba igual, y para él parecía ser importante.

—¿Cuál es su segundo nombre?

—Ellen.

Una media hora antes de que llegaran, dos porteros se llevaron las cajas de comida china, le cambiaron la botella de agua, y limpiaron la sangre de la mesa, la silla y el suelo. Fue un cierto alivio, porque durante la noche, la peste a comida china rancia y a sudor le habían tenido al borde de la náusea.

Después entró Fitzhugh, seguido de Simmons. Milo no la había visto desde Disney World, y no había hablado con ella desde Blackdale. Parecía cansada, como si ella también hubiera pasado la noche en blanco enjaulada en su propio hedor.

«Recuerda —había dicho Yevgeny—, Simmons es tu salvación, pero no la trates como si lo fuera.»

Así que Milo cruzó los brazos.

—No quiero hablar con ella.

Simmons sonrió.

—Yo también me alegro de verte, Milo.

Fitzhugh no perdió el tiempo con sonrisas.

—Milo, ni yo lo decido, ni lo decides tú.

—No tienes buen aspecto —dijo Simmons.

Milo tenía el ojo izquierdo hinchado y morado, el labio inferior partido, y una de las aletas de la nariz ensangrentada. Pero las peores heridas estaban debajo del mono naranja.

—Siempre tropiezo con las paredes.

—Ya lo veo.

Antes de que Fitzhugh pudiera cogerla, se sentó en su silla. Tuvo que pedir otra al portero. Esperaron. Durante aquel minuto y medio de silencio, Simmons miró duramente a Milo, y Milo le devolvió la mirada sin pestañear.

Cuando llegó la silla, Fitzhugh se sentó y dijo:

—Recuerda lo que hemos hablado antes, Milo. Sobre temas clasificados.

Simmons frunció el ceño.

—Me acuerdo —dijo Milo.

—Bien —dijo Fitzhugh—. Primero quiero hablar de una cosa.

Metió la mano en el bolsillo de la americana, pero Simmons le puso una mano en la solapa.

—Todavía no, Terence —dijo, y le soltó—. Primero quiero oír su versión.

—¿Qué ocurre? —Milo se agitó—. ¿Qué tienes ahí?

Fitzhugh sacó otra vez la mano, vacía.

—No te preocupes, Milo. Primero la historia. ¿De acuerdo? Desde donde la dejamos.

Milo le miró.

—Estabas a punto de ir a Disney World —dijo Simmons, demostrando que al menos le habían dado un resumen del interrogatorio del día anterior. Hizo un gesto con las manos propio de una interrogadora bien entrenada—. Debo decir que tu huida de último minuto fue muy hábil. Bien por ti.

—¿Va a hablar así todo el rato? —Milo dirigió la pregunta a Fitzhugh, quien se encogió de hombros.

—Tú habla —dijo Simmons—. Si creo que el sarcasmo es apropiado, lo utilizaré.

—Sí —corroboró Fitzhugh—. Sigue. —Y a Simmons—. Intenta dominar el sarcasmo, por favor.

De nuevo, Milo contó la historia de Disney World como había ocurrido, con una sola omisión: la aparición de Yevgeny Primakov en la Montaña Espacial. A pesar de haberle mentido tanto a Tina, no había mentido acerca de la intención de la visita del anciano: quería saber qué le había ocurrido a Angela Yates.

Fue fácil omitir aquel encuentro, porque no tenía relación con la causa y efecto, que es la máxima preocupación de los interrogadores de todo el mundo. Esta tranquilidad le permitió observar cómo se comportaban las dos personas que tenía frente a él.

Fitzhugh estaba sentado rígidamente, más derecho que el día anterior, en que parecía que tuviera todo el tiempo del mundo y, en cambio, hoy parecía apresurado, como si el contenido del interrogatorio ya no tuviera importancia. De vez en cuando decía:

—Sí, sí. Eso ya lo sabemos.

Pero cada vez Simmons lo interrumpía:

—Puede que yo no lo sepa, Terence. Ya sabes lo mal informados que estamos en Interior. —Después para Milo—: Por favor, sigue.

Quería saberlo todo.

Y Milo la complació. Contó su historia lenta y decididamente, sin dejar ningún detalle en el tintero. Incluso mencionó el color del Renault de Einner, a lo que Simmons asintió pensativamente y dijo:

—Era un buen coche, ¿no?

—Ese agente tiene buen gusto.

Más tarde, cuando por fin Weaver llegó a su reunión con Ugrimov, Simmons le interrumpió otra vez y dijo a Fitzhugh:

—Este Ugrimov. ¿Le tenemos en nuestra lista de arrestos?

Fitzhugh se encogió de hombros.

—Yo no sé nada de él. ¿Milo?

—No —dijo Milo—. Nunca ha violado ninguna ley en Estados Unidos. Puede entrar y salir cuando quiera, pero no creo que lo haga.

Simmons asintió, y después posó las dos manos sobre la mesa.

—Bueno, ya llegaremos a esto pronto, pero ahora hay una cosa que no entiendo. Después de relacionar todo esto, fuiste a ver a Grainger y le mataste, ¿no?

—Sí.

—¿En un arrebato de ira?

—Más o menos.

—No me lo creo.

Milo se la quedó mirando.

—He pasado de todo, Janet. Nunca se sabe cómo puedes reaccionar.

—Y matando a tu jefe has eliminado la única prueba que podría haber demostrado al menos parte de tu versión.

—Nunca he dicho que sea un genio.

Sonó el teléfono de Simmons rompiendo el silencio. Ella miró la pantalla, y se fue a un rincón, tapándose la oreja libre con un dedo mientras contestaba. Los dos hombres la observaron. La mujer dijo:

—Sí. Espera un momento. Más despacio. ¿Qué? Sí, quiero decir no. Yo no lo he hecho. Créeme, no he tenido nada que ver. No, no lo hagas. No toques nada hasta que yo llegue. ¿Está claro? Tardaré... —empezó, echando una mirada a los hombres—, media hora o cuarenta y cinco minutos. Tú espérame, ¿entendido? Nos vemos.

Cerró el teléfono de golpe.

—Debo irme ahora.

Los dos hombres sólo parpadearon.

—¿Podemos seguir mañana?

Milo no se molestó en contestar, pero Fitzhugh se levantó, murmurando.

—Supongo.

Simmons echó un vistazo a la sala de interrogatorios.

—Y quiero que le saques de aquí.

—¿Qué? —exclamó Fitzhugh.

—He reservado una celda para él solo en el MCC. Quiero que le trasladen mañana por la mañana.

El MCC era el Centro Correccional Metropolitano, para los detenidos a la espera de juicio, junto a Foley Square, en el bajo Manhattan.

—¿Por qué? —preguntó Milo.

—Sí —dijo Fitzhugh, molesto—. ¿Por qué?

Ella miró a Fitzhugh y habló como si pronunciara una amenaza:

—Porque quiero poder hablar con él en un lugar que tú no controles completamente.

Fue como si el aire se escapara de la habitación mientras ella, milagrosamente, sostenía la mirada a los dos a la vez. Después se marchó.

—Parece que Simmons no confía en la CIA —dijo Milo.

—Bueno, que se joda —dijo Fitzhugh—. Ella no me dice cuándo acaba mi interrogatorio. —Señaló con el pulgar por encima del hombro—. Ya sabes por qué se ha puesto así, ¿no?

Milo negó con la cabeza.

—Tenemos un pasaporte ruso con tu foto, a nombre de Mikhail Yevgenovich Vlastov.

Milo se mostró pasmado, porque lo estaba. No sabía qué plan había urdido Yevgeny, pero hacer pública su vida secreta no podía formar parte de él.

—¿De dónde lo has sacado?

—Eso no te concierne.

—Es una falsificación.

—Me temo que no, Milo. Ni la Agencia los hace tan bien.

—¿Y qué significa eso?

Fitzhugh volvió a meter la mano en el bolsillo y sacó unas hojas dobladas. Las alisó sobre la mesa. Milo no se molestó en mirarlas, y siguió observando al hombre a los ojos.

—¿Qué es? —preguntó rotundamente.

—Inteligencia. Inteligencia comprometida que acabó en manos de rusos. Inteligencia a la que tú tuviste acceso inmediatamente antes de que se viera comprometida.

Lentamente, los ojos de Milo bajaron de la cara de Fitzhugh a los papeles. El primero decía:

Moscú, Federación Rusa
Caso: S09-2034-2B (Turismo)

Intel 1 (ref. Alexander): Obtuvo cintas de embajada búlgara (ref.
Op. Angelhead) de Denistov (agregado) y las mandó vía embajada Estados Unidos. 9/11/99

Intel 2:(ref. Handel): Recuperados objetos de agente FSB (Sergei
Arentski), fallecido, incluidas... copias de cintas de embajada búlgara (ref. Op. Angelhead). 20/11/99

Por el estilo conciso, Milo supo que lo había recopilado Harry
Lynch. Sin duda era un Agente de Viajes excelente. En 1999, viajando con el nombre de Charles Alexander, Milo había obtenido unas cintas secretas de la embajada búlgara en Moscú. La
adquisición se denominó «Operación Angelhead». Cuatro días
después, otro Turista —Handel— tropezó con un agente del FSB
muerto, o lo mató él, y en su cuerpo halló una copia de las cintas Angelhead. Milo no sabía cómo había llegado la copia a manos del ruso.

Hojeó el resto, parándose un momento más en la tercera
página, que decía:

Venecia, Italia
Caso: S09-9283,3A (Turismo)

Intel 1 (ref. Alexander): Localizar Frank Dawdle, sospechoso de
fraude fiscal por valor de 3.000.000 de dólares. 11/9/01

Intel 2 (ref. Elliott): Informador FSB (VIKTOR) verifica conocimiento de rusos de los 3.000.000 perdidos vía Dawdle, Frank, y
la fallida operación para recuperarlos en Venecia. 8/10/01

Fitzhugh lo leyó del revés.
—Sí, tu última operación incluso llegó a Moscú.
Milo dio la vuelta a las páginas.

—¿De verdad estás tan desesperado, Terence? Podrías montar una cosa como ésta para todos los agentes de campo. La información se filtra. ¿Has comprobado cuántas piezas de inteligencia acabaron en manos de franceses, españoles o británicos? Seguro que otras tantas.

—No tenemos un pasaporte francés, español o británico con tu cara.

Y Milo lo supo: a Fitzhugh ya no le interesaba su confesión. Asesinato era insignificante si se comparaba con ser un agente doble. Era la clase de descubrimiento que añadiría una estrella dorada al historial de Fitzhugh, y confinaría a Milo a una vida de aislamiento o a una tumba rápida.

—¿Quién te lo ha dado?

Fitzhugh negó con la cabeza.

—No te lo diremos.

No, Fitzhugh no tenía ni idea de quién se lo había dado. Pero Milo tenía una idea bastante aproximada, y amenazaba con pulverizar la poca fe que le quedaba.

11

Tina se había despertado aquella mañana y se había llevado a Stephanie a la playa sintiéndose más ligera, casi olvidando las lágrimas de la mala noche que había pasado. Sentada en una tumbona de alquiler y observando cómo su hija se bañaba en el Atlántico, se sentía como una esposa cornuda, pero en su caso a la otra mujer no se la podía inspeccionar ni atacar, porque la otra mujer era toda una historia. No era muy diferente de cuando, en el instituto, empezó a leer versiones alternativas de la historia de su país, y descubrió que Pocahontas había sido un títere en las luchas de poder coloniales y que, tras un viaje a Londres con John Rolfe, murió de neumonía o de tuberculosis durante el viaje de regreso.

Pero si aquellos mitos nacionales rotos la habían llenado de virtuosa y juvenil indignación, los mitos rotos de su marido la humillaban, la hacían sentir estúpida. Se daba cuenta de que la única cosa inteligente que había hecho era negarse a desaparecer con Milo.

Sus sentimientos se intensificaron cuando aterrizaron en La Guardia, y cogieron el tren del aeropuerto a Brooklyn. Las calles eran claustrofóbicas, y todos los escaparates conocidos de las tiendas eran una acusación más de su vieja vida. Así era como empezaba a ver su vida: la vieja y la nueva. La vieja era maravillosa debido a su ignorancia; la nueva era horrible debido a su conocimiento.

Las bolsas le pesaban una tonelada siguiendo a Stephanie,

que le arrancó las llaves del piso y subió la escalera corriendo. Llegó a la puerta mientras Tina estaba todavía en el segundo rellano, y volvió a salir y asomó la cabeza por encima de la barandilla.

—¿Mamá?

—¿Qué, cariño? —preguntó Tina, colgándose las bolsas del hombro.

—Alguien lo ha tirado todo. ¿Está papá en casa?

Al principio, cuando dejó las bolsas y subió corriendo el último piso, la consumió una inexplicable oleada de esperanza. Mentiras o no, Milo había vuelto a casa. Entonces vio los cajones de la mesa de la entrada tirados en el suelo, y un montón de monedas, billetes de autobús, menús de comida para llevar y llaves. El espejo encima de la mesa había sido descolgado, puesto de cara a la pared y el papel de detrás arrancado.

Tina le dijo a Stephanie que esperara en el vestíbulo mientras examinaba todas las habitaciones. Destrucción, como si hubieran soltado por descuido un elefante en el piso. Incluso pensó: «Venga, Tina, un elefante no podría subir estas escaleras». Fue entonces cuando supo que estaba histérica.

Así que llamó al número que le había dejado Simmons y escuchó su voz calmada insistiendo que el allanamiento no había sido cosa de ella, que acudiría inmediatamente y que no tocara nada, por favor.

—No toques nada —gritó Tina al colgar, pero Stephanie no estaba en la entrada—. Nena, ¿dónde estás?

—En el baño —contestó la niña irritada.

¿Cuánto más podría aguantar Stephanie? ¿Cuánto más podría aguantar ella? No le había hablado a Stef de la repentina ampliación de la familia, el añadido de un bisabuelo y un nuevo abuelo que había conocido en Disney World, pero Stephanie no era tonta. En la habitación del hotel, por la mañana, había hecho preguntas:

—¿Con quién hablabas en la casa de los viejos?

Tina, incapaz de seguir mintiendo a su propia hija, sólo dijo:

—Alguien que podría saber algo de tu padre.

—¿Algo que le ayudará?

Aunque nadie se lo hubiera dicho, sabía que Milo tenía problemas.

—Algo así.

Tino la llevó a tomar una Coca-Cola en Sergio's, una pizzería, y llamó a Patrick. Parecía sobrio y despejado, de modo que le pidió que fuera a su casa.

Llegó antes que Simmons, y los tres volvieron juntos al piso. La habitación menos destrozada era la de Stephanie, de modo que la dejaron mirando sus cosas mientras Tina le contaba todo a Patrick. Absolutamente todo. Cuando Simmons llegó, Patrick estaba desquiciado. Incluso en el punto álgido de sus celos, nunca había sospechado nada parecido. Ahora tenía que consolar a Tina, que se echaba a llorar a cada momento. Cuando Simmons cruzó la puerta, se volvió hacia ella.

—No diga que no han sido ustedes, eh. Porque sabe que lo han hecho. ¿Quién si no puede haberlo hecho?

Simmons ignoró al hombre bravucón y dio la vuelta al piso, parándose para saludar y sonreír a Stephanie; después sacó fotos de todas las habitaciones con una pequeña Canon. Se situó en rincones para tomar distintos ángulos y se agachó junto a la televisión desmontada, los jarrones rotos (regalos, explicó Tina, de sus padres), los cojines del sofá rasgados y la pequeña caja de caudales rota que sólo contenía algunas joyas familiares, aunque no se habían llevado nada.

—¿Falta algo? —preguntó Simmons otra vez.

—Nada.

Esto ya era bastante deprimente, que después de tanto destrozo nadie hubiera considerado que sus posesiones eran dignas de ser robadas.

—De acuerdo. —Simmons se puso de pie—. Lo he documentado todo. Ahora a limpiar.

Se pusieron manos a la obra, con escoba y recogedor y bolsas de basura que Simmons fue a buscar a una tienda. Mientras estaba agachada junto a un espejo roto, recogiendo docenas de reflejos parciales de sí misma, con su tono de voz más amable, dijo:

—¿Tina?

Tina estaba detrás del televisor, intentando atornillar la tapa.

—¿Sí?

—Dijiste que hace unos días vinieron unos hombres de la Agencia. Dos días antes de que viniera yo. ¿Recuerdas?

—Sí.

Simmons se acercó al televisor, ignorando la mirada acusadora de Patrick, que barría pedazos de jarrón y cerámica.

—¿Cómo sabes que eran de la Agencia?

Tina dejó caer el destornillador al suelo, y se secó la frente con la muñeca.

—¿A qué te refieres?

—¿Te dijeron que eran de la Agencia, o lo supusiste?

—Me lo dijeron ellos.

—¿Te enseñaron identificaciones?

Tina se lo pensó un momento y después asintió.

—En la puerta, sí. Uno se llamaba Jim Pearson, y el otro... Max Algo. No me acuerdo de su apellido. Algo polaco, creo.

—¿Sobre qué te preguntaron?

—Ya sabes sobre qué me preguntaron, agente especial.

—No, francamente, no lo sé.

Tina salió de detrás del televisor mientas Patrick buscaba su mejor pose desafiante. Cuando Tina se sentó en el sofá, la había encontrado. Se colocó detrás de ella, con las manos a cada lado de sus hombros.

—¿De verdad tiene que volver a interrogarla?

—Tal vez —dijo Simmons, y cogió la silla frente al sofá, el mismo sitio donde se había sentado durante la primera entrevista—. Tina, podría no ser nada, pero me gustaría saber qué clase de preguntas te hicieron.

—¿Crees que han sido ellos?

—Podría ser, sí.

Tina intentó recordar.

—Bueno, empezaron con lo habitual. ¿Dónde estaba Milo? Y querían saber qué me había dicho Milo en Austin.

—Cuando te pidió que te fueras con él —dijo Simmons para animarla.

Tina asintió.

—Les dije que los otros agentes de la Agencia ya me lo habían preguntado, y los tuyos también, pero dijeron que quizás había olvidado algo que podía ayudarles. La verdad es que fueron bastante simpáticos. Parecían asesores de carrera del instituto. Uno de ellos, el tal Jim Pearson, repasó conmigo una lista por si algo me sonaba.

—¿Tenía una lista?

—En una libretita de espiral. Nombres, más que nada. Nombres de personas que no conocía. Excepto una.

—¿Cuál?

—Ugrimov. Roman Ugrimov. El ruso del que te hablé, de Venecia. No tenía ni idea de por qué lo sacaban a colación, así que dije que lo había conocido, y que había matado a una chica y que no me gustaba. Me preguntaron cuándo, y dije que en 2001, y dijeron que no necesitaban que se lo explicara.

Tina se encogió de hombros.

—¿Qué otros nombres?

—Nombres extranjeros, sobre todo. Rolf... Winter, o algo así.

—¿Vinterberg?

—Sí. Y otro que era escocés, creo. Fitzhugh.

—¿Terence Fitzhugh?

Tina asintió otra vez. La expresión de la cara de Simmons la incitaba a continuar.

—Cuando dije que no sabía nada de él, ni quién era ni nada, no me creyeron. No sé por qué. Les parecía normal que no conociera a Vinterberg, pero ¿a Fitzhugh? —Sacudió la cabeza—. Eso no se lo creían. Dijeron cosas como: «¿Milo no le habló de Fitzhugh y de dinero?». Dije que no. Pero siguieron insistiendo. Una cosa curiosa, en un cierto punto, Jim Pearson dijo «¿Y de Fitzhugh en Ginebra, con el ministro de...?». Pero Max le dio un codazo y no acabó de decir de qué sacerdote se trataba. Finalmente, cuando vieron que me estaban mosqueando, cogieron sus imbecilidades y se largaron.

Mientras Tina hablaba, Simmons había sacado otra vez la Blackberry y estaba tecleando.

—Jim Pearson y Max...

—No lo sé.

—Pero tenían identificaciones de la Agencia.

—Sí. A mí me parecieron correctas. Conozco perfectamente la de Milo, porque siempre acaba en la lavadora.

—¿Y no te dijeron por qué te preguntaban por Fitzhugh?

Tina negó con la cabeza.

—Me dio la impresión de que Max creía que habían hablado demasiado. —Calló—. ¿De verdad crees que han sido ellos los que han hecho este destrozo? Me hicieron enfadar, pero no habría esperado esto de ellos.

—Ya te lo he dicho, Tina. No ha sido Interior. Me habría enterado.

—¿Y la Agencia?

—Podría ser, pero tampoco sé nada de ellos.

Tina sonrió.

—Seguís en conversaciones, ¿no?

—Exactamente. —Simmons se puso de pie—. De acuerdo, acabemos de ordenarlo todo, y si encuentras algo que no sea tuyo, dímelo.

Pasaron las tres horas siguientes montando aparatos electrónicos, recogiendo cuadros rotos y rellenando de nuevo cojines. Fue un trabajo frustrante para todos, y a la mitad, Patrick abrió una botella de escocés para uso general. Simmons declinó la invitación, pero Tina se sirvió un vaso corto y se lo bebió de un tirón. Stephanie lo observó todo sarcásticamente. Pasó casi todo el tiempo dentro de su habitación, recolocando muñecas que alguien había arrancado de sus hogares y había dejado tiradas. Sobre las siete, cuando ya estaban terminando, salió de su habitación con un mechero que anunciaba un bar de Washington DC, el Round Robin, en 1401 de Pennsylvania Avenue, NW.

—Vaya —dijo Simmons, poniéndose un guante de goma y mirándolo.

—¿Qué es? —preguntó Tina, sintiendo que se le formaba una burbuja de adrenalina a la vista de la prueba física.

—Es raro. —Simmons lo miró a contraluz—. Conozco el sitio, es un local para políticos de altura. Aunque podría no significar nada.

—Pero eso sería una chapuza —dijo Tina—. Dejar algo tirado.

Simmons se guardó el mechero en una bolsa de plástico y después en el bolsillo.

—Te asombraría lo chapuceros que son algunos agentes.

—A mí no —aseguró Patrick, y Tina casi sonrió.

El pobre se sentía desplazado.

Cuando ya estaba a punto de marcharse, sonó el móvil de Simmons. Lo contestó en la cocina. Tina captó un tono momentáneo y poco característico de alegría en los labios de la agente especial.

—¡No me digas! ¿Aquí? Perfecto.

Pero cuando salió de la cocina, ya era una profesional otra vez, y después de dar las gracias a Patrick por su ayuda se llevó a Tina al vestíbulo y le dijo que por la mañana se reuniría con Yevgeny Primakov. A Tina se le cayó el alma a los pies.

—Está en Nueva York.

—Estará en la sede de Naciones Unidas. A las nueve de la mañana. ¿Quieres verle?

Tina se lo pensó y después negó con la cabeza.

—Debo ir a la biblioteca, y encargarme de todo lo que he estado dejando. —Se calló, consciente de que Simmons veía a través de su mentira; la verdad era que estaba aterrada—. Pero quizá después, podrías... no lo sé.

—Te haré un informe completo. ¿Te parece bien?

—De hecho, no —dijo Tina—. Pero es lo que hay.

12

Fitzhugh almorzó en el mismo restaurante chino de la 33 donde habían encargado la comida para Weaver. Eligió una mesa en el fondo para evitar interrupciones, y para pensar en el mensaje del Nexcel que había recibido de Sal.

> J Simmons enviado petición 18.15 a director en funciones Interior solicitando permiso para acceder banco y registros telefónicos de Terence A Fitzhugh. Solicitud bajo consideración en este momento.

Zampándose el pollo Szechuan, Fitzhugh intentaba reflexionar sobre ello. Demostraba lo que ya se temía: que Simmons no confiaba en él lo más mínimo. Se le notaba en el tono, en la forma en general cómo le trataba. Una cosa era la rivalidad entre agencias, pero este nivel de tensión... ella le trataba como si fuera su enemigo. Y ahora solicitaba al director de Interior acceso a su historial.

Pero él había cortado el asunto de raíz con una llamada. Le habían asegurado que la solicitud de acceso sería denegada.

Aun así, se sentía a la defensiva, y no era precisamente lo que le convenía ahora. Debería estar liderando el ataque para controlar los posibles daños, hacer desaparecer a Milo Weaver y poner fin a la investigación.

El pasaporte. Era su baza. Todavía no sabía quién lo había mandado. Los forenses sólo habían encontrado un cabello blanco: varón caucásico, de cincuenta a ochenta años, con una dieta rica en proteínas, pero eso describía a la mitad del mundo de los servicios secretos. Ya no le importaba quién fuera su benefactor; su única inquietud era cerrar el caso antes de que Simmons hallara la manera de echar a perder su trabajo.

Sus pensamientos fueron interrumpidos por un desconocido que se acercó y, alargando una mano, dijo en francés:

—¡Cuánto tiempo!

Fitzhugh, absorto en el ritmo mental de sus preocupaciones, estaba con la guardia baja. Miró al hombre guapo de sesenta y pocos años, de cabello blanco ondulado, y le estrechó la mano. ¿De qué conocía a aquel hombre?

—Disculpe —dijo Fitzhugh mientras le estrechaba la mano. La cara le sonaba, pero no estaba seguro—. ¿Nos conocemos?

La sonrisa del hombre se borró, y pasó al inglés, que no era su lengua nativa aunque la hablaba con soltura.

—Eres Bernard, ¿no?

Fitzhugh negó con la cabeza.

—Se ha equivocado. Lo siento.

El hombre levantó las manos, con las palmas hacia fuera.

—No, yo sí que lo siento. Perdóneme.

El hombre se alejó, y aunque Fitzhugh esperaba que volviera a una mesa, en realidad salió del local. Estaba tan convencido de que Fitzhugh era su amigo Bernard que había entrado desde la calle. ¿Francés? No, en su acento había rastros de eslavo. ¿Checo?

Once travesías más al centro, en el piso veintitrés del Grand Hyatt, Simmons estaba sentada en su cama de rayas y tecleaba preguntas en la base de datos de Interior, buscando el historial de un agente de la Agencia, Jim Pearson. Acabó con las manos vacías. Probó variaciones del nombre, después mandó un mensaje a Matthew, su infiltrado en Turismo, pidiéndole que buscara en los ordenadores de Langley, por si el historial de Jim Pearson no había llegado a Interior.

Mientras esperaba respuesta, buscó todo lo que pudo encontrar de Yevgeny Primakov. Había quedado con él la mañana siguiente en el vestíbulo del edificio de la Asamblea General de Naciones Unidas, que, según había dicho George, era «una pasada de increíble».

Increíble, eso seguro. Por lo que leyó en la página de Naciones Unidas, Yevgeny Primakov trabajaba en la sección financiera de la Comisión de Personal Militar del Consejo de Seguridad, con sede en Bruselas. ¿Un contable? Lo dudaba mucho. ¿Su presencia en Nueva York era una feliz coincidencia? ¿O había procurado estar por si Estados Unidos le convocaban para responder preguntas sobre su hijo?

Accedió a una sección segura de la página de Interior, y obtuvo una historia esquemática de Yevgeny Aleksandrovich Primakov, antiguo coronel. Fue reclutado por el KGB en 1959, y a mediados de los sesenta empezó sus viajes. Destinos conocidos: Egipto, Jordania, Alemania Oriental y Occidental, Francia e Inglaterra. Cuando el KGB se metamorfoseó en el FSB tras la caída de la Unión Soviética, Primakov se quedó, dirigiendo un departamento de contrainteligencia militar hasta 2000, cuando se retiró e inició una nueva carrera en Naciones Unidas.

Tenían poca cosa más sobre él, aunque en 2002 el representante de Estados Unidos en Naciones Unidas solicitó antecedentes de Primakov. No se mencionaba el motivo, y el informe en sí no estaba disponible.

Durante los últimos años, Interior había estado acumulando expedientes del FSB relacionados con el terrorismo, pasado y presente. Fue dentro de esta subsección administrativa donde Janet encontró una sola hoja sobre Ellen Perkins, que fue condenada en ausencia como cómplice de dos delitos: el robo de la sucursal del Harris Bank en Chicago en 1968 y, a principios de 1969, el intento de incendiar la comisaría del Distrito Siete de la policía de Milwaukee. Vista por última vez en Oakland, California, antes de desaparecer por completo.

En vista de lo que William Perkins le había contado de Ellen —los atracos a bancos en Alemania— le extrañó no encontrar nada más con su nombre, ni con el de Elsa Perkins. Necesitó hacer una búsqueda en Google —«Elsa Perkins Alemania, atraco a mano armada»— para localizar una página dedicada a la historia de los grupos terroristas alemanes de los setenta. La Baader-Meinhof, la Faccion del Ejército Rojo, el Colectivo de Pacientes Socialistas y el Movimiento 2 de Junio, que contaba entre sus miembros con una tal Elsa Perkins, norteamericana. Según el autor de la web:

> Perkins se unió al Movimiento 2 de Junio en octubre de 1972. Según la mayoría, fue introducida en el Movimiento por el carismático Fritz Teufel. Duró mucho más que la mayoría de miembros, pero fue arrestada en 1979 y enviada a la cárcel de Stammheim-Stuttgart. En diciembre del mismo año, se suicidó en su celda.

La puerta de la habitación de Milo se abrió. Entraron tres porteros, y Milo notó que la hinchazón alrededor del ojo de Lawrence había empezado a remitir. Fue Lawrence quien sujetó las cadenas a las muñecas y los tobillos de Milo, y después los tres recorrieron el pasillo con su arrastrado prisionero hacia los ascensores, donde utilizaron una tarjeta especial para acceder al aparcamiento del subterráneo número tres.

Metieron a Milo en una furgoneta blanca no muy diferente de las furgonetas blindadas de la policía que se ven en las películas. Detrás, dos bancos de acero ocupaban toda su longitud, perforados con agujeros en los que Lawrence sujetó sus cadenas. Cuando salieron a la calle, en dirección sur, Milo pudo ver a través de la ventana trasera teñida que era de noche, y preguntó si era viernes o sábado. Lawrence, sentado frente a él, miró el reloj.

—Todavía viernes. Por poco.

—¿Y el ojo? Parece mejor.

Lawrence se lo tocó.

—Sobreviviré.

En el bajo Manhattan, la furgoneta llegó a Foley Square, cogió una calle lateral para dar la vuelta al Centro Correccional Metropolitano, y después bajó al aparcamiento subterráneo seguro. El conductor mostró su identificación y la orden de traslado del preso a los guardias, que levantaron la barrera y les dejaron pasar. Aparcaron junto a un ascensor de acero y esperaron a que se abriera la puerta antes de desencadenar a Milo y bajarlo.

—¿Tienen servicio de habitaciones aquí? —preguntó Milo inocentemente.

Los otros dos porteros le miraron con incomprensión, pero Lawrence sonrió.

—Celdas privadas al menos.

—Eso ya lo tenía.

—Venga, tío.

El programa de correo electrónico de Simmons sonó para llamar su atención, y pudo leer la respuesta de Matthew. El último historial de un agente de la Agencia con el nombre de Jim Pearson era de 1998, cuando ese agente, con un defecto congénito en el corazón, murió a los cuarenta años.

Abrió dos ventanas de buscadores, una para la Cámara de Representantes, otra para el Senado de Estados Unidos. En cada una encontró los directorios de personal y tecleó «Jim Pearson». La Cámara no dio ningún resultado, pero el Senado tenía un Jim Pearson, que trabajaba como «ayudante de programación» para Nathan Irwin, republicano de Minnesota. No salía ninguna fotografía, sólo el nombre. Siguió con los enlaces hasta la página de Nathan Irwin y estudió la lista de veinte empleados. Allí estaba otra vez Jim Pearson, y unas líneas más arriba, Maximiliam Grzybowski «ayudante legislativo». Uno de esos nombres polacos raros que a una mujer alterada le costaría recordar.

A las diez, cuando sonó su teléfono, Fitzhugh estaba de vuelta en el Mansfield Hotel. Se había llevado una botella de escocés a la habitación, pero intentó no beber demasiado.

—¿Carlos? —dijo el senador.

Su voz parecía tensa.

—Sí. ¿Va todo bien?

Una pausa.

—No había ninguna solicitud.

—Espera un momento. Repítelo.

—Digo, Carlos, que me has hecho quedar como un idiota. Estoy hablando con el jefazo, y cuando me vuelve a llamar me dice que nadie le había pedido nada de ti. Nada. Puede que no lo entiendas, pero esta gente sólo te hace unos pocos favores. Acabo de malgastar uno de los míos.

—Pero si no había nada... —empezó Fitzhugh, pero el senador ya había colgado.

Fitzhugh sintió que iba a vomitar. No por el enfado de Nathan Irwin, porque había trabajado bastante tiempo en Washington para saber que el enfado de un senador dura sólo hasta que haces una buena obra por él. Lo que le ponía nervioso era que el mensaje de Sal, enviado a través de los canales adecuados, fuera equivocado. Durante los últimos seis años, Sal había sido el mejor informador de Turismo dentro de Seguridad Interior. Su información nunca había sido rebatida. Pero ahora había cometido un error.

O quizá, pensó Fitzhugh preocupado mientras se sumergía aún más en el escocés, Interior había destapado a Sal y lo utilizaban para pasar mala información a Turismo. ¿Era eso posible?

Dejó el vaso de escocés y sacó su portátil. Tardó un poco en encenderse y acceder a la cuenta de Nexcel pero, en cuanto lo hizo, tecleó un correo rápido a Sal:

Información errónea. ¿Es un error, o los planes han cambiado? ¿Estás comprometido?

Lo envió con un golpe rápido de la tecla, y entonces se dio cuenta de su error. Si Sal estaba comprometido, Interior estaría vigilando su cuenta. ¿Qué harían? ¿Escribirle en su nombre? Probablemente. ¿Qué respuesta, entonces, demostraría que estaba comprometido? Es decir, ¿qué querría Interior que creyera él?

13

El taxi se abrió camino entre el tráfico matinal de la Primera Avenida, y la dejó en Raoul Wallenberg Walk. Janet se apresuró a cruzar el césped, pasando junto a guardias de seguridad y policías de Nueva York. Eran casi las nueve. Se saltó una larga cola de turistas que esperaba para cruzar los detectores de metal y mostró su identificación de Interior a un guardia vietnamita. El guardia la cedió a dos mujeres uniformadas que la cachearon y repasaron cada centímetro de su cuerpo con un detector de explosivos manual.

El edificio de la Asamblea General de Naciones Unidas tenía un vestíbulo largo estilo años sesenta, lleno de retratos de antiguos secretarios generales, sofás bajos de piel, y letreros con eslóganes y listas de próximos acontecimientos. Simmons buscó un sitio bajo el péndulo de Foucault suspendido, a sabiendas de que Yevgeny Primakov la localizaría, porque ella no tenía foto de él. Por lo visto él sí tenía una de ella; encontrarse aquí, según George, había sido idea de él.

Mientras estaba de pie mirando con expectación, iban pasando las caras del mundo personificadas en ayudantes e internos de todos los países de Naciones Unidas. Recordaba su última visita, poco después de su divorcio, cuando pensó que aquel lugar era algo especial. Aunque sólo brevemente, la calidez del internacionalismo se había apoderado de ella, hasta el punto de que consideró la posibilidad de trabajar para aquella amalgama de naciones. Pero como muchos norteamericanos, en los años siguientes oyó hablar más de sus fallos que de sus éxitos, y cuando el Departamento de Seguridad Interior la tentó, y el reclutador le aseguró que aquel nuevo departamento no estaría atado con las típicas ataduras que eran la plaga de tantas instituciones, sucumbió a su patriotismo innato.

—Mire hacia arriba —dijo el anciano, sonriendo.

Su acento era ruso.

Janet miró hacia el interior del péndulo, a los engranajes y ruedas chasqueando.

—Es agradable tenerlo aquí —dijo Primakov, con las manos a la espalda y mirando hacia arriba—. Es la prueba física de que el planeta gira, a pesar de cómo nos sentimos allí donde estamos. Nos recuerda que lo que ven nuestros ojos y sienten nuestros sentidos no siempre es la verdad completa.

Ella, por cortesía, volvió a mirar el mecanismo. Después, alargó una mano.

—Soy Janet Simmons, Seguridad Interior.

En lugar de estrecharla, él se la llevó a los labios y la besó.

—Yevgeny Aleksandrovich Primakov de Naciones Unidas, a su servicio.

Cuando le soltó la mano, ella se la metió en el bolsillo de la chaqueta.

—Deseaba preguntarle por su hijo, Milo Weaver.

—¿Milo Weaver? —Calló—. Tengo dos hijas maravillosas, de su edad más o menos. Una es cirujana pediátrica en Berlín y la otra abogada en Londres. Pero ¿un hijo? —Sacudió la cabeza, sonriendo—. Hijo no.

—Estoy hablando del hijo que tuvo con Ellen Perkins en 1970.

La sonrisa amplia y segura de sí misma no desfalleció.

—¿Tiene hambre? No he podido desayunar, lo que en Estados Unidos es un delito. Los desayunos son la gran contribución americana a la cocina mundial.

Simmons casi se rió.

—Por supuesto. Vayamos a desayunar.

Juntos cruzaron el césped otra vez. De vez en cuando Primakov saludaba a alguna persona que se cruzaba con ellos, con un maletín en la mano. Estaba en su elemento, un hombre satisfecho con su posición en el mundo, incluso con la amenaza de una agente de Seguridad Interior desenterrando viejos secretos. Sólo tenía un gesto nervioso: de vez en cuando se llevaba un dedo carnoso a la mejilla y se la frotaba, como si espantara una mosca. Aparte de esto, era la personificación de la elegancia del viejo mundo, con su traje gris a medida y la dentadura postiza perfecta.

El local prometido resultó ser un restaurante demasiado caro para nuevos ricos norteamericanos, con una carta especial de desayunos. Cuando la camarera les ofreció un asiento junto a la ventana, Primakov se lamió los labios, se frotó la mejilla y sugirió un reservado en el fondo del restaurante.

Pidió el plato de huevos revueltos, tostada, salchicha, jamón y patatas «Hombre Hambriento», mientras Simmons se conformaba con un café. En broma él la acusó de querer adelgazar.

—Lo que es un misterio, porque tiene una figura perfecta, señora Simmons. En todo caso, debería añadirle algunos kilos.

Janet se preguntó cuándo un hombre le había hablado de aquella manera por última vez. Hacía bastante tiempo. Llamó a la camarera y pidió unos muffins ingleses.

Antes de que llegara la comida, hablaron de algunos detalles de la vida de Primakov. Reconoció sin tapujos que había alcanzado el rango de coronel en el KGB, y que se había quedado tras su transformación en el FSB. Pero, a mediados de los noventa, se había sentido desilusionado.

—Matábamos a nuestros propios periodistas, ¿sabe?

—Eso he oído.

El hombre meneó la cabeza.

—Es una lástima. Pero desde dentro no se puede hacer nada. Así que en 2000 sopesé mis opciones, el nuevo milenio, y decidí trabajar para el mundo en general, en lugar de para los intereses mezquinos de mi propio país.

—Suena encomiable —dijo ella, recordando lo que ella misma había pensado en ese sentido—. Pero Naciones Unidas debe de ser frustrante.

Él arqueó las cejas pobladas y admitió con un asentimiento que era cierto.

—Los fracasos son lo único que sale en los periódicos. Los éxitos son aburridos, ¿no?

La camarera volvió con dos platos humeantes. En cuanto el anciano se puso a comer, Simmons dijo:

—Quiero que me lo cuente. No me interesa desenterrar porquería. Sólo quiero saber quién es Milo Weaver en realidad.

Masticando, Primakov la miró.

—Bien. Ese tal Milo que ha mencionado.

Ella le dedicó la sonrisa más simpática de la que era capaz.

—Yevgeny. Por favor. Empecemos por Ellen Perkins.

Primakov la miró, miró su comida, y después, con un encogimiento de hombros exagerado, soltó los cubiertos.

—¿Ellen Perkins?

—Sí. Hábleme de ella.

El anciano se sacudió algo de la solapa —un cabello de mujer, al parecer— y después se frotó la mejilla.

—Ya que es tan encantadora y bonita, no me queda más remedio. Los rusos somos así. Somos demasiado románticos.

Otra sonrisa simpática.

—Se lo agradezco, Yevgeny.

Y el hombre empezó.

—Ellen era especial. Es lo primero que debe saber. La madre de Milo no era sólo una cara bonita, como dicen ustedes. De hecho, físicamente, no era tan bonita. En los sesenta, las células revolucionarias del mundo estaban repletas de ángeles de largos cabellos. Hippies que dejaban de creer en la paz, pero seguían creyendo en el amor. La mayoría no tenía una idea realista de lo que estaba haciendo. Como Ellen, procedían de hogares rotos. Sólo buscaban una nueva familia. Si debían morir, morían. Al menos morían por algo, y no como los pobres chicos de Vietnam. —Señaló a Simmons con el tenedor—. Ellen en cambio veía más allá del romanticismo. Era una conversa intelectual.

—¿Dónde se conocieron?

—En Jordania. En uno de los campos de entrenamiento de Arafat. Ella había pasado los últimos años radicalizándose en Estados Unidos, y cuando la conocí estaba influida por la OLP y los Panteras Negras. Iba un par de años avanzada a su época. Pero en aquellos días, el sesenta y siete, no había nadie en Estados Unidos con quien pudiera hablar. Así que, con un par de amigos igual de desubicados, se presentó en Jordania. Conoció a Arafat, además de a mí. Le impresionó bastante más Arafat.

El hombre calló y Simmons se dio cuenta de que debía llenar el silencio.

—¿Qué hacía usted allí?

—¡Expandir la paz internacional, por supuesto! —Una sonrisa irónica—. El KGB quería saber cuánto dinero gastar en aquellos combatientes, y a quién podíamos reclutar. No nos importaban los palestinos; sólo queríamos clavar una espina en el gran aliado de Estados Unidos en Oriente Medio, Israel.

—¿Ellen Perkins se convirtió en agente del KGB?

Él se frotó la mejilla.

—Ése era el plan. Pero Ellen me descubrió. Se dio cuenta de que no me importaba tanto la revolución mundial como conservar mi empleo. Cuantos más nombres añadía a mi lista de combatientes amigos, más segura era mi pensión. Ella lo vio. ¡Me llamó hipócrita! —Sacudió la cabeza—. No bromeo. Empezó a enumerar las atrocidades que había cometido la Unión Soviética. La hambruna en Ucrania, intentar matar de hambre a Berlín Occidental, Hungría en el 56. ¿Qué podía decir? Lo de

Ucrania lo atribuí a un error de un loco, Stalin. Por lo de Berlín y Hungría los acusé de ser contrarrevolucionarios de Occidente, pero Ellen no tenía tiempo para excusas. Excusas, así lo llamaba ella.

—Así que no quiso trabajar para ustedes —dijo Simmons, pensando que comprendía.

—¡Precisamente lo contrario! Ya le he dicho que Ellen era lista. Jordania sólo eran los preliminares. No sé si me entiende. Su grupito de chusma aprendería a disparar y a hacer volar cosas, pero después necesitarían apoyo. En aquella época, Moscú era generoso. Ella quería utilizarme. Y yo, por mi parte, ya había dejado de cumplir con mi deber. Me había enamorado de ella. Era una fiera.

Simmons asintió, como si todo aquello tuviera sentido para ella, pero no lo tenía. Era demasiado joven para haber conocido los matices de la Guerra Fría, y los relatos de sus padres de los revolucionarios años sesenta le sonaban a Década del Estereotipo. Para ella enamorarse de un revolucionario significaba enamorarse de un terrorista suicida que cantaba versos inconexos del Corán. Eso estaba un poco fuera de su capacidad imaginativa.

—Su padre, William. Ellen no se hablaba con él, ¿no?

Todo el buen humor se esfumó de la cara de Primakov.

—No, y jamás la habría animado a hacerlo. Aquel hombre era una auténtica mierda. ¿Sabe lo que le hizo a Ellen? ¿A Ellen y a su hermana Wilma?

Simmons negó con la cabeza.

—Las desfloró. A los trece años. Era su regalo de bienvenida a la edad adulta. —Décadas después la rabia seguía viva dentro de él—. Cuando pienso en todas las buenas personas que murieron, que en los últimos sesenta años ha matado mi gente y su gente, me parece humillante, sí, humillante, que un hombre como él siga respirando.

—Bueno, no vive muy bien.

—Simplemente vivir es demasiado bueno para él.

14

Janet no llegaría a la entrevista con Weaver a las diez en el MCC, así que se disculpó un momento y fue a llamar detrás de la caja. Fitzhugh contestó a los dos timbres.

—¿Sí?

—Oye, llegaré tarde, puede que media hora. Daré un rodeo y pasaré a buscarte.

—¿Qué pasa?

Estuvo a punto de decírselo, pero cambió de idea.

—No, mira, espérame en el vestíbulo del MCC, por favor.

Cuando volvió a la mesa, Primakov se había terminado la mitad del desayuno. Janet se disculpó por la interrupción y continuó.

—Bien. Se hizo amante de Ellen.

—Sí. —El anciano se limpió los labios con una servilleta—. En otoño de 1968, durante dos meses, fuimos amantes, con gran alegría por mi parte. Pero un día desapareció. Ella y sus amigos sencillamente se esfumaron. Me quedé estupefacto.

—¿Qué ocurrió?

—Me lo dijo el propio Arafat. Habían intentado huir aquella noche. Los capturaron, por supuesto, y los encerraron en una pequeña habitación en las afueras del campamento. Le convocaron para que les juzgara. Ellen le explicó que ella y sus amigos llevarían la lucha de Oriente Medio a Estados Unidos. Atacarían el apoyo de Estados Unidos a Israel desde la raíz.

—¿Quiere decir matar judíos?

—Sí —dijo Primakov—. Arafat les creyó y los soltó, pero Ellen... —Levantó las manos y las agitó en evangélica alabanza—. ¡Qué mujer! Había engañado a uno de los mayores mentirosos del mundo. Ella no pensaba matar judíos. Ellen no era antisemita.

¿Después de un año en campamentos de entrenamiento de la OLP, con adoctrinamiento diario, y mapas de Israel como blancos? Simmons no estaba segura de creérselo.

—¿Cómo lo sabe?

—Me lo dijo ella misma. Seis meses después, en mayo de 1969.

—Y usted la creyó.

—Sí, la creí —dijo, y su sinceridad casi consiguió que ella también le creyera—. Entonces me habían trasladado a Alemania Occidental. Habíamos oído hablar de grupos de estudiantes revolucionarios que empezaban a destruir bancos y tiendas. Un día en Bonn, me enteré de que una americana me estaba buscando. El corazón me dio un salto, en serio. Quería que fuera ella, y lo era. Ahora estaba sola y huyendo. Ella y sus amigos habían robado un banco y habían prendido fuego a una comisaría. Huyó a California, buscando la ayuda de sus amados Panteras Negras. Le dijeron que estaba loca. Entonces se acordó de la bomba que habían puesto el año anterior Andreas Baader y Gudrun Ensslin en unos grandes almacenes. Pensó que encontraría almas gemelas en Alemania. —Suspiró, mojándose los labios—. Y las encontró, querida. Unas semanas después de su llegada, oyó hablar de un ruso gordinflón que hacía muchas preguntas.

—¿Gordinflón?

Él se miró el cuerpo delgado.

—En aquel entonces no me preocupaba mucho por mi físico.

—¿Cómo fue el encuentro?

Primakov balanceó la cabeza, sonriendo con uno u otro pensamiento.

—Al principio, sólo hablamos de trabajo. Como decía Ellen, «las relaciones sexuales que obstaculizan los procesos normales de la revolución no son más que sentimentalismo burgués destructivo». Quizá tenía razón, no lo sé. Lo único que sé es que estaba más enamorado de ella si cabe, y cuando me pidió un resumen de la actividad revolucionaria en Alemania Occidental, la complací de inmediato. Le presenté a algunos camaradas los cuales, generalmente, creían que Ellen no valía para nada. Pensaban que algunos de sus pensamientos más radicales eran una muestra de su desequilibrio mental. Mire, los combatientes alemanes por la libertad trabajaban como una familia, pero entonces Ellen rechazaba incluso la noción de familia por burguesa. En fin —dijo—, nos hicimos amantes otra vez, y se quedó embarazada. Hacia finales del sesenta y nueve. Tomaba la píldora, pero supongo que de vez en cuando olvidaba tomarla. Al fin y al cabo, estaba muy ocupada planificando el derrocamiento de las instituciones occidentales.

Primakov se frotó la mejilla otra vez y Simmons esperó.

—Quería abortar. Yo me opuse. Para entonces ya me estaba volviendo muy burgués, y quería un hijo que nos uniera. Pero con aquel desastre de padre, ¿cómo podía ver ella a la familia como algo positivo? Así que dije: «si los revolucionarios no tienen hijos, ¿cómo va a continuar la revolución?» Creo que esto la convenció por fin. El nombre de Milo fue idea suya. Después me enteré de que *Milo* había sido su perro querido cuando era pequeña. Es raro. Fue entonces también cuando se cambió el nombre por el de Elsa. En parte fue por seguridad, le proporcioné documentos nuevos, pero también era una cuestión psicológica. Un bebé era su entrada en un nuevo mundo revolucionario. Sentía que debía renacer como una mujer liberada.

—¿Siguieron juntos?

De nuevo, balanceó la cabeza.

—Ahí está lo gracioso. Yo quería a Milo porque creía que eso nos acercaría, pero para entonces Ellen estaba totalmente liberada. Yo sólo era un macho pequeñoburgués. Un pene ocasional, me llamó. Tenía otros penes ocasionales a su disposición. Me convertí en uno de tantos.

—Eso debió de doler.

—Dolió, agente especial Simmons. Dolió de verdad. Como mucho, era un canguro ocasional mientras ella salía con sus camaradas para iniciar su famoso rastro de destrucción. Había obtenido un hijo, pero la había perdido. Finalmente, en un arrebato de frustración, le exigí, sí, le exigí que nos casáramos. ¿En qué estaría pensando? Había manifestado el mayor compromiso burgués, y ella no quería que su hijo se envenenara con mis ideas perversas. Estábamos ya en el setenta y dos, y la Facción del Ejército Rojo estaba en pleno apogeo. Moscú no me dejaba respirar para que controlara a esos chicos. Cuando les dije que estaban fuera de nuestro alcance, me hicieron volver. —Primakov abrió las manos como expresando que todo estaba fuera de su alcance—. Yo estaba desesperado. Incluso intenté secuestrar a Milo. —Se rió silenciosamente—. En serio. Asigné la misión a dos de mis mejores hombres, pero entonces un nuevo agente de Moscú había empezado a husmear. Lo notificó al Centro, y ellos cambiaron bruscamente las órdenes de mis agentes. Ahora tenían que llevarme a punta de pistola de vuelta a Moscú. —Respiró hondo y soltó el aire ruidosamente, mirando por todo el restaurante, ahora lleno—. Así, querida, fue como desgraciadamente abandoné Alemania Occidental.

—¿Qué sabe de lo que ocurrió después?

—Mucho —reconoció él—. Seguía teniendo acceso a los informes. Seguí la carrera de Ellen como las adolescentes siguen a sus cantantes de pop favoritos. Los juicios de la RAF fueron grandes titulares en Europa. Pero a Ellen no la arrestaron. Oí que había huido a Alemania Oriental con su hijo, y que después había vuelto y se había unido al Movimiento 2 de Junio. Entonces, en 1974, la policía halló el cadáver de Ulrich Schmücker en el Grunewald, fuera de Berlín. Lo habían matado sus propios camaradas del Movimiento 2 de Junio. —Calló y frunció el ceño—. ¿Estaba allí Ellen? ¿Participó en la ejecución de Schmücker? No lo sé. Pero tres meses después reapareció en Carolina del Norte, en casa de su hermana. Le pidió a Wilma que se quedara con Milo, como si fuera su hijo. Ellen debía intuir que las cosas no acabarían bien para ella, y ésa fue la única forma que se le ocurrió para protegerlo. No exigió una educación radical, sólo insistió en que jamás lo llevaran a ver a sus abuelos. Y nunca lo llevaron.

—La arrestaron.

Primakov asintió.

—En 1979. Más tarde, ese mismo año, se ahorcó con sus pantalones.

Janet Simmons se echó atrás, abrumada por la sensación de que acababa de escuchar una vida entera. Una vida misteriosa, llena de agujeros, pero una vida de todos modos. En aquel momento su deseo habría sido preguntar a Ellen Perkins «¿por qué?», por cada decisión que había tomado. No comprendía el amor de Primakov por una mujer tan claramente desequilibrada, pero la fascinación... Apartó estos pensamientos.

—Entonces Milo se quedó en Carolina del Norte con sus tíos. ¿Sabía quiénes eran, y quién era su madre?

—Sí, claro. Wilma y Theo eran personas honestas, y Milo tenía cuatro años cuando fue a vivir con ellos. Se acordaba de su madre. Pero era un secreto. Ellen creía, y tal vez tenía razón, que si las autoridades sabían quién era Milo, le utilizarían para presionarla y llegar a ella. Así que Wilma y Theo le dijeron a todo el mundo que lo habían sacado de una agencia de adopciones. Wilma me contó que Ellen aparecía de vez en cuando, con un nombre falso, para visitar a Milo. Normalmente, se enteraban de la visita con posterioridad. Llamaba a la ventana de Milo, él salía y los dos iban a pasear de noche. Eso aterrorizaba a Wilma. Temía que Milo fuera a marcharse con cualquiera que golpeara su ventana. Pero las visitas evidentemente cesaron cuando Milo tenía nueve años.

—¿Le dijeron lo que había ocurrido?

—Al cabo de un tiempo, sí. Entonces ya me conocía. De vez en cuando, quizás una vez al año, le visitaba. No intentaba llevármelo. Era norteamericano. No necesitaba otro padre, Theo era un buen hombre. Hasta después del funeral no me enteré de que había heredado la custodia. Si tenía alguna duda, desapareció cuando conocí a Minnie, la abuela de Milo, que no paraba de excusar a su marido Bill por no haber asistido al funeral de su hija. No iba a permitir que se lo llevaran.

—Así que Milo fue a Rusia.

—Sí —dijo Primakov, y entornó los ojos—. No lo incluyó en la solicitud de la Agencia, no. Ni en la de la facultad tampoco. Fue idea mía. En aquella época, todavía veíamos el mundo dividido en Este y Oeste. Un Este y un Oeste diferentes de los de ahora. Yo no quería que esto le obstaculizara el futuro. Y montamos una pequeña ficción. Tres años en un orfanato después de la muerte de sus tíos. No había ninguna necesidad de que nadie supiera que no eran sus padres. En todos los sentidos, eran sus padres.

—Es mucho pedir para un niño —sugirió Simmons—. Mentir acerca de tres años de su vida.

—Para la mayoría quizá sí. Pero no para Milo. Recuerde que recibía visitas de una madre que era una delincuente buscada. En cada visita, Ellen le recordaba que su relación era un secreto. Ya tenía un lugar especial en el cerebro para su vida secreta. Yo sólo le añadí un par de cosas.

—Pero la Guerra Fría acabó —insistió ella—. Podría haber corregido su historial.

—Se lo dije —comentó Primakov—. En serio. Pero Milo me preguntó cómo reaccionarían sus jefes si se enteraban de que un chico de veintiún años les había tomado el pelo. Milo sabe cómo funcionan las instituciones. Señálales sus defectos, y te morderán para devolverte el favor.

Simmons tenía que reconocer que eso era cierto.

—Detestaba Rusia. Intenté a diario mostrarle la belleza de Moscú y del legado ruso. Pero había vivido demasiado tiempo en Estados Unidos. Sólo veía la corrupción y la porquería. Llegó a decirme, delante de mi hija, y en un ruso impecable, encima, que yo trabajaba para los opresores del pueblo. Pero lo que me dolió fue cuando dijo que no era consciente de mis crímenes, que estaba metido en una burbuja pequeñoburguesa. —Se calló y arqueó las cejas—. ¿Entiende? De repente fue como si tuviera a Ellen delante, pegándome una bronca.

La ironía hizo sonreír a Janet Simmons.

—Pero no le abandonó, ¿no? Hace dos semanas, interrumpió sus vacaciones. ¿Por qué?

Primakov se mordió el interior de la boca como si se recolocara la dentadura postiza.

—Señora Simmons, es evidente que quiere llegar a alguna parte con todo esto. He sido sincero con usted porque sé que Milo está bajo su custodia, y no creo que nada de esto perjudique a mi hijo. Como ha dicho, la Guerra Fría ya acabó. Pero si quiere que siga, necesito algo de usted. Necesito que me diga qué ocurre con Milo. Le vi en Disney World, sí. Pero desde entonces no he sabido nada de él.

—Le tienen retenido por asesinato.

—¿Asesinato? ¿De quién?

—Entre otros de Thomas Grainger, un agente de la CIA.

—¿Tom Grainger? —dijo él, y después negó con la cabeza—. No lo creo. Tom era lo más parecido a un padre para Milo. Sin duda más que yo.

—Ha confesado el asesinato.

—¿Ha dicho por qué?

—No estoy autorizada a decirlo.

El anciano asintió y se frotó la mejilla con un dedo.

—Es evidente que me enteré de la muerte de Tom. No lo digo porque sea mi hijo, créame. Soy lo bastante burgués para creer en un castigo justo por un delito.

—No lo dudo.

—Es que no creo que... —Se calló y miró los fríos ojos de la mujer—. Olvídelo. Soy un viejo, y habló mucho con el estómago. Disney World. Eso es lo que quería saber.

—Sí.

—Sencillo. Quería saber qué le había ocurrido a Angela Yates. Era una agente excelente, un auténtico regalo para su gran nación.

—¿La conocía?

—Claro —dijo él—. Incluso me acerqué a ella para ofrecerle un empleo.

—¿Qué empleo?

—Inteligencia. Era una mujer inteligente.

—Espere un momento —empezó Janet, pero después paró—. ¿Me está diciendo que intentó convertir a Angela Yates?

Primakov asintió, pero lentamente, como si mesurara sus palabras.

—Seguridad Interior, la CIA y la NSA, todos intentan convertir a miembros de Naciones Unidas a todas horas del día. ¿Tan imperdonable es que Naciones Unidas también lo intente?

—Yo... —Otra vez tuvo que parar—. Habla como si tuviera montada una agencia de inteligencia.

—¡Por favor! —exclamó Primakov, gesticulando otra vez—. Naciones Unidas no tiene nada de eso. Su país, de entrada, no lo permitiría. Claro que, si alguien quiere contarnos alguna cosa, seríamos tontos si no lo aceptáramos.

—¿Qué dijo Angela?

—Un no rotundo. Era muy patriota. Intenté endulzarle el anzuelo. Le dije que Naciones Unidas estaba interesada en el Tigre. Pero lo rechazó de todos modos.

—¿Cuándo fue eso?

—El año pasado. En octubre.

—¿Está al tanto de lo mucho que trabajó para localizar al Tigre después de eso?

—Tengo una ligera idea.

—¿Cómo?

—Porque siempre que tenía información se la pasaba.

Se miraron un momento, y después Primakov continuó.

—Mire. No queríamos el mérito por capturar al Tigre. Sólo queríamos detenerle. Sus asesinatos estaban desbaratando las economías europeas y causando agitación en África. Normalmente, ella no sabía que la información procedía de nosotros. Se consideraba extremadamente afortunada. Se podría decir que lo era.

—¿Y Milo qué?

—¿Qué?

—¿Por qué no le daba la información a él? Él también estaba persiguiendo al Tigre.

Primakov se pensó la respuesta antes de hablar.

—Milo Weaver es mi hijo. Puedo amarlo, sí. Puedo intentar que nuestro parentesco no destroce su carrera. Pero también sé que, por ser hijo mío, tiene mis propias limitaciones.

—¿Cómo cuales?

—Como no ser tan listo como Angela Yates. Atrapó al Tigre, sí, pero sólo porque el Tigre quería que lo atrapara. —Primakov pestañeó—. No me malinterprete señora Simmons. Milo es muy listo. Simplemente no es tan listo como su vieja amiga, ahora difunta.

Primakov cogió un bocado de huevo ya frío, y Simmons dijo:

—Está francamente bien informado, Yevgeny.

Él inclinó la cabeza.

—Gracias.

—¿Qué sabe de Roman Ugrimov?

Primakov dejó caer el tenedor, que chocó contra el plato.

—Discúlpeme, señora Simmons, pero Roman Ugrimov es tan basura como el abuelo de Milo. Otro pedófilo, ¿lo sabía? Hace unos años mató a una novia embarazada y adolescente en Venecia simplemente para dejar las cosas claras.

Apartó el plato como si se le hubiera pasado el apetito por completo.

—¿Le conoce personalmente?

—No tanto como usted.

Ella se asombró.

—¿Yo?

—La CIA, al menos. La Agencia tiene los compañeros de cama más raros.

—Espere —dijo Simmons—. Quizá se ha cruzado en el camino de algunos agentes, pero la Agencia no trabaja con Roman Ugrimov.

—Por favor, no finja —dijo el anciano—. Tengo fotografías de él cenando agradablemente con uno de sus administradores.

—¿Qué administrador?

—¿Tiene importancia?

—La verdad es que sí. La tiene. ¿Con quién se reunió?

Primakov apretó los labios, pensó y meneó la cabeza.

—No me acuerdo, pero si quiere puedo mandarle una copia de las fotos. De hace un año. En Ginebra.

—Ginebra —susurró Simmons, y se incorporó un poco—. ¿Podría mandármelas hoy mismo?

—Cuando guste.

Janet sacó un bolígrafo y un bloc y escribió.

—Estaré en el Centro Correccional Metropolitano. Ésta es la dirección. Pueden dejarlas en seguridad, a mi nombre.

Arrancó la hoja y se la entregó.

Primakov leyó entornando los ojos y después dobló el papel por la mitad.

—Tardaré unas horas en encontrarlas. ¿A la una estaría bien?

—Perfecto.

Miró el reloj, eran las diez y cuarto.

—Muchísimas gracias, Yevgeny.

Se pusieron de pie, y él le ofreció la mano. Ella posó la suya en la de él y esperó a que se la acercara a los labios y la besara.

—El placer ha sido todo mío —dijo él, con mucha serie-
dad—. Recuerde el péndulo de Foucault, señora Simmons. Mi
hijo puede decir que es culpable de asesinato, pero a pesar de
años de separación, le conozco mejor que usted. Nunca mataría
a su padre.

15

La sala de interrogatorios del MCC era más o menos como la de la avenida de las Américas, con una diferencia crucial: una ventana. Era pequeña, alta, y asegurada con barrotes, pero proporcionó a Milo el primer atisbo de luz solar en tres días. No se había dado cuenta de cuánto la había echado de menos.

Todavía esposado, un educado guardia llamado Gregg le había encadenado a la silla, y cinco minutos después entraron ellos. Simmons seguía siendo la profesional de siempre, pero Fitzhugh no parecía en forma. Tenía grandes bolsas bajo los ojos, y mantenía los brazos cruzados sobre el pecho, a la defensiva. Sucedía algo.

Milo siguió contando su historia. El aterrizaje en el JFK, el trayecto hasta el lago Hopatcong; que aparcó a un kilómetro y caminó por el bosque. Como antes, Simmons no permitió que la narrativa avanzara rápidamente, deteniéndose en los detalles.

Resumió para ella su conversación con Grainger.

—Estaba asustado. Me di cuenta enseguida. Al principio, aseguró que no tenía nada que ver con que Tripplehorn conociera a Ugrimov y al Tigre. Después reconoció que sabía algo de eso, pero que las órdenes no procedían de él. Que venían de más arriba.

—¿De quién?

Milo sacudió la cabeza, mirando a Fitzhugh, que se estaba mordiendo el interior de la mejilla.

—No me lo dijo —aseguró Milo—. Intentó que pareciera

una conspiración. Altas esferas de poder, cosas así. Dijo que todo formaba parte de un plan para obstaculizar el suministro de petróleo a China.

—¿Le creíste?

Milo dudó, pero después asintió.

—Sí, en el objetivo sí. Pero creo que la responsabilidad era suya. De hecho, lo sé. Ya os he contado lo furioso que estaba por qué Ascot hubiera asumido el mando de la Agencia.

—Sí —dijo Simmons—. Ya he leído esa transcripción.

—Tom estaba aterrado. Al principió, creí que sólo estaba preocupado por su sección, porque despedirían a un montón de gente. Puede que lo estuviera, pero no era suficiente para ponerle tan furioso. Tenía miedo de que le desbarataran su pequeño proyecto personal. ¿Quién me ocultó el expediente del Tigre? ¿Quién se aseguró de que Angela y yo nunca trabajáramos juntos para atraparlo? Tom.

—Sí —reconoció Simmons—. ¿Y quién le dio tu expediente al Tigre, asegurándose de que él recurriera a ti en algún momento? —Como Milo no contestó inmediatamente, ella misma contestó la pregunta—. Tom.

Milo sacudió la cabeza.

—Le salió el tiro por la culata. Se aseguró de que el Tigre tuviera mi expediente, y esperaba que el Tigre se encargara de mí.

—Tom pensó que el Tigre te mataría.

—Sí.

—Sigue.

Milo explicó que Grainger estaba desesperado por salir del apuro.

—¿Qué forma mejor de hacerlo que echarle la culpa a los que están por encima de ti?

—¿Gente como el señor Fitzhugh? —sugirió Simmons, sonriendo.

Al principio, Fitzhugh no sonrió, después sí, pero forzadamente, y se inclinó hacia delante.

—Sí, Milo. ¿Grainger intentó manchar mi nombre?

—Por supuesto. ¿Qué iba a hacer si no? Acusó a todos los que se le ocurrió. A todos menos a él mismo.

—O sea que le mataste —dijo Fitzhugh, instándole a seguir.

—Sí. Le maté.

Simmons cruzó los brazos y se quedó un rato mirando a Milo.

—Dentro de la casa, al lado de la puerta, murió alguien más. Había sangre por todas partes. Además, había tres ventanas rotas. En la escalera que sube al segundo piso encontramos siete casquillos.

—Sí. Era Tripplehorn.

—¿Le mataste tú?

—El lunes por la noche interrogué a Tom durante horas. No sé cómo lo hizo, pero de alguna manera se puso en contacto. Quizá ya me esperaba y estaba preparado. Pero por la mañana, llegó Tripplehorn. Me atrapó en la escalera, y tuve suerte de abatirle primero.

—¿Dónde estaba Tom cuando pasó eso?

—En la cocina. Creo que rompió las ventanas, buscando la forma de salir.

—¿De salir? —interrumpió Simmons—. Pero las ventanas estaban rotas desde fuera.

Milo calló, con expresión incómoda, pero se alegró de que Simmons tuviera buena memoria para los detalles.

—Ya te he dicho que no lo sé. Sólo sé que Tom salió. Estaba junto al cadáver de Tripplehorn cuando le vi pasar corriendo. Ni siquiera lo pensé. Estaba furioso. Cogí el rifle de Tripplehorn, apunté y disparé dos veces.

—Una en la frente y otra en el hombro.

Milo asintió.

—¿Estaba huyendo?

—Sí.

—Aun así recibió los tiros de frente.

444

Milo pestañeó, intentando que no se le notara la alegría. Primakov había tenido razón en todo.

—Grité su nombre. Paró y se volvió.

La expresión de la mujer insinuaba que ya lo sabía.

—Pero hay una cosa rara.

Milo, mirando la mesa, no se molestó en preguntar cuál era esa cosa rara.

—¿Te deshiciste del cadáver de Tripplehorn, pero no del de Grainger. ¿Por qué lo hiciste, Milo?

Él sacudió la cabeza, sin mirarla a los ojos.

—Pensé que si me deshacía de Tripplehorn, balística cotejaría las balas con su rifle. En lugar de buscarme a mí, lo buscarían a él. Lo que olvidé era que en realidad no existe. Era de operaciones encubiertas.

—¿Te refieres a un Turista?

Milo levantó la cabeza, mientras Fitzhugh se agitaba en la silla, diciendo:

—¿De qué hablas, Janet?

—Dejaos de estupideces, vale. Sabemos que existen vuestros agentes de campo especiales desde hace años. Responde a mi pregunta.

Milo miró a Fitzhugh pidiendo orientación, y el hombre mayor, mordiéndose la mejilla, finalmente asintió.

—Sí —dijo Milo—. Era un Turista.

—Gracias. Ahora que esto está claro, ¿podemos seguir?

Les explicó cómo se había deshecho del cadáver de Tripplehorn en las montañas, cerca del lago Hopatcong, pero afirmó que no se acordaba exactamente dónde. Después había mandado a Tina un correo electrónico en código desde un cibercafé.

—La fiesta de la barbacoa —dijo Simmons sonriendo—. Estuviste bien. No me enteré hasta que nos lo explicó Tina.

—Entonces también sabrás que fue un fracaso. No quiso huir conmigo.

—No te lo tomes como algo personal —dijo Simmons—. No hay mucha gente que esté dispuesta a dejarlo todo y desaparecer.

—En fin, estaba en un callejón sin salida. No quería marcharme sin mi familia, y mi familia no quería marcharse conmigo.

—Te fuiste a Albuquerque —interrumpió Fitzhugh—. Te alojaste en el Red Roof Inn.

—Sí.

—¿Eso está verificado? —preguntó Simmons.

Fitzhugh asintió, y al oír que llamaban a la puerta volvió la cabeza. Se abrió un poco y oyeron la voz de un guardia:

—Ha llegado esto para la agente especial Janet Simmons.

—¿De quién es? —preguntó Fitzhugh, pero Simmons ya estaba de pie, abriendo la puerta del todo y cogiendo el sobre de manos del guardia.

—Sólo un segundo, chicos —dijo, y salió al pasillo.

Fitzhugh miró a Milo y respiró pesadamente.

—Menudo embrollo.

—¿Qué?

—Todo esto. Tom Grainger. ¿Tenías idea de que fuera tan manipulador?

—Todavía no me lo puedo creer.

Simmons volvió con el sobre bajo el brazo. Los dos hombres se fijaron en que tenía las mejillas casi fucsia.

—¿Novedades? —preguntó Fitzhugh, pero ella le ignoró y se sentó.

Miró a Milo con dureza, pensando en alguna cosa, después dejó el sobre en la mesa y puso una mano encima.

—Milo, quiero que me expliques lo del pasaporte ruso.

Milo quería saber qué había en el sobre, pero dijo:

—Ya me lo mencionó Terence. Es una falsificación, o una trampa. No soy ciudadano ruso.

—Pero tu padre sí.

—Mi padre está muerto.

—Entonces ¿cómo se presentó en Disney World hace dos semanas para reunirse contigo en secreto?

—¿Qué? —dijo Fitzhugh.

Simmons no le hizo caso.

—Respóndeme, Milo. Puede que tu esposa no sea la clase de persona que desaparece contigo, pero es tan humana como cualquiera. Le presentaste a Yevgeny Primakov sin decirle que estaba conociendo a su suegro. Y hace dos días, fue a visitar a tu abuelo por parte de madre. William Perkins. ¿Te suena?

Milo se quedó sin respiración. Le zumbaba la cabeza. ¿Cómo lo había hecho? «Confía en mí», había dicho su padre, pero eso no podía formar parte del plan, hacerlo todo público. Se volvió a mirar a Fitzhugh.

—No tengo nada que decir. Soy fiel a mi país y a la Agencia. No la escuches.

—Habla conmigo —dijo Simmons.

—No —dijo Milo.

—Milo —empezó Fitzhugh—. Creo que sería mejor...

—¡No! —gritó él, e intentó saltar de la silla, llenando la habitación de ruido de cadenas—. ¡No! ¡Llévatela! ¡La conversación ha terminado!

Los guardias ya estaban dentro, dos hombres sujetaron a Milo por los hombros, tirándolo al suelo y presionando.

—¿Nos lo llevamos? —preguntó uno a Fitzhugh.

—No —dijo Simmons, poniéndose de pie—. Dejadlo aquí. Terence, ven conmigo.

Se marcharon, y Milo se calmó bajo las manos de los guardias. Esto no formaba parte de ningún plan; su furia había salido de otra parte. Era la reacción nerviosa a aquel lugar secreto que había sido abierto. Ahora lo sabían. No sólo ellos, sino también Tina.

Se desplomó hasta que la frente se apoyó en la mesa. Tina lo sabía. Ahora sabía lo que era su marido y lo que había sido siempre. Un mentiroso.

¿Tenía importancia eso ahora? Lo único que deseaba era volver a casa y ahora, probablemente, era un sitio donde ya no volvería a ser bien recibido.

Sin darse cuenta, empezó a canturrear. Una melodía.

Je suis une poupée de cire.

Une poupée de son.

Paró antes de que la melodía lo destrozara por completo.

A través de la puerta cerrada, oyó que Fitzhugh gritaba algo indescifrable, y después pasos que se alejaban. Simmons entró sola, con el sobre bajo el brazo, y las mejillas un poco menos rojas. Habló con los guardias.

—Quiero que apaguen las cámaras y los micrófonos. ¿Entendido? Todas. Cuando estén, golpeen tres veces la puerta, pero no entren. ¿Sí?

Los dos hombres asintieron, miraron al prisionero y se marcharon.

Se sentó en su sitio frente a Milo, colocó el sobre en la mesa y esperó. No dijo nada y Milo tampoco, sólo buscó una mejor posición, haciendo ruido con las cadenas. Decidió no especular sobre lo que estaba ocurriendo: tanta especulación lo estaba matando. Cuando por fin oyeron tres golpes claros en la puerta, Simmons se permitió una sonrisa amable. Utilizó la voz amistosa que había utilizado al principio en Blackdale, Tennessee, la que le habían enseñado a usar en la formación de interrogadores, y se echó un poco hacia delante, para reducir la distancia psicológica.

Sacó las fotografías una por una hasta que las tres estuvieron sobre la mesa, de cara a Milo.

—¿Reconoces a estos hombres, Milo?

Era un restaurante chino. Dos hombres que se daban la mano. Apretó los dientes, comprendiendo por fin.

«Lo sabrás. Sabrás cuándo ha llegado el momento de la Tercera Mentira.»

Cuando habló, la voz le salió quebrada después del arrebato de furia.

448

—La luz no es muy buena.

Ella pensó en ello, como si tuviera algún fundamento; no lo tenía.

—Bueno, éste de aquí parece Terence, ¿no?

Milo asintió.

—El otro, su amigo, ¿no te suena?

Milo fingió que miraba la foto con atención. Negó con la cabeza.

—No sabría decirte. No creo que le conozca.

—Es Roman Ugrimov, Milo. Seguro que recuerdas su cara.

Pero Milo no quiso reconocer nada. Apretó los labios y negó con la cabeza.

Janet recogió las fotografías y las guardó en el sobre. Después apretó las manos juntas, entre los senos, como si rezara. Su voz fue tierna y ligera.

—Estamos solos, Milo. Terence ha salido del edificio. Ya no pinta nada. Puedes dejar de protegerle.

—No sé de qué me hablas —respondió él, pero en un susurro.

—Para ya —dijo ella amablemente—. No te pasará nada si me cuentas la verdad. Te lo prometo.

Milo reflexionó, hizo como si fuera a decir algo, pero cambió de idea. Respiró pesadamente.

—Janet, a pesar de nuestras diferencias, confío en que cumplirás tu promesa. Pero eso podría no ser suficiente.

—¿Para ti?

—Y para otros.

Janet se echó hacia atrás y entornó los ojos.

—¿Quiénes? ¿Tu familia?

Milo no contestó.

—Me ocuparé de tu familia, Milo. Nadie les hará daño.

Él hizo una mueca, como si ella hubiera tocado un nervio.

—Deja de protegerle, ¿vale? No puede hacer nada. Ni siquiera puede oírnos. Tú y yo, Milo, estamos completamente solos. Cuéntame la verdadera historia.

449

Milo se lo pensó y después negó con la cabeza.

—Janet, ninguno de nosotros está solo nunca.

Soltó aire, miró a la puerta, y se acercó más a ella para susurrarle la Mentira Número Tres.

—Hice un trato con él.

Él asintió.

Ella le observó un momento, y él esperó a ver si lo deducía ella sola.

—Cargar con el asesinato de Grainger —especuló Simmons.

—Sí.

—¿Y culpar a Grainger de todo?

Milo no se molestó en confirmarlo. Sólo dijo:

—Me prometió una condena breve, y él... —Milo tragó saliva—. Él dejaría en paz a mi familia. Así que si piensas actuar, deberías estar preparada para protegerla con tu vida.

16

Lo sabía. Incluso antes de entrar en la sala de interrogatorios de Foley Square, sabía que todo se estaba desplomando rápidamente. Fue la nota de Sal:

No comprometido. Mi última comunicación fue sobre el viaje de JS a sede DT. ¿Estaba equivocado?

Era una respuesta trágica, la miraras por donde la miraras. Existían tres posibilidades:

1) No era Sal quien mandaba los mensajes. Le habían descubierto y alguien de Interior escribía aquellos mensajes para confundirlo.

2) Era Sal, pero había sido descubierto y sus nuevos amos le decían lo que debía escribir.

3) O, era Sal, pero no sabía que estaba comprometido. Alguien había decidido mandar a Fitzhugh un mensaje adicional y disfrutar viendo cómo lo pasaba mal.

Pero antes de la entrevista hizo acopio de valor. La verdad era que no había nada que pudiera relacionarlo con el Tigre, la muerte de Angela Yates o Grainger. Toda la operación se había realizado a través de Grainger, que estaba muerto, y eso significaba que, aparte de Milo Weaver, no quedaba nada que supusiera un peligro para él. Era un caso cerrado, tenía que ser un caso cerrado.

El autoengaño tiene sus limitaciones. Primero Simmons lo

había descolocado con aquella revelación sobre el padre de Weaver: ¿cómo podían no haberlo sabido? Y después, en el pasillo, le había preguntado:

—Dime por qué dos empleados del senador Nathan Irwin estaban interrogando a Tina Weaver sobre ti. ¿Tienes respuesta para esto?

—¿Qué? —No tenía ni idea—. No sé de qué me hablas.

A Janet Simmons le brillaban las mejillas encendidas, como si la hubieran abofeteado con fuerza.

—Antes me has dicho que no sabías nada de Roman Ugrimov. ¿Es correcto?

Fitzhugh asintió.

—Imagino que eso significa que no le conoces.

—Eso es exactamente lo que significa. ¿De qué va todo esto?

—¿Y esto qué es?

Le permitió abrir el sobre. Fitzhugh sacó tres fotografías tamaño holandesa. En un restaurante chino, tomadas con un gran angular de una cámara oculta enfocando una mesita del fondo.

—Espera un momento —empezó a decir.

—A mí me parece que tú y Ugrimov os conocéis bien —afirmó Simmons.

La visión de Fitzhugh se nubló recordando la noche anterior. Un error, un hombre que le había tomado por otra persona. Intentó centrarse en Janet Simmons.

—¿Quién te lo ha dado?

—No importa.

—¡Por supuesto que importa! —gritó él—. Es una trampa, ¿que no lo ves? ¡La tomaron anoche! El hombre pensó que yo era otra persona... o eso es lo que dijo. Me dio la mano, y después se disculpó porque creía que yo era alguien llamado... —Intentó recordar—. ¡Bernard! Exactamente. ¡Dijo Bernard!

—Estas fotos se tomaron el año pasado en Ginebra.

La voz tranquila de ella contrastaba con la histeria de él.

Finalmente Fitzhugh comprendió. Era ella. Siempre había sido ella. Janet Simmons y el Departamento de Seguridad Interior iban a por él. No sabía por qué razón. Tal vez para vengarse por lo de Sal. Todo —fingir que quería a Milo Weaver encerrado, o su frustración por lo de Tom Grainger—, todo era un montaje para distraerlo de su auténtico objetivo, que era enterrar a Terence Albert Fitzhugh. Dios Santo, pensó. Ni siquiera les importaba el Tigre o Roman Ugrimov. Un timo, vaya. Todo era por él.

Por fin, fue capaz de pronunciar unas palabras.

—Sea lo que sea lo que crees que sabes, son todo fantasías. No conozco a Roman Ugrimov. Yo no soy la parte culpable. —Señaló la puerta—. Él es la parte culpable, Janet, y ya puedes falsificar todas las pruebas que quieras. No cambiará nada.

Se había marchado furioso y había llegado a ese bar lleno de turistas ridículos, no lejos de su hotel. El escocés siempre había sido su bebida, porque era lo que bebían su padre y su abuelo, pero el local estaba lleno de idiotas de los estados del sur bebiendo cerveza, mientras sus mujeres bebían vino y reían de las anécdotas de sus hombres.

¿Cómo podía haberse torcido todo tanto y tan rápidamente? ¿En qué se había equivocado?

Intentó recomponerse, ver la situación desde cierta distancia, pero era difícil. Sabía, aunque sólo fuera por sus buenas obras en África, que unos buenos actos bien situados podían interpretarse de diferentes maneras. ¿Los estaba interpretando correctamente? ¿Estaba en contacto con la verdad subyacente de las pruebas que tenía delante?

Después de las seis, alguien puso *Journey* en la máquina de discos, y le pareció que era una señal para marcharse. Se mezcló con la masa de turistas de fin de semana que iban a ver obras en Broadway, deseando formar parte de su anonimato, pero al llegar a la esquina, vio una hilera de teléfonos públicos junto al Mansfield, y se dio cuenta de que no podía. Necesitaba ayuda.

Introdujo monedas y marcó el número del que no intentaba abusar, y el senador Irwin respondió al quinto timbre con un cauteloso:

—¿Diga?

—Soy yo —dijo Fitzhugh, y entonces recordó lo que debía decir—: Carlos. Soy Carlos.

—¿Y cómo estás Carlos?

—No muy bien. Creo que mi esposa me ha descubierto. Sabe lo de la chica.

—Te lo dije, Carlos, tienes que cortarlo de raíz. No le hace bien a nadie.

—Y ha oído hablar de ti.

Siguió un silencio.

—Todo se arreglará —insistió Fitzhugh—. Pero podría necesitar ayuda. Alguien que me eche una mano.

—¿Quieres que te mande a alguien?

—Sí. Estaría bien.

—¿Sigues quedando con ella en el hotel?

—Sí —dijo Fitzhugh, encantado de la paciencia del senador—. He quedado con ella allí a... —Miró su reloj a la luz del sol poniente—. Estará allí esta noche a las diez.

—Mejor las once —dijo el senador Irwin.

—Claro. A las once.

El senador colgó primero y Fitzhugh después. Se secó las manos en los pantalones. Un botones lo reconoció con una sonrisa y una inclinación de cabeza, y Fitzhugh le devolvió el saludo. Tenía cinco horas más o menos para que se le pasara la borrachera, así que fue al bar del Mansfield y pidió café. Pero media hora después y tras cruzar unas palabras con la camarera de veinte años, una bonita aspirante a actriz, cambió de parecer. Un poco de alcohol no le haría ningún daño. Tres escoceses más y se fue dando tumbos a la habitación.

¿Qué haría con Simmons? El senador tenía suficiente influencia para trasladarla a alguna terrorífica oficina regional de

Interior, en los alrededores de Seattle, por ejemplo. Sencillamente mantenerla alejada hasta que la investigación hubiera terminado y Weaver estuviera condenado a prisión por matar a Grainger. Ya no confiaba en que Weaver fuera un topo ruso, eso era un pájaro volando. El pájaro en mano era el asesinato, y la hermosa confesión de Weaver. Podía cambiar de versión en el último minuto, evidentemente, pero sin Simmons por en medio Fitzhugh podía hacer que pesara más la versión que ya estaba registrada. Sí, se tranquilizó, buscando lo que quedaba del escocés junto a la cama y sirviéndose un poco, sólo era cuestión de eliminar a Simmons de la ecuación actual; eso haría que todos, el irritado senador incluido, se sintieran felices y seguros.

Puntualmente a las once, una llamada a la puerta le despertó. Se había dormido apaciblemente sin darse cuenta. Por la mirilla vio a un hombre de su edad, con las sienes grises: uno de los empleados del senador. Abrió la puerta y le ofreció la mano, pero cuando se la estrechó el hombre no le dijo su nombre. Así eran estos hombres especiales: no utilizaban nombres. Fitzhugh cerró la puerta, encendió el televisor para tapar la conversación, y le ofreció un trago, pero lo rechazó educadamente.

—Deberíamos ponernos a trabajar —dijo—. Cuéntemelo todo.

17

La agente especial Janet Simmons llegó al MCC el lunes 30 de julio, la mañana después de la tercera noche que Milo pasaba en el centro. El camino hacia Milo Weaver había empezado la mañana anterior, el domingo, cuando su móvil sonó despertándola a las cinco de la mañana. Era la oficina local de Interior, que creía que podía estar interesada en una llamada al 911. Lo estaba y cogió un taxi para ir al Mansfield Hotel.

Pasó las siguientes tres horas registrando la habitación y los efectos personales de Fitzhugh. Utilizó su Canon para fotografiar la nota que él había dejado. Habló largamente con el inspector de homicidios, un veterano que había visto de todo. Para él sólo era un hombre triste en una ciudad que, cuando no brillaba, podía hacerte caer fácilmente en una depresión. Un representante de la Agencia llegó al escenario a las nueve y, tras echar un vistazo a la habitación, le dio las gracias a Simmons por acudir, pero insistió en que no necesitarían su ayuda.

Ella volvió al Grand Hyatt sintiéndose aturdida pero hambrienta, y se zampó un abundante desayuno en el Sky Restaurant, repasando la información que había recopilado los cuatro días anteriores. Una vez en la habitación, miró la fotografía de Terence Fitzhugh en Ginebra, y efectuó una llamada a Washington. Le dijeron que Inmigración tenía un plan de vuelo para un tal Roman Ugrimov, que había volado al JFK, el jueves, 26 de julio, y había regresado en un vuelo nocturno el sábado, 28 de julio.

Llamó a George y le pidió fotografías de un tal Jim Pearson y un tal Maximilian Grzybowski, empleados del senador Nathan Irwin de Minnesota. Una hora después, las tenía en la bandeja de entrada.

A las cuatro, estaba en Park Slope, pero esta vez no se molestó en aparcar lejos del piso. Encontró una plaza vacía en Garfield, cerca de la puerta, y llamó al timbre para avisar a Tina de su llegada. Tina estaba de mejor humor. Con todos los objetos rotos que había tenido que tirar, el piso parecía más ligero y vacío. Un lugar agradable para pasar un domingo por la tarde. Simmons había comprado una caja de galletas por el camino para recompensar a Stephanie por encontrar el mechero, y la niña parecía contenta de que Simmons se hubiera acordado. Se sentaron en el sofá y Simmons abrió el portátil y mostró las fotos de Jim Pearson y Maximilian Grzyboswki. Aunque ya se lo esperaba, la insistencia de Tina de que aquellos hombres no le sonaban de nada la hizo sentir como si hubiera abierto una caja llena de desesperación.

Después, Tina quiso saberlo todo de Yevgeny Primakov. Simmons no pensó que debiera ocultarle los orígenes de Milo, así que le contó toda la historia. Cuando terminó, las tres estaban admiradas con aquella mujer, Ellen, y la vida que había vivido.

—Por Dios —exclamó Tina—. Esto es tan de rock-and-roll.

Simmons se rió. Y Stephanie preguntó:

—¿Rock-and-roll?

Pero de vuelta en el hotel, Simmons pasó casi toda la noche presa de un ataque de rabia. Cuando la sorpresa (e incluso la admiración) se desvanecieron, la rabia fue lo único que le quedó. Se podría atribuir a su megalomanía. Los megalómanos no pueden tolerar la idea de no controlar personalmente todas las variables. Pero es peor cuando se dan cuenta de que no sólo no controlan nada, sino que otro ha estado dirigiendo todos sus movimientos.

En plena furia, llamó a Naciones Unidas desde el hotel y pidió el teléfono de Yevgeny Primakov en Nueva York. La telefonista le dijo que el señor Primakov se había ido de Nueva York por la mañana. Según su información, estaba de vacaciones, pero se le podía localizar a través de las oficinas en Bruselas a partir del 17 de septiembre. Simmons casi rompió el aparato al colgar.

Pero la rabia pasó, aunque sólo fuera por agotamiento. Recordó la fresca energía que tenía en Blackdale, Tennessee. Allí se había encendido su motor y había mantenido la misma intensidad durante todo un mes. Se había quedado sin gasolina, y era normal.

Por la mañana, cogió el metro para ir a Foley Square, entró en el Centro Correccional Metropolitano, sufrió la prueba de seguridad vaciando los bolsillos de toda su vida y pidió hablar con Milo Weaver.

Se lo llevaron otra vez esposado. Parecía cansado, pero en forma. Las marcas de la paliza recibida en la avenida de las Américas ya eran sólo laceraciones, y parecía que hubiera engordado un poco. Ya no tenía los ojos enrojecidos.

—Hola, Milo —dijo, mientras el guardia, de rodillas, ataba las cadenas a la mesa—. Pareces en forma.

—Es la buena comida —dijo él, sonriendo al guardia, que le devolvió la sonrisa al levantarse—. ¿A que sí, Gregg?

—Ya lo creo, Milo.

—Estupendo.

Gregg los dejó solos y cerró la puerta al salir, pero esperó junto a la ventana de barrotes para vigilar. Simmons se sentó y entrelazó los dedos sobre la mesa.

—¿Te llega alguna noticia aquí dentro?

—Gregg me pasó el *Times* del domingo —dijo Milo, pero después bajó la voz—. Que no se enteren, ¿vale?

Simmons utilizó una llave imaginaria para cerrar sus labios, y lo dejó pasar.

—Fitzhugh ha muerto. Ayer por la mañana hallaron su cadáver en la habitación del hotel.

Milo pestañeó, sorprendido, pero ¿estaba sorprendido? Simmons no tenía ni idea. A pesar de haber leído su expediente y haber destapado los nichos ocultos de su pasado, Milo Weaver seguía siendo un enigma.

—¿Y qué significa? —preguntó.

—Sí. ¿Qué significa?

—¿Quién le ha matado?

—El forense dice que fue un suicidio. La pistola estaba a su nombre, y había una nota.

Milo se mostró más sorprendido y ella siguió igual de confundida. Milo se puso serio.

—¿Qué decía?

—Muchas cosas. Era una nota errática, mal escrita, probablemente estaba borracho. Llevaba encima una botella de escocés. Gran parte era para su esposa. Se disculpaba por ser un mal marido, cosas así. Pero también dedicaba algunas frases al caso. Decía que era responsable de la muerte de Grainger. Decía que había dado las órdenes a Grainger desde el principio. Vaya, todo lo que te dijo Grainger. Las cosas que dijiste que no te creías.

—¿Estás segura de que ha sido un suicidio?

—Nada sugiere lo contrario. A menos que sepas algo más que no me has dicho.

Milo miró la superficie blanca de la mesa, respirando ruidosamente y pensando. ¿En qué estaba pensando?

Simmons dijo:

—Hay una cosa que no descubrí hasta el sábado por la noche, probablemente más o menos cuando Fitzhugh murió. Hace que me lo cuestioné todo, y me gustaría intentar aclararlo hoy.

—¿De qué se trata?

—El día después de que volvieras a la avenida de las Américas, Fitzhugh recibió un paquete anónimo, tu pasaporte ruso.

Era auténtico, pero la pregunta que nunca logró responder era: ¿quién se lo había enviado?

—A mí también me gustaría saberlo.

Ella sonrió.

—Pero tú ya lo sabes, ¿no? Tu padre, Yevgeny Primakov. Lo envió para que yo me cuestionara tu versión, localizara a tu abuelo, y acabara conduciéndome al propio Yevgeny.

Milo no contestó. Sólo esperó.

—Fue muy inteligente. Lo reconozco. Podría habérmelo mandado directamente, pero sabía que yo no confiaría en un paquete anónimo. Por eso lo envió a Terence, que sin duda estaría encantado de enseñármelo. Terence creía que sería tu destrucción, pero yo hice lo contrario. Me condujo a Primakov, que por casualidad tenía una fotografía de Terence con Roman Ugrimov, con Roman, que por casualidad también estaba en la ciudad. Una coincidencia pasmosa, ¿no crees?

—Me parece que te imaginas conspiraciones, Janet.

—Podría ser —dijo ella tranquilamente, porque una parte de ella quería creer que sólo era eso: su imaginación. Como a Milo semanas antes, no le gustaba la sensación de que la hubieran hecho bailar como un mono. Pero sabía que era verdad—. Tiene cierta gracia —dijo—. Tu padre manda algo que en potencia podría señalarte como un espía ruso, pero en cambio conduce a unas pruebas que condenan a Fitzhugh. Tu padre debe quererte mucho para comprometerse tanto.

—Eso es absurdo —respondió Milo—. ¿Cómo podía saber que seguirías ese camino exactamente?

—Porque —dijo ella con rapidez, porque ya tenía la respuesta en la punta de la lengua—, tu padre sabía, aunque sólo fuera porque tú se lo habías dicho, lo mala que era la relación entre Interior y la Agencia. Sabía que yo me esforzaría más para fastidiar a la Agencia. La verdad es que nunca tuvieron un topo, sólo un agente con una infancia secreta.

Milo reflexionó sobre ello mirándose las manos esposadas.

—Es posible, quizá, Janet, en tu mundo paranoico, al menos, pero nunca obtuviste suficientes pruebas para cargarle el muerto a Fitzhugh, ¿no? Todo eran pruebas circunstanciales. Aun así, Fitzhugh se suicidó. Nadie podía prever que hiciera eso.

—Si es que se suicidó.

—Creía que estabas convencida.

—Fitzhugh era demasiado experimentado para hacer una cosa así —dijo Simmons—. Él habría batallado hasta el final.

—Entonces, ¿quién le ha matado?

—¿Quién sabe? Quizá tu padre se encargó. O quizá mi investigación puso nervioso a alguien. Dejaba muy claro en la nota que la responsabilidad acababa con él. ¿Tú te lo crees? ¿Tú te crees que Fitzhugh no era más que un administrador sinvergüenza que decidió desestabilizar países africanos para obstaculizar el suministro de petróleo a China?

Los hombros de Milo se hundieron en actitud de abatimiento.

—No sé qué pensar, Janet.

—Entonces tal vez puedas responderme a una pregunta.

—Ya me conoces, Janet. Siempre estoy encantado de ayudar.

—¿Qué hiciste la semana que pasaste en Albuquerque?

—Ya te dije que beber. Bebí, comí, cagué y pensé. Y después cogí un avión a Nueva York.

—Sí —dijo ella, poniéndose de pie. Ya estaba harta—. Es lo que pensaba que dirías.

EL COMIENZO DE TURISMO

Lunes, 10 de septiembre,
a martes, 11 de septiembre de 2007

I

Sabía desde el principio cómo acabaría, a pesar del miedo y de las dudas que le provocaban el estricto régimen de la cárcel. Estaba pensado a medida para fomentar las dudas sobre cualquier cosa que tuviera que ver con el mundo exterior, aunque fuera un viejo zorro ruso. La cárcel decía: «A esta hora, te despiertas; a esta hora, comes. A mediodía es la hora de hacer ejercicio físico en el Patio». En el Patio, la mente empieza a volar fuera de los muros, a postular y especular sobre lo que podría estar pasando en este preciso momento, pero pronto te interrumpen los pequeños detalles de la socialización carcelaria. Una banda latina insinúa que el baloncesto no va contigo, una banda negra te dice que es su terreno. Los cabezas rapadas te dicen que jugarás con ellos, porque eres su hermano: eres blanco. Si como Milo, los rechazas a todos, porque crees que no perteneces a ninguna de sus camarillas, tu errática mente vuelve a quedar encerrada dentro de los muros, dedicada a sobrevivir.

Durante las tres primeras semanas del mes y medio de encarcelación de Milo, hubo tres intentos de quitarle la vida. Uno de un fascista calvo que creía que sus manos eran arma suficiente, hasta que Milo se las partió en las barras de una puerta contigua. En otras dos ocasiones, otros le atacaron con navajas fabricadas con cubiertos afilados, mientras sus amigos sujetaban a Milo. Por culpa de estas agresiones acabó en la enfermería con el torso, los muslos y las nalgas marcados.

Dos días después, el segundo agresor, antes un matón a

sueldo de un sindicato del crimen de Newark, fue hallado muerto —ahogado silenciosamente, sin ninguna huella— bajo los asientos de la banda de negros. Un muro de silencio se levantó alrededor de Milo Weaver. Era una espina en su costado, decían entre ellos, pero a veces es mejor dejar tranquila la espina para que no se infecte.

Periódicamente, la agente especial Janet Simmons le visitaba. Quería verificar detalles de su historia, a veces sobre su padre, a veces sobre Tripplehorn, cuyo cadáver había sido hallado en la Kittatinny Mountain Range, al oeste del lago Hopatcong. Milo preguntaba por Tina y Stephanie, y ella siempre decía que estaban bien. ¿Por qué no iban a verle? Simmons se sentía incómoda.

—Creo que Tina piensa que sería difícil para Stephanie.

Al cabo de tres semanas, mientras descansaba en la enfermería para curarse alguna de sus heridas, por fin se presentó Tina. La enfermera le acompañó con la silla de ruedas a la sala de visitas, y Tina y Milo hablaron a través de los teléfonos, separados por un plástico a prueba de balas.

A pesar de las circunstancias (¿o debido a ellas?, se preguntó) parecía estar bien. Había adelgazado, y eso le acentuaba los pómulos de una forma que él no le había visto nunca. No dejaba de tocar la ventana de separación, pero ella no se dejaba atraer por su zalamera expresión de deseo. Cuando habló, fue como si estuviera leyendo una declaración preparada.

—No entiendo absolutamente nada, Milo. No intento ni entender. Tan pronto dices a todos que mataste a Tom, y luego Janet Simmons me dice que no lo hiciste. ¿Quién miente, Milo?

—No maté a Tom. Ésa es la verdad.

Ella sonrió. Tal vez la respuesta era un alivio. Por su cara Milo no podía estar seguro.

—Mira, lo curioso es que eso podía soportarlo. Si habías matado al padrino de Stephanie, podía soportarlo. Tenía un gran almacén de fe en ti acumulado con los años, y podía creer que le habías matado por una buena razón. Podía creer que el asesinato estaba justificado. ¿Entiendes? Esto es fe. Pero lo otro. Tu padre. Tu padre, Milo. ¡Santo Dios! —La declaración que tenía preparada estaba haciendo aguas—. ¿Cuándo ibas a contármelo? ¿Cuánto tiempo más ibas a esconderle a Stephanie que tenía un abuelo?

—Lo siento mucho —dijo Milo—. Es sólo que... había mentido sobre eso desde que era niño. Le mentí a la Agencia. Al cabo de un tiempo, era prácticamente una verdad para mí.

Tina tenía lágrimas en los ojos, pero no estaba llorando. No pensaba desmoronarse en la sala de visitas de una cárcel de Nueva Jersey.

—No es suficiente. ¿Entiendes? No es suficiente para mí.

Milo intentó cambiar de tema.

—¿Cómo está Stef? ¿Qué sabe ella?

—Cree que estás trabajando. Un trabajo a largo plazo.

—¿Y?

—¿Y qué? ¿Quieres que te diga que echa de menos a su padre? Sí, te echa de menos. Pero ¿sabes qué? Su padre de verdad, Pat, ha respondido bien. La va a buscar a la canguro, e incluso cocina. Ha acabado convirtiéndose en un buen hombre.

—Me alegro —dijo Milo, aunque no fuera cierto.

Si Patrick hacía feliz a Stephanie, mejor, pero no confiaba en que Patrick se quedará mucho tiempo. No era una persona constante. No quería hacerlo, pero hizo la peor pregunta que podía imaginar:

—Tú y él ¿estáis...?

—Si lo estuviéramos, ya no sería asunto tuyo. ¿No crees?

Aquello fue demasiado para él. Intentó levantarse, pero el navajazo en el torso le hizo desistir. Tina notó la expresión de dolor.

—Eh. ¿Qué te pasa?

—Nada —dijo.

Colgó el teléfono y llamó al guardia para que le acompañara a la enfermería.

El 10 de septiembre, un lunes, recibió la última visita de la agente especial Janet Simmons. Le dijo que, por fin, se habían reunido todas las pruebas. No le dijo por qué habían tardado tanto. La sangre en la casa de Grainger concordaba con el cadáver hallado en la montaña. Había pedido algunos favores a los franceses y había obtenido ADN que relacionaba al cadáver con el frasco de somníferos del piso de Angela Yates en París.

—No lo entiendo, Milo. Eras inocente. No mataste ni a Grainger ni a Angela. En cuanto al Tigre, todavía no sé qué pensar.

Amablemente, Milo dijo:

—Tampoco le maté.

—Bien, vale. No mataste a nadie. Y una cosa que sé segura es que no hiciste ningún trato con Fitzhugh para proteger a tu familia, aquello sólo fue una cortina de humo.

Milo no contestó.

Ella se apoyó en la ventana.

—La pregunta está clara: ¿por qué no podías ser sincero conmigo? ¿Por qué el desfile de desinformación? ¿Por qué tuvo que manipularme tu padre? Es humillante, joder. Soy una persona razonable. Habría escuchado.

Milo se lo pensó. Durante aquellos dos días en el piso diecinueve, eso era lo que deseaba hacer. Pero recordó el motivo.

—No me habrías creído.

—Podría haberte creído. Aunque no te creyera, habría comprobado tu versión.

—Y no habrías encontrado pruebas —dijo Milo, y recordó lo que le había dicho el Tigre hacía dos meses y toda una vida—. Tenía que ser esquivo, porque ningún agente de inteligencia que se precie cree nada de lo que le dicen. La única forma de hacerte creer era que lo descubrieras por ti misma, y que pensaras que yo no pretendía dirigirte hacia la verdad.

Ella le miró fijamente, quizá sintiéndose manipulada, quizá sintiéndose estúpida, Milo no estaba seguro. Últimamente ya no estaba seguro de nada. Por fin, ella dijo:

—Vale. ¿Y el senador qué? Tu padre mandó a un par de hombres que se hicieron pasar por empleados de un senador, Nathan Irwin, que teóricamente se hacían pasar por agentes de la Agencia. ¿Por qué quería conducirme hacia un senador?

—Tendrás que preguntárselo a él.

—¿No lo sabes?

Milo negó con la cabeza.

—Supongo que el senador está relacionado con todo, pero mi padre no me lo dijo.

—¿Qué te dijo?

—Me dijo que confiara en él.

Ella asintió lentamente, como si la confianza fuera un concepto difícil de aceptar.

—Bueno, pues al final parece que funcionó. Y mañana, cuando esté terminado el papeleo, serás libre.

—¿Libre?

—Se te ha eximido de toda responsabilidad. —Se recostó en el respaldo de la silla, con el teléfono pegado a la oreja—. Le daré al director un sobre con un poco de dinero. No mucho, suficiente para que te compres un billete de autobús. ¿Necesitas un sitio para vivir?

—Tengo un sitio en Jersey.

—Ah, claro. La casa de los Dolan. —Miró el marco de la ventana de separación—. Hace tiempo que no hablo con Tina. ¿Irás a verla?

—Necesita más tiempo.

—Seguramente tienes razón. —Calló—. ¿Crees que ha valido la pena?

—¿Qué?

—Tanto secreto sobre tus padres. Ha destrozado tu carrera, y Tina está... bueno, puede significar el fin de tu matrimonio.

Milo no vaciló con su respuesta, porque no había pensado en otra cosa en la cárcel.

—No, Janet. No ha valido la pena.

Se despidieron educadamente, y Milo volvió a la celda a recoger sus pocas pertenencias. Cepillo de dientes, un par de novelas y su libreta. Era un pequeño bloc en el que Milo había empezado a convertir el mito en realidad. En la tapa interior había escrito, EL LIBRO NEGRO.

De haberse tomado la molestia de examinarlo, los guardias se habrían quedado pasmados con los números de cinco dígitos que lo llenaban: referían a páginas, líneas y palabras de la edición de una guía de viaje Lonely Planet de la biblioteca de la prisión. El tono desenfadado de la versión descodificada habría sorprendido a cualquiera que conociera a Milo Weaver:

¿Qué es Turismo? Ya conocéis el discurso: Langley te dirá que Turismo es la columna vertebral de su paradigma de respuesta, la pirámide de reacción inmediata, o como hayan decidido llamarlo este año. Que tú, el Turista, eres la cima del trabajo de inteligencia autónomo contemporáneo. Eres un diamante. Ni más ni menos.

Todo esto puede ser cierto, nosotros los Turistas nunca podemos flotar tan arriba por encima del caos para ver el orden que contiene. Lo intentamos, y esto forma parte de nuestra función, pero cada fragmento de orden que hallamos está conectado a los otros fragmentos en un metaorden que está controlado por un metametaorden. Éste es el dominio de los creadores de políticas y de los eruditos. Déjalo para ellos. Recuerda: tu función primordial como Turista es seguir con vida.

Entre las posesiones que le devolvieron al ponerle en libertad estaba su iPod. Uno de los guardias lo había utilizado de vez en cuando durante los últimos dos meses, de modo que estaba cargado. En el autobús, Milo intentó, sin éxito, animarse con su música francesa. Escuchó unos segundos a cada una de aquellas chicas bonitas que hacían que los sesenta parecieran divertidos, acabando con *Poupée de cire, Poupée de son*. Pero ni siquiera logró escucharla entera. No lloró, eso ya había pasado, pero aquellas melodías optimistas ya no tenían ninguna relación con su vida tal como era ahora. Buscó en la lista de artistas e intentó algo que no había escuchado desde hacía mucho tiempo: los Velvet Underground.

Eso sí parecía reflejar su mundo.

No fue enseguida al piso de Dolan. Fue a Port Authority y cogió el metro hacia Columbus Circle. Compró unos Davidoff y paseó sin rumbo por Central Park. Encontró un banco entre otros bancos, y familias y niños, muchos de ellos turistas, y fumó. Miró el reloj, valorando el tiempo, y tiró la colilla a una papelera. Paranoia, quizá, pero no quería que le denunciaran por tirar basura.

Había detectado a su sombra en el autobús. Un hombre joven, de veintipocos años, con bigote, el cuello delgado y un móvil con el que mandaba mensajes sms. Había seguido a Milo al bajar del autobús y al metro, y en un momento dado había llamado por teléfono para poner al día a sus amos. Milo no lo reconoció, pero se imaginaba que en el último mes y medio el Departamento de Turismo habría sido limpiado y renovado con caras nuevas. La existencia de su sombra no le molestaba en sí, porque la Agencia sólo querría asegurarse de que el asunto de Milo estaba zanjado. No querían más problemas con Milo Weaver.

En su cabeza, Lou Reed cantaba sobre la adicción a la heroína.

Ahora que caminaba hacia el este por el borde meridional del parque, la sombra estaba a media travesía detrás de él. Un buen agente, pensó. No atosigues a tu sujeto. Milo salió del parque y, dos manzanas después, bajó hacia la estación de la calle 57 donde cogió el tren F hacia el centro.

Tenía tiempo, de modo que no le importaba que el F parara en todas las estaciones antes de llegar a Brooklyn. Entraba y salía gente en todas las estaciones, pero su sombra, sentada en el fondo del vagón, se quedó donde estaba. El único movimiento que hizo fue sentarse en un asiento que acababa de quedar libre, pero esperó a estar seguro de que Milo no miraba.

Por fin, Milo se levantó cuando las puertas se abrieron en la estación de la calle 15-Prospect Park, y, cuando se volvió, le sorprendió ver que su sombra se había esfumado. ¿Había bajado antes? Milo se quedo en el andén y sintió un golpe en el costado de alguien que subía a toda prisa al tren. Levantó la cabeza cuando las puertas del tren se cerraban. Su sombra le miró a través de la arañada ventana de plástico. De hecho, el hombre le sonreía, y se daba golpecitos en el bolsillo de la chaqueta. El tren empezó a moverse.

Desorientado, Milo se tocó sus bolsillos y notó algo nuevo. Sacó un pequeño Nokia negro que no había visto nunca.

Cogió la escalera de la salida de Prospect Park y caminó entre la vegetación exuberante, llena de árboles, hacia las calles del otro lado hasta que, veinte minutos después, llegó frente a la Berkeley-Carroll School.

Era casi la hora, las calles estaban llenas de coches aparcados en doble fila alrededor de la escuela. Milo ignoró a los otros padres reunidos en el césped, hablando de sus empleos, las criadas y los cursos. Encontró un lugar discreto junto a un elmo cansado y quemado por el sol.

Cuando sonó el timbre que señalaba el final de las clases y la gente agrupada empezó a moverse, sonó el teléfono.

Milo miró la pantalla y, como era de esperar, decía NÚMERO OCULTO.

—¿Diga?

—¿Va todo bien? —dijo su padre en ruso.

Milo no tenía ganas de hablar ruso. Siguió la conversación hablando en inglés.

—Sigo respirando.

Al otro lado de la calle, los niños, con sus adorables mochilas, corrían hacia los grupos de padres.

—No debería haber durado tanto —dijo Primakov—. Pero no tenía control sobre esto.

—Por supuesto que no.

—¿Te han dicho algo de un empleo?

—Todavía no.

—Lo harán —le aseguró su padre—. Comprenderás que te bajarán de categoría, a Turismo. Es lo único que pueden hacer. Te han absuelto del asesinato, pero a ninguna agencia le gusta que le señalen sus fallos.

Milo estaba de pie, mirando. Entre los niños distinguió a Stephanie. Le había crecido el pelo, y ya no quedaba ningún recuerdo de su interpretación del día de la Independencia. Estaba preciosa, mucho más de lo que la recordaba en su memoria aturdida por la cárcel. Luchó contra el deseo de cruzar la calle y levantarla en sus brazos.

—¿Milo?

—Lo sé —dijo él, irritado—. Y sé que debo aceptar la oferta. ¿Estás contento?

Stephanie calló, estirando el cuello para echar un vistazo, y entonces su cara se iluminó al ver a alguien que conocía. Cruzó el césped hacia... Patrick, que bajaba de su Suzuki.

—Oye —decía Primakov en su oído—. Milo, ¿me escuchas? No quería que acabara así. Pero es la única manera. Lo entiendes, ¿no? Grainger no era nadie, Fitzhugh tampoco era nadie. El problema no son un par de sinvergüenzas: es institucional.

Patrick la había levantado, la había besado y ahora la llevaba hacia el Suzuki. Milo habló con voz neutra:

—De modo que quieres que acabe con toda la CIA.

—No digas tonterías, Milo. Esto no pasará nunca, y ni siquiera lo querría. Sólo pretendo un poco de cooperación internacional. Es lo único que queremos todos. Y como no quieres aceptar un empleo en Naciones Unidas...

—No seré tu empleado, Yevgeny. Sólo un informador. Y sólo te diré lo que crea que debes saber.

—Me parece bien. Si puedo hacer algo más por ayudarte, como hablar con Tina. Podríamos hablar claro con ella. Es inteligente, y lo comprenderá.

—No quiero que lo comprenda.

—¿Qué? ¿De qué estás hablando?

—Su vida ya está bastante desequilibrada. No quiero amargársela con más conocimientos.

—No la subestimes —ordenó su padre, pero Milo ya no escuchaba.

Había pasado una semana escuchándole en Albuquerque, con sus planes y sus tratos. ¿Qué le quedaba ahora?

El Suzuki formaba parte del desfile de coches que se llevaban a los niños a casa, y Milo se fijó en una caja envuelta con papel de regalo detrás, para el cumpleaños de su hija.

—¿Milo? ¿Sigues ahí?

Pero Milo sólo oía la Gran Voz, la que hablaba con la rara entonación de su madre. Durante horas, en aquella celda del piso diecinueve, le había dicho que todo lo que hacía estaba mal, pero él no la había escuchado. Ahora: «Por ahí se va tu última esperanza».

Oyó a Einner: «Seguro que el Libro tiene algo que decir sobre la esperanza».

Y él: «Te dice que no te aferres a ella».

Entonces retrocedió a seis años antes. Exactamente al momento en que estaba sangrando sobre los adoquines quemados por el sol de Venecia. Una mujer embarazada gritaba, mientras dentro de ella un bebé se agitaba y removía para salir. Milo había creído que era el final, pero estaba equivocado. Todo, todas las cosas que importaban, estaban sólo empezando.

Le asaltó un pensamiento de la filosofía del Turista y por una vez respondió a la voz desilusionada que vivía dentro de él: No necesitamos esperanza, madre, porque no existe fin.

—¿Qué dices? —preguntó Yevgeny.

El Suzuki dobló por la esquina. Se habían ido.